SABINA NABER

Schwalbentod

DRIBBELKUNST Auf dem Höhepunkt der Herbstsaison fällt der Hauptsponsor des Fußballvereins AC Danube nach einem Autounfall ins Koma – eine Katastrophe für die Fans des Traditionsvereins. Denn nun ist der Weg für einen superreichen Inder frei, der sich einkaufen und beliebte Stammspieler entsorgen will. Eine Woche zuvor ist bereits der ehemalige Zeugwart des Clubs unter mysteriösen Umständen gestorben. Gruppeninspektorin Daniela Mayer und Chefinspektor Karl Maria Katz nehmen den Klub unter die Lupe, entdecken Seilschaften, die bis in die Blütezeit des AC Danube in den Siebzigern zurückreichen, und eigenartige Geschäfte mit afrikanischen Nachwuchsspielern. Doch bevor sie sich noch einen Reim auf all das machen können, wird der Sportdirektor regelrecht hingerichtet – erstickt mit einem Handtuch aus dem Clubshop. Steckt der Blatterer hinter allem, ein Fan, der sich selbst zum Säuberer der Fußballwelt ernannt hat?

Sabina Naber lebt seit ihrem Studium in Wien. Zuerst arbeitete sie am Theater und beim Film sowie als Journalistin. Seit 2002 ist sie als freie Schriftstellerin tätig. Neben zahlreichen Kurzgeschichten (Friedrich-Glauser-Preis für ›Peter in St. Paul‹, 2007) veröffentlichte sie bislang einige Kriminalromane. Beim Gmeiner-Verlag sind bereits zwei Abenteuer des Ermittlerduos Mayer & Katz erschienen (›Marathonduell‹, nominiert für den Leo Perutz-Preis 2013, und ›Caddielove‹), die, wie auch der dritte Band, in der Welt des Sports angesiedelt sind – neben Politik und Wien eine der große Leidenschaften von Sabina Naber, die selbst Extremreisen unternommen und in viele Sportarten zumindest hineingeschnuppert hat.
www.sabinanaber.at

Bisherige Veröffentlichungen im Gmeiner-Verlag:
Caddielove (2014)
Marathonduell (2013)

SABINA NABER

Schwalbentod

Kriminalroman

GMEINER SPANNUNG

Dieses Buch wurde vermittelt durch
die Literarische Agentur Kossack

*Personen und Handlung sind frei erfunden.
Ähnlichkeiten mit lebenden oder toten Personen
sind rein zufällig und nicht beabsichtigt.*

Besuchen Sie uns im Internet:
www.gmeiner-verlag.de

Im Ehnried 5, 88605 Meßkirch
Telefon 07575/2095-0
info@gmeiner-verlag.de

1. Auflage 2015

Lektorat: Claudia Senghaas, Kirchardt
Herstellung: Mirjam Hecht
Umschlaggestaltung: U.O.R.G. Lutz Eberle, Stuttgart
unter Verwendung eines Fotos von: © Sergey Nivens/shutterstock.com
Druck: GGP Media GmbH, Pößneck
Printed in Germany
ISBN 978-3-8392-1679-8

Ich widme dieses Buch meinem Mann, durch dessen Fußballleidenschaft und afrikanische Freunde, die auch die meinen wurden, sich viele Puzzlesteine an Gefühlen und Erlebnissen zu einer Geschichte verdichteten.

1 // MAYER SIEHT SICH IRREN GEGENÜBER

Tragödie bei Tröger Danube

Großindustrieller H. Tröger nach Unfall im Koma; Zukunft des Wiener Clubs ungewiss*

WIEN. In der Nacht von Montag auf Dienstag war der Unternehmer Harald Tröger (61) nach einer privaten Feier auf der Höhenstraße von Sievering Richtung Ottakring unterwegs. In einer Rechtskurve kam er von der Fahrbahn ab, überschlug sich mehrmals und prallte schließlich gegen einen Baum. Das Wrack wurde erst Stunden später von einem Angestellten der Forstbetriebe aufgefunden. Der Schwerverletzte musste von der Feuerwehr aus dem Wagen geschnitten werden. Tröger wurde mit dem Hubschrauber ins AKH gebracht, wo zur Stunde die Ärzte um sein Leben kämpfen.

Zur Unfallursache verlautbart die Polizei derzeit nichts, das Fahrzeug wird aktuell von Sachverständigen des Landeskriminalamtes Wien untersucht. Tatsache ist, dass in dieser Nacht heftige Eisregenschauer auf die Bundeshauptstadt niedergingen und die Fahrbahn auch aufgrund von Laub sehr rutschig war.

»Wir sind bestürzt und sehr in Sorge«, meint Manfred Kollaritsch, Sportdirektor des AC Tröger Danube,

* In Österreich ist es, im Gegensatz zu Deutschland, erlaubt, den Namen des Hauptsponsors in den Clubnamen einzufügen.

dessen Ehrenpräsident Harald Tröger ist. Präsident Josef Hüttl und Trainer Piet Sneijder waren noch nicht für eine Stellungnahme zu erreichen.

Jenseits der persönlichen Betroffenheit geht es für den AC Tröger Danube auch um seine Zukunft. Wie aus gut unterrichteten Kreisen bekannt wurde, sollte am kommenden Freitag in der Vorstandssitzung der Tröger Company entschieden werden, ob der Sponsorvertrag mit dem Wiener Traditionsclub verlängert wird. Zu Beginn der Saison mehrten sich die Stimmen, die die Unterstützung der Simmeringer Kicker einstellen wollten. Mit den zunehmenden Erfolgen der königsblauen Elf in der Bundesliga verstummten die Kritiker von Harald Tröger, als dessen Hobby der AC Tröger Danube gilt, was einige Anteilseigner nicht mehr akzeptieren wollen. Und es mehren sich auch die Gerüchte, dass es bereits einen finanzkräftigen Interessenten geben soll.

- sn -

Gruppeninspektorin Daniela Mayer ließ die Zeitung sinken, sah zuerst Rössler, dann Katz an. »Und? Was haben wir damit zu tun? Waren die Bremsschläuche durchgeschnitten?«

Sie setzte ein Lachen hintennach. Diese altbackene Methode, ein Auto zu einem Mordinstrument umzufunktionieren, wurde nur mehr selten angewandt. Bei grantigen Eheleuten und Erbschleichern hatte es sich mittlerweile herumgesprochen, dass man diese Spur viel zu gut nachverfolgen konnte. So eine Manipulation wäre zu schön, um wahr zu sein.

Staatsanwalt Hannes Rössler schüttelte den Kopf. »Tröger hatte Klasse …«

»Hat«, unterbrach ihn Chefinspektor Karl Maria Katz.

Rössler nickte, schloss kurz die Augen. Es wirkte, als wolle er sich bei Katz entschuldigen. »Tröger hat Klasse«, korrigierte er. »Wenn jemand die Schläuche durchgeschnitten hätte, wäre er einfach aus dem Auto gesprungen, nachdem er mit der Handbremse etwas die Geschwindigkeit reduziert hätte.« Seine Wangen glühten, und wie ein Roboter drehte er sein Smartphone aus dem rechten Winkel, um es dann sofort wieder parallel zur Tastatur des Computers auszurichten. Schief, gerade, schief, gerade.

»Aha.« Mayer wunderte sich über Rösslers einerseits ernsthafte, andererseits nicht hilfreiche und zudem extrem optimistische Ausführungen. Kaum ein Mensch ohne Rennfahrererfahrung reagierte im Moment der Panik so cool.

»Was Hannes damit sagen will«, Katz stand auf und schaute aus dem Fenster in einen der zahlreichen Innenhöfe des Landesgerichtsgebäudes, »jeder weiß, wie trainiert und kaltblütig Tröger ist.« *Jeder? Ich nicht.* »Für den Mann muss man sich schon eine diffizilere Methode überlegen, um ihn unauffällig um die Ecke zu bringen.« Er hatte die Hände auf seiner Rückseite verschränkt und wippte ständig von den Zehenspitzen auf die Fersen. Er war genauso flippig wie Rössler.

»Äh ja – und hat die KTU* irgendwas anderes gefunden?«

Die beiden Männer schüttelten synchron den Kopf.

»Die Ärzte vom AKH**?«

---

* Kriminaltechnische Untersuchung, die entsprechende Abteilung heißt beim Landeskriminalamt Wien korrekt AB08.

** Allgemeines Krankenhaus Wien, das größte und bekannteste seiner Art.

Wieder Kopfschütteln.

»Okay, was soll dann das Drama? Ihr erinnert mich ein bissel an die Blogger und Poster, als die Sonne vom Himmel fiel.« Mayer lachte wieder. Sie fand ihre Bemerkung in Bezug auf die Verschwörungstheorien rund um den aufgrund von übermäßigem Alkoholkonsum verursachten Unfalltod eines ehemaligen Landeshauptmanns witzig, doch Rössler und Katz verdrehten nur die Augen zum Plafond. Wieder synchron. Sie waren heute wie siamesische Zwillinge. Und sie gaben keine Antwort.

»Gut, ich präzisiere: Warum sollte ich das lesen?«

Rössler räusperte sich. »Es ist einfach eigenartig. Gerade jetzt.« Seine blauen Augen waren fest auf das Telefon zwischen seinen Händen gerichtet.

Ein Unfall auf einer eisregennassen, laubbedeckten Fahrbahn mit einem SUV, also einem Auto mit viel zu viel Kraft unter der Haube, auf einer Straße, die gern von Betrunkenen benutzt wurde, um einer etwaigen Polizeikontrolle zu entgehen, und das alles zu nachtschlafender Zeit, nein, so ein Unfall war nicht eigenartig. Und schon gar nicht, wenn … »Er ist von einer Feier gekommen! Steht da.« Sie legte die Zeitung auf Rösslers Tisch zurück und tippte auf den Artikel.

Katz setzte sich wieder hin und rückte den Sessel so, dass er Mayer direkt in die Augen schauen konnte. »Dani, der Tröger hat keinen Schluck Alkohol getrunken.«

»Ein Trockener, oder einfach so?«

Ihr Chef ließ den Kopf hängen.

Nun war es an Rössler, sich hingebungsvoll dem Ausblick aus dem Fenster zu widmen. »Trocken. Er hat seine erste Frau bei einem Unfall verloren. Er war damals so betrunken, dass doch sie, entgegen ihrer Abmachung, nach

Hause gefahren ist. Er hat wie durch ein Wunder überlebt, sie ist nach drei Wochen im Koma gestorben.«

»Und das Gleiche passiert jetzt ihm«, rutschte es Mayer heraus. Sie hätte den Satz am liebsten zurückgesaugt, denn sie wollte die beiden Hysteriker in ihrer Paranoia nicht auch noch bestärken.

Katz fuhr auch prompt auf. »Eben. Siehst du? Irgendwas stimmt da nicht.« Seine eigentlich grauen Augen blitzten sie schwarz an.

Bislang war der Morgen schön gewesen – eine Runde Radfahren am Donaukanal entlang, gemütliches Frühstück mit Alex, der ihr endlich den offiziellen Untermietvertrag überreicht hatte, wodurch sie sich in seiner Wohnung nicht länger als geduldetes U-Boot fühlen musste, ein kleiner Flirt mit der Frau ihr gegenüber in der Straßenbahn ... und jetzt zwei irre Männer, die – ja was eigentlich?

Mayer wurde der starre Blick ihres Chefs zu viel. Sie stand auf und drehte eine Runde in Rösslers Büro. Der Aktenschrank war noch immer nicht abgewischt, seit gut einem halben Jahr staubte er vor sich hin. Das war eigenartig, bei so einem akkuraten Menschen wie Rössler, Zwängler könnte man schon sagen.

Sie stellte sich mitten in den Raum und verschränkte die Arme. »Bis jetzt gibt es also keine polizeilichen Hinweise, dass mit dem Unfall irgendwas nicht stimmt. So what? Wieso seid ihr beide ...«

Rössler wandte sich ihr mit erhobener Augenbraue zu. Es war höchst umständlich, nur mit einer Person im Zimmer per Du zu sein. »Also wieso sind Sie«, korrigierte sie, »persönlich so berührt? Ist das wieder einmal irgendein Schwager von irgendeinem Freund?« Der letzte Satz war ihr herausgerutscht. Eigentlich gehörte es zu Katz' Repertoire, den Herrn von und zu Hannes Rössler wegen seiner gesellschaftlichen Verbindungen zu hänseln und manchmal auch zu maßregeln. Doch ihr Chef benahm sich ja genauso affig wie der Staatsanwalt.

Katz streckte ihr die Handflächen entgegen, als wolle er sie anflehen. »Dani! Wir reden von Harald Tröger!«

»Äh – ja?«

»Motocross-Weltmeister! Für Österreich!«

Etwas dämmerte da in ihr. Das war weit vor ihrer Geburt, irgendwann in den frühen Siebzigern gewesen. Gelegentlich wurde seine Rennfahrerkarriere in Berichten über sein Wirtschaftsimperium erwähnt. Aber für einen Dinosaurier wie ihren Chef war das alles natürlich ein prägendes Live-Erlebnis gewesen. Deshalb auch diese wilde Fantasie mit der Handbremse.

»Und sein Bruder ist Bernhard Tröger«, setzte er fort.

Nun kam sich Mayer endgültig wie bei einem Quiz für Menschen aus einem Paralleluniversum vor. »Ja?«

Katz sah zu Rössler, sie schüttelten beide den Kopf und bedachten Mayer mit dem Blick, den man einer unterbelichteten Amöbe schenkt: arm, weil sie ja nichts dafür kann, aber auch erschütternd und nervig in ihrer Unwissenheit.

»Oh!« Gerade noch rechtzeitig hatte sich in der hintersten Archivregion ihres Gehirns eine Schublade geöffnet. »Einer aus dem Traumteam.« Der ehemalige Fußballsuperstar wurde in den Artikeln über seinen Bruder hingegen selten erwähnt, was wohl an seinem Selbstmord lag.

»Ja, Daniela«, die Stimme ihres Chefs hatte den Klang eines Lehrers, der um Fassung bemüht ist, »genau der vom Traumteam. Wir reden vom Europapokal der Landesmeister, Finale, nach einem traumhaften Auswärtssieg gegen den FC Brügge im Semifinale, das war in der einundneunzigsten Minute …«

Die nun folgende Suada von Katz über Tore, Torschützen, offensichtliche Schwalben, unfassbare Schiedsrichterentscheidungen und ungerechte Rote Karten, die von fiebrigen Einwürfen Rösslers ergänzt wurde, blendete Daniela aus. Das alles war ewig her! Warum begeisterten sich die beiden nicht genauso für die Neulengbacherinnen, das beste Damenteam von Österreich? Die hatten erst kürzlich das Viertelfinale in der Champions League geschafft. Das war mehr, als auch nur ein einziger der Männervereine in den letzten zwanzig Jahren erreicht hatte. Nun gut, wenn sie ehrlich zu sich selbst war, wusste sie auch nur deshalb so gut Bescheid, weil ein Häschen aus dem Harem ihrer Ex-Freundin Carmen bei irgendeinem Bezirksverein Fußball spielte und sie durch die Gespräche mit ihr an ihre eigene Kindheit am Bolzplatz erinnert worden war. Seitdem hatte sie mehr oder weniger intensiv die Frauen-Liga verfolgt, um für diese Freundin von Carmen, Nora hieß sie oder Laura, eine Plaudergrundlage zu haben. Hm, die hatte nicht nur extrem gut gekickt, die war auch eigentlich ganz nett gewesen. Und ihres Wissens solo. Nun ja, das konnte sich im letzten halben Jahr geändert haben. Aber einen Versuch wäre es wert … nein, das war eine ganz blöde Idee. Sie konnte doch nicht so einfach ohne Anlass eine Freundin ihrer Ex kontaktieren, mit der sie noch nie allein ein privates Wort gewechselt hatte … also ohne Anlass oder Gesellschaft drumherum.

Mayer schreckte auf. Doch nicht Lärm hatte sie irritiert, wie sie nun feststellte, sondern plötzliche Stille. Ihr Chef und Rössler stierten ins Nirgendwo – wohl beseelte Blicke in die Fußballewigkeit.

Sie setzte sich an den Tisch. »Okay, ich fasse zusammen: Wir haben einen verunfallten Ex-Champion und nunmehrigen Großindustriellen, der wahrscheinlich aus Sentimentalität den Verein seines Bruders, der in grauer Vorzeit einmal ganz erfolgreich gewesen ist, unterstützt. Wenn er stirbt, hat der Verein vielleicht keinen Sponsor mehr. Okay. Traurig, aber nicht weltbewegend und schon gar nicht kriminell. Und es gibt auch sonst nichts Verdächtiges. Also warum soll sich die Kriminalpolizei damit beschäftigen? Oder, um meine Frage von vorhin zu präzisieren: Warum sitzen wir hier?«

Mayer wunderte sich selbst über ihre lange Ansprache, normalerweise war sie eher die Wortkarge. Aber irgendwer musste ja ein bisschen Rationalität und Analytik in dieses wirre Gespräch bringen.

»Wir haben auch noch eine Leiche«, seufzte Katz.

»Aha. Eine ungsunde Nacht, könnt ma sagen.«

»Dani, bitte lass deine Witze. Wolfram Egger ist vor acht Tagen von seinem Balkon gestürzt.«

Mayer sah von Katz zu Rössler und wieder retour. Aber da kam keine weitere Erläuterung. »Okay, bevor ich euch jetzt wieder mit einem seichten Witz nerve, so von wegen auch zu viel trinken will gelernt sein …« Sie streckte den beiden auffordernd die Handflächen entgegen.

Katz schob ihr einen Fotoausdruck hin. Er zeigte einen blonden Mann mit Mittelscheitel und rosigen Backen. »Egger war bis zur letzten Saison der Zeugwart vom ACD.«

»Äsidi?«

»'tschuldige, so war früher die gängige Abkürzung für den Athletic Club Danube. Bevor sich der Sponsorname hineingequetscht hat.« Er zog die Mundwinkel nach unten, als röche er etwas Unangenehmes.

»Englisch? Ich hab zwar noch nie über die Abkürzung

nachgedacht, aber irgendwie hätte ich jetzt eher was Treudeutsches erwartet. Weil den gibt's doch schon ewig, den Club, oder?«

»Eben, ewig. Achtzehnhunderteinundneunzig. Und damals haben sich viele an den englischen Vorbildern orientiert und sich entsprechende Namen gegeben.«

»Zum Beispiel auch die Vienna oder die Austria«, warf Rössler ein. »Und der Zeugwart vom ACD …«

»Oder Acid,« grinste Katz.

»Oh ja!«, leuchtete Rösslers Gesicht auf.

»Wie willst du das denn wissen, Hannes? Da warst du doch noch ein Kind,« flachste Katz.

Der Staatsanwalt grinste ebenfalls. »Das hat mir ein Freund von meinem Vater erklärt, ein Ex-Kommunarde vom Mühl.« *Putzig! Du würdest einen Selbstversuch wohl nie zugeben!* »Und es hat ja wirklich gepasst. Die Matches vom ACD waren doch wirklich wie ein LSD-Trip – bunter, intensiver, geiler, also einfach nur …«

»Sorry!!!! Können wir bitte zum Thema zurückkommen?«

Rössler und Katz sahen sie wie im Spiel unterbrochene und daher höchst enttäuschte Buben an.

»Gut«, Mayer atmete durch, »wir haben also einen toten ehemaligen Zeugwart sowie einen verunfallten Ehrenpräsidenten. Und beide kommen aus dem Umfeld des Vereins. Aber das besagt ja noch genau gar nichts. Jedenfalls nicht zwingend.« Eine kleine arbeitstechnische Atempause wäre wirklich nicht schlecht, waren doch die beiden letzten Wochen aufgrund eines Revierkampfes zwischen Tschetschenen und Russen mit ein paar mörderischen Flurbereinigungen voll stressig gewesen.

Katz nahm den Fotoausdruck wieder an sich und

betrachtete ihn. »Doch, weil Eggers Frau eine Obduktion in Auftrag gegeben hat. Und der Ernstl sie und uns für zehn Uhr in die Sensengasse* bestellt hat.«

* Tatsächlich in Wien der Standort des Departments für Gerichtsmedizin.

EIN AFRIKANISCHES MÄRCHEN

1

Es war einmal ein kleiner Junge, der lebte mit seinen drei Schwestern, seiner Mutter, seinem Onkel, seiner Tante, seinen zwei Cousinen und seinen drei Cousins in einem Haus aus Blech. Und das Blech war so dünn, dass er in der Dunkelheit der Nacht die Hyänen heulen hörte. Doch er hatte keine Angst vor den Totenräubern der Savanne, denn sie waren seine Freunde. Er kannte sie von seinen Streifzügen durch die Halme des Napier*, und sie kannten ihn. Gemeinsam untersuchten sie die toten Dinge am Boden, gemeinsam streckten sie das Gesicht in den Wind und heulten in den Horizont. Manchmal war das Herz des Jungen voll Sehnsucht. Sie schlug um sich und machte sich dick, sodass er Angst hatte, sie würde ihn zum Bersten bringen. Wenn er diese Schmerzen hatte, konnte er nicht anders, als zu laufen und zu laufen. Er strampelte mit seinen noch kurzen Beinchen, doch der Horizont kam nicht näher. Kein einziges Mal. Und immer, wenn die Sonne ins Gras fiel, weinte er. Als er noch ganz klein war, tat er dies herzzerreißend und laut, als er ein bisschen größer wurde, schamhaft und leise. Sein Onkel weinte nicht, Nachbar Mahmud nicht, Nachbar Abedi nicht, Lehrer Samir nicht und auch nicht der große Zahran, den alle um Rat fragten, und schon gar nicht Pili, der sich vor drei Monden seine ältere Schwester geholt und sie nach einem Mond wieder zurückgebracht

* Elefantengras

hatte. Seitdem weinte Kissa, doch kein Mann weinte. Und wenn der kleine Junge ein Mann werden wollte, wie sein Vater einer gewesen war, der ihn nun gemeinsam mit den anderen Ahnen ganz genau beobachtete, musste er lernen, diesen Schmerz zu ertragen. Und wenn er diesen Schmerz beherrschte, so stellte sich der kleine Junge vor, dann hätte er auch Macht über jene Schmerzen, die ihm die anderen Jungen mit Tritten und Stöcken zufügten. Sie würden dann sehen, dass er einer von ihnen war, sie würden ihn nicht mehr wie einen räudigen Hund verscheuchen, wenn er mit ihnen Fußball spielen oder, so wie sie, in der Hütte von Zahran fernsehen wollte. So groß war der Wunsch des kleinen Jungen nach dieser Fähigkeit, dass er manchmal allein zum Baobab* neben dem Haus seines Onkels schlich, um die Ahnen mit einem besonders schönen Stein oder einem glänzenden Käfer oder Palmöl als Geschenk gütig zu stimmen.

* afrikanischer Affenbrotbaum

2 // KARL MARIA KATZ SIEHT SEIN BAUCHGEFÜHL BESTÄTIGT

Katz musterte Daniela nach Anzeichen eines bevorstehenden Gewaltausbruchs. Doch kein Zucken des Mundes oder der Augenbrauen, bloß ihr Lächeln war eingefroren und die Streichelbewegung ihrer rechten Hand mechanisch. Sie hatte sich fantastisch unter Kontrolle, dafür, dass ihr Helga Egger bereits den kompletten Jackenkragen nass geweint hatte. Ausgerechnet seine Dani, die so gar nichts mit rührseligen Anwandlungen am Hut hatte, war von der Witwe des ehemaligen Zeugwarts als Klagemauer und übergroßes Taschentuch auserkoren worden.

Er selbst hätte sich der noch überaus attraktiven Fünfzigerin nur allzu gern angenommen, das musste er sich eingestehen. Er sehnte sich nach weiblichen Körpern, nein, exakter nach weiblicher Zuwendung, seit er bei diesen Morden am Golfplatz der wunderbaren Regina Haas begegnet war. Diese Frau war nach all den mechanischen, flüchtigen Jahren seit seiner Scheidung die Erste gewesen, die in ihm wieder Gefühle geweckt hatte. Nur leider, leider – zuerst war sie in den Fall involviert und danach nicht mehr erreichbar gewesen. Von ihrer Modelagentur wusste er, dass sie viele Aufträge im Ausland hatte. Doch dieser Umstand reichte nicht einmal als Erklärung, geschweige denn als Entschuldigung. Ja, Entschuldigung. Denn sie hatte damals bei der alles entscheidenden Vernehmung gesagt: *Und dann schauen wir weiter*. Das war ein Versprechen gewesen – oder nicht?

Auf dem Gang des Departments für Gerichtsmedizin wurden Schritte hörbar. Katz erkannte den schwarzen Haarkranz und den Seehundschnauzer von Ernst Wagner, der sich ihnen in Begleitung einer jungen Weißbekittelten näherte. Er winkte Katz zu.

Auch Dani wurde auf den Rechtsmediziner aufmerksam und versuchte, Helga Egger von sich fortzuschieben, was diese aber nicht einmal ignorierte.

Katz tupfte die Witwe am Arm. »Frau Egger, jetzt ist es so weit. Kommen Sie.« Er reichte ihr ein Papiertaschentuch, das er schon seit Beginn ihres Weinkrampfes vorbereitet, jedoch noch nicht an die Frau gebracht hatte.

Die Trauernde sah ihn wie eine Erscheinung an. Es dauerte länger als einen Moment, bis sie im Gebäude der Sensengasse angekommen war und sie offensichtlich realisierte – denn sie räusperte und straffte sich –, wie sehr sie sich gerade hatte gehen lassen. Ihr Gesicht verschloss sich, und sie stieß sich von Dani ab, als hätte diese plötzlich einen Aussatz. Mit einer mehr als ruppigen Bewegung riss sie Katz das Taschentuch aus der Hand und schnäuzte sich. »Jetzt werdet ihr mir endlich glauben.« Aus ihrem Satz quoll Bitterkeit.

»Frau Egger, für das Gutachten des Arztes, der den Totenschein ausgestellt hat, können wir nichts«, fühlte sich Katz bemüßigt, die Polizei in Schutz zu nehmen. »Das sanitärpolizeiliche Gesetz ist nicht mehr so streng wie früher. Es landet nicht mehr jeder unnatürliche Todesfall automatisch auf dem Tisch.«

Egger schnappte nach Luft, und Dani gackerte ein leises Lachen, was bedeutete, dass ihr Katz' Meldung superpeinlich war. Was? *Auf dem Tisch?* Wozu herumreden, wenn alle Beteiligten wussten, um was es ging?

Endlich hatten Wagner und seine Assistentin die Gruppe erreicht. Nach allgemeinem Händeschütteln riss der Rechtsmediziner die Tür zum Obduktionssaal auf. »Bitte sehr, nur einzutreten.« Manchmal wirkte er definitiv zu gut gelaunt und zu sehr Fan seiner Arbeit, vor allem in Anwesenheit von Angehörigen.

Egger stoppte an der Türschwelle so abrupt, dass sie beinahe vornüber fiel. Sie würgte. Katz folgte ihrem Blick. Auf dem Tisch mitten im Raum lag eine unbedeckte Leiche.

Auch Wagner registrierte die Situation. »Wer war denn da wieder so schlampert? Ich hab doch extra …« Er brach nach einem Seitenblick auf die Witwe ab, nickte seiner Assistentin zu und dann in Richtung des anderen Endes des Gangs, wo sich die Toiletten befanden. Die junge Frau schleppte die würgende Helga Egger ab.

Katz betrat nach Wagner und Mayer den Raum, schloss die Tür, damit die Egger nicht noch einmal unfreiwillig einen Blick auf die nackten Überreste ihres Mannes werfen musste. »Okay, Ernstl, es ist also was net ganz koscher.«

Wagner nickte. »Ausgangslage war, dass Helga Egger gemeint hat, ihr Mann könne nie und nimmer allein vom Balkon gestürzt sein. Erstens sei er seit Jahren clean von allen Drogen inklusive Alkohol, zweitens absolut schwindelfrei und drittens sicher kein Selbstmörder …«

»Wie ist sie denn auf Selbstmord gekommen?«, unterbrach ihn Mayer.

Wagner zuckte mit den Augenbrauen. »Das soll sie euch selber flüstern. Ich sage nur: l'amour, l'amour. Ist so mein Verdacht. Denn sie ist der Meinung, wenn schon Gewalttat, dann hätte er wohl eher jemand anderen als sich selbst umgebracht.«

»Ja, aber wenn sie eine Affäre hat«, fühlte sich Katz bemüßigt einzuwerfen, »dann macht sie sich doch bei Mord sofort selber verdächtig.«

»Vielleicht deshalb bewusst der Obduktionsauftrag? Falls doch wer Lunte riecht …« Mayer ließ den Satz in der Luft hängen und schüttelte einen Augenblick später den Kopf. »Im Bericht steht, dass die Leiche schon freigegeben war. Eine schöne Feuerbestattung, und die Sache hätte sich gehabt.«

»Ich hab sie das auch gefragt.« Wagner zwirbelte seinen Schnauzer. »Aber bei dem Thema war sie verschlossen wie eine Auster. Na ja, bei euch muss sie jetzt reden.«

»Stimmt. Das waren die Stichwörter: *jetzt* und *muss.*« Katz setzte sich rittlings auf den einzigen Sessel im Raum. »Also schieß los, Ernstl.«

Wagner lehnte sich mit verschränkten Armen ans Fensterbrett, wodurch sich der Schein der Straßenlaterne hinter ihm wie eine Korona um seinen Kopf legte. Der Gott der Toten. Oder ein Erzengel mit einer Verkündigung. Katz unterdrückte ein Lachen. Der gute Wagner hätte sich als leidenschaftlicher Agnostiker diese Vergleiche bei Androhung von Folter mit seinem Seziermesser verbeten.

Und doch – wie er jetzt so seine Arme wie zur Segnung ausbreitete … also sprach er: »Ich glaube Angehörigen ja prinzipiell nicht. Die meisten haben von ihren Liebsten keine Ahnung. Also habe ich einmal mit einem Bluttest begonnen.« Jetzt faltete er die Hände vor dem Bauch.

»Und?«, übernahm Dani brav die Rolle der Stichwortgeberin.

Wagner nickte der Leiche zu, löste die Hände voneinander, als wolle er das Mysterium präsentieren, und stellte ein »Koks« in den Raum.

Während der darauffolgenden Stille faltete er die Hände erneut und sinnierte den Toten an. »Genau genommen, Herzinfarkt infolge des Konsums. Interessant ist, dass er es nicht geschnupft hat, wie es die meisten Leute in unseren Breiten und in seinem Alter zu tun pflegen. Es gibt auch keine Einstiche. Er hat es geraucht. Cracker sind normalerweise jünger. Wobei sich in letzter Zeit die Grenzen etwas aufgeweicht haben, also die Zuordnung, welche Bevölkerungsgruppe welche Drogen wie konsumiert.«

»Aber eine Überdosis?«, vergewisserte sich Katz.

Wagner wiegte den Kopf. »Nicht unbedingt. Die Dosis an sich sollte ein gesunder Mensch aushalten. Aber das Herz von unserem Kunden war schon etwas reparaturbedürftig, um es einmal so auszudrücken.«

»Hat er das gewusst?« Katz lauschte seiner Frage nach und attestierte, dass sein Gehirn wohl noch etwas verschlafen war. Denn der Tote würde Wagner wohl kaum seine Wehwehchen geklagt haben.

»Das müsst ihr seine Witwe fragen«, antwortete Wagner folgerichtig mit einer weit ausholenden Armbewegung Richtung Tür. »Oder sicherheitshalber seinen Hausarzt, denn von seinem Rückfall hat sie ja auch nichts gewusst.«

»Rückfall?«, fragte nun Daniela nach.

»Stimmt, das ist das zu hinterfragende Element. Denn nachdem ich Angehörigen nicht nur prinzipiell misstraue, sondern auch prinzipiell glaube, habe ich einen Haartest gemacht. Der Mann war bis zu diesem finalem Trip tatsächlich clean.«

Mayer stellte sich ans Kopfende und schaute der Leiche ins Gesicht. »Das heißt, es sieht so aus, als hätte er beim Wiedereinstieg einfach nicht mehr die Dosierung im Griff gehabt, beziehungsweise wirklich nichts von der Schwäche seines Herzens gewusst.«

»Richtig, Frau Mayer. Nachdem ich aber drittens prinzipiell auch nicht dem Offensichtlichen traue, hab ich nach Gewaltanwendungen gesucht.«

»Geh bitte, Ernstl.« Katz stand auf und ging in die Tiefen des Raumes. Auf dem zweiten, blank geputzten Seziertisch erkannte er sein ausgefranstes Spiegelbild. Er flüchtete zur Leiche zurück. »Du hast selber gesagt, er hat's geraucht.« Falsch, ganz falsch. Der Gerichtsmediziner hätte sie nicht verständigt, wenn nichts Verdächtiges gewesen wäre. »Also wie willst du jemanden zum Rauchen zwingen?«

Nun bequemte sich auch Wagner zurück zum Tisch und stellte sich Katz gegenüber. »Tja, solche Fragen kann, nein, muss man sich stellen. Denn ich hab schon viele Dinge gesehen, von denen ich vorher nicht einmal wusste, dass man auf so eine Idee kommen kann. Also: Druckspuren? Fesselungen? Aber wie ihr seht – auf den ersten Blick nichts außer diesen harmlosen Druckspuren auf den Knien.«

»Hast irgendeine Schauspielerausbildung gemacht, lieber Wagner?«, warf Katz ein. »Sonst baust deine Berichte doch auch nicht so theatralisch auf.«

Der Gerichtsmediziner grinste. »Ich hab dich auch lieb.« Und, sogleich wieder ernst, deutete er auf das rechte und dann auf das linke Fußgelenk des Mannes. »Da hab ich's dann gefunden. Sehr eigenartig.«

»Aha?« Mayer beugte sich über den Fuß des Leichnams. »Die Innenknöchel sind gerötet, beziehungsweise aufgerieben. Münzgroße Stellen.«

»Richtig.«

»Passt zu einer Fesselung. Reiben an einem harten Stuhlbein oder so.«

»Richtig. Aber wo sind die markanten Fesselspuren? Ich hab mir also noch einmal genau seine Handgelenke angeschaut. Nichts. Allerdings auf den Oberarmen jeweils ein dünner Streifen, auf dem die meisten Haare fehlen. Und dieselben haarfreien Streifen finden sich bei genauer Betrachtung auch auf den Unterschenkeln«

Mayer richtete sich auf und verschränkte die Arme. »Klebeband?«

Wagner strahlte sie an. »Heiß, sehr heiß, Frau Kollegin. Das Mikroskop hat es mir dann gezeigt: ein bisschen Kleber sowie blaue und schwarze Faserreste. Und laut KTU«, er streckte Katz seinen Bericht in die Hand, »handelt es sich um ein Material, wie es für Handtücher verwendet wird. Ich hab dann aufgrund der Biografie unseres Kunden einen ersten Gedanken abklären, sprich die Farbnummer checken lassen …«

»Und es könnten Handtücher des AC Danube gewesen sein«, ergänzte Dani.

»Woher kennst du denn die Vereinsfarben?«, entfuhr es Katz. Beim Gespräch mit Rössler hatte die Jungspundmaus ja nicht einmal etwas mit dem Traumteam anzufangen gewusst.

Dani steckte die Daumen in den Hosenbund. »Rapid hat Grün, die Austria Violett, Sturm Graz Schwarz-Weiß und Salzburg Weiß-Rot. Ich leb ja nicht hinterm Mond.« Sie drehte sich demonstrativ zu Wagner. »Und hab ich recht? Mit den Danube-Handtüchern?«

Wagner grinste Katz an. »Du hast wirklich gut daran getan, dir Frau Mayer in die Gruppe zu holen. Endlich ein Mensch, der so richtig mitdenkt.«

Katz grinste zurück. »Jetzt hab ich dich auch so richtig und wirklich lieb.« Ja, unabhängig von der aufgelegten

Flachserei war er noch immer sehr froh darüber, Dani vor einem halben Jahr von ihrem Kommissariat West ins Landeskriminalamt geholt zu haben.

Wagner zwinkerte ihm zu und wandte sich an Mayer. »Die Farbnummern passen. Doch Beweis ist das keiner. Es gibt noch Tausende Handtücher mit Motiven in Schwarz und Blau, die genau diese Farbnummern haben. Interessanterweise hergestellt von einer Firma in Weißrussland.«

»Wieso ist das interessant?«, fragte Katz Wagner ehrlich verwundert.

Der zuckte mit den Schultern. »Wirtschaftspolitisch halt. Wird ja sonst alles in Asien gemacht.«

»Und deswegen denken wir jetzt an arme ausgebeutete Kinder aus Minsk, die sich an den Fußballclubs der Welt für ihre unwürdigen Arbeitsbedingungen rächen wollen, oder was?«

»Wundern tät's mich nicht, aber ich hab das mehr allgemein gemeint.«

»Okay, mein lieber Philosoph.« Katz rollte den Bericht von Wagner zusammen, ging zum Sessel, drehte ihn um und setzte sich mit überschlagenen Beinen drauf. »Egger ist also – vielleicht – mit Handtüchern vom ACD gefesselt worden. Und dann hat man ihn gezwungen, Koks zu rauchen. Mit Kopf- und Nasenklemme wahrscheinlich. Und dabei ist er hopsgegangen. Klingt abenteuerlich.«

»Keine schlechte Fantasie, Herr Chefinspektor. Wir haben auf der Nase tatsächlich den Hauch von Spuren einer Nasenklemme gefunden. Und bei den Handtüchern möchte ich korrigieren: Handtücher und Klebebänder, Letztere über dem Stoff. Als wollte ihm unser Täter nicht wehtun. Oder keine Spuren hinterlassen.«

»Perfide«, entschlüpfte es Katz. Wenn ihre sämtlichen

Überlegungen stimmten, dann hatten sie es mit einem Mörder zu tun, der sehr planmäßig vorging.

»Und jetzt zum letzten Punkt, auf den ich mir allerdings überhaupt keinen Reim machen kann«, setzte Wagner fort. »In den Scheuerwunden an den Innenknöcheln habe ich winzigste Holzsplitter gefunden. Wenn man an einem Stuhlbein scheuert, kann man sich natürlich einen Schiefer einziehen, aber den erkennt man normalerweise auch als solchen, denn er stammt von einem bearbeiteten Holz. Unsere Splitter sind nicht bearbeitet. Also entweder ein ganz maroder Sessel oder etwas, das ich mir noch nicht erklären kann.«

Stille senkte sich über den Raum.

Katz konnte nicht anders, er musste zur Leiche gehen und sich die beiden Wunden ansehen. Als könnten sie ihm ihr Geheimnis verraten. Was sie natürlich nicht taten.

»Der Täter hat Handtücher, die zu Tausenden verkauft werden, benutzt, vielleicht mit Klebeband, um keine offensichtlichen Spuren zu hinterlassen«, sprach Dani aus, was Katz sich dachte. »Wieso hat er nicht auch die Knöchel bandagiert?«

»Eigentlich bedeutet das ja auch, dass er keine Socken getragen hat«, analysierte Katz weiter. »Oder hast du entsprechende Gewebefasern gefunden?« Wagner schüttelte den Kopf. »Aber um diese Jahreszeit trägt jeder Socken. Wenn er angezogen ist. Und die Leiche war bei der Auffindung bekleidet, oder nicht?« Wagner nickte. »Das heißt, jemand hat sie wieder angezogen.«

Der Gerichtsmediziner ging zu einem Kasten neben der Eingangstür und holte ein Laken heraus. Breitete es über den Leichnam. »Jedenfalls ist dieser Mensch nicht freiwillig gestorben. Der Sturz vom Balkon war nur Ablenkung, und ob es sich bei dem davor um Nötigung mit Todesfolge oder um geplanten Mord handelt …«

»It's our business«, ergänzte Dani. »Jedenfalls kein Suizid.«

Der Spott, der ihre Augen im Gespräch mit Rössler beherrscht hatte, war verschwunden. Die Ermittlerin in ihr stand auf Startposition. Das war schon einmal gut. Aber Katz wartete auf noch einen Ausdruck in ihrem Gesicht: Bewunderung. Die konnte sie nie verhehlen, wenn sich seine Intuition wieder einmal als richtig erwiesen hatte, auch wenn sich ihr Pragmatismus dagegen wehrte. Doch da kam nichts.

Da musste er wohl nachhelfen. »Ich hab's ja gesagt, dass da was nicht stimmt.«

»Beim Unfall von diesem Tröger.«

»Und dass der gleichzeitig mit dem Tod von Egger stattgefunden hat.«

»Der war acht Tage davor.«

So eine kleine Klugscheißerin. »Selber Zeitrahmen. Und beide beim Club.«

»Wenn seine Witwe nicht Alarm geschlagen hätte, wüssten wir es gar nicht.« Ihre grünen Augen funkelten, aber waren da nicht auch noch Lachfältchen in den Augenwinkeln? Die Girlie-Madame pflanzte ihn!

»Wir hätten es bei der Recherche rund um Tröger entdeckt, nur halt ein bisserl später«, setzte er drauf.

»Wir hätten gar nicht recherchiert, weil Unfalltod ist Unfalltod.«

Wagner stellte sich zwischen ihn und Dani. Er sah sie abwechselnd an. »Hallo, hallo! Was rennt da gerade bei euch ab? Das ist ja schlimmer als im Kindergarten.«

Dani zupfte am Schläfenhaar ihres rotblonden Kurzhaarschnitts und lächelte Katz an. »Du hast eh recht gehabt.« Na bitte, sah sie es endlich ein. »Zu fünfzig Prozent.« Jetzt glich ihr Lächeln mehr einem Zähnefletschen. Voll auf Kampf, die Madame, sie konnte es einfach nicht lassen.

Aber bevor Katz zu einer gewitzten Replik ausholen konnte, klopfte es leise an der Tür zum Gang. Helga Egger. Die hatten sie völlig vergessen. »Ernstl, bitte sag ihr nur das Notwendigste. Die Details brauchen wir …«

»Um sie abzuklopfen. Schon klar.« Wagner öffnete die Tür. Und neben Egger und der Assistentin stand der Abgott von Katz' Jugend, der Linksaußen vom Traumteam: Josef Hüttl, nunmehriger Präsident des AC Tröger Danube.

2

Ja, der kleine Junge, nennen wir ihn Talib, spielte gern mit dem Ball. Er fand es lustig, dass das runde Ding wie eine Antilope auf der Flucht in immer andere Richtungen sprang, dass es hoch aufsteigen konnte wie ein Marabu, dass es pfeilschnell wie ein Leopard dahinjagte. Doch er durfte sich mit dem Ball nur heimlich anfreunden, wenn die älteren Jungen alle bei Samir rechnen und schreiben lernten. Dann nahm er den Ball vom Lager von des Onkels ältestem Sohn und lief mit ihm weit hinaus in die Savanne zu dem großen Baobab, auf den er manchmal kletterte, um das Ende des Horizonts zu sehen. Denn bei diesem Baum war kein Napier. Er trat mit den Zehen gegen den Ball – der schlug einen Haken nach rechts. Er trat mit der Innenseite seines Fußes gegen ihn – der Ball vollzog eine gerade Linie. Er trat mit der Außenseite gegen ihn – der Ball flog in die Luft und beschrieb einen eigentümlichen Bogen. Er trieb mit der Innenseite des Fußes den Ball rund um den Baobab, er zielte mit ihm auf den Baum, er versuchte, ihn auf dem Kopf zu balancieren. Und er beobachtete die älteren Jungen, ihr Spiel mit dem Ball, und er versuchte, ihre Bewegungen nachzuahmen. Denn er hoffte, dass er bei ihnen mitspielen durfte, wenn er nur gut genug mit dem eigenwilligen Ding umgehen konnte, auch wenn er noch nicht alt genug war. Er wollte zu ihnen gehören und nicht mehr allein unter lauter Mädchen Mädchenarbeit machen müssen. Er wollte nicht mehr Wasser und Holz schleppen, er wollte die Herden betreuen und die Maschinen reparieren. Und deshalb musste er die Kugel beherrschen lernen, damit ihn die älteren Jungen ernst nahmen. Und so übte er und übte er. Und irgendwann stellte er sich an den Rand des Spielfeldes auf dem Dorfplatz und kickte den entkommenen Ball zurück. Er traf die anderen Jungen immer genauer, schon bald jedes Mal, doch sie bemerkten es nicht. Und als Talib es nach dem großen Regen wagte, mit dem Ball ins Feld zu laufen, verabreichte ihm des Onkels ältester Sohn eine schallende Ohrfeige. Da kickte Talib keinen Ball mehr ins Feld zurück. Und er ging auch nur mehr zum großen Baobab, um von ihm aus den Horizont zu sehen. Nur manchmal sah ihn der Ball vom Lager des ältesten Sohnes seines Onkels aus traurig an, und er sprach zu Talib: »Niemand sieht uns, solange du in der Hütte bleibst. Mir ist die Zeit lang, so wie dir. Komm, lass uns Spaß haben.« Und da nahm Talib den Ball, doch er konnte ihn nicht mit dem Fuß stoßen, denn da war kein Platz in der Hütte. Und so balancierte er ihn wieder auf dem Kopf. Dann legte er ihn auf einen Oberschenkel, auf den anderen, dann ließ er ihn von einem Bein auf das andere rollen, jonglierte ihn mit den Füßen. Und beide waren es zufrieden. Es war ihr großes Geheimnis.

3 // KARL MARIA KATZ WIRD DESILLUSIONIERT

Die Treppen zum Alten AKH* hinauf waren mit halb gefrorenem Blattwerk bedeckt. Hüttl stützte die Egger. Dani hingegen, ausgerüstet mit Timberlands, nahm immer zwei Stufen auf einmal. Katz beschloss, seinen Protest gegen das Ende des Herbstes aufzugeben, es seiner Kollegin gleichzutun und endlich seine Winterschuhe herauszuholen. Denn es war definitiv sexyer, mit starkem männlichem Schritt dahinzuschreiten, als mit glatten Sohlen eine Pirouette nach der anderen hinzulegen.

Aus dem Augenwinkel sah Katz, wie Dani am Plateau stehenblieb und die Arme verschränkte. Alles an ihr war Grant. *Wieso müssen wir ins Bräu gehen? Wieso können die Leut' nicht einfach in die Berggasse kommen?*, hatte sie gemault. *Da können wir dann gleich alles ins System eingeben.* Matschger, matschger.** Dabei hatte er gedacht, dass sie inzwischen verstanden hatte, wie hilfreich Nebenbeigespräche an nicht polizeilichen Orten waren. Und mit ihrem Tablet war sie sowieso ständig mit dem Mutterschiff in Verbindung.

Sie lief weiter durch die Innenhöfe des Gebäudes. Hüttl, Egger und er selbst hatten Mühe, ihr zu folgen. Als Katz mit den beiden Zeugen den ersten Hof und somit das Bräu erreichte, hatte Dani bereits einen hohen Tisch mit Barho-

---

* Altes Allgemeines Krankenhaus: Vorgänger des bereits erwähnten AKH, aus dem 17. Jahrhundert, heute Campus der Universität Wien.

** übelnehmen, leise schimpfen

ckern in Beschlag genommen und einen gespritzten Apfelsaft vor sich stehen. Wenigstens nicht im Nichtraucherraum, in dem Punkt war sie völlig entspannt. Sie drei gaben nun ihrerseits ihre Bestellungen auf. Hüttl zündete sich eine selbst gedrehte Zigarette an, was Katz erleichterte, denn manchmal meinte er, bereits in Little USA zu leben – selbst in der stressigen Situation einer Zeugeneinvernahme oder gar eines Verhörs verzichteten mittlerweile viele auf die beruhigende Wirkung des Nikotins und er musste sich dem anpassen.

Er tat es Hüttl gleich und sah ihn an. »Was also wollen Sie mit uns besprechen?«

Hüttl blickte sich um, zog an der Zigarette, zupfte sich Tabak vom Mund. Und diese letzte Tätigkeit nahm ihn eine volle halbe Minute in Anspruch.

Egger nahm Hüttls silberne Tabatiere und fuhr mit dem Fingernagel das eingeätzte Muster nach. »Ali-Schatz, wir sollten das hinter uns bringen. Es ist wirklich besser so.«

Josef Hüttl seufzte und atmete tief durch, doch es kam nichts. Katz ließ seinen Blick über seinen ehemaligen Halbgott schweifen – fußballerisch sowieso, aber auch modisch, war doch der Ali-Schatz einer der Ersten gewesen, der eine Vokuhila Mischna* getragen hatte. Wenn Katz an seine darauf folgende eigene Gnackwiesn dachte, wurde ihm heiß. Es hatte in der Geschichte von Männerfrisuren kaum Peinlicheres gegeben, je nach Geschmack kamen noch Allongeperücken und ein Afrolook aus Minipli ins Ranking. Nein, vor allem Vokuhila mit Schnauzbart, wie es eben das Markenzeichen von Hüttl gewesen war, schlug alles. Und jetzt? Der Ex-Star, der inzwischen Mitte Sechzig sein musste, hatte braun gefärbte Haare, die sich am Scheitel stark lichte-

* VOrne KUrz HInten LAng MIt SCHNAuzbart, eine Regionalversion ist »Gnackwiesn«.

ten, wovon die zwar gekürzten, aber für Katz' Geschmack noch immer zu langen Nackenhaare wohl ablenken sollten. Die Augenringe waren gut sichtbar, vor allem, weil geplatzte Äderchen auf dem Wangenteil darunter wie ein Hinweisschild leuchteten: Kann nicht alt werden und ist Alkoholiker.

Zu dieser Beobachtung passte auch die erste Regung Hüttls seit einer geschlagenen Minute, denn er bestellte zu seiner Melange einen Obstler.

Dani und er schwiegen, ließen das seltsame Pärchen über Wärmendes bei diesem Wetter sinnieren, Ätzmuster nachritzen und – inzwischen Plural – leere Schnapsgläser im Schein der Lampe begutachten.

Schließlich setzte Hüttl das zweite Glas sanft auf dem Tisch ab und strich über die Platte, als müsste er ein verschobenes Tuch auf seinen richtigen Platz bringen. Und zu guter Letzt schloss er einen weiteren Knopf seines zugegebenermaßen perfekt geschnittenen anthrazitfarbenen Anzugs. Wenigstens im Stylingbereich Kleidung hatte er sich seinem Ruf gemäß weiterentwickelt. »Es ist mir …« Seitenblick zur Egger. »Es ist uns etwas unangenehm, aber wir haben uns gedacht, wir sagen es Ihnen gleich, weil Sie es sowieso herausfinden. Und vielleicht wirbelt das Ganze dann weniger Staub auf, wenn Sie wissen, was ich meine.« Er sah Katz von unten herauf an.

»Nein.«

Der Ex-Star zog den Nacken ein und verdrehte den Oberkörper, wodurch er wie eine sich windende Blindschleiche wirkte. »Helga und ich haben eine …« Er wedelte mit der Hand.

Egger assistierte mit »Affäre. Wir sind seit fünf Jahren zusammen.«

Wagner hatte also mit seiner Vermutung recht gehabt. Es war allerdings höchst eigenartig, dass Betroffene in einem Gewaltdelikt Derartiges von sich aus zugaben. »Und wieso erzählen Sie uns das?«

Helga Egger schniefte, wandte sich ab. »Na ja, jetzt, wo klar ist, dass der Wolfi …« Sie schluckte. Für Katz' Geschmack ein wenig zu theatralisch.

»Und Sie wollen sich selber belasten?«

»Was? Wieso?«

»Frau Egger, achtzig Prozent aller Morde und Totschläge passieren aus Eifersucht, oder um eben einen unliebsamen Eifersüchtigen zu beseitigen.«

Sie warf Hüttl einen Blick zu, er schnaufte. Sie sahen in entgegengesetzte Richtungen. »I hab da ja gsagt, dass des a Schnapsidee is«, fiel Hüttl nun in einen etwas tieferen Wiener Dialekt.

Eggers Lippen zitterten – nur kein neuerlicher Heulkrampf!

Katz löste seine verschränkten Arme und lehnte sich vor. »Stopp, stopp. Rein prinzipiell ist es eine gute Idee gewesen, dass Sie uns das gleich sagen, es ist nur verdammt ungewöhnlich. Also wieso?«

Egger lächelte, doch der Blick, den sie Katz nun zuwarf, war sehr, sehr giftig. »Weil wir beide – also, weil der Josef ja verheiratet ist. Und wie er schon anzumerken beliebte, hofft er, dass seine Frau auch jetzt nichts mitbekommt, wenn Sie nämlich nichts mehr zum Wühlen haben. Vielleicht indiskrete Fragen zu einem unpassenden Zeitpunkt stellen.«

Dani setzte sich auf ihrem Barhocker zurecht – sehr umständlich. Und als sie von den beiden Turteltäubchen abgewandt war, bemerkte Katz, dass sie grinste, was ihn auch zum Lachen animierte. *Wie er anzumerken beliebte.*

Geschwind nahm Katz einen Schluck von seinem gespritzten Orangensaft. Der gute Hüttl konnte sich in nächster Zeit, nun, wo sein Gspusi frei war, sicher Arien anhören über die Geliebte, die so arm war, weil er nie bereit wäre, seine Frau zu verlassen. Jaja, war das Gleichgewicht einmal gestört … Was Hüttl selbst nahezu unverdächtig machte, denn jeder Mann wusste, dass eine verheiratete Frau unbedingt einer alleinstehenden als Bettgenossin vorzuziehen war, er würde niemals freiwillig diesen Zustand ändern. Doch wie stand es mit Helga Egger? Erster Schritt: den eigenen Mann beseitigen? Zweiter Schritt: zur Scheidung drängen oder die Konkurrentin töten? Doch dann hätte sie niemals auf eine Obduktion bestehen dürfen.

»Wir sind keine Denunzianten«, ließ nun Dani verlauten. »Wenn es nicht sein muss.«

Hüttl beugte sich zu ihr. »Dann lassen Sie es bitte nicht sein müssen.« Treuherziger Blick hintennach.

Nun nahm sie einen Zahnstocher aus der Halterung und schälte ihn, knickte die Spitze ab – was hieß: große Beherrschung, sehr große Beherrschung. »Das ist alles ein bissel verwirrend für uns, wissen Sie? Wie mein Chef schon angemerkt hat: Bei Untreue sind immer die jeweiligen Partner verdächtig. Warum also haben Sie«, sie drehte sich zu Egger, »überhaupt eine Obduktion in Auftrag gegeben?«

Die Witwe setzte sich kerzengerade hin. »Man kann es doch nicht hinnehmen, wenn einem der Mann einfach so wegstirbt.«

»Das heißt, Sie haben nicht gewusst, dass er eine Herzschwäche hatte.«

Diese Info hatte Dani gut platziert.

»Wie?« Egger schaute zwischen ihnen beiden hin und her. »Eine Herzschwäche?«

Dani und er nickten synchron.

»Oh.« Üblicher Blick auf den Tisch. »Nein.«

»Sicher?«, fragte Dani nach.

Egger nickte und murmelte »Herzschwäche«, »Nein, wirklich« und »Hätte ich nicht gedacht« vor sich hin, dabei zupfte sie am Kragen ihres olivgrünen Wollkostüms.

Katz dämpfte seine Zigarette aus, schob den Aschenbecher zur Seite und schaute Helga Egger direkt ins Gesicht. »Liebe gnädige Frau, Sie haben das Motto unseres Gesprächs ausgegeben: Ehrlichkeit.«

Jetzt zupfte sie am Kragen ihrer zartgelben Bluse. »Ist ja nur, weil mir erst jetzt klar geworden ist, dass das alles für Sie sehr seltsam ausschauen muss. Man kennt das ja aus dem Fernsehen, dass sich Mörder … also … dass sie …«

»Sich bei Untersuchungen wichtigmachen, scheinbar Brisantes, tatsächlich aber Irrelevantes zugeben, um so von sich abzulenken«, half ihr Katz.

Sie nickte.

Dani zückte ihr Tablet und tippte, seufzte wie eine alte, von ihren störrischen Schäfchen genervte Gouvernante – inzwischen hatte sie, trotz ihrer Unwilligkeit, das psychologische Spiel schon ganz gut drauf. Einlullen und dann forsch, beim Anzeichen erster Verunsicherung, die offizielle Beichte abnehmen, bei der Zeugen wie Täter nur mehr Erleichterung verspürten. Und prompt setzten sich die beiden aufrecht hin, wie Schüler vor einer Prüfung, doch ihr Blick war offen.

Dem Drehbuch entsprechend stand Katz auf und lugte Dani über die Schulter auf das noch fast leere Display, nickte, als stünde da bereits die Weisheit der Welt. »Gut, also von vorn. Sie beide haben seit fünf Jahren ein Verhältnis. Frau Hüttl weiß nichts davon. Wusste es Wolfram Egger?«

Die Witwe schüttelte vehement den Kopf, ihr Bettwärmer etwas verzögert.

»Herr Hüttl?«

»Ich bin mir nicht sicher.«

»Sicher nicht!«, fuhr ihn Egger an.

»Ich glaub, es hat ihn einfach nicht interessiert.« Und säuselnd in Richtung seiner Gespielin: »Nicht mehr. Was ich ja nie verstanden habe, Demi-Maus.«

Helga Egger zog eine Augenbraue hoch. Unter diesem ihrem Blick wurde jeder Hengst sofort ein Wallach. Was war an dieser Aussage so schlimm? Sie hatte sich ja auch nicht mehr sonderlich für ihren Mann interessiert. Bereits ein halbes Dezennium lang.

Hüttl fuhr mit dem Zeigefinger über ihren Unterarm. »Ich mein doch nur, dass er dir einfach auch Spaß gegönnt hat. Weil er dich eben … im Grunde … auch noch gern gehabt hat.«

»Auch Spaß?« Dani sah von ihrem Tablet auf.

Egger überschlug die Beine in die andere Richtung und verschränkte die Arme, wodurch sie nun völlig abgewandt von ihnen saß. »Das ist alles so … peinlich.«

Mister President nutzte die Gunst der Stunde und eroberte seine Tabatiere zurück. Er zündete sich eine weitere Zigarette an. Nach dem ersten Lungenzug nahm er Katz ins Visier. »Wolfram ist schon seit Jahren nur mehr zu Nutten gegangen.«

»Woher wissen Sie das?«

»Er hat es mir gesagt. Uns. Also nicht gleichzeitig. Irgendwann einmal halt.«

»Haben Sie es einmal gesehen? Miterlebt?«

»Ich fang nichts mit Prostituierten an.«

Egger wippte mit dem Bein. Ihr Fell schien einen Hauch geglätteter.

Dani wischte auf dem Display herum. »Ich fasse also zusammen: Wolfram Egger geht seit Jahren zu Prostituierten, wovon einige Menschen wissen. Seine Frau, sein – in welchem Verhältnis standen Sie eigentlich zu Wolfram Egger, Herr Hüttl?«

»Na, er war mein Angestellter. Also Angestellter des Clubs. Und über die Jahre … Auswärtsmatches, Siegesfeiern, Weihnachtsfeiern, Besprechungen …«

»Also ein Freund«, insistierte Dani.

»Nein, nein, ein guter Arbeitskollege.«

Eggers Blick huschte zu ihm und schnellte wieder zurück in die Tiefen des Lokals.

Katz stellte sich vor sie hin. »Wollen Sie etwas korrigieren, gnädige Frau?«

Sie sah ihn lange an. Dann sprang sie vom Barhocker, strich ihren Rock glatt und legte, klassisch bereit für eine Rede, die Unterarme auf den Tisch. »Nein, ich will das hier endlich beschleunigen. Ja, mein Mann ist zu Nutten gegangen. Ja, ich habe darunter gelitten. Nein, wir hatten kein Arrangement, aber ja, ich bin irgendwann fremdgegangen. Und das hat mir gut getan.« Ihr blendendes Äußeres unterstrich diese Aussage definitiv. »Und ja, vielleicht hat er etwas geahnt, aber wir hatten kaum mehr Kontakt zueinander …«

»Sie haben doch zusammengewohnt.«

»Man kann sich auch in einem kleinen Einfamilienhaus prächtig aus dem Weg gehen, Herr Chefinspektor. Meine Trauer hält sich also in Grenzen.«

»Aha?«, warf Dani ein.

Eggers Blick flog zu ihr und dann auf den noch immer feuchten Jackenkragen. Sie fing zu lachen an – mit einer Stimme wie eine ungeölte Schaukel. Sehr hysterisch. Hüttl empfand das wohl auch, denn er ließ seinen Arm über ihren Schultern schweben und legte ihn dann wieder auf die Barhockerlehne, als wolle er sich nicht verletzen.

Währenddessen verschluckte sich die lustige Witwe. Sie hustete, röchelte und trank in einem Schluck ihren Rotwein aus. »Gut, Sie fragen sich jetzt wahrscheinlich, warum ich unbedingt eine Obduktion wollte, wenn ich ihn doch nicht mehr mochte? Und warum ich dann geweint habe? Ganz einfach: Seine Lebensversicherung zahlt bei Selbstmord nicht und auch nicht bei einem ungeklärten Unfall. Ich brauch aber das Geld.«

»Demi-Maus …« Der Bremsversuch von Hüttl klang armselig. Und außerdem – dieser komische Kosename. Nein, Plural. Weder hatte *Demi* was mit Helga oder Egger noch *Ali* was mit Josef oder Hüttl zu tun.

»Nein, es ist, wie es ist, Josef.« Sie tätschelte seinen Unterarm. »Ich bin einen gewissen Lebensstil gewohnt und nicht daran interessiert, darauf zu verzichten. Und was den Weinkrampf vorhin betrifft …« Sie holte tief Luft, griff nach dem Glas, musste aber feststellen, dass es leer war. »Ich hab in letzter Zeit oft mein Leben verflucht. Genau genommen, meine Entscheidung von einst, Wolfram zu ehelichen.«

Sie sagte tatsächlich *ehelichen*. Katz fragte sich, aus welchem Stall sie ursprünglich eigentlich stammte.

»Zuerst keine Karriere als Profifußballer«, fuhr sie fort, »dann keine Kinder, irgendwann kein Sex mehr, vor einem Jahr ein mieser Job als Schuhflicker, statt zumindest als Zeugwart, und jetzt noch ein mühseliger Tod, der mich vielleicht in Armut stürzt. Ich war einfach deprimiert, okay?«

Schlagartig war Katz extrem froh darüber, dass sich die Egger nicht an ihn gelehnt hatte, seine Jacke war dünner als jene von Dani, und vielleicht hätte er sich ein paar Frostbeulen eingefangen.

»Ich bitte Sie also, ehebaldigst herauszufinden, wer meinem Mann Koks verabreicht und ihn dann über den Balkon geschmissen hat.« Mit diesen Worten schnappte sie ihren Lammfellmantel und hob auffordernd das Kinn Richtung *Ali-Schatz*. Der sprang auch sofort vom Hocker und griff nach seinem steingrauen Lodenmantel.

Katz schnappte sich Eggers Mantel. »Und während ich Ihnen behilflich sein darf, gnädige Frau, verraten Sie mir sicherlich, wo Sie heute vor acht Tagen waren, bevor Sie am Donnerstagmorgen die Leiche Ihres Mannes gefunden haben?«

Sie hielt im Hineinschlüpfen inne und nickte Hüttl zu. Der kramte in der Innentasche seines Sakkos und holte ein Kuvert heraus. Dem entnahm er eine Rechnung, die ihm Dani sofort aus der Hand schnappte.

»Grand Hotel Panhans. Semmering«, las sie vor. »Mittwoch auf Donnerstag, Superior Doppelzimmer mit Panoramablick. Hundertachtzehn Euro die Nacht inklusive Frühstück.«

»Und Badewanne«, ergänzte Helga Egger.

Hüttl knöpfte seinen Mantel zu. »Sie können gern dort anrufen, man kennt uns. Wir nächtigen öfters dort. Nicht weit von Wien, aber wie Urlaub.«

Das hatte sich die bessere Gesellschaft des Fin de Siècle auch gedacht, denn damals war das Panhans gebaut worden. Alle waren vor der sommerlichen Hitze in der Kaiserstadt im Pulk an denselben Ort geflüchtet, wodurch alles wie daheim war: Man sah und wurde gesehen. Moment …

Demi-Maus und *Ali-Schatz* strebten mit einem zurückgeworfenem »Bis demnächst und schönen Tag« zum Ausgang. Katz lief ihnen nach, baute sich vor ihnen auf. »Ich dachte, Ihre Frau darf von Ihrer Liaison nichts wissen, Herr Hüttl. Und da gehen Sie ins Panhans und nicht ins Orient*?«

Sein ehemaliger Halbgott senkte den Kopf. »Wenn Sie darauf anspielen, dass uns jemand gesehen haben und es dann meiner Frau verraten haben könnte … es wissen schon alle. Nur sagen wird niemand was. Man tut einem Krüppel nicht weh.« Er sah Katz an. »Meine Frau hat sich die Beine strecken lassen, aus Schönheitsgründen. Das ist schief gegangen. Die Beine mussten wieder und immer wieder gebrochen werden. Jetzt sitzt sie im Rollstuhl. Guten Tag.«

* Bekanntestes Stundenhotel in Wien.

3

Und der kleine Junge namens Talib hatte noch ein zweites Geheimnis: Als die älteren Kinder bei Samir lernten, ging er zu dem weisen Mann Zahran und sah fern. Er bestaunte fremde Menschen und Berge und Häuser und Tiere und Pflanzen. Ein Gesicht, so groß und weiß wie ein Fladen, erschreckte ihn, doch Zahran lachte nur. Der alte Mann nahm ein Papier aus seiner Kiste und breitete es vor dem noch so kleinen Jungen aus. Blaue, braune, graue und grüne Flecken befanden sich darauf. »Das ist die Welt«, sagte Zahran zu ihm. »Das ist Afrika, und hier bist du.« Er deutete in die Mitte eines großen, an dieser Stelle braunen Flecks. Und der weiße Fladen war ein Deutscher, erklärte Zahran. Er deutete auf die Stelle, wo sich dieser Mann befand, Deutschland genannt. Sie war größtenteils grün und weit von Talibs Platz auf der Welt entfernt. »Wie viele Tage geht man, um zu dem weißen Mann zu kommen?«, fragte er. Zahran führte ihn aus der Hütte, legte das Papier, das Karte genannt wurde, in eine bestimmte Richtung auf den Boden. Er zeigte auf die grüne Stelle und dann zum Horizont: »Wenn du gehst, wechseln sich Regen und Trockenheit einmal ab, so weit weg ist dieses Land. Du musst fahren, mit dem Auto, mit dem Schiff. Oder du musst wie ein Vogel fliegen.« Er sah in den Himmel und zeigte auf einen silbernen Punkt, der einen weißen Schwanz hatte. »Oder mit dem Flugzeug«, lachte er. Er ging mit Talib zurück in die Hütte. Sie betrachteten die wechselnden Bilder im Fernsehen: ein Fluss mit grünen Hügeln, ein Wald mit hohen Bäumen. Ein weiterer kleiner Fluss, dessen Wasser so klar wie ein Spiegel war. An seinem Rand drängten sich Blumen wie in Talibs Dorf nach dem Regen. »Und diese Blumen wachsen in diesem Land das ganze Jahr«, erklärte Zahran. Und mit einem Mal war dem kleinen Jungen klar, warum er immer weiter und weiter laufen musste, bis die Sonne ins Gras fiel: weil es hinter dem Horizont so viele wunderschöne Dinge gab und Gott wollte, dass er sie eines Tages sah. Talib dachte das nicht, dazu war er noch zu klein, aber er fühlte es. Ab diesem Tag schlich er sich jedes Mal, wenn die älteren Kinder bei Samir lernten, zuerst zum großen Baobab in der Savanne, um mit seinem Freund, dem Fußball, zu spielen, und danach zu Zahran, um die Landkarte zu betrachten. Und er wünschte sich nichts sehnlicher, als auch endlich die große Magie der Schriftzeichen zu verstehen, damit er die Welt auf der Karte erforschen konnte. Und er lief und lief und stahl sich heimlich Essen, um schneller größer zu werden, damit er schon bald in diese Welt hinausgehen konnte. Doch Zahran lachte nur: »Dafür benötigst du Geld, kleiner Mann. Und niemand von uns hat so viel Geld, um in die Welt zu gehen.« Daraufhin weinte Talib. Sogleich schämte er sich, trat mit dem Fuß gegen die Landkarte. Zahran faltete sie zusammen und sagte: »Du musst lernen. Wenn du gut bist, schaffst du es vielleicht, in die große Stadt zu gehen. Und wenn du in der großen Stadt bist, dann schaffst du es vielleicht in die Welt.« Talib ließ sich Zahrans Ratschlag durch den Kopf gehen. Er schien ihm zu unsicher und so sagte er: »Nein, ich gehe zum großen Inyanga*. Er soll mir ein Muti machen.« Zahran sah ihn lange an und nickte dann. »Zauber ist immer gut, doch die Ahnen helfen nur dem, der ihrer würdig ist. Lerne.«

---

* Kräuterdoktor, Medizinmann, oft auch Sangoman genannt, der unter anderem durch ein Muti, also Zaubermittel, Erfolge sicherstellt.

4 // MAYER REVIDIERT EIN KLISCHEE

Kevin zwirbelte die Strähne seiner Entenschnabelfrisur und lauschte ihrem Bericht. Sein Mund stand offen. »Es gibt echt Leute, die sich die Beine verlängern lassen? Voll krank. Wieso tun die das? Das tut doch nur weh!«

»No idea. Musst du googeln.« Mayer zeigte auf seinen Teller mit Gemüse aller Art. »Deine Bambussprossen werden kalt.«

Brav nahm Kevin die Stäbchen in die Hand und stopfte das Essen in sich hinein – noch immer mit großen runden Augen.

Mayer konnte seine Verwunderung nur allzu gut nachvollziehen. Sie selbst und Katz hatten im Bräu den beiden Turteltäubchen schweigend nachgesehen, schweigend den Weg in die Währinger Straße zum Asiaten absolviert, wo sie sich mit Rössler und ihrem Azubi Kevin Draganović zum Mittagessen verabredet hatten – im Gegensatz zum Angebot im Bräu ganz nach Mayers Geschmack: ein Spottpreis, frische Zubereitung und all-you-can-eat. Sie hatte nach einer Misosuppe und ein paar Vorspeisenhäppchen bereits die zweite Portion gegrilltes Fleisch.

Rössler legte die Gabel ab und stützte sein Kinn auf die gefalteten Hände. »Nun gut, die beiden fallen wohl aus. Ich bin sicher, dass ihr Alibi hieb- und stichfest ist. Außerdem kann ich mir nicht vorstellen, dass man mit so einem Aufwand, wie ihr ihn geschildert habt, einen Ehemann um die Ecke bringt und dann auch noch selber die Obduktion in die Wege leitet.«

»D'accord«, murmelte Katz, während er sich mit dem Schälen einer Garnele abmühte.

»Gut. Aber bevor wir die Vorabrecherchen von Kevin sowie das weitere Vorgehen besprechen, erlaubt mir bitte eine Frage.«

Mayer sah Rössler an. Sie bemerkte aus dem Augenwinkel, dass auch Katz das rosa Ding rosa Ding sein ließ, wohl weil er, wie sie, den grummelnden Unterton registriert hatte.

Als sich Rössler ihrer Aufmerksamkeit sicher war, setzte er ein Lächeln auf. »Wieso habt ihr nicht gleich gefragt, warum Egger als Zeugwart entlassen worden ist? Das ist doch nun, angesichts des Todesumstandes, ein interessanter Punkt. Auch wenn das bereits ein Jahr her ist.«

Weil wir noch gar nicht auf einen Mord eingestellt waren. – Weil wir von der Mafiageschichte müde und träge im Kopf sind. – Weil die beiden so schräg gewesen sind, dass wir den Faden verloren haben. – Weil, weil, weil. – Alles Ausreden, die Frage war berechtigt und von ihrem Charakter her ein noch viel berechtigterer Vorwurf seitens des Herrn von und zu des Verfahrens. Sie hatten geschludert.

Katz widmete sich wieder seiner Garnele. »Touché.«

Ja, zugeben und vorwärts schauen, die wahrscheinlich beste Strategie. Sich fortan am Riemen reißen. Mayer packte mit den Stäbchen eine Brokkoli-Rose und versuchte, sich auf deren frischen, bitteren Geschmack und die knackige Konsistenz zu konzentrieren. Vielleicht das letzte gemütliche Mittagessen für ein paar Tage, wenn jetzt die Ermittlungen volle Fahrt aufnahmen. Die Spurensicherer waren bereits in Eggers Haus, Telefonlisten und Bankauszüge angefragt.

Rössler wirkte eigenartigerweise verloren, als hätte er einen Kampf erwartet und stünde nun mit Schwert und Schild allein ohne Gegner da. »Äh ja. Also in Zukunft …«

Katz wedelte mit der Hand und grunzte einen Laut, der einer Beruhigung nahekam. Wenn man allerdings genau hinhörte, schwang im Unterton *Ja, eh, nerv net* mit.

Folgerichtig kniff Rössler die Lippen zusammen. »Kevin?«

Der schob mit affenartiger Geschwindigkeit den Rest des Essens hinein, den Teller zur Seite und einen ausgedruckten Bericht in die Mitte des Tisches. Abschließend aktivierte er sein Tablet. »Ja, also da wäre einmal Wolfram Egger. Er ist neunzehnachtundfünfzig geboren, Simmering, dort aufgewachsen, gelernter Automechaniker, mit fünfzehn in den Jugendkader vom Athletic Club Danube, mit siebzehn bereits in die Hauptmannschaft …«

»Das heißt Kampfmannschaft«, schmatzte Katz.

»Kampfmannschaft. Drei Jahre Einsatz in der ersten Liga …«

»Bundesliga. Der AC war damals in der höchsten Spielklasse«, korrigierte Katz neuerlich.

»Das hab ich doch gesagt.«

Nun sah Katz den Azubi an. »Bundesliga, erste Liga, Regionalliga, Landesliga und dann je nach Bundesland der Rest wie Klasse oder Gebiet in mehreren Stufen.« Über der akkuraten Aufzählung schwebte ein *Du Dillo.*

»Lass ihn doch«, fühlte sich Mayer bemüßigt, den Youngster, der bloß fünf Jahre jünger als sie war und sich dennoch oft wie ein Kind maßregeln ließ, zu verteidigen. »Wenn ihn Fußball nicht interessiert …«

»Sollte es ab nun aber wahrscheinlich. Könnte ich mir vorstellen.« Damit widmete sich Katz der letzten Garnele auf seinem Teller. »Außerdem kann ein bissel Allgemeinbildung nicht schaden«, grummelte er hintennach.

»Wenn das dein hehres Ziel ist, lieber Karl Maria, dann solltest du aber auch ein bissel genauer sein«, giftete Rössler. »Bis Vierundsiebzig war die Bundesliga die Nationalliga. Und dann bis Vierundneunzig die Bundesliga 1. Division.«

Katz grinste ihn an. »Mit der Akkuratesse eines Juristen kann ich natürlich nicht mithalten.« Er neigte sein Haupt wie eine Hofschranze vor dem Kaiser.

Das entlockte nun auch Rössler ein Lächeln. Mit erhobener Hand in ebenso übertriebener Manier nahm er die Huldigung entgegen.

Ihr zwei Klugscheißer! Aber Hauptsache, die dicke Luft hatte sich verflüchtigt.

Kevin strich seine Haarsträhne nach hinten und atmete durch. »Okay, Egger war also drei Jahre Nationalligaspieler, und dann ist er im Kader …« Er warf dem Chef einen Seitenblick zu, als wolle er kontrollieren, ob der bemerkte, wie lässig er einen Fachbegriff eingeworfen hatte, doch der reagierte nicht. Also setzte Kevin fort: »… nicht mehr aufgelistet. Nicht einmal in der Reserve. Die Homepage des Vereins ist ziemlich genau. Ich bin also die Polizeiakten durchgegangen und – Punktlandung.« Er sah sich triumphierend um.

Mayer lächelte ihm aufmunternd zu, Rössler ebenfalls.

»Ja, zwei Jahre nach seinem letzten Spiel ist er wegen Handtaschenraubs verhaftet worden. Beschaffungskriminalität.«

»Öha«, ließ Katz vernehmen. »Deswegen hat die gute Helga so penetrant betont, dass er clean war. Wir hatten da wohl ein gröberes Problemchen.«

Kevin schüttelte den Kopf. »Nicht Drogen, zumindest hat er das nicht im Protokoll angegeben, sondern Spielschulden.«

Mayer sah, dass sich ihm die anderen beiden mit einem ebensolchen Fragezeichen im Gesicht zuwandten, wie es wohl in ihrem eigenen zu lesen war.

»Ja«, fuhr er fort, »er hat illegal gepokert und war ein paar Gürtelherren* nicht gerade kleine Beträge schuldig.«

»Sehr ungesund«, meinte Rössler.

Sie zog den Bericht von Kevin zu sich. »Hat der denn so viel verdient, dass er sich das hat leisten können? Das Spielen, meine ich.«

»Liebe Frau Mayer«, Rössler tupfte sich mit der Serviette die Mundwinkel ab, »können sich die Jugendlichen aus den Zuwandererfamilien in Fünfhaus oder Ottakring oder Brigittenau** das Spielen auf den einarmigen Banditen leisten?« Sie schüttelte den Kopf. »Eben.«

Und sofort stiegen in ihr die tristen Bilder von diesen Drei-Quadratmeter-Spielhöllen mit den schwitzenden, stier dreinblickenden Süchtigen auf. Sie versuchte vergeblich, sie von sich zu schieben. Nicht mehr vorrangig mit diesen Leuten zu tun haben müssen, war definitiv ein Vorteil an der Arbeit im Landeskriminalamt. In ihrem alten Kommissariat West hatte sie mindestens zweimal pro Woche zu einer Gewalttätigkeit im Dunstkreis von diesen elendiglichen Abzockerplätzen ausrücken müssen. Diesen Stressschweiß, der allen Süchtigen anhaftete, den würde sie nie mehr aus ihrer Nase bekommen. Die Augen der Angehörigen, in denen nur mehr die pure Hoffnungslosigkeit zu

---

* Der »Gürtel« ist eine sechsspurige Straße in Wien, an der auch sehr viele Nachtclubs, Bordelle etc. angesiedelt sind.

** Die Wiener Bezirke 15, 16 und 20, bekannt für ihren hohen Zuwandereranteil.

lesen gewesen war. Die Prügeleien, weil Muttchen oder Schwester nicht den letzten Einkaufseuro für die absolut sichere Serie herausrückte. Die peinlichen Ausreden von den Mittelständlern, die sich angeblich nur zufällig in diese Untergrundwelt verirrt hatten.

»… und dort ist er ihnen dann entkommen, würde ich sagen«, hörte Mayer Kevin sagen.

»Wo?«

»Auf der Baumgartner Höhe. Irgendwer muss in der Zeit seine Schulden gezahlt haben, denn sonst hätten die ihn nachher doch erst recht einkassiert. Er war sicher megabekannt.«

Katz wiegte den Kopf. »Geht so. Aber den Bossen war sein Name sicher geläufig. Wer also hat bezahlt? Das gilt es, herauszufinden. Seine Familie?«

»Arbeiterschicht. Die Familie seiner Frau hätte es sein können. Alles Beamte. Im Bundeskanzleramt, bei der Stadtverwaltung oder Lehrer.«

»Wann haben die beiden denn schon geheiratet?«, fragte Mayer.

Kevin tippte herum. »In seinem zweiten Jahr in der – Nationalliga.«

Mayer rechnete nach. »Da war er ja gerade neunzehn. Sehr flott.«

»Stopp!« Rössler sprang auf und kam ein paar Sekunden später mit vier Reispuddings zurück, die er vor ihnen platzierte. »Und ich könnte mir vorstellen, dass die Familie not amused war – Fußballer und Arbeiterkind mit dem Töchterchen aus gutem Haus.«

Jetzt war Mayer wenigstens klar, warum Helga Egger so einen überkandidelten Eindruck auf sie gemacht hatte. Das erwartete Bild einer eher einfach gestrickten Spielerfrau, die ehemals Friseurin oder Bikinimodel gewesen war, war durch jenes einer gutbürgerlichen Dame ersetzt worden. Gut, man sollte nicht immer nur in Klischees denken, doch was hatte eine junge Mittelstandsfrau, die sicher hätte studieren sollen, dazu bewogen, das so ganz andere Leben einer Fußballergattin zu wagen? Vielleicht genau dieser Gegensatz? Revolte gegen die Eltern? Das war in den Siebzigern gewesen …

»Ich könnt mir vorstellen, dass sie ihren Alten mit dem Kommunistischen Manifest gekommen ist«, warf Katz ein. Er streckte die Faust in die Höhe, skandierte in gepresstem Demonstrationston: »Ho Ho Ho Chi Minh! Ho Ho Ho Chi Minh!*«, und fügte mit ausgebreiteten Armen hinzu: »Alle Menschen sind Brüder und gleich. Klassenlose Gesellschaft.«

»Gut, das könnt ihr sie ja noch fragen. Auch das mit dem Geld«, schloss Rössler ihre Mutmaßungen ab. »Und waren da jetzt Drogen oder nicht?«

»Haben sie auf der Höhe gleich mitbehandelt«, teilte Kevin mit. »Marihuana, Koks und Barbiturate.«

»Ich möchte einmal mehr nicht wissen, wie Sie das schon wieder herausgefunden haben, lieber Draganović. Noch dazu, wo das damals alles noch nicht digitalisiert war.«

Kevin wurde von seinem Doppelkinn bis zum Entenschnabel rot. Poor boy! Nach Mayers Geschmack hackte Rössler auf dessen genialen, dennoch halbseidenen Methoden, sich Infos zu verschaffen, zu oft herum. Der begnadete IT-Freak wusste ja bereits, dass sie die illegal verschafften Infos nicht als Beweise benutzen konnten. Dennoch waren sie hervorragende Hinweise, um den Betroffenen die richtigen Fragen stellen zu können.

---

* Schlachtruf der 68er-Studenten, eigentlich Name der legendären Symbolfigur der vietnamesischen Unabhängigkeitsbewegung, Ho Chi Minh.

Katz lehnte sich zurück und strich sich über den Bauch. »Ein gefallener Stern sozusagen. Ich frag mich nur, warum Helga Egger sich nicht schon damals von ihm hat scheiden lassen. Die Frau, die ich heute kennengelernt habe, hätte das getan.«

»Vielleicht«, Kevin räusperte sich, »konnte sie vor den Eltern nicht zugeben, dass sie einen Fehler gemacht hat.«

Das klang verdammt privat. Hatte er Probleme mit seiner Jana?

Auch Katz schien sich Ähnliches zu überlegen, denn er musterte den Kollegen. »Okay, kann sein. Wir werden sie das fragen. Und auch, warum sie nicht gearbeitet hat.«

»Hat sie doch!« Kevin wischte auf dem Display. »Sie hat einen Tattooladen. Seit ewig.«

Schweigen am Tisch.

»Wie bitte?«, fragte Katz nach. »Und Präsens?«

Er konnte wohl die Wollkostümtante genauso wenig mit dem aus Erfahrungen aufgebauten Bild einer Stecherin in Einklang bringen wie Mayer selbst.

Kevin entzog Mayer die Papierunterlagen, schob sie Katz hin, schlug zielsicher an einer bestimmten Stelle auf und tippte auf die untere Hälfte der Seite. »Zwei Angestellte. Und sie sticht hauptsächlich …«, er blätterte um, »Fußballer. Sie hat auf ihrer Website Namen als Referenz, die sogar ich kenne.«

Katz fuhr sich mit der Hand über seine Glatze. »Kann mir dann bitte irgendwer erklären, warum diese Egger von Ruin spricht, falls sie nicht die Lebensversicherung ausbezahlt bekommt, und von der Erhaltung des Lebensstandards? Bei *der* Kundschaft hat ja eher sie ihren Mann erhalten als umgekehrt.« Er sah Kevin an. »Wo hat der Egger jetzt am Schluss gearbeitet? Sie hat *Schuhflicker* gesagt.«

»Bei Mister Minit. Bei diesem Schuhreparaturservice und Schlüsselkopierer.«

Mayer sah Katz an, er sie. Sie beide Rössler. Diese Dame hatte sie ganz schön in den Boden geredet. Es wäre verdammt noch einmal ihrer beider Job gewesen, das von Egger selbst herauszukitzeln.

Rössler zückte sein Handy und suchte eine Nummer heraus, wählte. Verlangte mit staatsanwaltlicher Autorität einen Thomas Schindler zu sprechen. »Servus, Tommy. – Ja, alles bestens. Und bei dir? Hat Benjamin die Nachmatura* geschafft? – Sehr schön, gratuliere euch. Du, ich bräuchte da eine Auskunft, jetzt einmal informell, es kommt noch offiziell – ja super, ich weiß doch, dass ich mich auf dich – also, kannst du mir bitte nachschauen, ob am achten November ein Josef Hüttl und eine Helga Egger bei euch im Panhans eingecheckt haben? – Oh, alles klar. Ich danke dir, hast was gut bei mir.« Er beendete die Verbindung. »Tommy hat mit den beiden an der Bar Manhattans getrunken. Und er weiß das sogar ohne Nachschauen, weil er an dem ... an dem Tag seinen Geburtstag gefeiert hat. Deswegen waren sie angeblich auch über Nacht bei ihm. Sind Stammgäste.«

Jetzt rieb sich Katz die Schläfe, bei ihm immer ein untrügliches Zeichen für Unrundheit. »Trotzdem ist da was ...«

Mayers Handy läutete zeitgleich mit dem seinen. Er kontrollierte gedankenverloren sein Display, sie hob indessen ab. Es war die Zentrale, die ihr einen Leichenfund meldete: ein Mann, der mit einem Handtuch des AC Danube erstickt worden war.

---

* Abitur, hier speziell der zweite Versuch im Herbst

4

Die Worte des weisen Zahran waren immer im Kopf des kleinen Jungen, genannt Talib. *Lerne, und du schaffst es, in die Welt zu gehen.* In seinem Kopf hatte die Möglichkeit der Tatsache Platz gemacht. Und so war sein schönster Tag, als er endlich mit den älteren Kindern zu Samirs Hütte marschierte. Geduldig lernte er, die magischen Zeichen zu malen, sie zu magischen Bildern zusammenzufügen, bald von fremder Hand hergestellte magische Bilder zu verstehen. Er lernte die Säcke voll Korn zu zählen, bald auch, wie viel Stück Vieh ihm blieb, wenn er eines schlachtete, dann zwei, dann drei. Dieses Rechnen konnte er besonders gut. Samir lachte und prophezeite ihm, dass er ein guter Geschäftsmann werden würde. Oder ein Spezialist für das Internet. Das sagte der Lehrer dann ganz ehrfürchtig. Talib hatte das Wort schon gehört. Denn sein Onkel fuhr jeden Mond einmal in die große Stadt, um Vieh und die Halsketten, die Talibs Mutter knüpfte, zu verkaufen. Und da ging er dann an einen Ort, genannt Kino (ein größerer Fernseher, wie Zahran Talib erklärte, der allerdings immer dasselbe zeigte, weshalb sich Talib wunderte, dass man extra dafür in die große Stadt fahren musste), und er ging auch in das Internet, wie er es nannte. Der Onkel ging nicht wirklich dort hinein, erklärte Zahran, er saß davor, stellte eine Verbindung zur Welt her, mit einem Gerät, das ebenfalls eine Ähnlichkeit mit einem Fernseher hatte. »Und das Netz ist ein unsichtbares Wesen wie ein Geist. Und dieser Geist kann wie ein richtiger Geist durch Wände gehen, kann fliegen und tauchen. Er ist wie ein Rohr, an dem du an der einen Seite etwas hineinflüsterst, und dein Freund auf der anderen Seite versteht dich. Nur um vieles mächtiger und schneller. Und er ist an unendlich vielen Stellen gleichzeitig, deshalb ist dieser Geist auch sehr weise.« – »Nicht so weise wie du«, widersprach Talib. Zahran lachte: »Doch, mein kleiner Mann, viel weiser als ich. Wenn du etwas wissen willst, fragst du das Netz. Und wenn du andere Orte und Menschen sehen möchtest, gehst du ins Netz.« In diesem Moment beschloss Talib, noch schneller und besser zu lernen, um es bald in die große Stadt zu schaffen. Doch es war ihm nicht bewusst, dass er keinen Vater hatte.

5 // MAYER IST ALLES ZU OFFENSICHTLICH

Mayer schämte sich. Sie sollte wie Katz, Rössler und Kevin andächtig der AB08 bei der finalen Spurensicherung an der Leiche zuschauen, aber sie konnte sich nicht wehren: Immer wieder haftete sich ihr Blick an den dicken Sandsteinengelchen fest, die zu Dutzenden rund um einen Schwimmteich lagen, knotzten, tanzten und hüpften. Ihre Augen waren so grob gemeißelt, dass sie mehr Kobolden als süßen Kindern glichen, ein Eindruck, der durch die etwas zu groß geratenen Pimmelchen noch verstärkt wurde. Wenigstens lag das künstliche Gewässer hinter der Villa und war daher von der Straße nicht sichtbar, ansonsten müsste man den Besitzer noch nach seinem Dahinscheiden wegen optischer Folterung anzeigen. Allerdings hatte das Anwesen des toten Sportdirektors des AC Tröger Danube kein Monopol auf Geschmacksverirrung – das Haus daneben kam mit die Eingangstür flankierenden pummeligen Löwen ins Ranking, jenes gegenüber mit Erkern im viktorianischen Stil. Man könnte sagen, eine neureiche Ansiedlung aus einem Guss.

Und wieder einmal wurde Mayer schmerzhaft bewusst, dass sich die Suche nach einer neuen Freundin schwierig gestalten würde, denn die meisten Menschen hatten einfach keinen Geschmack. Okay, sie hatten einen, nur nicht den ihren. *Stell dir vor, alle Menschen würden nur Äpfel mögen und sonst kein Obst*, hatte ihre Oma immer gesagt.

Es war nur so mühsam, Papaya-Esser zu finden, die vielleicht auch noch Straußensteak statt Bratwürstel bevorzugten. Oder welches Bild auch immer Mayers Vorlieben entsprach, es variierte von Tag zu Tag, sie konnte sich da nicht entscheiden.

»Das ist echt cool da!« Kevin hatte sich neben sie gestellt und betrachtete mit glänzenden Augen Garten und Teich. »Ein Wahnsinn, oder?«

»Ja, der schlichte Wahnsinn«, mischte sich nun auch Katz ein.

Ich bin allein! Dani allein auf der Welt! Mayers Hand fuhr in die Handtasche. Sie brauchte dringend einen Zahnstocher. Knicken, knicken, beruhigen, beruhigen. Aus und stopp – bis auf diese Bekenntnisse waren ihre Kollegen ja ansonsten ganz in Ordnung.

Der Chef ging zwei Schritte zum Teich und breitete die Arme aus, nahm einen tiefen Atemzug, drehte sich um, wobei er wie ein Wanderprediger wirkte, und sagte: »Ladys und Gentlemen, betrachten Sie bitte eingehendst diese abgrundtief hässlichen Putten. Haben wir hier bereits das Mordmotiv vorliegen? Geschmackspolizei? Oder, au contraire Besitzneid?«

Doch ein Mitstreiter. Sie grinste. Und das dritte Mal an diesem Tag, dass Katz eine französische Floskel einbaute. Hatte er diese Attitüde von seinem Freund Alex übernommen? Hoffentlich nicht, denn Mayer fühlte sich dem bereits mehr als genug ausgesetzt, nachdem sie ja die Wohnung mit Alex teilte.

Kevin senkte den Kopf, wobei er wieder einmal rot wurde. »Ich find das hier echt lässig.« Seine Stimme kiekste, aber immerhin beharrte er auf seiner Aussage. Das nötigte Mayer Respekt ab.

Klatschen drang zu ihnen. Es war Rössler, der sie nun zu sich wedelte. Also trabten sie zur Terrassentür, die ins Wohnzimmer führte. Helge Schmitz von der Spurensicherung dirigierte seine Leute in die anderen Räumlichkeiten des Hauses und führte Mayer, Rössler, Katz und Kevin zur Leiche von Manfred Kollaritsch, die sich auf einem lilafarbenen Stressless-Sessel befand. Milka-Lila. Er harmonierte bestens mit den Flecken auf dem Teppich darunter.

Katz legte den Kopf schief, wohl um das Muster desselben besser studieren zu können. »Das ist einmal was anderes. Nicht als Fälschung an der Wand, sondern als Knüpfwerk auf dem Boden.«

Mayer nahm seinen Blickwinkel ein. »Wieso? Was ist das?«

»*Grand nature* von Picasso.«

Er sah sich um, Mayer tat es ihm gleich.

»Schau, Dani, Dürers Hände als Blumenvase.« Sie befand sich auf dem Sims eines offenen Kamins. Die Stängel steckten zwischen den Handflächen. Und gleich daneben lag eine schmelzende Uhr.

Die hatte nun auch Rössler entdeckt. »Und da auch der übliche Dalí. Stringenter Stil, könnte man sagen.«

»Künne mer?«, mischte sich nun Helge ein.

Katz ließ die flache Hand an eine imaginäre Mütze schnalzen. »Sprich, mein Lieblingsbeutekölner.«

»Schwill ja Wagner nischt vorjreifen – wo is dä eijentlisch?« Er zwirbelte sich seinen weiß-roten Seehundbart. Die Vorliebe für diese spezielle Art der Rasur hatte den Leiter der AB08 und den Rechtsmediziner sofort füreinander eingenommen.

»Ein Radfahrer hat ihm gegen die Autotür getreten, weil er auf dessen Spur geraten ist. Blöderweise hat der Radler das vor den Augen eines Kollegen gemacht«, feixte Rössler. »Wagner müsste aber gleich kommen, so eine Amtshandlung dauert nicht lang.«

»Jut, Jut. Also, mer han jo keinerlei Einbruchsspuren, demnach entweder nachjemachter Schlüssel oder willkommener Jast. Oder Schiebetür, die zum Lüften jeöffnet war, in dem Fall müsste der Täter auf der Lauer jelejen han. In dr Köch«, er nickte zu einem offenen Kochbereich, der vom Wohnzimmer durch eine lange Theke in Teakholz abgetrennt war, »sind leischte Kampf- und jeringfüjije Blutspuren. Schvermute, dat die vom Opfer sind.« Er deutete auf eine Platzwunde auf der Schläfe, die bereits verkrustet war. »Et es wie et es. Et jing dem Täter jedenfalls anscheinend um Betäubung ...«

»Denn wenn es eine Handlung im Affekt gewesen wäre, hätte er Manfred Kollaritsch gleich in der Küche gewürgt oder noch besser abgestochen.« Katz zeigte auf einen Messerblock, der gut sichtbar auf der Theke stand und vollständig war.

»Dat sinn ich och esu.« Schmitz umrundete den Stressless-Sessel. »Dä Schlach op dr Kopp hat ihm jedenfalls die sorchfältige Fesselung mit Jaffer-Band am Stuhl ermöschlischt.«

Mayer sah Katz an, er sie. Aber dieses Mal befand sich das Klebeband direkt auf dem Körper, ohne Handtuch als Puffer, und zwar wirklich direkt auf der Haut, denn der Leichnam des Sportdirektors war nur mit Boxershorts bekleidet. Giftgrüne Punkte auf Schwarz. Mayer sah schnell weg, denn der dunkle Fleck im Schritt erzählte von Einnässen und Todeskampf.

»Und zwar janz jenau esu usjerischtet«, fuhr Schmitz fort, »dat dä Mann hier starr op der Bildschirm luure musste. Et leef Fußball.«

»Was genau?«, wollte Katz wissen.

Schmitz zuckte mit den Schultern. »Der FC wor et jedenfalls nit. Mer han die DVD jestopp und esöns alles jeloße wie et wor. Soll isch ens starten?«

Rössler schüttelte den Kopf. »Später.«

»Interessant ist«, fuhr Schmitz fort, »dat der dä Mann offensischtlisch erstickt ist. Alle Merkmale deuten darauf hin, soweit dat ming medizinisches Amateurwissen beurteilen kann.«

Mayer gab ihm recht – blaues aufgedunsenes Gesicht sowie Einblutungen rund um die Augen und auf dem Augapfel. Am liebsten hätte sie dem Toten die Lider zugedrückt. Auch, weil er ihr trotz besseren Wissens seltsam bekannt vorkam, was den Anblick noch unangenehmer machte.

»Doch er hat bloß ene Knebel im Mund«, fuhr Schmitz fort. »Ne dicke, jebe ich zu, ävver normalerweise reicht der Atem durch die Nase. Da muss ävver wirklisch dä Wagner …«

»Aufs Stichwort! Servas, Ernstl,« rief Katz. »Wird echt schon inflationär, so oft, wie ma uns sehen.«

Wagner hob nur die Hand, sein Blick hatte bereits fest den Toten im Visier. Er umschlich das Arrangement, tastete automatisch an der Halsschlagader nach dem Puls, wobei seine Konzentration aber Mund, Nase und Augen gehörte. »Alles gesichert?«

Schmitz nickte.

Wagner holte aus seiner Tasche eine Zange und zog sanft am Knebel. Es war erstaunlich, wie viel von dem AC-Danube-Handtuch im Mund des Toten verstaut war. »Zu deiner Überlegung, Helge: Je weiter hinten im Rachenraum der Fremdkörper zu liegen kommt, desto mehr entsteht ein teilweiser oder vollkommener Verschluss der Atemöffnungen. Wenn noch ein bisschen was frei ist, kann das Opfer zuerst noch durch aktive Anspannung der Schlundmuskulatur durch die Nase atmen. Aber die erlahmt irgendwann einmal, wodurch es dann ganz langsam dahinstirbt. Deswegen schaut unser Mann wie ein Erstickter im Bilderbuch aus.«

Endlich hatte Wagner das Club-Handtuch zur Gänze aus dem Rachen entfernt. Er reichte es samt Zange Kevin, der es ebenfalls samt Zange an Schmitz weitergab. Nachdem der das Corpus Delicti sicher versorgt hatte, wanderte die Zange zurück in Wagners Hand. Der versuchte, die Kieferknochen zu bewegen – nichts. »Leichenstarre kräftig.« Sofort hob er die Hand zum Stopp. »Ich muss erst die Temperatur messen, dann kommt eine ungefähre Angabe zur Todeszeit.«

Wagner wandte sich ab, drehte sich zurück und schaute noch einmal in den Mund, brummelte »Verstehe«. Er entnahm der Tasche einen Spreizer und platzierte ihn zwischen den Zähnen, aktivierte ihn. Es knackte. Er schaute in die Mundhöhle, runzelte die Stirn, murmelte »chancenlos«, nahm die Zange und zog ein mit einem Gummiring zusammengehaltenes blutiges Bündel Fünfhunderteuro-Scheine heraus. »Geschätzte hundertfünfzigtausend, leider einfache Fotokopien.«

»Für Charon hätte eine Eincentmünze gereicht«, kommentierte Katz. »Ist wohl eher als sehr, sehr einfach gestrickte Symbolik zu verstehen.«

Ja, der an seinen Schätzen erstickte Habgierige. Mayer schloss die Augen. Selbst ernannte Lehrmeister oder Richter waren laut Profilinghandbuch meist sehr intelligente, mühsame Witzbolde und daher nur schwer auszuforschen. Halali, die Jagd hatte begonnen.

Schmitz nahm auch das Geld in seine Obhut. »Irjend so nem spanischen Eroberer soll einmal flüssijes Jold zum Trinken jejeben worden sein. Han isch in ner Doku jesinn. Also jehööt natürlisch.«

»Valdivia«, präzisierte Katz. »Es heißt aber auch, dass die Mapuche sein noch pochendes Herz herausgenommen und reihum das Blut getrunken haben, bevor sein Kopf abgehackt und aufgespießt worden ist.«

Charon. Mapuche. Dieser Angeber! Anscheinend hatte er Rösslers Besserwisserei beim Asiaten noch nicht wirklich verdaut und hatte nun das Bedürfnis zu zeigen, dass er genau so wenig wie der Herr Staatsanwalt auf der Nudelsuppe daher geschwommen war. Aber Mayer musste sich auch eingestehen, dass sie beeindruckt war. Hoffentlich hatte sie in Katz' Alter auch einmal so ein riesiges Wissen, und hoffentlich gab es dann noch die Millionenshow, die einzige Chance, jemals zu richtig viel Geld und dadurch wieder zu einer adäquaten eigenen Wohnung zu kommen. Der Old England-Charme bei Alex war ja ganz nett, doch Untermiete blieb Untermiete, und die war zwar für absehbare Zeit, doch nicht bis zum Lebensende die beste Option.

»So gesehen war unser Täter ja noch richtig zivilisiert. Das Herz ist jedenfalls noch dort, wo es sein sollte«, bemerkte Wagner.

»Na ja, vielleicht war es ja genau das«, Rössler ging in die Mitte des Raums und sah durch die breite Terrassentür in den parkähnlichen Garten. »Dass sein Herz nicht mehr am richtigen Fleck war.«

Der liebe Staatsanwalt war manchmal mit seinen platten Sagern so verdammt uncool. Hatten eh schon alle kapiert, was das Geld bedeuten sollte. »Okay, der Hinweis scheint mehr als deutlich. Da will jemand, dass wir uns einmal die Finanzen des Herrn anschauen sollen.« Mayer konnte einen ausgiebigen Seufzer allerdings nicht unterdrücken. »Irgendwie mag ich das gar net, wenn mich wer so straight mit der Nase in was hineintaucht.«

Katz fläzte sich auf die überdimensionale schwarze Ledercouch, die den Teil des Wohnzimmers vor der Terrasse dominierte. »Ja, ein bissel einfallslos ist das schon. Was mich aber viel mehr beschäftigt …« Er ließ den Satz in der Luft hängen und nickte vor sich hin.

Rössler setzte sich neben ihn. »Zwei Tote im Umfeld des AC. Bei beiden Handtücher des Vereins im Einsatz.«

Wagner gesellte sich nun auch zu ihnen. »Aber wenn ich euch darauf hinweisen darf – bei Egger hat der Täter tunlichst darauf geachtet, dass es keine Spuren gibt. Da stellt sich einem schon die Frage, ob die beiden Fälle zusammenhängen. Ein und derselbe Täter, zwei verschiedene Vorgehensweisen, das ist eher selten.«

Katz und Rössler nickten, Wagner tat es ihnen gleich. Sie wirkten wie Tattergreise auf dem Bankerl vorm Haus. Und genauso aktiv. Es war sicher das Novembergrau, das sich auf ihre Gemüter gelegt hatte.

»Trotzdem hab ich da so ein Gefühl …«, murmelte Katz.

Wiederum nickten die beiden anderen mit ihm im Gleichtakt.

Mayer reichte es. »Ich für meinen Teil werde jetzt einmal recherchieren. Das ist immer ein guter Beginn.«

»Unsere Dani, wie sie leibt und lebt, immer voller Tatendrang.« Katz lächelte ihr zu.

Was für eine saublöde Meldung. Sie tat doch nichts anderes als ihren Job. »Ja, und während Kevin und ich einmal die Hintergründe checken, könnt ihr ja sinnieren, ob für den AC vielleicht der Mond gerade schlecht steht, weil immerhin hat sich ja auch der Tröger derstessen.« Natürlich war die Anhäufung von Danube-Verbindungen auffällig, trotzdem ging ihr dieses Nachhören des Bauchgefühls, dieses Herumsinnieren und Theorienbasteln am Beginn einer Ermittlung gehörig auf die Nerven. Auf diese Weise lief man ihrer Meinung nach immer Gefahr, voreingenommen zu sein und dadurch irgendwas zu übersehen. Leider behielt Mister Landeskriminalamt-Star aber oft mit seinem Gefühl recht. Und das ärgerte sie noch mehr, weil ihn dieser Umstand in seiner – ja, in ihren Augen unprofessionellen Art bestärkte. Wenigstens kam er dann doch ab und zu in die Gänge, sonst wäre sie schon längst ausgerastet.

»Hör ich da eine kleine Spitze, Frau Mayer?«

Na ja, sie war eher groß und mit dem Vorschlaghammer verabreicht gewesen.

»Mit diesem Mord hier finde ich den Unfall erst recht eigenartig.« Rössler zog ein Schnoferl und runzelte die Stirn, ganz misstrauischer Staatsanwalt. Er schaffte es offensichtlich, nicht zu akzeptieren, dass weder die Ärzte noch die AB08 irgendwas Verdächtiges gefunden hatten.

»Vielleicht haben wir ja Glück«, sie klimperte mit den Wimpern, »und Tröger genest auf wundersame Weise, dann können wir ihn fragen, ob es ein Mordanschlag war oder nicht. Vielleicht mit einem Scheinwerfer zum Blenden oder mit einer Schlange auf dem Beifahrersitz.«

Kevin kicherte. Rössler blickte sie starr an. Na, leiwand, jetzt hatte sie ihm auch noch einen Floh ins Ohr gesetzt.

»Das mit der Schlange ist eine Überlegung wert.« Katz grinste und hievte sich dann schwungvoll in die Senkrechte. »Kevin recherchiert. Wir beide unterhalten uns jetzt einmal mit der Tochter vom Kollaritsch. Die müsste sich inzwischen doch beruhigt haben.«

5

Nach dem nächsten großen Regen stand der älteste Sohn seines Onkels mit seinem Vater gemeinsam auf, um in die große Stadt zu fahren. Samir kam zur kleinen Hütte und gab dem ältesten Sohn einen Brief: »Ich bin stolz auf dich. Du hast alles gelernt, was ich dir beibringen konnte. Du wirst in der Schule Erfolg haben. Und dann kommst du zurück und übernimmst meinen Platz. Du wirst ein guter Lehrer.« Der älteste Sohn des Onkels bedankte sich. Seine Mutter weinte. Und auch Talibs Mutter weinte. Sie schluchzte so heftig, dass sich Talib zu ihr setzte und sie nach dem Grund ihrer Traurigkeit fragte. Sie umarmte ihn, was ihm in der Gegenwart der anderen Cousins unangenehm war. Doch er hielt still, weil sie ihn sehr ernst ansah. Dann sagte sie: »Bitte verzeih mir, dass ich dich nie in die große Stadt schicken werde.« Talib verstand sie nicht und sagte: »Ich werde noch mehr lernen. Ich werde ebenso gut wie des Onkels ältester Sohn. Dann kannst du mich in die große Stadt schicken und musst dich nicht schämen.« Sie strich ihm übers Haar und sagte: »Du bist schon so gut. Doch ich kann mir die Schule nicht leisten.« – »Dann werde ich Geschäftsmann.« Sie wischte sich mit ihrem Kopftuch die Tränen vom Gesicht und nahm ein Stück poliertes Holz, um es auf einen Faden zu ziehen: »Du wirst deinem Onkel helfen und dann seinem Sohn. Wir müssen uns ihm dankbar erweisen. Er hat uns aufgenommen.« Und da lief Talib. Er lief und lief, weit hinaus in die Savanne, immer dem Horizont entgegen, der nicht näherkam. Und er heulte mit den

Hyänen. Sein Herz jagte wie eine Antilope, es brannte, wie das Gesicht von seinen Tränen brannte. Er nahm die Hände voll Erde und rieb sich damit das Gesicht, um das Brennen abzutöten. Doch der Schmerz in seinem Herz blieb. Er riss am Napier, er schlug gegen den großen Baobab. Erst die Kühle der Nacht machte ihn taub und sehnsuchtslos. Er aß drei Tage und drei Nächte nichts. Er marschierte nicht mit den anderen zu Samir, er besuchte nicht Zahran, er verschloss die Ohren gegen die Bitten seines Freundes, des Balls. Er saß nur im Schatten der Hütte und sah in die Ferne, zu jenem Punkt, wo Deutschland war. Am vierten Tag setzte sich Isaam zu ihm, der zweitälteste Sohn des Onkels, und sagte: »Ich werde dir ein guter Herr sein. Du bist mein Bruder.« Talib nickte. Sie kickten mit Fingerschnipsern immer zehn kleine Steine zu einem größeren. Talib verlor die fünfte Runde, um Isaam die Ehre zu lassen. Der sagte: »Du bist jetzt groß genug, du darfst mit uns Fußball spielen.« Sie standen auf und gingen zum Dorfplatz.

6 // KATZ SCHÄTZT FALSCH EIN

Katz klopfte an der letzten Tür im Gang des Obergeschoßes. Das gerufene »Sekunderl« dauerte mindestens eine halbe Minute. Barbara Kollaritsch öffnete, und Katz roch es sofort. Er sah, dass sich auch Danis Nasenflügel blähten. Das Öffnen des Fensters hatte nichts genutzt, die Schwade von Gras hing noch im Raum.

»Sorry, ich hab mich ein bissel hingelegt gehabt.« Kollaritsch wandte sich ab und ging zwei Schritte zur Couch, auf der zusammengefaltet eine Rot-Kreuz-Decke lag. Ohne Druckspuren. So viel zum Liegen. Aber nirgends ein Aschenbecher.

Katz marschierte an der wie mitten im Raum abgestellt wirkenden Tochter des Hauses vorbei zum Fenster und begutachtete das Gesims, den Rasen unter dem Fenster. Da lagen zwei Stummel. »Sie hätten sie nicht rauswerfen sollen. Unsere Leute werden die Reste finden und sich Fragen stellen.«

Kollaritsch hob langsam den Kopf, sah durch ihn hindurch. Irgendwann nickte sie. »Können Sie vielleicht …?«

»Wir lassen sie verschwinden.«

Er betrachtete die junge Frau, die in Danis Alter sein musste, also um die dreißig. Die schwarz gefärbten kurzen Haare ließen ihre helle Haut weiß erscheinen. Auch die Kleidung, Jeans und ein Rollkragenpullover, die ihren dünnen Körper umschlabberten, war schwarz, ebenso der Lack auf den Fingernägeln. Das Outfit wurde von natürlich ebenfalls schwarzen Bergschuhen komplettiert. Als Ohrschmuck trug sie schwarze Kugelstecker. Piercing auf der rechten Augenbraue und verschmierter Kajal. Der Heulanfall war allerdings vorbei, was sicherlich an der beruhigenden Wirkung der Joints lag. Katz merkte, wie er Lust bekam, sich auch wieder einmal eine Dröhnung zu gönnen. Die letzten beiden Wochen Stress mit der Mafia, jetzt gleich wieder zwei Tote, und dazwischen keine Atempause. Eine minimale Auszeit wäre verdammt schön.

Dani hatte sich unterdessen auf die Couch gesetzt. Sie deutete auf den Kleiderkasten gegenüber, der seine besten Jahre bereits in den Siebzigern hinter sich gebracht hatte, sowie auf die nackten Wände und lächelte Barbara Kollaritsch an. »Sie haben also kein Zimmer mehr in Ihrem Elternhaus?«

Kollaritsch seufzte und setzte sich neben sie. »Das ist nicht mein Elternhaus.«

»Aha?«

»Nein, wir haben früher in der Rainergasse im Fünften gewohnt. Gemeindebau. Zimmer, Küche, Kabinett. Dort bin ich aufgewachsen. Ich bin nach der Matura weg.«

»Und deine Eltern … sorry. *Ihre* Eltern, natürlich …«

»Is okay. Passt schon.«

Dani sah Katz an, er nickte. Sie fuhr fort: »Deine Eltern sind also dann daher gezogen?«

»Mein Vater. Mit seiner neuen Matratze. Die hat allerdings nicht lang was davon gehabt. Mittlerweile stehen wir bei Nachfolgerin Nummer fünf.« Aus ihrer Stimme triefte pure Verachtung, ein klein wenig Langeweile schwang mit. »Nein, stimmt nicht, die hat er ja auch schon wieder geschasst. Keine Ahnung, wer aktuell ist.«

Im Wohnzimmer hatte Katz auch nirgends ein entsprechendes Foto entdeckt. Die Damen dürften für den Sportdirektor tatsächlich nur Bettwärmer gewesen sein.

»Und deine Mutter?«, fragte Dani.

»Ist noch immer in der Rainergasse. Scheidung.«

Katz bot Kollaritsch eine Zigarette an, die sie aber ausschlug, um sich eine von ihrer eigenen Packung zu nehmen, die sie aus einer weißen A4-großen Adidas-Umhängetasche fischte. Er gab ihr Feuer. »Sie sagten Zimmer, Küche, Kabinett. Wieso leistet sich Ihre Mutter denn nichts Bequemeres? Vielleicht mit einem Balkon oder einer Terrasse? Ich nehme an, dass Ihr Vater schuldig geschieden worden ist und sie sicher ein bissel Geld bekommen hat – wenn ich von diesem Haus auf sein Bankkonto rückschließe.«

Kollaritsch lachte auf, verschluckte sich und bekam einen Hustenanfall. Als sie sich wieder beruhigt hatte, meinte sie: »Oh, das hat er ganz geschickt gemacht. Bei der Scheidung hatte er die Hütte da noch nicht, er hat voll auf arm gemacht, echt tricky. Und weil die Mama früher einmal als Hausbesorgerin ghackelt* hat und zu dem Zeitpunkt noch immer arbeitslos gemeldet war, hat er ihr auch keinen Unterhalt zahlen müssen. Mir übrigens auch nicht, weil ich hab da schon bei der Stadt gearbeitet. Voll das Glück gehabt. Also ich, mit dem Job am Magistrat. Und er natürlich auch.« Sie machte einen langen Zug an der Zigarette.

Katz zündete sich nun die seine an. »Verstehe. Sie halten beziehungsweise hielten nicht gerade viel von Ihrem Vater, oder?«

Kollaritsch zuckte mit den Schultern und stierte auf den Boden.

»Na, ich frag nur, weil Sie nicht gerade wirken, als würden Sie sich oft bei ihm blicken lassen. Aber Sie haben einen Schlüssel und sind heute ins Haus gekommen. Warum?«

---

* hackeln: arbeiten; Subst.: Hackn

Sie betrachtete das abgebrannte Stück der Zigarette, das abzubrechen drohte, und sah sich um. Schloss die Augen und schüttelte den Kopf, als ärgere sie sich über sich selbst, stand auf und aschte aus dem Fenster. »Er sollte gar nicht da sein. Golfen in Tunesien. Heute Vormittag mit dem Flieger. Ich weiß gar nicht, warum er …« Sie blickte durch Katz hindurch. Ihre Lippen zuckten.

»Wahrscheinlich wegen des Unfalls von Harald Tröger?«

»Was?«

»Tröger. Ehrenpräsident. AC Tröger Danube.«

»Echt?«

»War in allen Nachrichten. Und auch in den Zeitungen.«

»Les ich nicht.« Sie nahm einen Zug und aschte wieder hinaus. »Schlimm?«

Katz stellte sich neben sie und tat es ihr gleich. »Koma.«

Sie brummte.

»Und warum sind Sie nun ins Haus gekommen?«

Sie seufzte. »Die Putzfrau ist krank. Und weil ich einen Reserveschlüssel hab, so ein sentimentaler Scheiß von ihm, hat er mich gestern gefragt, ob ich die Blumen gießen kann.«

»Gleich am ersten Tag seiner Abwesenheit?«

»Sie wollen's aber genau wissen, ha?«

»Immer. Also?«

»Okay, okay. Im Keller unten ist eine Sauna.« Sie zuckte mit den Schultern.

Dani gesellte sich nun auch zu ihnen. »Aber jetzt hat dein Vater ja voll die Kohle. Verdient man eigentlich als Sportdirektor so viel?« Die Frage war mehr an Katz gerichtet.

»Ich bin da kein Experte. Wird schon ordentlich sein, sonst könnte er sich das Haus ja nicht leisten. Oder hat er noch einen Nebenjob?«, fragte er nun seinerseits Barbara Kollaritsch.

Sie schüttelte den Kopf.

»Weißt du, wer etwas gegen deinen Vater gehabt haben könnte?«

Abermaliges Kopfschütteln.

»Was hat er denn als Sportdirektor so gemacht?«

Diese Frage konnte wirklich nur Dani stellen. Man wusste doch, was die Aufgaben eines Sportdirektors waren.

Er wollte schon nach ihrem Alibi fragen, als sie antwortete: »Menschen gekauft und verkauft.«

»Spieler«, korrigierte er sie.

»Wo ist da der Unterschied?« Kollaritsch schnippte den Stummel in den Garten und legte sich mit dem Oberkörper aufs Fensterbrett.

»Mit dem Wort *Mensch* klingt es irgendwie nach Sklavenhandel.«

»Das ist es ja auch.«

»'tschuldigung, Frau Kollaritsch, aber das ist jetzt ein bissel polemisch.« Ihre negative Ausstrahlung war ihm plötzlich unerträglich, er ging ein paar Schritte weg von ihr in den Raum. »Spieler werden von einer Mannschaft zur nächsten transferiert, weil sie dort mehr Geld verdienen und, beziehungsweise oder, bessere Arbeitsbedingungen haben, sprich, besser in die Mannschaft passen.«

Sie lugte ihn über die Schulter an. »Sie sind echt süß naiv für ihr Alter.«

In letzter Zeit hatte er anscheinend eine Wirkung auf junge Frauen, die ihn etwas beunruhigte: Sie nahmen ihn offensichtlich nicht ernst. Er zog an seiner Zigarette und versuchte, seine Gedanken zu ordnen, um ordentlich Replik geben zu können.

Dani nahm unterdessen seinen Platz am Fensterbrett ein. »Wieso? Wie meinst du das?«

Kollaritsch stemmte sich in die Aufrechte und seufzte. Mit Hingabe studierte sie den Garten, der, wie Katz zugeben musste, im Gegensatz zum Haus einen wirklich schönen Anblick bot. Bis auf die Putten.

Schließlich sagte sie: »Nix Genaues weiß man. Papa war da immer sehr verschwiegen. Aber ich weiß definitiv, dass jenseits von den Spielern vor allem die Leute rundherum bei so einem Transfer verdienen.«

»Ja, die Clubs, das ist doch logisch«, fühlte er sich bemüßigt einzuwerfen.

Sie ignorierte ihn nicht einmal. »Und ich mein jetzt nicht die Manager oder Clubs an sich, weil das ist ja logisch.«

»Wer dann?«, fragte Dani.

Aber auch sie wurde von Kollaritsch nicht beachtet. »Und dann haben die armen Kerle auch überhaupt kein Mitspracherecht. Wenn das ein guter Deal ist, dann haben sie zu gehen.«

»So ein Blödsinn, was Sie da reden. Jeder weiß doch, dass sie dann nicht gut spielen, wenn ihnen etwas gegen den Strich geht.«

Jetzt drehte sich die Tochter des Hauses zu ihm um. »Sicher. Und dann sitzen sie zuerst auf der Reservebank, dann werden sie überhaupt nicht mehr aufgestellt, dann verlieren sie ihr Können, sind nur mehr Ware für die nächstuntere Liga. Nein, nein, die müssen schon mitspielen, wenn sie ihre Karriere nicht versauen wollen.«

Katz ging zurück zum Fenster und schnippte über die Schultern der beiden Frauen seinen Tschick hinaus. »Sie schildern da jetzt aber nur einen Härtefall. Üblicherweise wird der Manager darauf achten, dass sein Schützling zu einem Club kommt, wo er sich wohlfühlt und entfalten kann, weil wenn der schlecht wird, verdient er selber ja auch nichts mehr.«

»Auch egal. Dann kommt neues Frischfleisch.«

Sie starrten einander an.

Katz zeigte mit dem Finger auf sie – er wusste, dass diese Geste selten dämlich war, konnte sie aber nicht unterdrücken. »Wenn der Lewandowski von Dortmund zu Bayern wechselt, dann bringt ihm das sicherlich einen enormen Gagensprung. Der macht das freiwillig. Oder, wenn der Bale von Tottenham zu Madrid geht.«

»Sie reden jetzt von der Crème de la Crème. Aber wissen Sie eigentlich, wie viele Profispieler es gibt? Jetzt einmal nur in Europa? Und vergessen sie die Amateure. Nur die Profis jenseits der Top-Ligen.«

Er musste den Kopf schütteln.

»Ich auch nicht. Aber in Österreich haben wir knapp tausend Profispieler, wenn wir das hochrechnen, kommen wir sicher auf eine halbe Million. Oder mehr. Edelclubs, die genug zahlen, gibt es vielleicht drei Dutzend in ganz Europa, da sind wir dann auf achthundert bis tausend, die echt gut verdienen. Und klarerweise spielt es sich in den unteren Klassen wesentlich ärger ab als in der Überfliegerabteilung. Das ist das Gleiche wie bei den Wettschiebereien. Da sind die Promisuperwuzzis auch weniger gefährdet als der Rest, weil da muss man schon echt viel Heu in die Hand nehmen, damit sich da für den Spieler die Bestechung auszahlt. Und außerdem schaut ihnen die ganze Welt beim Arbeiten zu, da ist man wesentlich gefährdeter, mit einem miesen Deal aufzufliegen.«

Katz musste sich eingestehen, dass er die Gras rauchende Gothicpuppe völlig falsch eingeschätzt hatte, was sicher daran lag, dass sie eingestanden hatte, keine Zeitungen zu lesen. Moment. »Sie behaupten da einiges, ohne konkrete Beispiele zu nennen. Woher wissen Sie das, wenn Sie nicht einmal Nachrichten konsumieren?«

»Sie sagen es. Konsumieren. Das ist mir zu blöd.«

Dani wandte sich ab, und Katz hatte sie stark im Verdacht, zu kichern.

»Ich lese«, fuhr Kollaritsch fort. »Viel im Internet und auch Sachbücher. Und ich lege deswegen keine Beispiele auf den Tisch, weil ich das meiste nur aus Erzählungen weiß. Wird ja kaum jemand seine Autobiografie mit dem Titel *Ich habe Schmiergeld genommen* schreiben.«

»Schmiergeld?«, fragte Katz nach. Jetzt wurde es interessant. Was wusste die Kleine von den vielleicht miesen Geschäften ihres Vaters?

Sie zuckte mit den Schultern, ging zur Couch und kramte in ihrer Tasche. Doch statt Zigaretten, wie Katz es erwartet hätte, nahm sie ein Täschchen heraus, aus diesem einen kleinen runden Spiegel und einen Kajal. Seelenruhig begann sie, sich nachzuschminken. Das Täschchen, das sie bloß an einem Zipfel hielt, fiel ihr aus der Hand.

Dani fing es im Flug auf und hielt es ihr hin. »Barbara – wenn du irgendwas weißt, über was Illegales, was dein Vater getan haben könnte, dann musst du es uns bitte sagen. Wir brauchen jeden Anhaltspunkt.«

Diese Kollaritsch sah seine Kollegin einen Wimpernschlag zu lange an, und das »Danke« war eine Spur zu gehaucht. Öha! Verschaute sich da gerade wer?

»Du solltest vielleicht – wie war dein Name? Sorry, aber im ersten Schock habe ich ihn vergessen.« Sie lächelte, und der Raum schien sich mit Sonne zu füllen. Die Kleine flirtete seine Dani an!

»Mayer. Gruppeninspektorin Daniela Mayer.«

»Daniela – das werde ich mir jetzt merken.«

Noch so ein Satz und er musste wegen sexueller Belästigung einschreiten – nein, natürlich nicht. Doch irgendwie war es ihm unangenehm, seine Kollegin da so als Flirtopfer mitzuerleben. Privates hatte am Arbeitsplatz wirklich nichts zu suchen, auch wenn er zu seinem Leidwesen diese Regel selbst schon oft genug sehr locker ausgelegt hatte. Aber sie bestätigte sich gerade wieder einmal.

Das schien Dani auch zu denken, denn sie fragte relativ schroff: »Also?«

Kollaritsch kontrollierte ihr Gesicht im Spiegel und packte dann seelenruhig die Tasche ein. »Ich weiß wirklich nichts Exaktes. Vielleicht finden Sie ja etwas in seinen Unterlagen. Ich würde auf jeden Fall die Finanzen ganz genau anschauen.«

Dani drehte sich mit kaum verhohlenem Knurren weg.

Katz betrachtete die schwarze Bohnenstange. Trotz ihres Flirtversuchs, der ja hoffentlich aus positiven Gefühlen geboren war, strahlte sie das Bedrohliche einer Hagelwolke aus. »Wissen Sie, Frau Kollaritsch, dafür, dass Sie kaum Kontakt zu Ihrem Vater hatten und ihn wohl auch nicht sonderlich mochten, zeigen Sie sehr viel Interesse für seinen Beruf. Warum?«

»Feindbeobachtung«, kam es wie aus der Pistole geschossen.

»Die Wortwahl macht Sie verdächtig. Wir werden Ihr Alibi genauestens überprüfen.«

Sie zuckte mit den Schultern. »Ich hab nie an Mord gedacht. Der öffentliche Pranger hätte ihm doch viel weher getan.«

»An den könnte er jetzt auch noch kommen. Aber dazu bräuchten wir Fakten und nicht nur Wischiwaschi«, ätzte Dani.

Kollaritsch strich mit beiden Handflächen über den Deckel ihrer Tasche und nickte. »Okay.« Sie sah Dani wieder mit einem Lächeln an. »Ich an eurer Stelle würde auch einmal mit dem Gustl Schimek reden.«

»Und wer ist das?«

»Ein Ehemaliger von Sturm Graz«, fügte sich Katz nun wieder ins Gespräch ein. »Und ein Trainer, der eine Zeit lang international ganz erfolgreich war. Jetzt ist er, glaube ich, Mittelschullehrer.«

Kollaritsch grinste ihn an. »Sie kennen sich wirklich ganz gut aus. Ich schätze, echter Fan, oder? So mit jeder Übertragung im Fernsehen und …«

»Ja und?«, unterbrach sie Dani.

Das Grinsen in Kollaritsch' Gesicht wechselte zurück zum zarten Lächeln, als sie sich ihr zuwandte. »Er hat viel zu erzählen. Und er tut es auch.«

6

Der kleine Junge Talib freute sich, endlich ein großer Junge zu sein, der mit den anderen Fußball spielen durfte. Er rannte auf den Platz und nahm sich den Ball, kickte ihn mit der Innenseite des linken Fußes, mit der Innenseite des rechten und rannte so wie eine Gazelle zwischen allen anderen Jungen hindurch bis zu den beiden Holzstangen. Er gab dem Ball mit seinem linken Fuß einen scharfen Tritt und schoss an seinem dritten Cousin vorbei ein Tor. Doch keiner der anderen Jungen rannte zu ihm. Niemand tanzte mit ihm aus Freude über den schönen Schuss. Die anderen sahen ihn nur an, dann sahen sie Isaam an. Der sagte: »Du bist der Jüngste. Du stehst im Tor.« Talib blickte zu seinem dritten Cousin zwischen den beiden Holzstangen. Der hatte die Gestalt eines Erdferkels. Und ein Erdferkel konnte sicher nicht so schnell und wendig wie eine Gazelle laufen. Da überkam den kleinen Jungen eine große Hitze. Er trat gegen den Ball, der zu ihm zurückgerollt war, und traf das Erdferkel am Kopf. Es kippte ohne einen Laut um. Isaam versetzte Talib eine schallende Ohrfeige und sagte: »Ich habe gesagt, dass du im Tor stehst.« In diesem Moment trat Zahran aus seiner Hütte. Er erkannte Talib auf dem Feld, lachte und nickte ihm zu. Da hörte Talib seine Stimme: *lerne.* Und sogleich schämte er sich. Er ging zum Tor, half dem Erdferkel auf und stellte sich zwischen die beiden Holzstangen. Und so begann seine Lehre. Die erste Lektion bestand aus der Erkenntnis, dass ein Tormann der unnötigste Spieler auf dem Feld war, denn kaum ein Schuss beförderte den Ball zwischen die Stangen. Er flog hoch in die Lüfte, machte scharfe Wendungen und landete auf den Dächern der Hütten. Und so war Talib sehr überrascht, als der Ball plötzlich direkt auf ihn zuflog. Der Schuss traf ihn so hart in den Bauch, dass er sich übergeben musste. Die anderen Jungen lachten. Beim zweiten Schuss zwischen die Stangen reckte er sich, sprang, prallte auf die harte Erde. Und er rang nach Luft, so sehr wie damals, als er als noch viel kleinerer Junge nach dem großen Regen in den Tümpel gefallen war. Die weiteren Schüsse pfiffen an ihm vorbei. Und obwohl Talib aus seiner Zeit am Rande des Feldes wusste, dass keiner der anderen den Ball zu einem Geparden verwandeln konnte so wie er, kam er sich wie im Orkan einer vorbeitrampelnden Herde von Büffeln vor. Und als die Schläge und Knuffe seiner verärgerten Mannschaftskameraden auf ihn einprasselten, wusste er, wie sich der Teig eines Fladen fühlte. Am Ende dieses ersten Tages seines neuen Lebens als älterer Junge, als Fußballer, als Mann, tauchte er in dem Moment in die weite Welt der Geister ein, als er aufs Lager fiel. Am zweiten Tag seines neuen Lebens ging er vor allen anderen Jungen auf das Feld. Er blickte sich um, doch keiner der Dorfbewohner sah zu ihm her. Und so ließ er sich auf den Boden fallen. Es tat weh. Er ließ sich ein weiteres Mal fallen und machte sich dabei ganz rund. Es tat weniger weh. Doch seine Arme waren am Körper. Und es war Talib klar wie das Wasser des kleinen Flusses weit weg in Deutschland, dass er so keinen Ball fangen konnte. Ein Schatten fiel auf ihn, groß und mächtig. »Du musst dich anspannen, wie ein Löwe am Sprung«, sagte Zahran zu ihm. Der weise Mann kickte einen Stein in seine Richtung. Und Talib sah das mächtige Haupt des Königs der Savanne vor sich, sah seine Muskeln, die sich unter dem glatten Fell wölbten, sah den Stein, der auf ihn zuflog und eine Antilope war, setzte zum Sprung an, in Gedanken die Zähne in das Fleisch des Opfers schlagend, federte sich ab und landete auf dem Boden. Talib dankte Gott, den Geistern und Zahran, denn da waren keine Schmerzen. Und so jagte er während des Spiels jeden Ball. Die Schüsse fegten jedes Mal an ihm vorbei ins Tor, doch die Knuffe blieben aus. Am fünften Tag seines neuen Lebens schlug er mit dem Arm gegen einen großen Stein. Und so kam es, dass sich Talib mit einem Kräuterverband seiner Mutter am Rand des Spielfeldes wiederfand. Er verfluchte sein Schicksal. Dass sein Vater gestorben, seine Mutter Dienerin seines Onkels war, dass er selbst nie Schüler in der großen Stadt werden würde und er jetzt auch kein Fußballer mehr war. Er verfluchte das Gesetz, als Jüngster im Tor stehen zu müssen, sein Versagen. Und er sah. Es war wie die Offenbarung, die der Priester erhielt, wenn er mit Gott in Verbindung trat. Ja, der kleine, nunmehr große Junge Talib erkannte. Die Wogen der Gestalten rauschten an ihm wie der prasselnde große Regen vorbei, wurden Schemen, gaben durch den Verlust ihrer Gestalt ihr Wesen preis. Er sah. Feind Eins schoss nur mit dem rechten Innenfuß, immer auf die linke Seite des Tores. Feind Zwei tat dasselbe seitenverkehrt mit dem linken Fuß. Feind drei zögerte jedes Mal, um dann den Ball über das Erdferkel hinwegzuheben. Feind Vier, Feind Fünf, Feind Sechs, Feind Sieben. Talib sah sie alle. Er drehte sich zur anderen Seite des Feldes und ließ seine eigenen Kameraden wie einen großen Fluss an sich vorbeifließen. Am Ende des Spiels wusste er.

7 // KATZ WILL SEINE RUHE

Zehen durchstrecken und anziehen, durchstrecken und anziehen. Das sollte angeblich helfen, schwere Füße wieder munter zu machen. Katz kreiste sie auch sicherheitshalber, das konnte nie schaden. Den ganzen Tag nur Hektik, wobei ihm die Pressehorde vor Kollaritsch' Haus den Rest gegeben hatte, und bloß zwei läppische Fußmärsche zum Asiaten und wieder zurück zum Auto. Da versulzte auch irgendwann der durchtrainierteste Mensch.

Er reckte den Kopf, doch der Sichtwinkel war noch immer zu eng, um Dani am Esstisch zu erspähen. Also drückte er sich halb von der Couch in die Höhe. Wetten hätte er können! Natürlich fingerte sie immer noch auf ihrem Tablet herum. Normalerweise wäre er von ihrem Eifer begeistert, aber jetzt, in diesem Augenblick, bestochen von der Gemütlichkeit des Liegens, fand er ihn widerlich – weil Danis Unermüdlichkeit ihm schmerzhaft vor Augen führte, dass er selbst nicht mehr dieselbe Kraft wie noch vor zehn Jahren besaß. Er sehnte sich nach Entspannung, nur für ein paar Stunden, und hasste sich dafür, weil gleichzeitig die Arbeitslust in ihm – das Gefühl, das ihn ansonsten ausmachte und das auch bis zum erzwungenen Abbruch des Brainstormings mit Dani und Kevin im Haus von Kollaritsch vorgeherrscht hatte – ihr Recht verlangte und dabei heiser wurde. Eine widerwärtige Zwickmühle. Verdammt noch einmal! Mussten sich die Verbrecher denn das Staffelholz in die Hand drücken?

Er ließ sich zurückfallen und knurrte: »Feierabend!«

Dani brummte.

»Du wolltest doch Alex beim Tischdecken helfen.«

Brummen.

»Der Schimek hat doch wirklich Zeit bis morgen.« Als er seinen Satz verklingen hörte, zuckte er zusammen. Nie hätte er gedacht, dass er so etwas einmal sagen würde. Am Beginn einer Ermittlung!

»Kannst ja du aufdecken.«

Jetzt brummte Katz. Das kam ja noch dazu – aufdecken, essen. Nicht nur, dass er mit einer Kollegin geschlagen war, die einfach nicht das tat, was junge Leute im Raum mit älteren und müden tun sollten: nämlich ebendiese verwöhnen und verhätscheln. Sondern darüber hinaus stand in der Küche ein trällernder Mann, der glaubte, dass er eine Frau war, und der mindestens zwei Monate beleidigt gewesen wäre, hätte Katz das Abendessen doch abgesagt, so wie er gewollt hatte. Und jeden Moment waren da zwei kreischende Kinder, die die Wohnung seines besten Freundes inklusive des Heiligtums Küche als Abenteuerspielplatz missbrauchten, sowie in weiterer Folge fünf Erwachsene, die sich in diesem Lärm zu verständigen versuchten, wobei Alex im Fünfminutentakt darauf hinweisen würde, dass er der einzige Nicht-Polizist im Raum sei und sich auch andere Gesprächsthemen als Leichen und Mörder wünsche. Um sich dann mit einem Seitenblick auf Oppitz' Frau Susi auf zwei zu korrigieren. Dann würden Oppitz selbst, Dani und er verzweifelt über Halloween und Weihnachten zu reden versuchen, um schließlich doch wieder eben hier auf dieser Couch zu landen, vertieft in Betrachtungen von alten Fällen und Mordmethoden – die beiden Ladys am Esstisch sich demonstrativ über Ikebana unterhaltend.

Warum also aufstehen und Tisch decken? Man konnte das Ganze doch locker abkürzen, indem Alex ihm seine Portion auf den Glastisch stellte, und er geruhsam darauf wartete, dass sich Dani mit ihrem Ex-Partner aus dem Kommissariat West zu ihm gesellte.

Oppitz wäre keine schlechte Ergänzung für sein Team. Er musste alles daran setzen, dass er bald eine zusätzliche freie Stelle bekam, trotz aller Einsparmaßnahmen. Er wollte wenigstens den Rest seiner Berufsjahre mit einer in allen Positionen exzellent besetzten Gruppe absolvieren. Blieb allerdings noch die Hürde, Oppitz von diesem Wechsel zu überzeugen, denn Susi und die Zwillinge waren ihm das Wichtigste, das hatte mittlerweile auch Katz verstanden. Oppitz würde beim Wort *Wechsel* nur die zu erwartenden Überstunden sehen und ablehnen. Doch mit seiner tretmühlenartigen Konsequenz und seinem Fanatismus, alle Verbrecher zur Strecke zu bringen, der in einem illegalen, bestens digital aufbereiteten Archiv von Unglücksfällen im Keller seines Wohnhauses Gestalt angenommen hatte, wäre Danis Freund einfach eine gute Ergänzung fürs Team. Und es stellte sich auch die Frage, ob der Shar-pei*, wie sie ihn manchmal liebevoll bezeichnete, vielleicht zu den aktuellen Fällen Geheimmaterial gehortet hatte. Na, man würde sehen.

Katz wuzelte sich in Seitenlage, um ein Sekundenschläfchen einzulegen.

Es dauerte nicht einmal ein halbe Sekunde, und schon läutete es an der Tür. Alex trällerte sich in den Gang, zwitscherte gekonnt ein »Och, wie schön, ihr zwei Süßen, dass ihr schon da seid!«, um dann im nächsten Augenblick »Ja, wo sind denn Tina und Theo?« zu sülzen. Er hatte das Hausfrauenschmalz echt drauf.

---

* Chinesische Hunderasse; typisch sind die vielen Falten sowie Einzelgängertum verbunden mit Familiensinn.

Moment. Da war tatsächlich kein Geschrei. Katz setzte sich auf. Und auch in Position mit besserer Übersicht waren wirklich nirgends die beiden Quälgeister zu erspähen. Okay, im Grunde waren sie eh lieb und auch ganz gut erzogen, doch empfand sich Katz als definitiv dem Alter entwachsen, in dem man für kleine Kinder – Wie alt waren sie? So vier, fünf, schätzte er. – noch genügend Nerven hatte. Es hatte schon seinen Sinn, mit Mitte Fünfzig höchstens als Großvater und in dieser Funktion nur in Momenten bester Verfassung zum Einsatz zu kommen. In der er heute definitiv nicht war.

Der Abend konnte also doch noch ganz ersprießlich werden.

»… Kindergeburtstagsparty. Sie dürfen mit Decken ein Zelt bauen«, hörte er nun Susi sagen, die sich bereits rege mit Dani unterhielt. »Wir holen sie in der Nacht ab.«

Tja, manchmal hatte man Glück im Unglück.

Er begrüßte unterdessen Oppitz mit Handschlag. »Servas, Hansi.«

»Charlie.«

Sie sahen einander in die Augen, und Katz wusste im selben Moment, dass Oppitz genauso wie er selbst unbedingt über den Fall Danube reden musste. Ein Fan erkannte den anderen, wahrscheinlich schickte man als ein ebensolcher ähnliche Duftstoffe in die Luft, wie es Paarungswillige taten, um einander zu finden. Sie ließen sich auf die Couch fallen.

»A Pfeiferl wär' net schlecht«, meinte Oppitz.

Genau Katz' Fantasie seit der Gras-Schwade im Gästezimmer bei Kollaritsch. Die ideale Kombination – Entspannung und ein Fachgespräch unter Fußballfreunden, das sicherlich etwas zu den Ermittlungen beitragen konnte. Sicherlich. Wodurch er also doch arbeitete.

»Nicht schon vor dem Essen«, ertönte es sofort und unisono vom Tisch her – die Ermahnung von Charlies Frau, die seine Äußerung wohl auch noch in der Nachbarstadt gehört hätte – und aus der Küche.

Alex streckte den Kopf durch die Durchreiche. »Es gibt Muscheln im Speckmantel, Seezunge und Crème brûlée.« Sein Ton war streng wie jener einer Hausmutter in einem katholischen Internat.

»Geh, Alex, du weißt doch, dass Rauchen hungrig macht.«

»Aber dann frisst man. Wahllos. Und ich wünsche mir wirklich, dass ihr das Essen genießt!« *Warum habe ich mich wohl sonst in die Küche gestellt?*, hieß das eigentlich. »Und ihr könnt auch schon decken, es ist alles bereit.«

»Manchmal bist du wie so eine TüTü-Tante aus einer Fünfzigerjahrwerbung.«

Alex schnappte nach Luft. Aber es kam keine Replik. Mist, jetzt hatte er ihn wirklich am falschen Fuß erwischt. Na ja, *beleidigt* könnte man das auch nennen.

»Ich hab's nicht so gemeint«, fühlte sich Katz zu einer halben Entschuldigung bemüßigt, »aber ich bin heute echt geschlaucht. So ein großes Essen. Und der Hansi und ich … der ist auch AC-Fan, und …«

Alex' Augen schimmerten, und es war egal, ob Katz sich das nur einbildete oder nicht.

»Okay, okay.« Er stemmte die Hände in die dunkelgrüne Polsterung, um sich mit dem nächsten tiefen Atemzug in die Höhe zu hieven. Und kam sich wie in einer lang gedienten Ehe vor. Dabei war Alex bloß sein bester Freund.

Dani ging zur Durchreiche. »Mhm, das riecht geil. So richtig mediterran.«

Katz verschob das Aufstehen auf den übernächsten Atemzug.

»Und der Kamin brennt so schön warm.«

Alex schnaufte.

»Meinst du nicht, dass so ein Picknick auf dem Teppich und auf der Couch extrem gemütlich wäre? So richtig zum Chillen? Ich fänd's cool.«

Seine Dani. Meist harsch wie ein Graupelschauer, aber im Grunde ihres Herzens ein empathischer Engel. Und er registrierte aus dem Augenwinkel, dass sich das Ehepaar mit Blicken verständigte.

Susi klatschte in die Hände. »Ja, das passt zu unserem kinderfreien Abend. Machen wir es uns so gemütlich wie möglich. Nix korrekt mit Messer und Gabel als blendendes Vorbild, einfach nur genießen. Alex?«

Der sah von einem zum anderen, und seine Augen glänzten noch immer.

Katz legte die Hand auf die Brust. »Ich schwöre, dass ich deinem Essen die Aufmerksamkeit zuteilwerden lasse, die ihm gebührt.«

»Ich auch«, echote es in der Runde.

Alex brach in Lachen aus und wedelte mit den Händen. »Okay, okay, dann schiebt den Ramsch auf die Seite. Die Muscheln sind im Anflug! Und Charles, hol die Pfeife.« Er grinste ihn an.

7

Der nunmehr große Junge Talib dankte Gott und den Geistern für die Offenbarung der inneren Gestalt seiner Mitspieler. Er versprach dem Herrn und den Ahnen, sich der Gnade würdig zu erweisen. Es brannte in seinem Herzen, und nach dem Auf- und Untergang eines Mondes konnte er endlich zurück aufs Spielfeld. Er rannte ins Tor. Feind Zwei war sein erster Gegner. Talib warf sich wie ein Löwe auf der Jagd ohne Gedanken, nur mit Instinkt auf die linke Seite und hielt den Ball. Auf dem Spielfeld wurde es so still wie bei der Andacht des Priesters. Feind Sieben war der Nächste. Talib verschloss ihm die kurze Ecke, wissend, dass nun ein Schuss, getreten mit dem Herz einer Meerkatze, in die Mitte folgen würde. Talib hielt. Feind Fünf. Talib hielt. Feind Eins. Talib hielt. Feind Sechs, Talib rutschte der Ball aus den Händen, die älteren Jungen jubelten, auch seine eigenen. Wieder Feind Sieben, Talib hielt. Und so kam es, dass etwas geschah, das sich Talib nie vorzustellen gehofft hatte: Isaam trat zu ihm und klopfte ihm auf die Schulter. »Du bist gut«, meinte er. Und als Talib den nächsten Ball fing, tanzten sie mit ihm den Freudentanz. Und so ging es fort, Tag für Tag, Woche für Woche. Nur ein Junge war mit diesem Fortgang der Ereignisse nicht glücklich, Kito, der Zweitälteste der Schar.

8 // MAYER SINNIERT ÜBER ZUFALL UND SYSTEMIMMANENZ

Da saßen sie nun und stopften mittels Zahnstochern Muscheln im Speckmantel in sich hinein. Mayer fühlte jedem Bissen nach. Dieses sensationelle Essen, das Alex fast tagtäglich kochte, war einer der vielen Gründe, warum sie es noch immer liebte, bei ihm zu wohnen. Und so war aus der Notlage, nachdem Carmen, ihre Ex, sie hinausgeschmissen hatte, eine höchst angenehme Zwischenlösung geworden. Angenehm auch deshalb, weil sie nach vielen Nächten voller Gespräche mit Alex, der auch ganz vernünftig und nicht nur theatralisch sein konnte, erkannt hatte, dass sie sich akut eigentlich keine eigene kleine Wohnung suchen wollte. Nicht nur, weil ebendiese kleinen und auch die mittleren Größen inzwischen in Wien unverhältnismäßig teuer waren, sondern auch, weil sie nicht Gehirnschmalz in etwas stecken mochte, das sie doch nur als Übergangslösung ansah. Ja, es war ultrapeinlich, aber sie hatte sich selbst gegenüber zugeben müssen, dass sie ein Beziehungsmensch war.

»Der Kollaritsch ist also derstickt«, eröffnete Oppitz zwischen zwei Muscheln nach all den vorangegangenen Platz-herrichten-Plappereien sozusagen ernsthaft das Gespräch.

Vorbei mit der Idylle, die Arbeit senkte sich über die Runde – was Mayer aber sehr recht war. Ja, sie hätte sich über eine kurze Verschnaufpause bis zum nächsten Fall gefreut. Aber das hatte es nicht gespielt. Also hinein mit voller Kraft. Umso mühsamer war diese künstliche Unterbrechung durch das gemeinsame Abendessen.

Katz setzte sich aufrecht hin. »Ich möchte mich hiermit ganz offiziell für meinen Freund Hansi und mich entschuldigen.« Oh, er bezeichnete sie beide schon als Freunde! Oppitz war *ihr* Freund. Nun gut, man sollte nicht kleinlich sein. Vielmehr sollte sie sich freuen, dass sich die beiden liebsten Menschen in ihrem beruflichen Umfeld so gut verstanden.

»Nicht nur, dass es sich um einen spektakulären Mordfall handelt – wir sind beide auch Fans, denen das echt nahe geht. Vor allem in der Kombination mit dem vermeintlichen Selbstmord von Egger, der auch ein Mord ist, und mit …«

»Was?«, fuhr Oppitz dazwischen.

Der Chef nickte gewichtig. »Und mit dem Unfall von Tröger.«

»A bissel viel«, kommentierte nun wieder Oppitz.

»Sehe ich auch so«, sagte Katz.

Und Mayer nun auch, jetzt, wo die Sachlage einmal so knackig zusammengefasst worden war. Vielleicht sollten sie in Betracht ziehen, eine Sonderkommission einzurichten. Sie betrachtete Katz. Seine Augen glänzten fiebrig. Okay, angesichts seines Ehrgeizes, die Fälle immer allein zu lösen, und seiner aktuell überbordenden Emotionalität, sprach sie das Thema wohl besser erst am nächsten Morgen an.

»Tsts, was kann da beim AC nur los sein? Weil s' aufgestiegen sind?«, sinnierte ihr Ex-Partner weiter.

»Das gibt Neider«, meinte Katz. »Allerdings hätten wir da jedes Saisonende eine Blutoper, wenn das allein der Grund wäre.«

Als Antwort nickte Oppitz bedächtig.

Alex patschte in die Hände. »Monsieurs, Monsieurs, ich habe mich damit abgefunden, dass in dieser Runde nur über Kriminelles gesprochen wird. Aber jetzt auch noch Fußball – non, mes amis, c'est trop.«

»Was hast du gegen Fußball?«, mischte sich nun Susi ein. »Das ist doch das Lässigste überhaupt!«

Dani studierte ihre Gesichtszüge auf der Suche nach Lachfältchen, die einen Scherz ankündigten. Es war einfach höchst ungewöhnlich, dass ein Ehepaar zusammen, und nicht nur ein Teil davon, dem Wahn verfallen war.

Alex schlug die Hände vors Gesicht. »Non, non, toi non plus!«

Susi grinste und nahm einen Schluck Bardolino. »Manchmal bist du so ein Klischee von einer Tusse – Alexandre.« Sie betonte die französische Aussprache seines Namens. »Fußball ist das einfachste und komplizierteste Spiel der Welt zugleich. Deswegen lieben es alle.«

Er lugte zwischen seinen Fingern zu ihr. »Kompliziert? Ja?« Seine Stimme war mit einem Mal vollkommen männlich. »Was ist daran kompliziert, dass elf – zugegebenermaßen geile – Körper einem Ball nachrennen, um ihn in ein Tor zu schießen? Und komm mir jetzt nicht mit der Abseitsregel. Die beherrsche ich. Man will sich ja nicht immer aufziehen lassen.« Damit nahm er nun seinerseits einen Schluck Rotwein.

»Zehn«, warf ihr Chef ein. »Es laufen nur zehn dem Ball nach. Also im Normalfall. Der elfte Mann steht im Tor.«

Alex funkelte ihn an. »Korinthenkacker.«

Katz drohte ihm mit einer Muschel, auf einem Zahnstocher aufgespießt. »Vier Leute hier im Raum können was mit Fußball anfangen – oder müssen es zumindest«, ergänzte er mit einem Seitenblick auf Mayer.

Frechheit, er wusste doch, dass sie … nein, wusste er nicht. Sie hatte ihm noch nie von ihrer fußballerischen Kindheit erzählt. Sollte sie vielleicht nachholen.

»Du hast also heut' Sendepause, mon cher«, fuhr Katz Richtung Alex fort. »Wir genießen dein Essen und du unser Lob darüber. Und aus.«

»Du sagst mir nicht, was ich zu denken habe. Es ist und bleibt ein primitives Spiel. Das erkennt man schon allein an den Interviews, die diese, wie gesagt und bereits zugegeben, sexy Jungs geben. ›Äh. War ein geiles Spiel. Yo. Wir haben verloren, weil wir nicht gewonnen haben.‹« Sein Ton triefte von Bösartigkeit.

»Was willst? Letzteres ist eine zutiefst philosophische Aussage!«, feixte Katz.

Und Mayer wunderte sich, denn so kannte sie Alex gar nicht. Wenn denn jemals etwas Negatives über seine Lippen gekommen war, dann nur sehr, sehr verbrämt und alles in allem noch immer charmant.

»Hat dich einer von denen einmal sitzen lassen?«, stichelte Katz auch sofort weiter.

»Weißt du denn nicht, dass es unter Fußballern keine Schwulen gibt? Und niemals geben wird?«, konterte Alex mit aller transigen Attitüde. »Der einzige Bereich neben dem Militär, der tausendprozentig frei von Homosexuellen ist, weil es der Natur der Sache widerspricht. Das weiß doch jedes Kind.«

Mein Gott, ging ihr das auf den Nerv. Alex hatte mindestens zwanzig Schalter am Körper, die man nur zufällig berühren musste, um ihn zu einer Jeanne d'Arc der Gleichbehandlung zu machen. Jaja, die Homophobie grassierte noch immer, und jaja, man musste und man sollte und überhaupt, sie als Betroffene … Aber Mayer wollte lieber über den Fall reden oder zumindest einen gemütlichen Abend zelebrieren, denn am nächsten Morgen wartete eine sehr, sehr lange To-do-Liste auf sie.

Oppitz ließ sich von der Couch auf den Teppich plumpsen. »Geh, kummts, nervts uns net mit eurer Streiterei.«

Danke!

Susi schenkte sich Bardolino nach. »Ich glaub, lieber Alex, dass du dich noch nie wirklich mit Fußball beschäftigt hast.«

»Warum sollte ich auch?«

Sie zwinkerte ihm zu, ließ die Zunge auf den Schneidezähnen tanzen. »Weil Fußball der pure Sex ist. Lauter geile Männer, wie du richtig festgestellt hast, kämpfen gegeneinander, und es geht nur ums Einlochen. Den Gegner zu ficken.«

»Susi!« Oppitz riss die Augen auf.

Seine Frau lachte, das Frivole verschwand aus ihrem Gesicht. »Okay, ernsthaft, Alex, weil es das einzige Spiel ist, das unabhängig von der Region Milliarden Menschen vor dem Bildschirm vereint. Weil es überall auf der Welt auf irgendwelchen sandigen Plätzen barfuß und mit zusammengeknoteten T-Shirts als Ball gespielt wird. Weil es der Sport ist, der mit Abstand am meisten Umsatz macht. Weil es Gegner vereint. Weil …« Sie seufzte.

»Non, ma belle, sag nicht: weil es Religion ist.«

»Für manche schon. Für manche viele.«

»Das ist für meinen Schulfreund Ingo Tischtennis auch.«

»Ignorant.« Sie prostete ihm zu.

»Okay, ich gebe dir recht, wenn du sagst, dass es die größte Abzocke ist«, ließ Alex nicht locker.

»Abzocke?«

Ja, da war schon wieder dieser, um mit Alex zu sprechen, haut-goût rund um das Leder, wie heute Nachmittag bei dieser Barbara Kollaritsch. Die ihr dann noch ihre private Mailadresse zugesteckt hatte. Das war eindeutig gewesen, doch normalerweise stand sie nicht so auf in Schwarz Gekleidete. Ein netter One-Night-Stand vielleicht? Aber das jedenfalls auch erst nach dem Abschluss des Falls.

»Ja, Abzocke. Dass ich in der Fan-Meile damals bei der EM* statt Bier nur dieses holländische Pisswasser trinken hab dürfen, hat mir alles gesagt.«

»Du warst auf da Fan-Meile?«, quetschte sich nun Oppitz ins Gespräch. »Du hast do grad gsagt, du kannst des Ballestern net leiden?«

»Nicht freiwillig«, meinte Alex mit einem Seitenblick auf Katz.

Der hob die Hände. »Mein letzter Versuch, dir eine wirklich schöne Seite des Lebens nahezubringen!«

»Mit schwarzen Punkten drauf, oder hast du nicht gerade von ein paar Morden erzählt?«

»Ah, du willst zurück auf vertrautes Terrain. Kriminelles.« Katz grinste, um in der nächsten Sekunde mit einer Muschel, die er kurz vor seinem Mund schweben ließ, in dumpfes Brüten zu verfallen.

Mayer verstand noch immer nicht die hitzige Hingabe, die Katz, Rössler und nun auch Oppitz und Susi bei dem Thema AC Danube an sich befiel, denn sie mochte den Verein nicht sonderlich, fieberte mehr mit Rapid**. Doch sie teilte mittlerweile das Gefühl ihres Chefs, dass ungute Zusammenhänge zwischen den einzelnen Vorkommnissen bestanden, so unterschiedlich sie auch waren. Ein Unfall, ein vertuschter und ein offensichtlicher Mord im Umfeld einer relativ engen Interessengemeinschaft, wie

---

* Europameisterschaft 2008 in Österreich und der Schweiz.

** SK Rapid, einer der Traditionsvereine von Wien, fast immer Mitspieler um den Bundesligatitel.

es ein Verein darstellte, waren kein Zufall, denn die gab es ihrer Erfahrung nach selten bis nie. Da war sie sich mit ihrem Chef einig. Meist löste eine Kleinigkeit ein Unglück aus, und dieses zog andere nach sich wie ein umgefallener Dominostein. Das lag daran, dass sich in emotionalen Gefügen oft über Jahre ein labiles Konstrukt aus Kränkungen, Lügen, Hass, Eifersucht und deren Verdrängung aufbaute. Okay, vielleicht war Mikado, oder noch besser Jenga der geeignetere Vergleich: Bewegst du ein Holzstück zu unvorsichtig, bricht der ganze Turm zusammen. Und je löchriger der Turm bereits ist, umso eher fällt er.

Mit halbem Ohr hörte sie, wie Oppitz vom Aufstiegskampf des AC in die Bundesliga schwärmte, wie Susi ihm assistierte und Alex stöhnte. Irgendwann stand auf ihrem Schoß ein Teller mit Seezunge. Der zweite lukullische Traum des Abends – Katz benützte diese Formulierung gern, und Mayer hatte sie nur allzu gern übernommen. Eigentlich sollte Alex ein Lokal aufmachen, aber nur eigentlich, denn tatsächlich wollte sie nicht darauf verzichten, dass er sich viel, viel Zeit nahm, seine Freunde zu verwöhnen.

Katz entkorkte die mittlerweile zweite Flasche Veltliner. Plus der zwei Bardolino von Susi und Oppitz … sie waren ganz schön gut unterwegs. Und das mitten im Beginn einer voraussichtlich schwierigen Ermittlung. »Sollten wir uns nicht einbremsen?«

»Entspannung macht kreativ«, wischte Katz kaum entstandene Bedenken zur Seite.

Oppitz schnellte in eine aufrechte Sitzposition, wodurch ihm eine gegrillte Cocktailtomate vom Teller auf den Teppich hüpfte. Er steckte sie schnell in den Mund und schaute Alex mit großen unschuldigen Augen an. »Nix passiert.«

»Anscheinend doch. Irgendwas hat dich doch bissn.«

Ihr Ex-Partner wedelte mit dem Zeigefinger vor Katz' Nase herum, aber es kam nichts heraus.

»Was?«

Er schluckte und holte Luft. »Vor einem halben Jahr oder so ist in Paris der Gbowee von einem Sandler derschlagn worden.«

Sie schauten ihn alle an. Anscheinend war Mayer mit ihrer Unwissenheit dieses Mal nicht allein.

»Na unsere Stürmerhoffnung von der AC-Akademie, den s' fast zum Nachwuchs vom PSG verkauft haben. Aber dann hat er aus unerfindlichen Gründen stark nachlassen und ist rausgschmissn wordn. Statt ihm haben s' den Nzinga gschickt. Nein, Blödsinn, denn haben s' schon vorher verscherbelt.«

Katz schenkte Oppitz nach. »Is okay, Hansi. Dein Archivhirn in allen Ehren, aber das ist jetzt schon ein bissel weit hergeholt. Sogar für so einen Verschwörungstheoretiker wie mich.«

Schau an, der Chef fand endlich seine Selbstironie wieder.

Oppitz sank zusammen und stopfte eine weitere Cocktailtomate in den Mund. »Hast recht. Das is wirklich nur a Zufall. Paris is net Wien.«

Mayers Handy klingelte. Eine fremde Nummer. »Gruppeninspektorin Daniela Mayer, guten Tag?« Und sie benötigte ein paar Sekunden, um den Zufall als systemimmanent einordnen zu können: Die Bekannte ihrer Ex, die Laura und nicht Nora hieß, wie sich nun herausstellte, wollte sie treffen, um mit ihr über den AC Tröger Danube zu reden. Sie sei mittlerweile in der Damenmannschaft desselben und mache sich Gedanken bezüglich des Mordes an Manfred Kollaritsch.

8

Und so geschah es, dass Talib und seine Kameraden jedes Spiel gewannen. Dass jeder Junge der Kamerad von Talib sein wollte, um nicht zu verlieren. Es geschah, dass nicht mehr, wie die Tradition es verlangte, die Jungen fürs Tor als Letzte in die Gruppe gewählt wurden, sondern dass die Kapitäne, wie sich Isaam und Kito nun nannten, als Ersten Talib zu sich riefen, ja, dass sie sogar eine Münze warfen, wer als Erster seine Mannschaft wählen durfte, um sicherzugehen, den *Löwen* zu sich rufen zu können. Ein Junge belegte den Ball sogar mit einem Fluch, um ihn für Talib unsichtbar zu machen, doch es half nichts. Und ein weiteres Wunder ereignete sich: Isaam nahm Talib an der Hand und führte ihn offiziell zum Fernsehen in die Hütte von Zahran. Doch nun sah Talib nicht mehr die Bilder von fremden Bergen und Flüssen und Seen, sondern von Männern, die Fußball spielten. Er wusste, dass die Männer in den Dörfern ringsum alle Fußball spielten, er wusste auch, dass es in der großen Stadt Männer gab, die das für Geld taten, dass es Clubs gab, wie der Onkel die Mannschaften in den Erzählungen von seinen Ausflügen nannte, deren Anhänger sich bekriegten, aber er hatte nicht geahnt, dass dieses Spiel auf der ganzen Welt gespielt wurde. Viele dieser Männer im Fernsehen waren weiß, so wie jener Fladendeutsche, doch nicht alle waren aus Deutschland. Zahran zeigte Talib die Länder mit berühmten Fußballclubs, erzählte ihm von FC Barcelona und Real Madrid in Spanien, von FC Liverpool und Manchester United in England, von Bayern München und Werder Bremen in Deutschland, von AC Milan, Juventus Turin, Inter Mailand, FC Porto, und Talib lernte alles über die Länder, was er finden konnte. Zahran erzählte ihm von Boca Juniors, River Plate und Independiente in Argentinien, von Santos und São Paulo in Brasilien, von Al Ahly Cairo, Al Zamalek SC und Raja Casablanca, die jeweils die besten von ganz Afrika gewesen waren. Er lernte Begriffe wie Liga, Meisterschaft und Champions League, und es war ihm, als wäre der rasende Horizont stehen geblieben. Talib sah die Welt. Und er sah, wie Thierry Henry gleich einem Wiesel den Ball an drei Gegnern vorbeiführte und ihn in die äußerste Ecke des Tores schoss. Wie Zinedine Zidane nicht nur um, sondern auf dem Ball tanzte und seine Jäger knurrend hinter sich ließ. Wie sich Oliver Kahn mit zehn Armen und zehn Beinen, gleich einem wütenden Wasserbüffel, dem Feind entgegenwarf und das Tor für ihn verschloss. Der weiße Fladen bekam von den anderen Jungen sogar den Ehrentitel Araignée noire, weil sie unbesiegbar wie die schwarze Spinne Thomas Nkono war. Und da weinte Talib, denn es war ihm, als hätte er dem Ball bislang Gewalt angetan. Es schien ihm unrechtens, ihn weiterhin mit seinen ungelenken Bewegungen zu quälen, wenn es doch Meister gab, die ihm mit ihrem Können die Ehre erwiesen. Der nunmehr große Junge wurde wieder ein kleiner Junge, der sich in den Schatten der Hütte setzte und mit seinem Schicksal haderte, dem Baobab seiner Ahnen den Rücken zukehrte. Denn alle Dinge, die ihm Freude bereiteten, waren nicht für ihn bestimmt. Und da geschah es, dass er den weisen Zahran das erste Mal bebend vor Wut erlebte. »Du hast das Herz eines Hasen.« Und er erzählte Talib von anderen kleinen Jungen aus kleinen Dörfern, die das Herz eines Löwen gehabt hatten und so große Männer in der großen Welt geworden waren. Er erzählte ihm von Maradonna und Cruyff, und er erzählte ihm lange von George Weah, von dem Slum in Liberia, von der Ehre, zu den besten europäischen Fußballern eines ganzen Jahrhunderts zu gehören. Und dann trieb Zahran Talib mit dem Stock zurück auf den Dorfplatz.

9 // MAYER SIEHT KLAR UND DANN DOCH NICHT

Da war ein riesiger Berg. *Komm, Mädel, du gehst klettern, dann wirst du doch das Hügelchen schaffen.* Mayer setzte sich wieder in Trab. So eine schwachsinnige Idee, sich der allgemeinen Gleichschaltung anzupassen und joggen zu gehen. Sie hätte sich ganz einfach ausgeschlafen und frisch geduscht mit Laura auf das Frühstück treffen sollen.

Wenigstens konnte sie hier im Park durchatmen. Als sie in Hietzing die U-Bahn-Station verlassen hatte, hatte ihre Lunge den Dienst verweigert, so dicht war die Luft vom Frühmorgenverkehr bei der Kennedybrücke gewesen. Die ersten paar Meter bis zum Eingang von Schönbrunn war sie geschlichen, um ja nicht zu viel von den Abgasen einatmen zu müssen. Waren die Autos denn nicht inzwischen alle mit Katalysator ausgestattet? Und auch wenn das Ambiente von Palmenhaus und Schloss sehr lässig war, soweit sie es beim dichten Morgennebel hatte erkennen können, blieb der Umstand, Bewegung in einem Park und nicht draußen in den Bergen zu machen, doch etwas lächerlich. Aber sie war dazu ja förmlich gezwungen, seit sie im Landeskriminalamt Dienst tat. Ständig Überstunden. Ihre geliebten Radltouren raus nach Niederösterreich – Vergangenheit. Die Wanderungen auf den Wiener Hausbergen – sporadische Neckereien. Und gleichzeitig jammerte ihr Körper. Und manchmal hatte sie das Gefühl, einfach losrennen zu müssen, um sich wieder einmal zu spüren. Um vor Aggression nicht einfach brüllen zu müssen. Wahrscheinlich ein Cold Turkey, wie bei jedem Entzug.

Also joggen. Wie Tausende andere Lemminge auch.

Und die Verabredung mit Laura auf der Gloriette war ein willkommener Anlass gewesen, endlich damit anzufangen. Wenn es sie schon einmal nach Schönbrunn verschlug …

Aber nun, nach der Ebene mit den Prachtbauten die Serpentinen hinauf zum Lustschlösschen – das war wirklich anstrengend. Mayer musste zugeben, dass Laufen wiederum eine neue Art von Bewegung war, und wahrscheinlich ebenso wie andere Sportarten gelernt werden musste. Und aller Anfang war schwer, keinerlei Glücksgefühl … wenigstens trabte sie fast alleine durch die Gegend, wahrscheinlich, weil ein Wochentag war.

Auf einmal hörte das Grau auf. Es war, als streckte sie den Kopf aus dem Wasser. Glatter Schnitt zwischen wassergeschwängerter und glasklarer Luft. Ein Fenster des filigranen Baus auf der Spitze des Hügels flackerte in der Sonne wie das Feuer eines Leuchtturms auf – ein geiler Anblick, doch das Ziel wollte und wollte nicht näherkommen. Ihre Beine waren so schwer, kein Wunder bei dem *hedonistischen Höhenflug*, den sie gestern Abend absolviert hatten, wie es Katz genannt hatte. Sie wollte gar nicht nachrechnen, wie viel Alkohol geflossen war, mit zunehmender Stunde ohne ihre Beteiligung, und auch nicht, wie viel Runden die Wasserpfeife absolviert hatte. Immerhin kannte sie jetzt die komplette Geschichte des AC Danube, das konnte ja noch einmal ganz nützlich werden.

Mayer stoppte abrupt und keuchte sich aus. Als sie ihrer Sinne wieder mächtig war und den Blick hob, sah sie eine apricotfarbene Creme unter sich, aus der dunkelgraue Spitzen und Quader hervorlugten, die willkürlich orange aufgleißten, als würde sie ein Zufallsgenerator mit Strom versorgen. Und neben einer besonders markanten Spitze in der Mitte der Stadt schälten sich aus dem Morgennebel bunte Zacken heraus. Jedenfalls bildete sie sich das ein. Der Stephansdom mit seinem charakteristischen Dach.

Ihr Herz schlug schlagartig wieder schneller, und sie wusste, sie hatte sich in diesem Moment in ihre Heimatstadt verliebt. Aktiv verliebt. Keine Gewohnheitsbeziehung mehr, eine gewollte.

Mayer schüttelte sich und ihre Beine aus. Kitschiger Scheiß. Sie drehte sich um und sah sich zwanzig Meter von der Gloriette entfernt. Völlig entspannt lief sie die letzte Kurve hinauf und – stoppte. Auf der Treppe zum Eingang, hinter dem kein Licht leuchtete und neben dem sich auch keine der für ein geöffnetes Lokal üblichen Menütafeln befand, saß eine Gestalt in einem dunkelgrünen Trainingsanzug. Rechts von ihr stand eine Thermoskanne, links lag ein weißes Tuch, auf dem ein etwas größerer Teller mit kleinen belegten Semmeln und zwei Häferl standen. Beim Geländer lag ein Rucksack. Die Gestalt winkte Mayer fröhlich entgegen.

»Frühstück *bei* der Gloriette« – das war also kein Versprecher gewesen. Natürlich nicht, so ein Nobelschuppen sperrte niemals freiwillig um sieben Uhr früh auf.

Mayer merkte, wie diese Überraschung am frühen Morgen schlagartig ihre Laune hob. Wie auch der Anblick von Laura, denn sie war noch immer so hübsch, wie sie sie in Erinnerung hatte. Kurze naturschwarze Locken, blitzblaue Augen und ein Puppenmund. Kurvige Figur und weiße Haut. Gleich Schneewittchen, das Model für barockes Outfit ist.

Und so jemand spielte in der Damenmannschaft eines Bundesligaclubs? War sozusagen professionelle Sportlerin? Bei so viel Training, wie da vonnöten war, wurde man doch selbstredend spindeldürr, egal, welche Veranlagung man hatte.

Schneewittchen lächelte. »Du rennst auch? Ich hab dich da noch gar nicht gesehen. Und hast du nicht immer gesagt, das ist nur was für Lemminge?«

Sie konnte sich verdammt gut an ihre Gespräche erinnern. Interessant.

Mayer setzte sich auf die andere Seite des kleinen Tischtuches. »Stimmt. Aber in der Not frisst der Teufel auch Fliegen. Ich hab in letzter Zeit ein bissel viel zu tun. Komm kaum raus aus der Stadt.«

Schlagartig wurde ihr Gegenüber ernst. Laura sprang auf, holte aus dem Rucksack ein schlaffes Gummiding und blies es auf. Ein Pendant zu ihrem eigenen Sitzkissen, das sie nun Mayer förmlich unter den Hintern schob. Dann goss sie Tee ein, bot die Semmelchen an und betrachtete seufzend und kauend das pfirsichfarbene Panorama der Stadt. Gleichklang auf der ganzen Welle. Ein gutes Zeichen.

Nur blöderweise hatte sich Laura jetzt in die Ermittlungen eingebracht, war also eine Zeit lang tabu. Und die junge Kollaritsch auch. Shit, ihre Gedanken waren etwas eingleisig. Die Bewegung hatte da wohl vergessene Bedürfnisse in ihr wachgeschüttelt …

Während sie das Jourgebäck Stück für Stück verdrückten, plauderte Laura über sämtliche gemeinsame Freundinnen, ohne Carmen, Mayers Ex, auch nur mit einer Andeutung zu erwähnen.

»Und wie geht es Carmen?«

Zögern. »Sie heiratet in zwei Wochen. Eine Ernährungsberaterin aus Döbling.«

Das passte. Wahrscheinlich eine Frau mit Geschmack, etwas überkandidelt, aber auf jeden Fall reich.

Der Schlag in die Magengrube erreichte ihr Hirn und damit ihr Herz etwas zeitverzögert. Laura sprach plötzlich wie durch Watte, irgendwas von »Ist ja nur die Eintragung einer Lebensgemeinschaft«, »Etikettenschwindel«, »konservative Wichser«, »reiche Eltern, die aus Verzweiflung gute Miene zum bösen Spiel machen«, »großes Bankett, um Geschäftspartnern Wind aus den Segeln zu nehmen«, »ich verweigere« und …

»Wieso verweigerst du?«, tauchte Mayer zum zweiten Mal an diesem Tag aus einem Nebel auf.

»Es ist eine Scharade. Carmen will bloß einmal in ihrem Leben ein Hochzeitskleid tragen. Kennst sie ja. Halt wie eine Prinzessin ausschauen. Und Ekaterina ist ihr hörig.«

»Eine Russin?«

»Und ihre Eltern fern der Heimat noch immer linientreu. Aber in ihrer Verzweiflung springen sie halt auf den Conchita-Zug auf und hoffen, dass sie verschnupfte russische Geschäftspartner durch Political-Correctness-Westler ersetzen können.«

»Du bist zynisch.«

»Nur nicht mehr unschuldig.«

Laura schenkte Tee nach. Sie hielten schweigend ihre Nasen in den Dampf, als wären sie ein altes Ehepaar, das sich nichts mehr zu sagen hat.

Hochzeit.

Mit einer anderen.

Bereits nach einem halben Jahr.

Und aus. Sie war beruflich hier. »Also? Wieso willst du mich sprechen? Was weißt du über den Mord an Kollaritsch?«

Laura stellte das Häferl ab und klemmte die Hände unter die Achseln. Sah sie an. »Ich weiß nicht, wer es getan hat. Da muss ich dich enttäuschen.«

»Wäre auch zu schön gewesen«, feixte Mayer, um wieder etwas lockerer zu erscheinen.

»Okay, wie fange ich an? Und sag jetzt nicht, am besten am Anfang. Öder Spruch, und außerdem kenne ich den Anfang nicht, sonst würde ich damit anfangen. Trotz der Wortwiederholung.«

Die schnelle und witzige Denke von Laura hatte ihr schon damals imponiert. Sie lächelte sie an.

»Also vielleicht zur Erklärung vorweg: Ich bin jetzt seit Sommer beim AC, und zwar als Trainerassistentin.« Das erklärte, warum sie nicht ausgemergelt war. »Ich wäre nie eine Spitzenspielerin geworden. Aber ich hab das, was man braucht, um so eine Meute zu dirigieren. Es dauert zwar noch ein bissel bis zu meiner Lizenz, aber das ist egal, es macht mir Spaß.«

Immer schön smalltalken, hörte sie Katz murmeln. *Man weiß nie, was dabei herauskommt.* »Gratuliere. Und was braucht man?«

»Überblick. Und Hirn. Wobei, das brauchen die Spielerinnen heutzutage auch schon.«

»Hirn oder Überblick?«

»Beides. Taktik ist heutzutage so wichtig wie noch nie. Man redet nicht umsonst oft von Rasenschach. Jeder Trainer muss die Stärken und Schwächen seiner Mannschaft und der des Gegners genau kennen und sein Spielsystem präzise darauf ausrichten. Das sind dann die feinen Unterschiede zwischen einem vier-vier-zwei und einem vier-zwei-drei-eins.*«

* vier Verteidiger, vier Mittelfeldspieler und zwei Stürmer bzw. vier Verteidiger, zwei defensive und drei offensive Mittelfeldspieler sowie ein Stürmer.

»Klar.«

»Ja, man passt mittlerweile ständig an, zieht nicht mehr ein System bei allen Spielen durch. Und ganz wichtig ist ein gutes Umschaltspiel. Bei der WM in Brasilien haben wir das gesehen – immer wieder blitzartige Wechsel von Verteidigung auf Angriff. Das beginnt schon bei den Abwehrspielern.«

»Ich weiß, ich weiß, die dürfen den Ball, wenn sie ihn erobern, nicht einfach blind wegdreschen, sondern müssen genau wissen, wo sie ihn hinspielen – und dann nicht hinten stehen bleiben, sondern mit in den Angriff gehen. Und die Offensivspieler müssen auch verteidigen, wenn es die Situation erfordert. Das haben wir schon einmal ausführlich bequasselt, damals bei der Grillerei auf der Donauinsel.«

»Ja, ich kann mich noch gut erinnern.« *Wie nett.* »Früher nannte man das den *totalen Fußball.* Alles wird gemischt. Aber jetzt wird das alles noch viel klarer für mich. Das Mehrdimensionale des Spiels ist nicht mehr nur auf mich beschränkt, verstehst du? Wie ich es am Rasen erlebe. Das ist wirklich wie Schach, und du bist die, die die Figuren zieht. Mit dem Blick von oben. Und die Spieler müssen körperlich *und* geistig in der Lage sein, deine Gedanken umzusetzen.« Ihre schneeweißen Wangen hatten sich gerötet. »Also wenn sie das tun, was du ihnen einbläust …« Sie grinste.

»Okay, du bist also Trainerassistentin. Daher wahrscheinlich auch bei diversen Vereinssitzungen dabei. Hast du da was mitbekommen? Irgendjemand, der den Kollaritsch nicht mochte?«

»Oh, den mögen einige nicht, genauso viele wie jene, die ihn lieben. Er polarisiert, weil er immer nur das Beste will und keine Fehler duldet.« Sie wiegte den Kopf. »Also sagen wir, er duldet nichts – *hat* nichts geduldet, das dem Verein schadet. Fehler ist ein zu moralisierendes Wort.« Sie stellte die Füße auf die Fersen und ließ sie mit einem Platschen zurück auf den Stein fallen. »Oder sagen wir noch einmal anders: Er hat nichts geduldet, was dem Verein einen wesentlichen Schaden zufügt.«

Mayer setzte sich schräg, um Laura direkt ansehen zu können. »Was meinst damit?«

Laura warf ihr einen Blick von seitlich unten zu. »Vor zwei Wochen habe ich mein Sudokuheft im Club vergessen« – *eine Schwester im Geiste, wie wundervoll!* – »und weil ich echt noch nicht weit war, bin ich zurück, die Straßenbahnfahrt nach Hause ist lang. Da habe ich halt zufällig was gehört.«

»Ja, Spannungsaufbau, ist eh okay. Also was?«

Unwillkürlich beugte sich Laura über das kleine Tischtuch hinweg zu Mayer. Orangenduft, vermischt mit Schweiß, kroch in ihre Nase. Sehr gschmackig. »Also, ich hab gehört, wie der Hüttl zum Kollaritsch gesagt hat – sie sind da ganz allein im dunklen Gang gestanden, und da wollte ich sie nicht stören«, sie zwinkerte ihr zu, »also wie der Hüttl, unser Präsident, gesagt hat, dass er von der Helga, das ist seine …«

»Freundin, das wissen wir.« Hochgezogene Augenbrauen gegenüber. »Erklär ich dir dann.«

»Also dass die ihm geflüstert hat, dass Kollaritsch eine Steuerprüfung kriegt, und zwar eine ernsthafte. Dass die einen Zund* gekriegt haben und sie ihn drankriegen wollen.«

»Oh.«

»Richtig. Und dann haben die beiden zum Nachdenken angefangen, ob's nicht besser wäre, dass der Kollaritsch

* Hinweis, Information

seine Schwarzgeldkonten auflöst. Der Hüttl, der Witzbold, hat ihm angeboten, das Geld für ihn aufzubewahren.«

Mayer lachte auf. »Scherz, oder?«

Laura schüttelte den Kopf, grinste aber auch. »Kam gleich mit Ehrenmann und so. Jedenfalls hat ihm der Kollaritsch das auch nicht abgekauft. War auch selten dämlicher Bullshit. Aber er hat dann noch was gesagt, was ich ganz spannend fand. Dass er das Geld in eine neue Akademie in Kamerun stecken will. Alles im Laufen wäre. Er das jetzt einfach beschleunigen müsse, bevor es einkassiert würde. Hüttl hat ihm den Vogel gezeigt und gesagt, dass er das Geld lieber eingraben und irgendwann damit nach Südamerika abdampfen soll. So wäre es besser verwendet.«

»In was für eine Akademie?«

»Wo geht es hier raus?«

Sie fuhren hoch. Vor ihnen stand ein schlaksiger Bursch mit knallgelber Zipfelmütze. Er lief im Stand weiter.

Mayer deutete zum Schloss hinunter. »Dort, wo du reingekommen bist.«

»Danke.« Er trabte davon.

»Äh – ja.« Sie sah wieder Laura an.

»In eine Fußballakademie in Kamerun.«

»Aha.« Mayer lehnte sich mit den Ellenbogen auf die oberen Stufen. »Und was hat der Danube in Afrika zu schaffen? Die haben doch schon eine Schule im Club, soviel ich weiß. Und da sind auch Afrikaner dabei, habe ich mitbekommen.« Jetzt konnte sie mit Oppitz' Archivwissen auftrumpfen. »Solche Akademien haben doch mittlerweile alle großen Vereine, oder? Von der Austria zum Beispiel weiß ich es.«

Laura setzte sich nun ihrerseits schräg, um in Blickkontakt bleiben zu können. »Richtig, aber die ganz großen, die leisten sich in Afrika oder in Südamerika zusätzliche Fußballschulen, wie zum Beispiel Salzburg oder Bayern oder Real oder Porto.«

»Hm. Gibt's bei uns in Europa nicht genug Nachwuchs, oder was?«

»Das auch.«

»Bei dem Massenwahn, der ständig herrscht? Selbst wenn man Fußballfan ist, ist das ein gewisser Overload. Man hat doch das Gefühl, dass jedes Jahr mindestens einmal eine Europameisterschaft und einmal eine Weltmeisterschaft ist, und vier Mal im Jahr spielen die europäischen Gewinner gegeneinander, und dann noch die Qualifikationsspiele und die Testspiele …«

Laura drückte den Teebeutel aus und schenkte Mayer ein. »Ja schon. Aber die Kinder, die den ganzen Tag draußen am Rübenacker mit Kicken verbringen, die werden immer weniger. Und die paar Talente, die einem trotzdem auffallen, die werden sofort in eine Akademie gesteckt. Und weißt, was der Unterschied zwischen denen und uns beiden ist?«

Mayer schüttelte den Kopf.

»Wir beide hatten durch irgendeine Zeitfalte das Glück, nicht so abgeschirmt und behütet wie andere Kinder der Achtziger oder von heute aufzuwachsen, sondern so wie die Kicker früher am Rübenacker kämpfen gelernt zu haben. Wir haben uns raufgedient.«

Mayer konnte sich noch bestens an die blauen Flecken erinnern, die sie bei den Schubsereien auf dem Spielplatz in der Reinprechtstorffer Straße ausgefasst hatte.

»Und die Kiddys jetzt werden sofort beschlagnahmt, wenn sie es bloß schaffen, nicht über einen Ball zu stolpern«, fuhr Laura fort. »Na ja, fast. Aber dann? Schule, Internat, Regelwerk, Konditionstraining, Taktik, System –

und im Zweikampf? Armleuchter. Um meinen Vater zu zitieren. Die aus der Unterschicht vielleicht noch eher, weil die mussten schon als Babys gegen ihre Geschwister und deren Freunde kämpfen. Mittelstandskinder sind im Normalfall Prinzessinnen und Prinzen. Alle intelligent genug, um das Spiel zu verstehen und den Willen des Trainers …«

»Aber ist das nicht genau das Richtige für den Fußball heutzutage? Wer braucht noch Rabauken wie einen Arnautović? Du hast zuerst selber gesagt, dass es um Räume und dreidimensionales Denken geht. Also Denken.«

»Ja schon. Aber irgendwann muss man sich den Ball auch erobern, sonst kannst dir deine ganze Taktik in die Haar schmieren.« Laura zeigte mit beiden Zeigefingern auf sie. »Erobern. Also drum kämpfen. Fußball ist Krieg.«

»Net so polemisch, bitte.«

»Nein, das ist Tatsache. Die ersten Zeiten, in denen Fußball, oder zumindest so was Ähnliches, in großem Stil gespielt wurde, war die, als die Herren Ritter nichts mehr zu tun hatten. Zuerst so Lanzenturniere und dann Fußball. In Italien zum Beispiel war *calcio* unter den Medici ganz groß. Und wenn du es dir genau anschaust, geht es doch nur darum, die Festung, sprich das Tor des Gegners zu erobern.«

»Ja, aber darum geht's doch auch bei Handball und Baseball und American Football.«

»Eh. Und alle haben im Prinzip denselben Ursprung. Es sind Kampfsportarten.«

Mayer setzte sich wieder gerade hin. »Okay, und die Afrikaner, weil sie keine Prinzessinnen und Prinzen sind, kämpfen mehr, deswegen holen wir sie zu uns oder was?«

Laura streckte ihr die Hand entgegen. »Ich bin nicht die, die das System macht. Ich erzähle dir nur davon.«

Sie sahen einander an. Und Mayer hatte das ganz starke Bedürfnis, diese Hand zu nehmen, aber das durfte sie nicht. Jetzt ging es ihr wie Katz bei diesem Fall im Golfclub. Endlich einmal ein interessanter Mensch, und Pfoten weg! Sie lächelte ein kleines Lächeln als Signal – der Sympathie und es richtig verstanden zu haben.

Laura klemmte die Hände wieder unter die Achseln. »Und nein, das ist es nicht nur. Aber ganz Afrika ist fußballwahnsinnig, wie sehr, das kannst du dir nicht vorstellen. Ich war vor zwei Jahren in Ghana, weil ich mir das einmal live und direkt geben wollte. Und auch wenn uns diverse Werbegurus einreden wollen, dass Afrika gar nicht rückständig, sondern vielmehr der aufstrebende Kontinent ist, so sind dort trotzdem noch viele, viele Menschen sehr arm. Furchtbar arm.« Sie sah den Hügel hinunter.

Kam jetzt die sentimentale Minute?

»Aber sie spielen Fußball. Und das unter den schrägsten Bedingungen – holprige Wiesen, zerknautschte Irgendwas als Bälle, barfuß. Ich hab auf Anraten eines Freundes Fußbälle mitgenommen und verschenkt. Du kannst dir gar nicht vorstellen, was das für ein Hallo war.« Sie lachte auf, kurz und trocken. »Und deswegen haben sie es irgendwann verinnerlicht. Und für viele ist es der Traum, aus ihrer Tristesse herauszukommen, wie auch in Südamerika. Sie hören von Messi oder von Drogba und Eto'o. Und glauben, wenn sie nur eifrig genug trainieren, dann schaffen sie das auch.«

Mayer nahm einen Zahnstocher und entledigte ihn seiner Plastikhülle. »Okay, dann ist es doch eine gute Tat, dort eine Fußballakademie zu gründen. Ich nehme doch an, dass sie auch Schulbildung bieten, oder? Also Win-Win auf allen Seiten. Manfred Kollaritsch, der Gutmensch.« Sie grinste. »Vielleicht hätte ihm die Finanz sogar die Steuer erlassen, wenn sie das gewusst hätte.«

Laura zog die Stirn in Falten. »Abgesehen davon, dass das Gutmensch-Argument bei jemandem, der einfach an der Steuer vorbei mehr verdienen will, nicht zieht, kommt mir komisch vor, dass genau so jemand sein hart abgezweigtes Geld nicht für persönliche Dinge ausgibt, sondern in ein Fremdprojekt stecken will, das ihm auf den ersten Blick privat einmal genau gar nichts bringt. Das will mir seit jenem Abend nicht mehr aus dem Kopf.«

»Also, was bringt ihm so eine Akademie?«, nahm Mayer den Faden auf. »Beziehungsweise ihm und anderen, denn sein Geld allein wird nicht reichen, um so etwas aufzubauen.«

»Beziehungsweise wie oder wobei hat er derart viel auf die Seite bringen können, dass es reicht?« Laura schüttelte den Kopf. »Alles sehr unlogisch.«

Sie stand auf und streckte sich, wodurch Mayers Blick auf ihre Brüste gelenkt wurde. Große, weiche Brüste – sie musste den Fall verdammt schnell aufklären.

»Aber eines will ich noch zu den Akademien sagen … ich kann mir nicht vorstellen, dass man solche Fußballakademien nur aus einem Anfall von Entwicklungshelfersyndrom heraus gründet, schon allein deshalb, weil jeder Verein, der einen Fußballer ausbildet, bei jedem zukünftigen Transfer mitschneidet. Es ist also sicher auch ein Geschäft, so eine Akademie.«

»Echt?«

»Ja, echt. Langzeitinvestition sozusagen. Aber ich kenn mich da zu wenig aus, deshalb rat ich dir, red einmal mit dem Gustl Schimek. Der weiß viele Hintergründe.«

Schon wieder dieser Name. Barbara Kollaritsch hatte

ihn als Erste erwähnt. Wer war dieser Typ? Mayer hatte im Netz nichts herausgefunden, was ihr nicht auch Katz oder sonst ein Fußballfreak hätte sagen können. Das Einzige: Er eckte offensichtlich mit allen an, weil er immer wieder von Clubs mitten in der Saison geschasst worden war, und gleichzeitig musste er sehr gut sein, da er jedes Mal bald darauf wieder eine Anstellung bekommen hatte. Irgendwas hatte ihn dann allerdings dazu bewogen, es sich im geschützten Bereich einer Schule bequem zu machen – und Schule war im Vergleich zum Fußballbusiness wirklich ein Hort des Friedens, wie Mayer mittlerweile ahnte. Nun denn, bald hatte sie Gelegenheit, diesen Wunderwuzzi kennenzulernen, nämlich dann, wenn er von seinem Urlaub in Finnland zurückgekehrt war. Und das sollte am Sonntag sein.

»Mach ich. Wir haben seinen Namen schon gehört. Du glaubst also, dass Kollaritsch' Tod mit seiner Steuererklärung beziehungsweise mit dem Schwarzgeld zu tun hat?«

»Wäre logisch. Und trotzdem würde ich an eurer Stelle nicht außer Acht lassen, dass für ihn der Club immer ganz etwas Entscheidendes war.«

Nun, man würde sehen. »Gibt's sonst noch Gerüchte, die uns weiterhelfen könnten?«

»Gerüchte?«

»Ja, was redet man so? Immerhin ist ja auch der … Tröger verunfallt.«

Laura lachte auf. »Jetzt verstehe ich, wie du es damals gemeint hast, als du sagtest, euer Beruf hat viel mit Bassenatratscherei* zu tun.«

Mayer lächelte mit.

---

* Bassena : einst die gemeinschaftliche Wasserleitung am Gang eines Zinshauses, geeigneter Ort, um nachbarschaftliche Neuigkeiten auszutauschen (tratschen).

»Okay, wenn du Tratsch möchtest, oder noch besser, wenn du die Erklärung der Welt willst, dann musst mit den Ultras reden.«

Mayer stöhnte auf.

Laura winkte ab. »Keine Sorge, die Ultras sind ganz okay. Im Gegensatz zu den Hooligans. Aber den Unterschied erkläre ich dir, wenn es so weit ist. Soll ich dich einführen?«

»Hab ich das als Polizistin notwendig?«

»Genau darum, glaub mir.«

Mayer nickte. Und fragte sich einmal mehr, warum sich ihre Berufsausbildung nur auf den kriminellen Aspekt konzentriert hatte. Da war so viel mehr.

9

Und so kehrte Talib auf den Platz zurück und fing wieder jeden Ball. Doch die Freudentänze der anderen Jungen blieben aus. Da trat Kito zu ihm. »Du zerstörst das Spiel«, sagte der große Junge, der schon fast ein Mann war. Talib verstand nicht. »Das ist doch meine Aufgabe, die Bälle zu fangen«, widersprach er. Da setzte sich Kito in den Staub, alle anderen Jungen taten es ihm gleich. Und er fragte Talib: »Hast du schon einmal die Jagd eines Löwen nach einer Antilope beobachtet?« Und Talib antwortete mit leuchtenden Augen: »Schon mehrmals, Kito.« Der ältere Junge nickte und sagte: »Wie es scheint, hat es dir gefallen. Was hat dein Herz zum Galoppieren gebracht?« Darauf wusste Talib keine Antwort. Denn es war nicht der Moment des Zuschlagens gewesen, und einen anderen Grund konnte er sich nicht vorstellen. Kito sagte: »Es war die Jagd. Das Ungewisse des Schicksals. Du hast dich gefragt, wird sich die Antilope retten können, oder wird der Löwe siegreich sein. Du bist immer siegreich.« Talib verstand. »Und deshalb wirst du nicht mehr im Tor stehen.« Sprach's, stand auf und befahl das Erdferkel zwischen die beiden Holzpflöcke. Und Talib stürzte sich auf den Ball. Doch seine Beine hatten die Freundschaft mit dem eigenwilligen Ding lange vernachlässigt, und so hüpfte es wie ein Springhase über das Feld. Und wenn er die Gewalt über den Ball hatte, stellten sich ihm die Feinde entgegen. Es entzog sich ihm der Boden unter den Füßen, es hob ihn hoch in die Luft, und Talib war Gott, den Ahnen und Zahran dankbar, dass er fallen gelernt hatte. Er empfing Stöße in den Rücken, Knuffe in die Seite, Tritte gegen die Beine und Schläge gegen die Brust. Die Feinde erschienen ihm groß und mächtig wie Geister der Nacht, unbezwingbar und erbarmungslos. Er wich seinem Freund, dem Ball, aus und rannte vor ihm davon, so heftig war seine Angst vor dem Schlucken des Staubs. Doch nicht nur die Angst nahm ihm die Kraft für das Spiel. Talib war auch enttäuscht. Die große Freude, mit dem Ball einen Tanz abzuhalten, wollte sich nicht einstellen, denn entweder nahm ihm der Feind den Ball ab oder seine Kameraden verlangten von ihm seine Weitergabe an sie selbst. Doch das wollte Talib nicht, und so versprang sich der Ball, fand nie mehr den Weg von seinem Fuß zum Ziel. Die anderen Jungen spielten nicht mehr zu ihm – da blieb Talib stehen. Einfach stehen. Die Angriffe und Gegenangriffe rauschten an ihm vorbei wie Sand in einem Wirbelsturm, konturlos und grau. Und so kam es, dass Talib wiederum als Letzter in die Mannschaft gewählt wurde.

10 // KATZ IST AN MEHREREN FRONTEN VERWIRRT

»Schwarzgeld?« Katz lachte auf, spürte zugleich Groll hochsteigen. »Da müssten viele Leute mit einem Notenbündel im Rachen aufwachen.«

»Ich hab bis jetzt noch keinen Hinweis darauf gefunden«, zeigte Kevin auf. Gleichzeitig tippte er auf seinen Laptop, und auf der Wandprojektion wurde eine penible Auflistung von Kollaritsch' Finanzen sichtbar. Mit Draganović war definitiv und endgültig das digitale Zeitalter in Katz' Büro angebrochen. Vor allem die Selbstverständlichkeit im Umgang damit hatte sich durchgesetzt. Natürlich hatten sie bislang auch nicht mehr Hieroglyphen in Steinplatten geritzt, doch es war bei Weitem nicht alles so lückenlos vernetzt und dadurch ständig verfügbar gewesen. Natürlich war das prinzipiell eine gute Entwicklung, aber Katz merkte, dass er sich doch noch ein ganz klein wenig daran gewöhnen musste.

»Aber das ist ja kein Wunder«, erläuterte nun Kevin. »In der kurzen Zeit habe ich erst Zugang zu seinem offiziellen Konto vom letzten Jahr bekommen. Hier die Auszüge. Ein Sportdirektor bei Danube verdient also sechstausendachthundertfünfundsiebzig nach allen Abzügen im Monat, das sind ungefähr hundertfünfzigtausend brutto im Jahr. Die tausend Euro«, er markierte den Betrag, »sind sein Anteil an der Gage für den Werbespot für Joghurt mit den Kickern vom AC. Das hat mir der Finanzchef des Vereines erklärt, ein gewisser Arnulf Pregl. Nicht viel, weil Kollaritsch ja aktuell auch nicht so berühmt wie die derzeitigen Spieler ist. Der gesamte Verein wurde übrigens mit vier Millionen abgegolten.«

Katz betrachtete den Azubi. Er trug ein weinrotes Poloshirt, dessen lange Ärmel eine Bügelfalte aufwiesen. Und genau so war er, der Herr Draganović. »Wie lange bist du heute schon im Büro, Kevin?«

Der fuhr auf und sah sich wie eine aufgeregte Maus um. »Warum?«

»Nur so.«

»Seit … halb sechs.«

»Um die Zeit schnakselt man mit seiner Freundin. Oder erholt sich davon.«

Kevin wurde wie üblich knallrot. Und das lag sicher nicht nur an seiner extrem katholischen Erziehung, die er als gebürtiger Kroate genossen hatte. Denn als ebendieser war er, dem Klischee und der Erfahrung folgend, auch Macho. Und als solcher war man derbe Sprüche nicht nur gewöhnt, sondern produzierte sie auch selbst.

»Ich … hab nicht schlafen können.«

Katz spürte es, dann sah er es. Dani funkelte ihn an. Er sollte Ruhe geben. Aber Katz mochte es nun einmal nicht, wenn er seine Mitarbeiter nicht richtig einschätzen konnte. Und genau das fiel ihm bei Kevin extrem schwer. Schon an und für sich, aber erst recht, wenn ein gesunder junger Mann wie er, der in einer Beziehung lebte, vorzeitig im Büro erschien. So ehrgeizig war kaum jemand. Und wenn Kevin die Ausnahme sein sollte, dann wollte er das wissen.

»Und warum nicht?«

Schulterzucken.

»Probleme daheim?« Katz wusste nicht, was ihn dazu bewogen hatte, diese Frage zu stellen. Es ging ihn im Grunde nichts an – im Grunde und eigentlich doch. Denn nur ausgeglichene Mitarbeiter waren gute Mitarbeiter.

Schulterzucken.

Er sah Dani an, sie ihn. Und dadurch fiel ihm plötzlich eine Aussage von Kevin ein, die ihm zum Zeitpunkt ihrer Äußerung am Arsch vorbeigegangen war.

Er rollte mit dem Schreibtischsessel zu Kevin und legte seinen Unterarm neben dem des Azubis auf den Tisch. Sah ihn geradeheraus an. »Ist was mit deiner Freundin?«

»Jana«, assistierte Dani. Sie rollte mit den Augen, aber ihre Schultern sackten ab, sie schien sich Katz' Inquisition zu fügen.

»Wieso? Was soll sein?« Kevins Stimme kiekste.

Sie beugte sich zu ihm. »Du hast gestern beim Asiaten … also bei dem Thema *Fehler zugeben gegenüber den Eltern* so komisch reagiert.«

Genau an das hatte Katz auch gedacht.

Kevin seufzte.

Dani setzte sich neben dessen Arm auf den Tisch. »Wir sind Kollegen, hm? Also, ist alles okay?«

Kevin seufzte erneut. »Sie näht Fahnen.«

»Wie bitte?« Katz glaubte echt, sich verhört zu haben.

Der Junge sprang auf. »Sie näht Fahnen für die Serben! Also die Fans da in Wien.«

»Wie bitte?« Peinlich, diese Ausdrucksarmut.

Kevin startete einen Marathon durch das kleine Büro von Katz. »Klar gibt es Fahnen zu kaufen. Aber dann wollen manche was Spezielles, mit dem Wappen ihrer Stadt drauf oder so was. Und Jana näht die! Meine Freundin näht Fahnen für Serben!«

Er starrte sie an, als hätte er ihnen offenbart, dass sie Fleisch von kleinen Kindern fraß.

Katz holte Luft. »Verstehe. Und du bist Kroate.«

Kevin riss die Hände in die Luft nach dem Motto: *Eh klar, was fragst so deppert?* »Sie geht auch zu Konzerten von denen. Zu Fußballspielen!«

Katz rollte sich auf seinen Platz zurück. »Ja aber sie ist doch Serbin, oder nicht?« Er schaute Dani an.

Die nickte.

»Aber sie ist meine Frau!«, brüllte es nun von der Ecke neben dem Aktenschrank.

Noch nicht, wollte Katz sagen. Aber er biss sich rechtzeitig auf die Lippen. Irgendwie fühlte er sich überfordert.

»Kevin!« Danis Stimme war sanft wie ein Mairegen. Sie klopfte neben sich auf den Tisch, wie man es machte, wenn man ein verstörtes Haustier zu sich lockt. Und noch einmal: »Kevin.« Locken. Und der Junge trabte auch wirklich brav zu ihr. Sie drückte ihn in den Sessel, lächelte ihn an. »Schau – und jetzt flipp bitte nicht wieder gleich aus, hör mich vorher an.«

Der wilde, nun misstrauische und nur halb besänftigte Stier nickte.

»Ich hab Freunde, da ist er Österreicher und sie ist Holländerin. Was glaubst du, was sich da beim Eishockey abspielt?«

Katz war ihr dankbar, dass sie nicht das Beispiel Fußball genommen hatte, denn das wäre sehr brüchig gewesen.

Kevin reagierte nicht.

»Oder bei diesem Song Contest, wo wir Österreicher vor den Niederländern gewonnen haben? Hm?«

Kevin knurrte.

»Seid doch froh, dass ihr aus zwei Ländern kommt. Das bringt euren Kindern einmal so viel, dass ihr euch … dass ihr stolz sein werdet.«

Die reinen Worte klangen nach einem blutleeren Gutmenschen mit zu viel Political Correctness in den Ganglien, doch aus dem Mund Danis hörten sie sich ehrlich und warm an. Als gebe es wirklich eine Perspektive, dass einst alle Menschen Brüder und Schwestern wurden. Hatte ihr Plädoyer für eine Überwindung der Grenzen etwas mit ihrer teilweise leider noch immer existenten eigenen Ausgrenzung als Lesbe zu tun? Katz beschloss, diesem Gedanken einmal nachzugehen. Das Gefühl sagte ihm, dass dem nicht so war – warum sollte es auch? –, sondern seine Dani einfach eine Ausnahme darstellte.

»Die Holländer sind mir scheißegal. Sie ist Serbin. Und ich hab geglaubt, sie hat kapiert, dass sie das nicht raushängen lassen soll.«

»Aber ihr seid jetzt beide Österreicher«, fühlte sich Katz bemüßigt einzuwerfen. Und das kam ihm gleich furchtbar nationalistisch vor. Scheiß Rechte. Man konnte nichts Vernünftiges mehr sagen, ohne sofort in ihr Eck gestellt zu werden. »Also ich mein, wie Dani schon gesagt hat, ihr seid beide hier. Das Leben hier eint euch. Und alles andere ist doch nur Event-Firlefanz.« Autsch, das war wieder das Falsche gewesen. Das wusste er in der Millisekunde, als er den Satz beendet hatte.

Prompt fuhr Kevin auf. »Firlefanz? Ja? Firlefanz? Die haben meine Leute umgebracht!«

Scheiße, wer brauchte schon am frühen Morgen eine Jugoslawien-Kriegsdiskussion? »Kevin, das ist mehr als zwanzig Jahre her! Als der losgegangen ist, hast du noch nicht einmal denken können!«

Und wieder wusste er im Moment des Aussprechens, dass er einen Fehler begangen hatte. Das war noch nicht einmal eine ausgewachsene Generation, die das her war. Zu viele offene Wunden.

Kevin stand im Eck und starrte die Mauer an. Wenigstens explodierte er nicht.

Dani ging zum Fenster und öffnete es weit. Sie atmete durch, drehte sich dann um, sah Kevin an, ihn, ging dann zum Schreibtisch und schrieb auf ein Post-It: Welche Kroaten und Serben spielen wo gemeinsam Fußball?

Katz dachte nach. Schrieb: Ivan Perišić, Slobodan Medojević, VfL Wolfsburg.

Sie nickte. »Kevin, ich weiß, dass das für euch alle, die ihr da beteiligt ward, noch eine große Wunde ist. Es sind viele … Dinge passiert, die man nicht verzeihen kann. Und schon gar nicht vergeben und vergessen. Aber warum sollen wir es nicht wie Perišić und Medojević beim VfL Wolfsburg machen? Gemeinsam für ein neues Ziel?«

»Geld. Sie machen das wegen dem Geld.« Er trotzte noch immer in die Ecke.

»Würdest du nur wegen Geld mit jemandem zusammenarbeiten, den du aufs Blut hasst?«, setzte sie hintennach.

Schweigen.

Und Katz war sich gar nicht sicher, ob das Argument zog. Geld machte tatsächlich vieles möglich. Und dieser Jugoslawienkrieg war wirklich noch aktuellste Gegenwart, so global im geschichtlichen Überblick betrachtet. Es waren ja noch nicht einmal alle Wunden des Zweiten Weltkriegs verheilt, und der war inzwischen doch tatsächlich Geschichte. Wobei – wann wurde eigentlich aus Zeitgeschichte Geschichte? Wenn niemand mehr existierte, der die Geschehnisse miterlebt hatte? Das konnte nicht sein, ansonsten würden nicht immer wieder alte Ereignisse anklagend hervorgekramt – wie zum Beispiel, dass Serben den österreichischen Thronfolger umgebracht hatten. Oder die Türken vor Wien gestanden waren. Die Prager die Österreicher aus dem Fenster geworfen hatten, nachdem die Habsburger sich zuvor Böhmen einverleibt hatten. Eine unendliche Geschichte. Im Prinzip könnte man bis zum ersten Streit ums Feuer zurückgehen, wenn darüber schon Aufzeichnungen existierten. Es war schon gut, dass es so etwas Verbindendes wie Sport gab.

Kevin ging zu seinem Sessel, aktivierte das Tablet durch einen Touch und sprach, als wäre nichts gewesen: »Also wie gesagt, alles, was in Österreich gelaufen ist, war weiß. Und das Haus läuft über Kredit. Aufgenommen vor zehn Jahren. Die Unterlagen bekomme ich erst. Da zahlt er rund einen Tausender im Monat.«

»Kredit. Aha.«

In Danis kurzem Kommentar schwang genau jenes Misstrauen mit, das auch Katz empfand. »Er hat sein Schwarzgeld also nicht zum Hüttebauen verwendet, womit die Aussage deiner Laura«, er lächelte seine Partnerin an, die prompt die Augen verdrehte, »bestätigt wäre. Das mit dem Kredit ist allerdings trotzdem eigenartig, denn wer gibt jemandem, der zwar ziemlich gut verdient …«

»Der Neid könnte einen fressen«, warf Dani ein.

»Als Beamter auf jeden Fall. Aber ich könnte mir vorstellen, dass er im Vergleich zum Sammer von Bayern oder zum Zubizarreta von Barca ein Hungerleider ist. Wenn dort die Trainer schon um die zehn Millionen bekommen …«

»Ich bin im falschen Beruf!« Sie hob die Arme flehentlich gen Himmel.

Katz musste lachen. »Weißt, wie oft ich mir das angesichts des Backgrounds von dem einen oder anderen Kunden von uns schon gedacht habe? Aber zurück zu unserem Opfer. Wie gesagt, er verdient ganz ordentlich, ist aber kein Bill Gates. Wer borgt so jemandem einen Geldbetrag in solch einer Höhe? Eine Villa dort oben in den Weinbergen kostet doch mindestens zwei Millionen Euro.«

Das Telefon klingelte.

Katz wandte sich an Dani. »Du hast in der Zentrale doch Bescheid gegeben, dass wir für eine halbe Stunde nicht erreichbar sind?«

Sie nickte.

Er nahm den Hörer ab und legte auf. »Bei dem ewigen Gebimmel kann man sich ja nicht konzentrieren. Also wo waren wir? Richtig. Zwei Millionen.«

»Mindestens«, nickte Kevin. »Ich habe einmal kurz auf Immo-Seiten gesurft, alles, was ein bissel luxuriöser ist, so wie das Haus von Manfred Kollaritsch, kann aber auch schon vier bis fünf kosten.«

»Okay. Und unser Sportdirektor stottert das mit tausend Euro im Monat ab. Das sind bei seinem Verdienst wie viele Jahre?«

»Als er den Kredit aufgenommen hat, hatte er den noch nicht.«

Katz legte die Beine aufs Fensterbrett. »Stimmt. Damals war er gelegentlich Co-Kommentartor beim ORF. Werbung hat er, glaube ich, auch gemacht.«

»Ah, daher kenn ich ihn«, warf Dani ein. »Der hat immer so total hässliche Sakkos angehabt. Kariert und gestreift und so.«

»Genau der. Na ja, damals kann er schon ein bissel mehr verdient haben. Sicher mehr als jetzt.«

»Und vielleicht hat er sich ja auch aus seiner Zeit als Kicker was zur Seite gelegt«, mutmaßte nun Kevin.

Katz bedachte ihn mit einem Nicken. »Er war sogar einmal für zwei Saisonen bei Juventus Turin. Mani la Bomba.« Es entrang sich ihm gegen seinen Willen ein Seufzen. »Trotzdem kommen auf unsere Liste die Kollegen von der Wirtschaft und Kollaritsch' Bankheini. Hm, aber der wird schweigen. Seine Frau? Der wird er kaum was gesagt haben, trotzdem auf die Liste. Was wir brauchen, ist also irgendein guter Freund oder Spezi aus dem Club. Und zwar suchen wir uns einen anderen als den Hüttl, der hat ja offensichtlich selber Dreck am Stecken.«

»Feind.«

»Meine liebe Daniela, du hast wie immer recht. Wir benötigen natürlich auch einen Feind. Aber diesbezüglich war deine Laura ja etwas vage.«

»*Meine* Laura hat deswegen auch gemeint, dass sie mich den Fans ans Herz legt. Aber das dauert. So, wie sie mir das dann angedeutet hat, hat es schwer nach Mafiastruktur geklungen. Ich reden mit Freund«, sie imitierte das typische gebrochene Fernsehitalienisch, »der reden mit Freund, der wiederum kennen Freund, der dann reden mit Bruder. Der mit Schwager …«

»Okay, okay, verstehe, und der Big Boss entscheidet dann.«

»Richtig, der Chef von den Ultras. Weil es hat keinen Sinn, mit der Peripherie von der Nordtribüne zu reden, ich muss an die Leute im Kern heran.«

»Können dir da nicht unsere Leute Connections legen? Von der Fanbetreuung?«

Sie lachte auf. »Sweet idea. Wenn wir kurz in dem Bild bleiben: Würdest du als Mafiaboss einer Empfehlung jenes Polizisten trauen, den du gekauft hast?«

Katz musste nun seinerseits lachen. »Okay, aber so schlimm ist es doch wohl nicht.«

»Nein, natürlich nicht … nicht ganz.« Sie grinste. »Jedenfalls erscheint es mir anders herum erfolgsversprechender. Und bis dahin können wir ja einmal die Liste abarbeiten, auf die meiner Meinung nach sicher noch Kollaritsch' Lebensgefährtin gehört, auch wenn seine Tochter diese Frauen als Bitches abtut …«

»Ist nicht mehr aktuell. Wie Barbara Kollaritsch richtig zu Protokoll gegeben hat. Er hat seine Freundin vor einem Monat abserviert. Und es gibt bislang keine Nachfolgerin.«

Katz und Dani musterten Kevin.

Der zuckte mit den Schultern. »Ja, kommt in allen Suchmaschinen relativ weit oben, weil's groß im Gossip war. Sie heißt Susanne Podlinsky und ist Kommunikationstrainerin. Sehr … attraktiv.« Aus Kevins Mund klang dieser Ausdruck unglaublich veraltet und daher verdammt ehrfürchtig. »Ich habe ihre Adressen, beruflich und privat.« Er schluckte.

Katz grinste ihn an. »Die würdest du gern selbst einvernehmen, ha?«

»Sie ist«, neuerlich überzog Röte sein Gesicht, »siebenunddreißig Jahre alt.« Pure Empörung.

»Von älteren Ladys kann man immer etwas lernen, lass dir das gesagt sein, mein Junge.«

Jetzt irrten Kevins Augen über das Display seines Tablets und zwinkerten. Katz beschloss, sich zukünftig etwas zu beherrschen, der Gute war noch so unschuldig.

»Siebenunddreißig«, sinnierte Dani. »Und Kommunikationstrainerin. Das klingt eher nicht nach belangloser *Matratze*, wie es uns Barbara Kollaritsch erklärt hat.«

»Ja, das ist eigenartig, werden wir aber bald alles verifizieren.« Katz nahm die Beine vom Fensterbrett und stand auf. »Also, volles Tagesprogramm. Kevin checkt die wirtschaftliche Seite. Ich möchte auch wissen, wer in welchem Ausmaß was in diesem Verein zu melden hat. Dafür sollten wir vielleicht ehebaldigst mit diesem Finanzheini reden. Kevin, Termin. Und wir beide, liebe Frau Gruppeninspektor, arbeiten die Liste ab, allen voran nehmen wir uns nochmals Helga Egger und Josef Hüttl vor. Wobei, da fällt mir gerade ein, lieber Draganović: Wissen wir inzwischen eigentlich schon den Todeszeitpunkt von Kollaritsch?«

»Von Dienstag auf Mittwoch zwischen einundzwanzig und ein Uhr«, rapportierte der auch sofort. »Genauer geht es nicht. Die Schiebetür war die ganze Nacht offen, und bei der Kälte … gleichzeitig hat der Kamin gebrannt. Herr Wagner meint, dass sich das alles sehr ungünstig auf diverse Symptome ausgewirkt hat.«

»Na ja, wenigstens nur vier Stunden. Und dann brauchen wir auch einen Zwischenbericht von der Front Egger.«

»Die machen irgendwann heute in seinem Haus weiter«, erläuterte der Bursch erwartungsgemäß wie aus der Pistole geschossen. »Schmitz hat gesagt, nachdem dort auf den ersten Blick nichts besonders Auffälliges zu entdecken war, das Ganze schon eine Woche ohne Absicherung her ist und sie demnach mehr Zeit benötigen, haben sie nur versiegelt und sich einmal vorrangig dem Kollaritsch-Tatort gewidmet. Und er hat auch noch ein paar Leute von einem anderen Fall von GI* Fellner abziehen müssen.«

---

* Gruppeninspektor

»Und in dem Fall vom Brugger mit dem Prostituierten-Mord hängen ja auch sicher ein paar Kollegen drin«, ergänzte Dani.

»Wenn's kommt, dann kommt's geballt. Okay. Aber die Telefonlisten, nein, die ganze alte Akte vom vermeintlichen Selbstmord hätte ich gern auf meinem Schreibtisch.«

»Ist auf …«, der Azubi sah ihn und dann den toten Monitor von Katz' Computer an, »dem Weg zum Ausdrucken.«

Da war er wieder gewesen, dieser leicht mitleidige Blick. Ja mein Gott, er war nun einmal mehr der haptische Typ. Und er hatte nicht vor, bei aller Liebe zu Erneuerungen, sich gänzlich umzustellen.

»Du, Chef?«

Katz musterte Dani, die ihren neutralsten Gesichtsausdruck aufgesetzt hatte. Das bedeutete nie Gutes. »Hm?«

»Wir kämpfen da jetzt an zwei Fronten, das Ganze wächst sich aus. Vielleicht sollten wir das Team erweitern oder gleich eine Sonderkommission einrichten?«

Er verstand sie nicht. Er verstand sie einfach nicht. Dani war doch ebenso eine Kämpferin wie er, sie mussten sich nur am Riemen reißen, und dann war der ganze Pallawatsch* der reinste Klacks. Wobei … natürlich konnte sich das noch auswachsen. Solche Opfer, die in ein großes soziales Netz eingebunden waren, brachten unweigerlich die Notwendigkeit von vielen, vielen Zeugeneinvernahmen mit sich. »Ich denk drüber nach.«

Sie riss die Augen auf. Ja, jetzt schaute sie, die Girlie-Madame. Dachte wirklich, ihn schon in- und auswendig zu kennen. Na ja, auf jeden Fall tat sie es besser als die meisten in seinem Leben, was ihm zu seiner Überraschung überhaupt nicht unangenehm war.

* Durcheinander

Es klopfte.

Kevin sprang eifrig wie immer auf und öffnete die Tür. Er wankte zurück. Katz folgte seinen Blick. Neben Mirko vom Empfang stand Grace Kelly und schenkte ihm den Blick einer Mater Dolorosa.

10

Nachdem Talib sieben Tage auf dem Feld gestanden war, ohne beim Spiel mitzumachen, nahmen Isaam und Kito ihn eines Nachmittags an der Hand und setzten sich mit ihm abseits des Dorfes unter eine Schirmakazie. »Was ist mit dir?«, fragte Kito. Talib, der einen Rüffel und Knuffe erwartet hatte, sah beschämt zu Boden. Doch sein Herz war übervoll, und so sagte er: »Ihr lasst mich nicht mit dem Ball tanzen. Also spiele ich nicht.« – »Deine Kameraden wollen aber doch, dass du mit dem Ball tanzt«, entgegnete ihm Isaam erstaunt. – »Warum nehmen sie ihn mir dann weg?« – »Weil auch sie mit dem Ball tanzen wollen«, sagte Kito. – »Doch niemand kann das so gut wie ich.« Isaam versetzte ihm eine Kopfnuss und sagte: »Verärgere mit deinem Hochmut nicht die Ahnen.« Und Kito erklärte: »Du bist nicht der Beste, denn dein Tanz ist noch nicht vollkommen und du hast eines nicht verstanden.« Sie führten Talib in die Savanne. Sie wanderten und wanderten. Und als die Sonne den Horizont küsste, erspähten sie an einer Tränke eine Herde Büffel. Sie erkletterten einen Baobab und lauerten. Und die Ahnen waren ihnen hold, denn als ein nachtblaues Grau den neuen Tag erahnen ließ, startete ein Angriff. Zuerst sahen sie die Bewegungen der Schwanzspitzen, dann die sandgelben Leiber. Sie bewegten sich so langsam, dass Talib den Ortswechsel nicht mitverfolgen konnte, sondern nur sein Ergebnis sah. Er spürte die Anspannung der Tiere, als läge er selbst im Napier verborgen. Sie warteten und warteten, die Löwen im Gras und die

Jungen auf dem Baum. Da geschah es, dass ein Büffel abseits der Herde stand. Der erste Löwe sprang in drei gewaltigen Sätzen auf ihn zu, auf seinen Rücken. Das riesige, mächtige Tier konnte die Katze abschütteln, für einen Moment sah es so aus, als könne es entfliehen, doch da waren bereits zwei andere Löwen auf seinem Rücken. Drei Wimpernschläge später lag das Opfer am Boden. Seine Augen traten weit hervor, es zuckte und erschlaffte. Der erste Löwe riss ihm die Seite auf. Und Kito flüsterte: »Hast du verstanden?« Und Talib hatte verstanden. Ein Löwe war eine Gefahr, drei waren tödlich.

11 // KATZ FÜHLT SICH VERSCHEISSERT

Kevin reichte Susanne Podlinksy das Tablett. Er zitterte so stark, dass die Löffel auf den Untertassen schepperten. Die Hand, die sich eine der drei Kaffeetassen nahm, war sehr feingliedrig und von nicht zu lang, nicht zu kurz manikürten, mit glanzlosem Lack zum Leuchten gebrachten Nägeln gekrönt.

Katz war zum wiederholten Male in den letzten zehn Minuten dankbar, dass er selbst nicht auf blonde, sehr schlanke und sehnige Frauen stand, denn ein vor Anbetung bibbernder Chefermittler wäre definitiv peinlicher und untragbarer als ein ebensolcher Azubi. Bei den Schwierigkeiten, die Kevin mit seiner Jana hatte, reduzierte diese Begegnung mit dem blonden Engel die Chancen einer Wiederannäherung des Paares gegen null. Denn Jana war eher der sportlich-kräftige Typ, wie Katz beim Sommerfest feststellen hatte dürfen, mit kurzen, asymmetrisch geschnittenem dunklem Haar und dem Kleidergeschmack einer Ölplattformarbeiterin – praktisch, männlich, unsexy. Und den Kleinen machte offensichtlich der entgegengesetzte Typ nervös.

Okay, diese Susanne Podlinsky war auch, objektiv gesehen, eine wirklich schöne Frau. Und extrem elegant. Die naturblonden Haare hatte sie in einer Banane hochgesteckt, auf den Lidern über den kobaltblauen Augen saß ein exakter Sechzigerjahre-Eyeliner-Strich, der dunkelblaue Hosenanzug und die weiße Bluse waren körperbetont, doch von jener Art Verpackung, die verhieß, aber nichts verriet.

Auf jeden Fall war nun der Bewunderung genug, ein sabbernder Polizeibeamter einer Einvernahme nicht unbedingt dienlich. »Danke, Kevin.« Katz nickte zur Tür.

Der Hinauskomplimentierte schlich in Halbschritten von der Angebeteten weg, meinte, jederzeit Nachschub bringen zu können, fragte, ob jemand unter Umständen gern einen Kuchen hätte, bog schließlich in der Geschwindigkeit einer Schnecke um die Ecke. Katz nahm sich vor, mit ihm einmal bei einem oder zwei Bieren ein wenig über Frauen und das Leben an sich zu plaudern.

Dani schloss hinter Kevin die Tür des Besprechungszimmers, in das sie aus Platzgründen ausgewichen waren. Sie setzte sich Katz gegenüber, sodass Podlinsky zwischen ihnen hin und her schauen musste, um sie beide im Blick zu haben, zugleich immer einer von ihnen beiden unbeobachtet beobachten konnte.

Sie klappte den Laptop auf. »Frau Podlinsky, ich wiederhole noch einmal fürs Protokoll. Sie haben vorgestern und gestern ein Seminar in Graz gehalten und deswegen erst heute vom Tod ihres Ex-Freundes erfahren.«

»Lebensgefährten. Das Wort wäre mir lieber. Manfred war nicht nur ein … Freund.« Sie legte den Mund auf die gekrümmte Hand – die Begriffe *Faust* und *pressen* wären für die zarte Bewegung schon zu viel gewesen, obwohl sie genau das war.

»Okay, Lebensgefährte. Und Sie sind gekommen, um eine Aussage zu machen. Gut. Welche?« Dani sah Madame Grace geradeheraus an.

Die rührte im Kaffee und rührte und rührte. »Nun, da habe ich mich wahrscheinlich missverständlich ausgedrückt, bitte entschuldigen Sie, aber ich kann nicht wirklich eine Aussage machen, denn ich weiß nichts. Ich bin ja, wie Sie vielleicht schon herausgefunden haben, bereits seit vier Wochen von Manfred getrennt.«

Sie nickten brav. Also irgendwann Ende Oktober. Das war eigentlich noch nicht so lange her, wie die Dame tat.

»Und irgendwas muss in dieser Zeit passiert … ich bin … ich weiß gar nicht …« Sie presste die zartrosa geschminkten Lippen aufeinander und absolvierte den Einakter *Ich beherrsche mich jetzt*. Ja, Einakter, denn das Durchatmen und Straffen des Rückens wirkten irgendwie … einstudiert. »Aber ich komme mit einer Bitte zu Ihnen.«

»Aha?« Dani nahm die Finger von der Tastatur.

»Ja«, zartes Lächeln, »ich brauch Sie beide als Verbündete, gewissermaßen. Ich – also es geht darum, dass ich gern das Begräbnis von Manfred bezahlen würde. Und seine Ex-Frau sowie auch seine Tochter werden das nicht wollen.«

»Ist ja auch eine Familienangelegenheit«, sagte Katz, voll im Bewusstsein, dass er Podlinsky damit provozierte. Diese Bitte war doch abstrus, wegen so was meldete sich kein Mensch freiwillig bei der Polizei. Die Dame wollte wohl von etwas ablenken.

Sie atmete durch. Bei diesen ausgebildeten Schwaflern wusste Katz nie, was trainiert und was spontan war. Auch die Körperhaltung der Frau war ihm suspekt, keine verschränkten Arme oder Hände, mit parallel gestellten Beinen offen zu beiden Seiten. Nichts Verkrümmtes, keinerlei Übersprunghandlung wie Abzupfen von nicht vorhandenen Flusen oder Zupfen am Ohrläppchen, einfach das Abbild der schwer getroffenen, doch beherrschten Ex-Freundin, nicht zu viel, nicht zu wenig.

Podlinsky lächelte sie mit einer Mundecke an. »Ich

weiß, ich weiß, Freundinnen haben so lange kein Recht, zur Familie gezählt zu werden, bis sie nicht zumindest ein Kind mit dem Mann haben. Aber glauben Sie mir, es wäre Manfred sehr recht.«

»Dann wird er es sicher irgendwo schriftlich festgehalten haben«, sagte Dani mit demselben halben Lächeln.

»Wohl kaum. Er dachte noch nicht an ein Testament oder dergleichen.«

Was war *dergleichen* zu einem Testament? Egal. »Liebe Frau Podlinsky«, mischte sich Katz wieder ein, »alles gut und schön, aber das geht uns wirklich nichts an. Regeln Sie das bitte selbst mit den Damen. Aber wenn Sie schon einmal …«

Sie legte die Hand auf seinen Unterarm. »Aber Manfred hat sich eine schöne Zeremonie verdient! Und weder seine Ex noch seine Tochter können sich das leisten.«

Katz senkte den Blick ganz langsam auf ihre Hand. Podlinsky zog sie zurück, vorgeblich peinlich berührt. Doch tief in seinem Inneren spürte er, dass auch diese Geste die volle Absicht gewesen war. Und immer mehr verdichtete sich sein Verdacht, dass der blonde Engel mit aller Vehemenz von etwas sehr Unangenehmem ablenken wollte. »Hören Sie, das geht uns wirklich nichts an. Und ich bin mir sicher, dass sich auch der Verein gegenüber seinem ehemaligen wertvollen Funktionär nicht knausrig zeigen und eine schöne Leich' organisieren wird.«

Sie schlug die Augen nieder und stellte die Tasse ab. »Nun denn …«

»Genau, Frau Podlinsky. Jetzt sind Sie schon einmal da, und wir wollten Sie ohnehin einvernehmen.«

»Wozu denn?« Jetzt waren ihre Augen groß und babyblau.

Langsam ging ihm die Zicke entschieden auf die Nerven. Glaubte sie tatsächlich, es bei Polizisten nur mit Vollidioten zu tun zu haben? Und er war mit seinem Grant nicht allein. Dani hatte aus ihrer Hosentasche bereits eine Handvoll Zahnstocher geholt. Der erste war schon aus dem Plastik geschält, und sie knickte und knickte ihn in möglichst kleine Teile.

Katz löste seine übergeschlagenen Beine und lehnte sich mit beiden Armen auf den Tisch. »Wie lange waren Sie mit Manfred Kollaritsch zusammen?«

Jetzt saugte sie die Wangen ein, ganz die indignierte Lady. »Nun, ungefähr zweieinhalb Jahre.«

Dani tippte und fragte: »Und wie haben Sie sich kennengelernt?«

»Wieso wollen Sie das wissen? Was hat das mit seinem Tod zu tun?«

Dani setzte nun ihrerseits den unschuldigen Babyblick auf. »Nun«, sie machte den Ton von Podlinsky bestens nach, »um den grausamen Mord an Ihrem Lebensgefährten aufklären zu können, müssen wir uns ein möglichst komplettes Bild von ihm machen. Und Sie sind da sicherlich eine gute Hilfe für uns.«

Katz war unendlich dankbar, dass unerwarteterweise Daniela die üblichen Klischees absonderte sowie die Rolle der Guten übernahm. Jetzt musste er sich nicht mehr beherrschen und konnte Madame Grace so richtig angiften.

»Also?«, setzte sie nach, die Finger erwartungsvoll über der Tastatur schweben lassend.

»Nun, ich bin Kommunikationstrainerin, und er wollte ein bisschen für seine Auftritte im Fernsehen üben.«

»Hat er Sie aus dem Telefonbuch rausgesucht?«

Podlinsky lachte und nahm sich wieder die Tasse Kaffee. »Sie wollen es aber genau wissen.«

Schon wieder diese Bemerkung. »Immer«, hörte sich Katz knurren.

»Nun ja, also meine Nichte spielt in der Damenmannschaft des AC, und sie hat für mich ein paar Flyer im Clublokal aufgelegt. Mich dann auch einmal zu einer Feier mitgenommen. Und da konnte ich dann den einen oder anderen von meinen Qualitäten überzeugen. Manfred war nicht mein einziger Kunde.«

»Wer noch?«, übernahm nun Katz wieder die Gesprächsführung.

»Josef Hüttl, der Präsident. Und mit Piet Sneijder habe ich die korrekte deutsche Syntax und Aussprache trainiert.«

Katz erinnerte sich an das letzte Interview des Cheftrainers und musste zugeben, dass die Dame etwas von ihrem Geschäft verstand. Ein halbes Jahr davor hatte er noch geradebrecht.

»Und wie kam es zur Trennung?« Er beugte sich vor. »Ja, auch das gehört zu unseren Ermittlungen.«

Podlinsky lehnte sich zurück und betrachtete den Plafond – der Klassiker. Sie sinnierte so lange, dass das Trappen von Schritten auf dem Gang in sein Bewusstsein drang. Und auf der Wand gegenüber lag der Schatten des Fensterkreuzes. Die Sonne war inzwischen ein ganz schönes Stückchen gewandert.

»Nun, wir beide leben doch in sehr verschiedenen Welten«, seufzte sie schließlich.

»Sie sind in die seine aber doch schon ganz schön eingetaucht.«

»Rein beruflich.« Sie strich eine Strähne, die sich aus der Banane gelöst hatte, hinters Ohr und zupfte am Perlenstecker. »Gut, Sie geben davor sowieso keine Ruhe. Manfred und ich hatten Spaß miteinander, wenn Sie verstehen, was ich meine. Doch mit der Zeit mussten wir feststellen, dass wir verschiedene Dinge mögen. Ich liebe Jazz und Chansons, er Rock. Ich schaue mir im Urlaub gern etwas an oder möchte zumindest Sport machen, er liegt lieber am Strand. Ich hätte im Haus gern ein paar Dinge geändert« – das konnte Katz bestens verstehen –, »doch das ist sein Heiligtum. Solche Sachen eben. Und nachdem die erste Verliebtheit vorbei war und mir zunehmend diese Seitenblicke-Gesellschaft auf die Nerven gegangen ist …« Sie zuckte mit den Schultern.

Das erschien Katz als die erste ehrliche Geste. »Wir haben gehört, dass er Schwarzgeld gebunkert hat. Was wissen Sie davon?«

Behutsam stellte sie die Tasse ab und runzelte die Stirn. »Schwarzgeld?« Klimper, klimper mit der schönen schwarzen Wimper.

Er könnte ihr die Kaffeetasse mit der verkehrten Hand ins Gesicht schleudern. Worüber sich Katz sogleich wunderte, denn dass Zeugen die unwissenden Unschuldslämmer spielten, war ja bei Gott nichts Neues und brachte ihn schon lange nicht mehr zum Ausrasten. Doch absolut ungewöhnlich war, dass sich in diesem Fall die Leute reihenweise anstellten, um mit ihnen zu reden, harmloses Zeugs, um dann zum richtigen Zeitpunkt scheinbar Unangenehmes zu präsentieren. Das war es, was ihn so unrund machte.

Er strich sich über den Kopf und stellte fest, dass er sich die Glatze heute Morgen schlampig rasiert hatte. Hoffentlich sah man die Stoppeln nicht. »Ja, Frau Podlinsky, Schwarzgeld.«

Sie schnaubte. »Wir hatten immer getrennte Konten. Und ich kann mir wirklich nicht vorstellen, dass Manfred …«

Es knackte. Dani hielt die zwei Enden eines neuen Zahnstochers in ihren Händen und stach mit ihnen in die Tischplatte. Dann lächelte sie die Zeugin an. »Frau Podlinsky, ich nehme an, dass Sie in Ihrem Kommunikationsseminar auch unterrichten, wie man das Gegenüber richtig einschätzt. Und nachdem Sie anscheinend eine Koryphäe in Ihrer Arbeit sind, haben Sie sicher schon bemerkt, dass wir beide«, sie deutete auf Katz und sich selbst, »nicht zur Dorftrottelfraktion gehören.«

»Äh ja?«

»Was meine Kollegin meint – lassen Sie uns Tacheles reden. Das Herumgeeiere ist uns allen drei doch unwürdig. Sie wollen uns etwas sagen und wissen nur nicht, wie sie es anlegen sollen.« Ein Schuss ins Blaue.

Madame Grace entnahm ihrer schwarzen Handtasche im Fünfzigerjahrestil ein Stofftaschentuch und tupfte ihre Mundecken ab, obwohl sich da weder Lippenstift noch Kaffee angesammelt hatte. »Nun, Sie haben recht, ich weiß von diesem Geld.« Sie hob die Handflächen. »Ich weiß allerdings nicht, wo es liegt und wie viel es genau ist.«

»Ungefähr?«

»Nun ja, ein paar Millionen scheinen es mir schon zu sein.«

Er hörte Danis Tippen. Ein beruhigendes Geräusch, denn in ebendieser Sekunde war alles amtlich – mehr oder weniger. Die Dame musste die Aussage natürlich noch unterschreiben. »Okay, woher hatte er es?«

Sie seufzte und schwieg.

»Ned, Frau Podlinsky, bitte ned. Sie sind doch überhaupt nur deswegen zu uns gekommen, also warum tun Sie da jetzt so herum?«

Sie knabberte an ihrer Unterlippe. »Ja, ich bin deswegen gekommen, aber …«

»Aber?«

Jetzt umklammerte sie mit beiden Händen den Griff ihrer Handtasche. »Ich war mir nicht sicher, inwieweit ich mich selber belaste. Immerhin habe ich ja davon gewusst, wenn auch nur schemenhaft. Wäre es nicht meine Pflicht gewesen, sofort bei Kenntnisnahme Anzeige zu erstatten? Und als ich jetzt das Gebäude hier betreten habe …«

Die Tür schwang auf und Kevin strahlte herein. »Noch Kaffee?«

»Jetzt nicht«, schnauzten Dani und Katz unisono.

»Oh, wenn ich vielleicht noch ein kleines Schlückchen …?« Podlinsky schenkte dem armen Jungen eines jener Lächeln, das ihm die nächsten zehn Jahre feuchte Träume bescheren würde.

Die Tür knallte zu, so sehr beeilte sich der Kleine, seiner Göttin den Wunsch zu erfüllen.

»Und jetzt, liebe gnädige Frau, macht Ihnen eine etwaige Strafverfolgung keine Sorgen mehr?« Er setzte sich nun so, dass er sie die ganze Zeit im Blick behalten konnte.

Sie schluckte. »Hören Sie, mein Ex ist umgebracht worden. Und ich könnte mir vorstellen, dass es etwas damit zu tun hat. Der Mörder muss doch gefasst werden. Und ich habe mich erkundigt, angesichts der Umstände komme ich wahrscheinlich mit einer Vorstrafe auf Bewährung davon. Das steht doch in überhaupt keiner Relation zur Aufklärung seines Todes.«

Das klang plausibel. Und doch …

»Und es war naiv von mir zu glauben, dass Sie mir die Geschichte mit dem Begräbnis abnehmen. Obwohl sie in der Sache stimmt. Aber natürlich würde ich Sie normalerweise nie damit behelligt haben. Bitte entschuldigen Sie. Ich war mir nur, wie gesagt, einfach unsicher, ob ich …«

Kevin krachte erneut in den Raum und stellte zitternd eine frische Tasse Kaffee vor Grace Kelly ab. Sie hauchte ein »Danke«, er zauberte noch eine Packung Mannerschnitten hervor, sie säuselte ihn an, er murmelte Schwachsinniges.

»Danke, Kevin!« Dieses Mal war es Dani, die ihn mit ihrem Blick in den Hintern und in weiterer Folge aus dem Besprechungszimmer trat. Dann studierte sie das Geschriebene. »Okay. Wie haben Sie davon erfahren?«

»Er hat mir angeboten, mich mit ihm auf irgendeiner Südseeinsel zur Ruhe zu setzen.«

In Katz klingelte es. »Er wollte das Geld privat verwenden?«

»Wie sonst?«

Für eine Nachwuchsakademie in Kamerun. Na ja, vielleicht war ihm diese Idee erst gekommen, nachdem seine Gespielin Vergangenheit geworden war. Wobei man die Überlegungen dieser Laura nicht außer Acht lassen sollte – so eine Akademie war doch üblicherweise nicht das Privathobby eines Einzelnen. Sie mussten in den Verein eintauchen, dieser Finanzmensch, Arnulf Pregl, gewann immer mehr an Priorität.

Dani rückte mit dem Sessel näher zum Tisch und richtete sich auf, sie wirkte nun wie eine Sekretärin. »Okay, und woher hatte er das Geld?«

Podlinsky schleckte den Kaffeelöffel ab, was überhaupt nicht zu ihrem sonstigen Gehabe passte. »Hm, ich weiß nur ein, zwei Geschichten, aber die lassen einem …« Sie sah Katz an, dann Dani. »Ich hoffe, keiner von Ihnen beiden ist ein echter Fußballfan.« Schürzen der Lippen. »Sonst vergehen Sie sich noch an einer Leiche.«

11

Und so geschah es, dass Talib seine Mannschaft als Rudel sah. Nicht einer allein musste den Gegner besiegen, das Rudel musste es. Zuerst lernte er, den Ball abzugeben, um frei vor zum Tor zu laufen, den Ball dann ungehindert wieder zu übernehmen und ihn zwischen den beiden Stangen zu versenken. Doch bald schon erkannten die Feinde seine Taktik und ließen ihn nicht mehr allein. Verzweifelt tänzelte er mit dem Ball, ohne sich genug Luft zum Schuss erarbeiten zu können. Und es war, als würden ihn in seinem Kopf die Ahnen, Geister und Gott anbrüllen, ihm zuschreien, dass nur das Rudel wichtig war, denn er dribbelte so lange, bis Kito links außen und ein Junge in der Mitte freistanden. Dem anderen Jungen kickte er den Ball zu, der verlängerte ihn zu Kito, und der schoss das Tor. Talib fühlte sich so glücklich, als wäre es sein eigenes gewesen. Sie umarmten einander und tanzten das Dankesritual. Und Isaam legte ihm die Hand auf die Schulter und sagte: »Nun bist du kein Jungtier mehr.« Talib spürte, wie sein Herz die Brust verlassen wollte, so mächtig pochte es. Und er beschloss, noch mehr zu lernen, um einmal ein ganz großer Fußballer zu werden, einer, der in die Welt ging und jedes Rudel glücklich machte. Und während sie einander noch anlachten, rief Zahran die Jungen in seine Hütte. »Heute ist der Tag, ab dem die Zeit neu gerechnet wird.« – »Das wissen wir noch nicht, verehrter Zahran«, wagte Kito zu widersprechen. Der legte die Hände auf seine Oberschenkel und lächelte. »Doch. Die Herren in der Schweiz werden sich für das Land am Kap entscheiden.« Talib verstand kein Wort, doch der Mann am Bildschirm erklärte es ihm. Die Weltorganisation des Fußballs gab nun bekannt, welches Land im Jahre Zweitausendzehn die Besten der Besten bei sich willkommen heißen durfte. Würden die zweiunddreißig auserwählten Länder erstmals auf dem afrikanischen Kontinent ihr Turnier austragen? Talib kannte viele der Staaten durch die Vereine, von denen ihm Zahran erzählt hatte, und doch war es ihm, als spräche der Mann im Fernsehen von einer anderen Welt. Auch vom Land am Kap hatte er schon viel gehört, dass es ein Hort von Kämpfern und natürlich von sehr guten Fußballern war, doch auch Südafrika war für ihn fremd. Und so saß er und sah die glänzenden Augen von Zahran und Isaam und Kito und den anderen und wollte nichts anderes, als mit seiner Mannschaft zurück aufs Feld, um nochmals eine erfolgreiche Jagd zu absolvieren. Da sprach der Mann am Schirm. Und in der kleinen Hütte brach ein Jubel aus, der das Blechdach zum Himmel zu heben schien. Die Welt kam nach Afrika. Und in Talib machte sich Ruhe breit. Er musste sich nun nicht mehr den Horizont erlaufen, denn der kam zu ihm.

12 // MAYER LERNT EINIGES ÜBER DAS FUSSBALLGESCHÄFT

»Das ist echtes Nervenfutter. Ich liebe sie, so frisch im Fett herausgebacken!« Katz biss mit Inbrunst in seinen Spezial-Kartoffelpuffer, eine Schwade von Knoblauch waberte zu Mayer. Sie steckte den letzten Bissen ihrer Käsesemmel in den Mund, und Wehmut erfüllte sie, als vor ihrem inneren Auge das prall gefüllte Asiabuffet vom Vortag Gestalt annahm. Selten dämliche Idee, zum Mittagsimbiss auf den Weihnachtsmarkt auf der Freyung zu marschieren. Denn obwohl es erst Ende November war …

»Skusmi!« Ein Rempler. Mayer schaffte es gerade noch, das Häferl mit dem Kinderpunsch weit von sich zu strecken, so schwappte das picksüße Gesöff wenigstens nur über ihre Lederhandschuhe, die konnte sie abwischen.

Ja, denn obwohl es erst Ende November war, schienen bereits alle Weihnachtstouristen Wien okkupiert zu haben. Der sich entschuldigende Stoßer war von der Menge bereits drei Meter weitergeschoben worden und hüpfte nun auf und ab, wobei er schrie: »Dov'è, Larissa, dov'è? Io sono qui!« Die italienische Fraktion. Die hielt es in der Donaumetropole immer am längsten aus, von Anfang November bis Ende Februar.

Oppitz griff um die Ecke des Kartoffelpufferverkaufsstandes und reichte Mayer eine Serviette. »Also, warum braucht's ihr Nervenfutter?«

»Hansi, du bist nicht im Team.« Sie wischte sich die Handschuhe trocken.

»Ella, leck mich. Ich hab euch da grad …« Er zeigte auf den ansehnlichen Ordner, den er auf der Theke des Standes abgelegt hatte, während er seinen Rücken gegen ein drängelndes Pärchen breitmachte.

»Das hätten wir auch zusammentragen können. Hast du es wenigstens auch als Datei?«

Oppitz knurrte sie lediglich an. *Jaja, ganz ruhig.* Die Frage war ihr einfach automatisch rausgeschlüpft.

»Aber ich wollte, dass es der Hansi macht«, mischte sich nun Herr Hochwohlgeboren Chef ein. »Bei einem Fan wird so was akkurater. Weder du noch Kevin können was mit dem AC anfangen. Also emotional. Und sonst …« Er biss wieder in den Puffer.

Vertraust du niemandem, ich weiß. Mayer nahm einen Schluck von dem Kinderpunsch, der umso grauslicher schmeckte, je kühler er wurde. Ihr wollte nur partout kein Grund einfallen, warum bei einem Dossier über den AC Danube seitens der Kollegen irgendwer irgendwas nicht auflisten oder gar verheimlichen sollte. Egal, der gute Karl Maria hatte nun einmal seine Plaisirchen.

»Und ich bin seit ewig ein Fan!«, fühlte sich ihr Ex-Kollege nun bemüßigt zu erklären. »Ich sammle seit … was weiß ich, irgendwann Anfang der Siebziger, alles von ihnen.«

Mayer fühlte leichte Irritation und so etwas wie Kränkung. »Und wieso hast du mir das in der ganzen Zeit, wo wir zusammengearbeitet haben, nie erzählt? Ich mein, du hast mir ja auch dein Archiv gezeigt, und das ist ein bissel fragwürdiger als eine Devotionalienhandlung.«

»Na, weil dich doch Fußball gar nicht wirklich interessiert.«

»Das stimmt doch überhaupt nicht! Wieso glaubt ihr das eigentlich alle? Nur weil ich nicht in einem Fan-T-Shirt herumrenne und jedes Wochenende im Stadion hocke? Mich interessiert Fußball echt!«

»*Interessiert*. Eben, Dani.« Er zwinkerte ihr zu. »*Echte* Perversionen teilt man einfach nur mit Menschen, die denselben Klamsch haben.« Er hatte den Ton eines Mannes, der gerade über seine Vorliebe für Sex mit Kleinwüchsigen oder Fettleibigen oder Eutern statt Brüsten sabberte.

Katz knüllte das Papier, in dem der Puffer eingewickelt gewesen war, zusammen, wischte sich penibel mit der Serviette ab und stellte sich mit am Rücken verschränkten Händen aufrecht vor Oppitz hin. »Such einmal die Saison zweitausendsechssieben heraus.«

Der tat, wie geheißen, und sah Katz an.

»Und jetzt sag ich dir«, fuhr der auf den Zehen wippend fort, »dass beim alles entscheidenden Spiel gegen St. Pölten um den Verbleib in der Zweiten Bundesliga der Kranebitter erst in der dreiundsechzigsten Minute eingetauscht worden ist. Entgegen allen Erwartungen. Von Trainer Manfred Kollaritsch.«

Autsch, gleich so ein schlimmes Beispiel! Nein, jede Trickserei war böse, vor allem wenn man bedingungsloser Fan war und an das Gute im Menschen glaubte.

Oppitz studierte seine Unterlagen und nickte. »Ja, er war die Tage davor verletzt, musste geschont werden.«

»Nein, war er nicht. Das hat man erst nach dem Spiel gesagt. Wer ist überraschenderweise nach der Saison nach Stuttgart verkauft worden?«

Oppitz sah nach. »Binder.«

»Um wie viel?«

»Puh, das habe ich nicht rausgesucht.«

»Hättest du aber sollen. Ich sag's dir. Offiziell um eine halbe Million. Tatsächlich um das Doppelte.«

»Da läuft immer was schwarz daneben«, fühlte sich nun Dani bemüßigt, einzuwerfen. Wenigstens das hatte sie verstanden, weil es noch die leichteste Übung war. So ein Transfer war im Prinzip das gleiche Geschäft wie ein Hausbau. Beide Seiten benötigten Weißgeld für die Steuer, den Rest machte man unter der Hand aus.

»Ja schon«, schnaufte Oppitz, »aber das ist ja nix Neues.«

»Stimmt«, nickte Katz. »Zurück zu Binder. Hat der ein Tor geschossen?«

Oppitz blätterte und studierte. »Ja«, kam es zögerlich. »Einen Elfmeter.«

Katz nahm einen großen Schluck von seinem Tee – ohne Rum, wie Mayer zufrieden festgestellt hatte. »Und war das typisch für ihn? Einen Elfer rauszuschinden und dann auch noch zu treffen?«

Jetzt sah ihr Ex-Partner vom Kommissariat West nicht in die Unterlagen, sondern in den von Cirri benetzten blauen Himmel. Anscheinend ging er sein Kopfarchiv durch.

»Nein«, antwortete er ebenso zögerlich wie zuvor. »Aber er war auf dem aufsteigenden Ast. Deswegen haben ihn sich ja gleich die Deutschen geschnappt.«

»Und hat er dort was grissn?«

Oppitz schüttelte den Kopf.

Mayer kam sich selten überflüssig vor. Sie wusste bereits die ganzen Hintergründe, wenn sie denn überhaupt stimmten, was sie gerade zu verifizieren versuchten, indem die IT-Spezialisten jeden noch so geheimen Winkel von Kolaritsch' PC und Spurensicherer noch einmal sein Haus durchwühlten. Laut Podlinsky sollte der Mann alles in einem Tagebuch festgehalten haben. Er habe im Prinzip gewusst, dass er unredlich handelte. Er habe es festhalten wollen, sei jedoch unsicher gewesen, ob er einst das Material für Erpressungen oder eine Selbstanzeige beziehungsweise Selbstgeißelung in Form einer aufsehenerregenden, weil enthüllenden Autobiografie verwenden würde. Was, laut seiner Ex-Freundin, sein wahres Ansinnen gewesen sei. In Mayers Ohren komplettes Blabla. Aber sie musste sich eingestehen, dass sie verdammt wenig von Profilierungsneurosen verstand. Wenn man dem Bedürfnis, sich überall wichtig zu machen, auf den Grund ging, kam am Ende immer dasselbe heraus: die Angst, nach dem Tod vergessen zu werden. Und genau das war ihr komplett egal. Ein Cäsar oder eine Pompadour würde sie nie werden, und somit war ihr Verschwinden vorprogrammiert. Okay, ganz richtig war ihre Überlegung nicht: Jeder, der in der Zeitung stand, hatte zumindest für ein paar Jahrhunderte überlebt, nämlich in der Nationalbibliothek. Insofern konnte ihr selbst ebenso Ewigkeit blühen, als Krimineser brachte man es irgendwann unweigerlich zu einer Nachrichtenerwähnung. Seltsame Aussicht. Doch akut nicht das Thema.

Vielmehr stellte Katz mit seiner Dramatik ein gewisses Problem dar, denn ihr wurde kalt. Den blauen Himmel verdankten sie nämlich einem kurzen sibirischen Hoch. Ein »Das glaub ich nicht!« von Oppitz riss sie aus ihren Gedanken.

»Doch!« Katz trank seinen Tee leer. »Ich fasse zusammen: Der Manager von Binder hat Kollaritsch bestochen, damit der seinen Schützling anstatt des sicheren Torschützen Kranebitter einsetzt. Und er hat den Schiri bestochen, damit der diese selten peinliche Schwalbe von Binder als Foul pfeift. Binder hat sich endgültig als kommender Star präsentieren können, wurde gekauft, und alle haben gut verdient.«

Oppitz rieb am Rand seines Häferls, das ebenfalls mit Kinderpunsch gefüllt war, und zwar noch immer zu zwei Drittel. Er seufzte. »Na wenigstens keine Wettschieberei. Der AC hätte die St. Pöltner sowieso betoniert. Fürs Ergebnis war's also wurscht.«

Katz zündete sich eine Zigarette an. »Ja richtig, aber das war ja jetzt auch nur ein Beispiel, das uns diese Podlinsky genannt hat.«

»Was noch?« Ihr Freund war richtiggehend grau im Gesicht.

»Sie wusste nicht viel, oder wollte es uns gegenüber nicht wissen, aber …«

Die Glocke der Kirche vom Schottenstift begann, Zwölf zu schlagen. Zugleich drang von der Straße her heftiges Gehupe. Mayer entsorgte das widerliche Gesöff und linste um die Ecke der Hütte. Mitten auf der Fahrbahn stand eine zierliche Frau mit einem Kind an jeder Hand sowie einer Weihnachtsmütze auf dem Kopf und staunte einen weißen SUV an, aus dessen Fenster ein Mann in Anzug wild herausgestikulierte. Katz verschwand in der Menge, um kurz danach mit drei Stangen von mit Schokolade überzogenen Früchten zurückzukehren.

Kaum hallte der letzte Glockenschlag aus, drang das Gespräch von der Nachbargruppe zu ihnen. Und weil gleich im ersten Fetzen das Signalwort *Danube* vorkam, lauschten sie drei in stiller Übereinkunft, mit Hingebung an der Süßigkeit knabbernd.

»Und i sag da, die werden die letzten beiden Spiele wie die Depperten rennen. Des machn s' fürn Harry«, behauptete ein Bass.

»Nutzn wird's ihnen aba nix. Die san wie die Geier, die von der Tröger Company, die werdn schnell das Geld nehmen von dem Inder, und dann Baba und fall net.« Ein Bariton.

»Na, na, des kennans net, weil si jeder fragt, ob s' angschütt san, an Bundesligisten aus der Hand zum gebn. Und des schadt dann der Firma. Weu wer vertraut Hirnederln?«, erklärte der Bass.

»Oh, ganz im Gegenteil, ganz im Gegenteil«, konterte ein Tenor. »Wenn der AC Herbstmeister wird, zeigt es nur von Geschäftssinn, den Club genau dann zu verkaufen, weil er so den besten Preis bringt.«

»Bist a Fan oder a Arsch?«, wollte der Bass wissen.

»A Realist is er«, konstatierte nun der Bariton. »Der Conny hat scho recht. Man verkauft immer dann, wenn's guat rennt.«

»Ja, aber es gibt do a so was wie Ehre!«, begehrte der Bass auf.

»Ehre, Ehre, komm mir nicht mit so was, Mecki«, spuckte nun förmlich der Tenor. »Wo gibt's im Fußball noch Ehre? Ha? Es geht um's große Geld – Werbeinnahmen, Rückfluss aus Fernsehrechten, Transfersummen. Da ist die Ehre nur was für Sonntagsreden. Außerdem lassen sich alle bestechen …«

Mayer sah Oppitz und Katz an, die beiden sie.

»… nur mehr Wettskandale. Und was die FIFA und die UEFA treiben, ist auch vom Besten. Warum, glaubst, haben die die nächste WM nach Qatar vergeben, ha? Weil's so lustig ist, in der Hitze zu rennen, in die du normalerweise nicht einmal ein Kamel raus schickst? Oder in klimatisierten Hallen? Der Blatter und seine Adlaten schaufeln ihre Taschen voll, bis sie zusammenbrechen, und dann kommt die nächste Partie an den Futtertrog.«

Schweigen. Das sogar im sie alle umgebenden Trubel dröhnte.

»Trotzdem«, seufzte der Bass, »wir san da in Österreich. Da muass des net so sein. Und wenn die Buam ordentlich rennan …«

»Sag einmal, wie naiv bist du denn?«, unterbrach ihn nun der Bariton. »Salzburg? LASK? Sogar bei der Austria, damals der Stronach! Überall haben si scho Großkopferte einkauft. Warum soll der AC a Ausnahm sein? Des is doch alles nix Neues. Der Abramovic mit Chelsea, nur a Beispü. Oder der Mateschitz. Hat mit Salzburg no ned gnua ghabt, und jetzt hat er's mit dem *Rasenballsportverein*«, er betonte jede Silbe des Wortes, »Leipzig a scho in die zweite deutsche Bundesliga gschafft. Wobei i mi frag, was dem des bringt, außer dass er a Hobby hat wie a klaner Bua a Eisenbahn.«

»Das mag vielleicht noch beim Tröger der Fall sein«, meldete sich nun der Tenor. »Der Mateschitz ist ein anderer Typ, den interessiert einzig und allein die Vermarktung von seinem Sprudel. Da ist der Fußball nur mehr Mittel zum Zweck, und der Verein ein Anhängsel des Konzerns. Ich bin ja gespannt, was er mit den Dosingern* macht, wenn sich Leipzig einmal für die Champions-League qualifiziert. Mehr als ein Verein mit demselben Geldgeber darf da nämlich nicht mitspielen.«

»Geh, geh, geh«, wehrte sich der Bass. »Du immer mit deiner Wirtschaft. Die san einfach … Fans.« Seine Entgegnung verblubberte mit Ende des Satzes. Anscheinend war ihm während des Sprechens klar geworden, wie naiv, nein, einfältig seine Einschätzung der Sachlage klang.

»Und der Inder«, fuhr der Tenor fort, »der will mit seinen Sport-Computerspielen auf den europäischen Markt

* abwertender Spitzname von »Dose« für Red Bull Salzburg, dem aktuell (2014) mit Abstand besten österreichischen Bundesligaverein, finanziert, wie der Name schon sagt, von »Red Bull«-Chef Didi Mateschitz.

und sucht Werbeträger. Die wirklich großen Clubs sind für ihn zu teuer, aber ein österreichischer wäre ein richtiges Schnapperl, selbst wenn er Herbstmeister ist. In Japan hat er es schon vorexerziert. Da ist er groß im Geschäft, nachdem er einen Abstiegskandidaten aus der Einser-J-League übernommen und zum Titelanwärter hochgepusht hat. Und mit dem AC wird er es genauso machen.«

»Mit lauter Ausländer«, grummelte der Bass.

»Aber Mecki, die haben ma do jetzt a scho«, tröstete der Bariton. »Nur reichen die jetzigen bloß für Österreich. International miaß ma anzahn.«

»Aber ewig di neichn Gsichter. Kaum hat ma si an einen gwöhnt, wechselt der scho wieder woanders hin«, keifte wiederum der Bass.

»Du bist ja auch Fan vom AC und nicht von einem bestimmten Spieler«, versuchte der Tenor zu trösten.

»Des bist vielleicht du. I möcht meine Spieler beim Kreuzwirt treffen – wia friha, als beim AC no ka *Tröger* gstandn is – und net im Fernsehen in ana Villa knotzn sehn.«

»Du bist aus dem vorigen Jahrhundert, Mecki«, konstatierte der Tenor.

»Na na, des geht si net aus«, widersprach nun der Bariton. »Net amal fürs vorvorige Jahrhundert. Weil wissts ihr eigentlich, dass schon die Londoner Clubs im neunzehnten Jahrhundert Arbeiter aus dem Norden eingekauft haben, weil s' die besseren Kicker wia die verweichlichten Adelbubis aus der Hauptstadt warn? Ma hat imma gschaut, dass ma gwinnt. Local Heroes san a Sache von Amateuren.«

»Du bist a Klugscheißer, Ronny«, konstatierte der Bass.

»Nur, weil du net die Wahrheit wissen wüllst …«

Die Gruppe entfernte sich.

Katz trat seine Zigarette aus und stellte das Häferl auf

der Theke ab. »Die Herren haben etwas erwähnt, was wir auch nicht außer Acht lassen sollten, jenseits von der Bestechung im Kleinen.«

»Im Kleinen?« Oppitz kreischte beinahe.

»'tschuldige Hansi, aber ein paar Tausend Euro sind Peanuts, das hat mir gerade das Gespräch dieser Experten klargemacht. Was ist, wenn das alles mit dem Inder zu tun hat?«

»Peanuts«, blaffte Mayers Freund und knallte nun seinerseits das Trinkgefäß auf die Theke. »Warum schaue ich mir dann überhaupt noch ein Match an, wenn alles geschoben ist?«

Das war für einen Hardcore-Fan natürlich eine berechtigte Frage. Doch Mayer beschäftigte ein ganz anderer Umstand. »Was ist das mit dem Inder genau?«

Katz fischte sein Handy heraus und studierte eine Nachricht, nickte. Er hakte sich bei ihnen beiden unter und zog sie durch die Menge. »Willst du's erklären, Hansi?«

»I wül gar nix mehr«, brummte Oppitz.

»Okay, also ein neureicher IT-Inder hat schon letzte Saison ein Kaufangebot für den AC gelegt, verbunden mit einem Konzept – wart, wie war das so schön formuliert?« Er kräuselte die Lippen, als lutschte er an einem Bonbon. »Genau, ich weiß schon: *Zur Restrukturierung und Orientierung auf nachhaltige Präsenz in der Champions-League.* Nett ausgedrückt.«

»Aber Harald Tröger hat bisher abgelehnt«, mutmaßte Mayer.

»Richtig.«

»Wobei ich nicht ganz verstehe, wie man einen Verein kaufen kann.«

»Das wird uns jetzt Arnulf Pregl erklären. Kevin hat ihn erreicht und einen Termin ausgemacht.«

12

Die große Verkündigung, dass die Welt am Kap zu Gast war, zog ein Fest von drei Tagen nach sich. Am vierten Tag verflüchtigte sich der Rausch, denn Talib wurde, so wie den anderen, klar, dass noch sechsmal der Regen kam und ging, bis die Spiele in Südafrika stattfanden. Bis dahin würde aus dem Jungen beinahe ein Mann geworden sein. Ein Mann, der Maschinen reparierte, der dem Cousin half, die Herde zu versorgen, der einmal im Monat in die große Stadt fuhr, um im Netz der Welt Hallo zu sagen und um heimlich benebelnde Getränke zu probieren, der mit seinen Freunden zum Ende der Woche auf dem Dorfplatz Fußball spielte, so wie es jetzt sein Onkel und dessen Freunde taten. Er sah das alles vor sich, doch er sah sich selbst nicht. Das beunruhigte ihn. Und je mehr er sich bemühte, sich an der Seite seines Onkels dem allen nachlaufen zu sehen, umso schwärzer wurde es vor seinen Augen. Und so kam es, dass Talib ein großes Brennen in seinem Kopf verspürte. Das Spiel mit den Freunden brachte keine Abhilfe, der Unterricht bei Samir verstärkte es. Das Brennen wurde immer heißer und ging in ein Pochen über. Talib kniete sich an die Seite seiner Mutter und bat um lindernde Kräuter. Sie bereitete ihm eine Tinktur, sie half nicht, sie bereitete eine neue Mischung und beschwor die Kraft der Ahnen auf den Saft. Er half nicht. Und so kam es, dass Talib nur mehr den Boden sah und nicht den Himmel, dass er Samirs Worte hörte, doch nicht verstand, dass er sich mit einem Wasserkübel in der Hand wiederfand und nicht wusste, wie lang er diesen schon hielt, dass ihm das Lachen seiner Kameraden in den Ohren schmerzte. Sie nahmen Abstand, alle nahmen Abstand, und so sah er sich eines Tages allein. Er und der Ball. Und so nahm er ihn eines Frühmorgens, als die anderen alle bei Samir lernten, und ging mit ihm in die Savanne. Er setzte sich unter den großen Baobab und streichelte den Ball. »Warum trittst du mich nicht?«, fragte der Ball. – »Ich weiß es nicht«, sagte der Junge. – »Unser Tanz gemeinsam mit den anderen hat dir doch gefallen?« – »Ja«, entrang sich dem Jungen. Das Pochen wurde mit jedem Wort des Balls stärker, es trommelte gegen die Schädeldecke. Schon meinte er, ein Knistern zu hören, geboren durch feine Sprünge im Knochen. »Lass uns zurückgehen und ein wenig tanzen«, lockte der Ball. Talib dachte an den Dorfplatz – das Pochen wurde ein Stampfen. Er dachte an die vier Stangen – das Stampfen dröhnte. Er betrachtete den Ball, von dem Fäden wie widerspenstige Locken abstanden und der die Form des Eies einer Viper hatte. Das Pochen zischte und pfiff, Talib übergab sich ins Napier. Und während sich das Innere des Jungen nach außen kehrte, tauchte er in eine Welt voller glatter hellgrüner Rasenstücke ein, voller Tore mit weißen Netzen, die so fest gespannt waren, dass ihnen keine noch so heftige Windböe etwas anhaben konnte. Er sah pralle, glänzende Bälle vor sich, riesige Aufbauten mit vielen Menschen darauf, die ihm zujubelten, er sah sich selbst in kniehohen Strümpfen, in einem engen farbenfrohen Hemd, er sah Fernsehkameras und sich selbst am Bildschirm. Nach dieser Reise ins Wunderland lehnte sich Talib an den Stamm des großen Baobabs und sprach zum Ball: »Du wirst immer mein Freund bleiben, aber ich muss gehen.«

13 // MAYER SIEHT ROT UND DANN WEISS

»Ich darf wirklich nichts für Sie bestellen?« Sprach's und steckte sich ein Stück roten Paprika vom Hirtenspieß in den Mund. Arnulf Pregl kaute mit ganz langsamen Bewegungen und schaffte es, sie gleichzeitig mit seinen wässrigen basedowschen Augen erwartungsvoll anzusehen.

Mayer hörte sich *Doch! Alles!* schreien, aber sie schüttelte nur stumm den Kopf. Gemeinsames Essen mit Zeugen war so eine Sache … ein läppisches Käsesemmerl aber auch.

»Danke, wir haben bereits geluncht«, beendete der Chef alle weiteren Überlegungen.

Geluncht. Lächerlich. Sie musste sich angewöhnen, immer eine Reserve in ihrer Handtasche mitzuschleppen, sonst hungerte sie noch auf Größe Zweiunddreißig hinunter. Nein, würde sie nicht, denn sie machte ja auch kaum mehr Bewegung.

Das schien Arnulf Pregls Problem nicht zu sein. In dem himmelblauen Hemd und den grauen Jeans steckte ein sehniger, wohlproportionierter Körper. Der Mann wäre ganz ansehnlich zu nennen gewesen, wären da nicht die Glupschaugen und der Klobrillenbart sowie die ausgedünnten schwarzen Haare. Mit einer rasierten Glatze würde er wesentlich besser wirken, doch Stilsicherheit war wohl nicht so Pregls Sache, denn er trug auch orangegelbe Laufschuhe zu seinem Outfit. Und Benehmen hatte er auch keins. Man setzte Besprechungen mit der Polizei nicht in der Kantine eines Sportvereines an. Nicht, wenn die Polizisten hungrig sein könnten … Mayer musste über sich selbst lachen, was sie natürlich tunlichst zu unterdrücken versuchte. Ein leerer Magen machte sie immer zu einem trotzigen Kleinkind.

Pregl schob die letzten zwei Stückchen Fleisch vom Spieß. »Gut, Sie wollten wissen, wie unser Verein strukturiert ist. Tja, so wie jeder Verein. Der Athletic Club Danube ist ein gemeinnütziger Verein mit einem von der Mitgliederversammlung bestellten Leitungsorgan, zwei Rechnungs- und einem Abschlussprüfer. Wie es die Österreichische Fußballbundesliga von ihren Mitgliedern verlangt.«

Sie aktivierte ihr Tablet. »Und Sie sind also der Kassier?«

»Nein, ich bin gar nicht im Verein.«

»Aha?«

»Ich bin Finanz-Vorstand der AC Tröger Danube GesmbH. Und Geschäftsführer.« Seine Mundwinkel waren nicht merkbar hochgezogen, seine Augen ebenso wenig erkennbar zusammengekniffen, sein Gesicht zeigte also nicht die typischen Merkmale von Lächeln oder Grinsen, und dennoch hatte Mayer den Eindruck, als sei der Herr zutiefst amüsiert.

Katz legte den Kopf schief. »Da gibt es also einen Verein und daneben eine eigene GesmbH? Wieso eigentlich? Das ist doch nicht Pflicht, soweit ich weiß.«

Pregl kaute genüsslich. Ließ sich mit der Antwort Zeit, bis er hinuntergeschluckt hatte. »Schauen Sie, ein Verein darf nicht auf Gewinn ausgerichtet sein, muss immer eine überschaubare, ausgeglichene, sprich gegen Null tendierende Bilanz aufweisen. Das engt den finanziellen Handlungsspielraum natürlich ein, beim Aufnehmen von Krediten etwa. Wenn man aber im Big Business mitspielen möchte, muss man so einen Fußballclub wie eine Firma führen. Alle wirklich relevanten Clubs haben ausgegliederte Finanz-Gesellschaften, viele sind sogar börsennotiert.« Er sinnierte sein Messer an. »Rapid ist eine der wenigen Ausnahmen, soweit ich weiß. Hm.« Er schaute wieder Katz an. »Aber wie die das handhaben, ist deren Problem. Harry jedenfalls wollte …« Er rückte unwillkürlich den Entwurf eines Partezettels für Manfred Kollaritsch, den er neben sich liegen hatte, zurecht. »Harry will mit dem AC ganz hoch hinaus. Deswegen die flexiblere Konstruktion mit der GesmbH, die dem Verein finanziell den Rücken freihält.«

»Das heißt, die Tröger Company ist nicht Sponsor, sondern Eigner oder Hauptanteilseigner«, brachte sich Dani wieder ein.

Pregl schichtete behutsam Krautsalat auf seine Gabel. »Die GesmbH gehört zu hundert Prozent dem Verein. Harry ist der Präsident ihres Aufsichtsrats.«

»Ich dachte immer, er ist der Ehrenpräsident des Vereins. So kommt es zumindest in den Medien herüber«, warf Katz ein.

»Ist er auch, eben eine Doppelfunktion. Im Aufsichtsrat der GesmbH sitzen dann noch zwei Leute aus der Tröger Company, der Vizebürgermeister von Wien und einer der Vizepräsidenten der Wirtschaftskammer sowie zwei vom Verein bestellte Mitglieder. Ich kann Ihnen nachher gern unsere Firmenunterlagen zur Verfügung stellen – obwohl«, jetzt lächelte er tatsächlich, »die hat ja bereits Ihr Mitarbeiter, dieser Herr Draganović.«

Kevin arbeitete wie ein Uhrwerk. Katz sollte sich ehebaldigst um einen fixen Posten für ihn nach Ende der Lehrzeit umsehen.

»Und dieser Inder will sich tatsächlich einkaufen.«

»Nicht nur einkaufen. Der will mehr.« Pregl aß weiter.

»Was bedeutet …?«

Wieder ließ sich Pregl mit der Antwort Zeit. »Ich setze Ihre Diskretion voraus und will offen mit Ihnen reden. Harry hat sich, als die Tröger Company als Hauptsponsor eingestiegen ist, großen Einfluss beim AC gesichert. Er ist aber nicht Alleinherrscher, der Verein und seine Mitglieder bestimmen noch immer über die GesmbH und nicht umgekehrt. Das sehen sie ja auch an der Zusammensetzung des Aufsichtsrats. Dem Inder schwebt allerdings ein Modell wie in Salzburg vor, der will wirklich das alleinige Sagen.«

»Was heißt?«

»Statutarisches Recht zur alleinigen Bestellung und Abberufung der Vereinsorgane. Hundertprozentige Übernahme der GesmbH.«

»Und hat er eine Chance?«

Schulterzucken. »Ich bin nur ein weisungsgebundener Angestellter.«

»Wie auch Manfred Kollaritsch?«

Nicken.

»Die wiederum den Trainerstab und die Spieler anstellen«, setzte Katz fort.

Nicken.

Pregl stand auf und stellte den leer geputzten Teller auf dem dafür vorgesehenen Regal ab. Der dagegen protestierenden, weil abservieren wollenden und deshalb zu ihnen eilenden Kantinengehilfin winkte er ab, ganz Gleicher unter Gleichen. Dafür nickte er umso gnädiger und zugleich in – definitiv gespielter – großer Dankbarkeit, als sie ihm das Servieren von Kaffee anbot, wobei er mit einer großen Armbewegung auch sie beide in die erlauchte Runde der Bedienten mit einbezog.

Mayer sah sich um. Bis auf einen untersetzten Mann in weißer Kleidung, der an der Bar im angrenzenden, mit Lederfauteuils sehr gemütlich eingerichteten Nebenraum ein Cola trank und Zeitung las, bedient von einer Barfrau mit aufgesteckten weißblonden Haaren, war die Kantine frei von Gästen. Die restlichen Angestellten putzten und wischten. Da konnte man sich schon bedienen lassen, wenn das Gegenüber es denn unbedingt wollte.

Pregl nahm wieder Platz und zog den Entwurf für die Parte zu sich. Er betrachtete lang das Bild von Manfred Kollaritsch. »Was hat das alles mit dem Mord zu tun?«

»Wir haben starke Hinweise darauf, dass Ihr Kollege Schwarzgeld auf die Seite geschafft hat«, übernahm der Chef die Gesprächsführung.

Der Finanzmanager sah ihn nur an, als warte er auf eine Fortsetzung. Kein Abwehren, keine Aufregung, nichts.

»Was sagen Sie dazu?«

Pregl ließ seine Hände aufflattern. »Was soll ich dazu sagen? Außer, dass mir kein Fall bekannt ist, dass jemand wegen Steuerhinterziehung umgebracht worden ist.«

Sehr cool, der Mann. »Wussten Sie davon?«, mischte sich Mayer ein. Zeit, die Ping-Pong-Befragung zu starten, damit er ein bissel seine Konzentration verlor.

Er lachte laut auf, worauf sich alle im Raum Befindlichen zu ihm wandten, inklusive des Mannes an der Bar. Pregl biss sich auf die Lippen. »Sagen wir einmal so: Ich glaube nicht, dass unser Gottoberster in der Schweiz der Einzige ist, den man mit Korruption in Verbindung bringen kann. Aber ich habe damit nichts zu tun, und mir ist auch nichts bekannt.«

Einer von der geeichten Fraktion, ganz wunderbar. Solche mit allen Wassern Gewaschenen gaben nicht einmal dann etwas zu, wenn sie schon aufgrund von Beweisen verurteilt waren. Wenn Mayer es nicht besser wüsste, würde sie denken, einem Bonzen aus der Privatwirtschaft gegenüberzusitzen. Okay, im Grunde tat sie das ja auch.

Katz überschlug die Beine und nahm von der Kantinentante charmierend den Kaffee entgegen. »Verstehe, als Finanzmanager kann man sich natürlich keine Unregelmäßigkeiten erlauben«, lächelte er sein Gegenüber an.

»Sie sagen es. Ist der Ruf erst mal ruiniert …«

»… lebt es sich ganz ungeniert.« Nun lächelte Katz ganz breit.

»Wie Sie meinen.« Keine unkontrollierte Regung bei Pregl. Und seine hellen Augen waren so verdammt nichtssagend.

»Also denken Sie nicht, dass die finanziellen Unregelmäßigkeiten von Manfred Kollaritsch etwas mit seinem Tod zu tun haben?«

»Dann müssten viele umgebracht werden. Aber wie gesagt, ich weiß nichts davon und kann es mir auch nicht vorstellen.«

Der Typ klang wie eine gesprungene Schallplatte. »Und wie, dachten Sie, wollte Kollaritsch seinen Traum einer Fußballakademie in Kamerun finanzieren?«

Er hörte mit dem Umrühren auf und sah Mayer geradeheraus an. »Kamerun? Fußballakademie? Was reden Sie da?«

Die Überraschung war jetzt ehrlich gewesen, also gleich die Verwirrung ausnützen. »Wir wissen aus gesicherter Quelle« – ja, war sie nicht, aber so what? Das Ergebnis legitimierte die Mittel – »dass Manfred Kollaritsch mit seinem Schwarzgeld in Kamerun eine Schule eröffnen wollte.«

Pregl rührte wieder und sah sich dabei mindestens eine halbe Minute lang zu. Schließlich trank er und lehnte sich mit überschlagenen Beinen zurück. »Das kann nicht stimmen. Denn das ist unlogisch. Wir arbeiten bestens mit den Vereinen vor Ort zusammen, also nicht im gesamten Afrika, das wäre ja ein bissel zu groß.« Er schnaufte so etwas wie ein Lachen. »Aber in Ghana sowie in der zentralen Region, also in den beiden Kongos und in Kamerun … ach ja, und seit Neuestem auch in Gabun. Wenn wir Nachwuchsspieler aus Afrika wollen, bekommen wir sie. Und mit so Projekten vor Ort hat man nichts als Schwierigkeiten. Für gewöhnlich. Auch wenn sie ein gutes Geschäft wären.« *Ja, jeder Bub eine lebenslange Melkkuh.* »Sie sehen, da muss Ihnen jemand einen Bären aufgebunden haben.«

Langer Rede kurzer Sinn: Er wusste vom Schwarzgeld, aber nichts von Kamerun. Das wiederum konnte bedeuten, dass er nicht vollkommen in den innersten Kreis involviert war – etwas unrealistisch aufgrund seiner mächtigen Position –, oder dass Kollaritsch da wirklich nur eine private Träumerei realisieren wollte. Oder dass Laura, im besten Fall, etwas falsch verstanden hatte. Mayer schrieb ein paar Stichworte.

Katz trank unterdessen seinen Kaffee aus, grunzte beglückt und fragte dann: »Okay, Kollaritsch war, zumindest finanztechnisch, ein lauterer Mann, sagen Sie. Und was, denken Sie, hat dann zum Tod Ihres Kollegen geführt? Wer hat ihn so sehr gehasst?«

Pregl schob den Löffel auf die Vorderseite der Kaffeetasse, wie ein Schild. »Nun, da gibt es sicher einige. Ein

Sportdirektor trifft nicht immer populäre Entscheidungen. Wobei ich das Wort Hass für etwas zu übertrieben halte.«

»Trifft es aber«, setzte Katz nach. »Denn aus Liebe wird ihn wohl kaum jemand umgebracht haben.«

Pregl lehnte sich zurück und streichelte seinen Bart. »Direkt nicht, aber vielleicht indirekt.«

Und aus. Die Andeutung hing in der Luft und wollte nachgefragt werden. Und zugleich wusste Mayer, dass dieser Satz ganz genau geplant gewesen war und der nette Herr da bloß die Show des unwillig Aussagenden abzog. Eines Mannes, der niemanden in die Pfanne hauen wollte und sich nur dem Druck des Gesetzeshüters beugte. Ihr wurde heiß. Diese ganze Bagage im Dunstkreis von diesem Verein ging ihr mittlerweile so was von auf den Arsch! Als hätten sie sich alle abgesprochen. Da ein Stückchen Fleisch für die blöden Bullen, da ein Stückchen, und am Schluss ein Opferlamm, damit alles wieder seinen gewohnten Gang nehmen konnte. Sie tippte wie wild irgendwelche sinnlosen Buchstaben in ihr Tablet, um nicht etwas Unüberlegtes zu sagen.

»Das da wäre?«, fragte Katz bewundernswert ruhig nach.

Bart streicheln, Blick von unten, schlucken – perfekt! »Ich will wirklich niemanden anschwärzen …«

Ja, eh! Der Typ war eine Schlange – nein, diese Tiere durfte man nicht beleidigen.

»… aber gut, Sie brauchen einen Anhaltspunkt, das ist mir schon klar. Und das ist der Einzige, bei dem ich mir denken könnte …« *Zah an, Alter! So gut bist du als Schauspieler auch wieder nicht!* »Piet Sneijder.«

Der ganze dramatische Effekt verpuffte, weil Katz ihn nur weiter wie ein Opa, der sich die Abenteuer der Enkelkinder anhört, regungslos anlächelte.

»Die zwei Dinge die mir bekannt sind: Manis Ex-Freundin Susanne hatte ein sehr enges Verhältnis zu Piet. Und Piet wird per Ende der Herbstsaison als Trainer abgelöst.«

Nun wurde Katz seinem Namen gerecht, denn plötzlich saß er wie ein Haustiger am Sprung da. »Nein!«

Wieder sahen die Putzkolonne und der Mann an der Theke zu ihnen her. Der stand nun auf und schlenderte zu einem Kästchen in ihrer Nähe, auf dem Zeitschriften ausgelegt waren. Er nahm sich einen *Ballesterer** und ging mit einem weiteren Seitenblick zu ihnen auf seinen Platz zurück. Und einmal mehr sah sich Mayer in ihrem Bestreben, alle Einvernahmen auf dem Amt zu erledigen, bestätigt. Zu viele Zuhörer überall. Aber der Herr Chefinspektor musste ja immer *plaudern*.

Pregl zupfte am Bart. »Oh doch. Ich habe sie nie in flagranti erwischt, ich weiß es also nicht sicher, aber der ganze Club hat darüber gemunkelt, dass die beiden sehr viel Zeit miteinander verbracht haben. Vier Wochen ging das vielleicht, dann hat sich Mani von Susanne getrennt.«

Das heißt, das Verhältnis musste irgendwann Mitte, Ende September virulent und somit für alle sichtbar geworden sein. Mayer notierte.

Katz klopfte mit sehr angespannter Hand auf den Tisch. »Sneijder darf nicht gehen. Er ist der Beste für die Burschen.«

»Oh, ein Fan.« Pregl grinste, wurde aber gleich wieder ernst. »Vielleicht ist das jetzt ja kein Thema mehr, nun, da Mani … verstehen Sie jetzt, was ich meine?«

»Aber warum hätte er ihn überhaupt absetzen sollen? Bei dem Erfolg, den der AC gerade einfährt?«

»Das entzieht sich meiner Kenntnis.«

---

* österreichisches Fußballmagazin

»Das glaube ich Ihnen nicht.«

»Das bleibt Ihnen überlassen.« Schluck vom Kaffee.

Jetzt wieder viele, viele sinnlose Buchstaben. Tippen, tippen. Mayer sah sich ihm einen Kopfstoß verpassen, das Blut aus seiner Nase rinnen, ihm dann in die Weichteile treten, sein schmerzverzerrtes Gesicht – sie stand auf und holte sich an der anscheinend ständig mit Mineralwasser befüllten Getränketheke der Kantine eine Flasche.

Katz rieb sich seine Schläfe, er war also schwer in Unordnung geraten. Gut, dann musste wieder sie übernehmen. Sie löschte die sinnlosen Buchstaben und fragte: »Sie glauben also, dass Manfred Kollaritsch aus Eifersucht Piet Sneijder zu entlassen beabsichtigte, und dass der das mit dem Mord verhindern wollte?«

»Ich glaube gar nichts. Ich habe Ihnen nur von dem Einzigen berichtet, was in letzter Zeit irgendwie ungewöhnlich war.«

Sie tippte – und fragte sich. »Sagen Sie, wieso erzählen Sie uns das so … brühwarm. Sie scheinen mir nicht der Typ zu sein, der sich normalerweise auf Tratschereien einlässt.«

Pregl lachte auf, es klang gekünstelt. »Da erkläre mir doch einer die Polizei! Wenn ich Ihnen nichts davon gesagt hätte, wären Sie bald schon wieder in meinem Büro gestanden und hätten mich gefragt, warum ich diesen Umstand nicht erwähnt habe, obwohl es alle anderen getan haben. Und ich bin gerade wirklich ein bissel im Stress, ich brauch Ruhe.«

»Bis jetzt hat noch niemand davon erzählt.«

»Wird schon noch, wird schon noch.«

Aalglatt, der Typ, doch so eine Denke war ihm zuzutrauen. Die Zeit würde es weisen, ob er mit seinem Hinweis etwas bezweckt oder von etwas abgelenkt hatte. »Gut, fürs

Erste war es das dann. Nur noch Ihr Alibi bitte. Von Dienstag auf Mittwoch zwischen einundzwanzig und ein Uhr.«

»Da war ich allein daheim und hab mir Zenit gegen Galatasaray angeschaut.« Das Fragezeichen schien ihr ins Gesicht gemalt zu sein, denn er erklärte: »Champions League.«

»Also keine Zeugen.«

»Sonst hätte ich ja nicht *allein* gesagt.«

»Pizzadienst? Anrufe?«

»Nein. Und jetzt entschuldigen Sie mich bitte. Als Geschäftsführer habe ich in der aktuellen Situation sehr viel zu erledigen, Sie verstehen?« Er stand auf.

»Wir sind noch nicht fertig, Herr Pregl. Wie Sie vielleicht mitbekommen haben, ermitteln wir ja in zwei Mordfällen«, erwachte nun der Chef in unerwarteter Schärfe.

»Zwei?«

»Wolfram Egger.«

»Ach ja, eine Überdosis und dann vom Balkon hinuntergeworfen.« Er blieb beinhart stehen. »Ich hab's gehört. Von Herrn Hüttl. Sehr traurig. Wird wohl ein Streit mit seinem Dealer gewesen sein. Da kann ich Ihnen wirklich nicht helfen.« Er wandte sich ab.

Katz war mit affenartiger Geschwindigkeit vor ihm. »Frage eins: Wieso wurde er entlassen? Frage zwei: Wo waren Sie vor einer Woche von Mittwochabend bis Donnerstagmorgen? Ich bräuchte bitte das Protokoll über die ganze Zeit.«

Pregl verschränkte die Arme, um sie im nächsten Moment mit einer offensichtlichen Kraftanstrengung scheinbar locker hängen zu lassen. Endlich einmal eine unkontrollierte Bewegung. »Mittwoch vor einer Woche war ich in London, übrigens gemeinsam mit Manfred Kollaritsch. Wir haben uns einen Spieler angeschaut. Und Egger wurde entlassen … weil er bei seiner Arbeit schlampig geworden ist.«

Jetzt hatte er gelogen, denn die Minipause war ebenso wenig wie das Zusammenpressen der Lippen absichtlich gewesen. Mister Ich-hab-alle-Fäden-in-der-Hand war nun dran. Mayer holte Luft …

Doch da hörte sie schon Katz' ruhige Stimme: »Wir merken uns, dass Sie uns in keinster Weise helfen wollten.« Er stand Pregl ganz nahe.

Sein Kontrahent ging ohne ein weiteres Wort davon.

Mit einem großen Schnaufer ließ sich der Chef auf den Sessel fallen. Er rieb sich ausführlich die Glatze und nahm einen Schluck vom Espresso. »Wenigstens der Kaffee war gut.«

»Entschuldigen Sie.« Mayer schleuderte es herum. Sie sah weiß. Und zwar ein Poloshirt, das einen kleinen Bauch umspannte. Der Typ von der Bar. »Ja?«

Er deutete mit dem Zeigefinger auf Katz. »Ich hab mitbekommen, dass Sie ein Fan sind. Und dass Sie das Clubgelände kennenlernen wollen, jetzt, wo Sie schon einmal da sind.« Sein Mund lächelte, seine Augen funkelten ernst – ja geradezu eindringlich. Das breite Gesicht unter dem blond-grauen dichten Haarschopf leuchtete rot inklusive Hängebäckchen.

»Ich wollte mich eben danach erkundigen«, stieg ihr Chef auch brav auf das Spiel ein.

»Ich hätt im Moment Zeit. Also, wenn Sie wollen …?«

Katz nickte. »Gern.« Hinter dem Rücken des Mannes grinste er Mayer an.

Ja, ja, okay. Manchmal war das *Plaudern* in der Öffentlichkeit schon gut.

13

Nun hatte sich Talib nach einem Kampf mit seinen Geistern entschieden zu gehen, doch er hatte keine Ahnung, wie er die Reise beginnen sollte. Er wusste nur eines: Er wollte bei dem großen Fest am Kap im Süden vor Tausenden Menschen in allen Farben einlaufen und mit dem Ball tanzen. Doch zwischen diesem Bild und seiner gegenwärtigen Lage gab es eine Menge Sumpflöcher zu überwinden, so viel war ihm aufgrund der Berichte im Fernsehen bewusst. Da gab es kleine Clubs und große, danach musste er zu einem noch größeren in Europa verkauft werden und viele, viele Tore schießen, um schließlich die Ehre angeboten zu bekommen, für sein Land aufzulaufen. Doch schon beim ersten Schritt sah er sich einem riesigen Sumpfloch gegenüber, denn wie konnten die Männer eines richtigen Clubs wissen, dass sie nach ihm suchen sollten? Talib beschloss, es ihnen zu sagen. Er musste in die große Stadt. Und so überkam seinen Onkel in den nächsten Wochen eine gewisse Verwunderung, denn Talib stand als Erster auf, um ihm bei der Arbeit zu helfen, und Talib ging als Letzter schlafen, um all das, was sein Onkel und seine Cousins an Tagwerk nicht geschafft hatten, zu Ende zu bringen. Er saß am Vormittag bei Samir in der ersten Reihe und er lief am Nachmittag so eifrig dem Ball hinterher über den Dorfplatz, dass seine Staubfahne jener einer Büffelherde würdig gewesen wäre. Der Onkel legte ihm lobend die Hand auf die Schulter und fragte: »Du hast dir für deinen Eifer eine Belohnung verdient. Was soll ich dir aus der Stadt mitnehmen?« – »Ich danke, verehrter Onkel. Doch habe ich einen innigen Wunsch: Darf ich mit dir in die große Stadt reisen?« – »Dafür bist du noch zu klein«, wehrte der Onkel ab. Doch Talib ließ sich nicht beirren, zeigte, dass er dieselbe Kraft wie seine älteren Cousins hatte. Und so kam es, dass ihn der Onkel, als das Erdferkel, der dritte seiner Söhne, unter Zahnschmerzen litt, gemeinsam mit Isaam in die Stadt mitnahm.

14 // KATZ ERLEBT EUPHORIE UND FRUSTRATION

Der selbst ernannte Stadionführer und wohl zukünftige Informant, dessen war sich Katz ziemlich sicher, trug das typisch weiße Outfit von medizinischem Personal. Und wie er leger der Gachblonden hinter der Bar signalisierte, dass er später bezahlen würde, und wie nebenbei diese das registrierte, erzählte, dass er im Club einen guten Stand hatte und wahrscheinlich schon ein paar Jährchen hier tätig war. Er ging so zielstrebig durch den Chill-out-Bereich, dass Katz seinen Stechschritt einschalten musste, um ihm folgen zu können. Auch Dani geriet bereits ins Trippeln.

Durch eine unscheinbare Seitentür gelangten sie in einen noch unscheinbareren Gang mit grau-beigefarbenem Boden und eierschalweißen Wänden, die ungefähr einen halben Meter vom Boden weg mit einer Ölfarbe abwaschbar gemacht worden waren. Auch diesen Gang sowie die beiden nachfolgenden absolvierten sie in Rekordzeit, was Katz sehr bedauerte, denn auf den Türschildern stand so Verheißungsvolles wie *Massage*, *Physiotherapie*, *Damen*, *Gemeinschaftsraum*, *Sauna* und dergleichen mehr. Und wenn er schon hier war, wie der Unbekannte richtig festgestellt hatte, wollte er sich tatsächlich einmal im Heiligsten vom Heiligen umsehen. Daran musste er den Mann nach dem, was auch nun immer folgte, erinnern.

Der Weißgekleidete öffnete eine weitere Tür, und sie standen in einem kahlen Raum mit vielen elektrischen und elektronischen Anschlüssen. In einer Ecke waren Stühle und kleine Tische gestapelt.

»Der Presseraum«, kam es lapidar von der Spitze der Minikarawane.

Dani deutete auf Kartons neben den Tischen. Die Schrift war groß genug, dass Katz sie sofort entziffern konnte. Sekt. Nicht gekühlt. Na ja, was nicht war, konnte ja noch werden. Aber schon allein das bekannte Emblem des Herstellers erzeugte ein feierliches Gefühl, das schlagartig verstärkt wurde, als Katz sich umdrehte und durch eine riesige Glastür in den nächsten Raum blickte. Es war offensichtlich der Sammelplatz zum Auslauf auf das Spielfeld, denn in der Mitte befand sich ein kurzer Tunnel, an dessen Ende es grün schimmerte. Und dann fiel sein Blick auf einen Glaskasten, der in der Ecke neben dem Panel mit den Sponsoren stand: die Pokale. Und zu seinem vollkommenen Glück ging ihr Führer genau in diese Richtung.

Während er vor allem die Inschriften beäugte, hörte er: »Und da auf der anderen Seite geht es im Prinzip so weiter. Nur dass da auch die Kabinen für die Gastmannschaft sind.«

Katz musste sich eingestehen, dass er glücklich war. So richtig glücklich. Peinlich. Wie ein kleiner Bub. Egal, es wusste ja niemand, wie es in seinem Inneren aussah.

»Na, Chef, jetzt hast du was zum Erzählen.« Dani grinste ihn an.

Er musste ihr Gott sei Dank nicht antworten, weil der Weißbekleidete schon wieder weiterstrebte – und zwar d-i-r-e-k-t in den Tunnel hinein.

Stimmen schwollen an. Sprechchöre sangen *Alles für den Danube, unseren besten Club!*, Rasseln, hupen. Er trat ins Licht, das Johlen überschlug sich, Pfeifen, ein skandiertes *K M*, Applaus, Bengalisches Feuer, glitzernde Papierschnipsel, olé, olé, olé!

Vor seiner Nase tauchte ein Papiertaschentuch auf. Und erst jetzt merkte er, dass ihm Tränen über die Wangen liefen. Er riss der besten und nervigsten, weil aufmerksamsten aller Kolleginnen die Inkarnation seiner Peinlichkeit aus der Hand und wischte sich über Gesicht und Glatze. Sah sich durch die Tuchfalten hindurch um. Der Weißbekleidete hatte nichts mitbekommen, denn er säuberte mit der bloßen Hand eifrig die Mannschaftssitze des AC Danube.

Sie schlenderten zu ihm.

Der Mann, der erstaunlicherweise ohne Anzeichen von Kälteempfinden in kurzärmeligem T-Shirt und leichter Stoffhose da saß, umfasste die mächtigen Tribünen mit einer großen Armbewegung. »Hier sind wir ungestört.«

Katz fühlte sich noch immer benommen, und so war er dankbar, als Dani dem Mann die Hand reichte und sagte: »Und das erscheint Ihnen notwendig, Herr …?«

»Edwin Kranzl. 'tschuldigung. Ich bin der Chefmasseur. Und wie darf ich Sie ansprechen? Ich mein, ich weiß, Sie sind von der Polizei. Krimineser. Aber ich …«

»Das ist Chefinspektor Karl Maria Katz, und ich bin Gruppeninspektorin Daniela Mayer.«

Er setzte sich, streckte die Beine von sich und faltete die Hände am Bauch. »'tschuldigung, dass ich Sie so überfallen hab. Und dass ich da so auf geheimnisvoll mach. Aber …« Er seufzte. Nickte vor sich hin. Ließ seinen Blick über den Rasen und die Tribünen schweifen.

Katz ging zur Seitenoutlinie. »Darf ich?«

Kranzl lachte dröhnend. »Klar. Is ja keine Seif, die sich bei einmaligem Benutzen gleich abnützt.«

Diesen Spruch hatte Katz das letzte Mal gehört, als es im

Stammbeisl der LKAler ums Fremdgehen gegangen war. Der Fremdgegangene respektive Fremdbenutzte nutzte sich eben nicht wie Seife ab. Also warum bei einem unwichtigen One-Night-Stand aufregen? War doch nur ein verlängerter Kuss oder eine intensivere Massage. Diese Aussage eines älteren, abgeklärten Kollegen war von den jüngeren in Grund und Boden verdammt worden. Doch er hatte recht gehabt. Gewisse Schönheiten mussten von anderen berührt werden dürfen. Katz strich sacht über das Gras. Ging die Mittellinie weiter bis zum Anstoßpunkt. Drehte sich einmal um dreihundertsechzig Grad. Hier spielen zu dürfen. Das wäre ein Gottesgeschenk.

»Is a großer Fan, Ihr Kollege, oder?«, hörte er.

Ja, und er war sich dessen bislang nicht bewusst gewesen. Dass seine Liebe so heftig war. Anstoß, er ein Pass nach links, dann quer durchs Mittelfeld, unbehelligt von der Verteidigung in den Strafraum, Flanke nach rechts zu ihm, volley mit dem Linken ins rechte Kreuzeck. Toben und Pulsieren um ihn herum. Die Kameraden auf ihm drauf. Er mit Handstand Überschlag. Der Platzsprecher: Tor durch Kaaaaarl Mariiiiia; die Menge als Antwort: Ka-atz! Der Platzsprecher: neuer Spielstand AC Danube; die Menge: Eins! Platzsprecher: Salzburg; die Menge, raunend, wie ein einziger Bass: Null! Platzsprecher: danke! Menge: bitte! Tröten, Applaus, Jubel, Bengalisches Feuer, olé, olé, olé.

»Chef?«

Die Sonne verdunkelte sich auf Stichwort. Richtig, für den Abend war wiederum Nieselregen angesagt. Er trabte zur Seitenlinie zurück. »Okay, Herr Kranzl, was liegt an?«

Der Masseur setzte sich auf und stützte seine Arme auf den Knien ab. Er betrachtete das Gras. »Ich weiß net, wo ich anfangen soll, weil ich eigentlich nichts Konkretes weiß. Aber des alles, der Tod vom Wolfram, der vom Kolaritsch, und weil die zwei eigentlich nix miteinander zum Tun gehabt haben, des macht mi alles sehr …«

»Unrund.«

»Richtig. Weil da bei uns, da rennt schon einige Zeit Einiges schief. Derf natürlich niemand wissen, wir san ja grad die Überflieger.«

Dani, die inzwischen neben ihm saß, beugte sich zu ihm vor. »Wie lange sind Sie schon beim Club?«

»Elf Jahr. Ich war noch in der Landesliga mit dabei.«

»Das heißt, Sie haben den ganzen Wiederaufstieg miterlebt?«

Er nickte. »Zuerst war des alles super. Lauter Burschen, die voll motiviert waren. Damals mit dem Mayer, der uns trainiert hat. A Zauberer. Wir haben glaubt, wir reißen der Welt an Haxn aus.«

»Und was ist dann passiert?« Katz musste sich eingestehen, dass ihn das nicht nur als Polizist, sondern auch als Fan interessierte.

»Dann hamma a Chance gesehen. Und die anderen san auf uns aufmerksam geworden. Und des war der Anfang vom End. Ich geh jetzt nicht ins Detail, sonst müsst ich ja gestehen, dass ich was gwusst hab.« Blick zu Katz.

Er nickte. »Erzählen Sie einfach einmal so allgemein. Vielleicht mit ein paar Vermutungen gespickt.«

Kranzl rupfte ein paar Grashalme aus und zerlegte sie in Schnipsel. »Können Sie sich noch an den Bundesligaskandal erinnern? Also den in Deutschland?«

Katz wollte ihm sagen, dass er den Zusatz nicht gebraucht hätte. Jeder Fußballmensch wusste, worum es da ging. Doch Dani musterte sie beide mit gerunzelter Stirn. Also erklärte er: »Das war Anfang der Siebziger. Ein paar Jahre davor ist der deutsche Fußball professionell geworden, sprich, sie haben auf allen Ebenen Profis zugelassen, als einer der letzten Verbände in Europa. Und dann kam in der Saison zweiundsiebzigdreiundsiebzig durch die Selbstanzeige von einem Sponsor heraus, dass Bielefeld sich den Nichtabstieg in die zweite Liga durch Korruption erkauft hatte. Die letzten zehn Spiele der Saison waren alle getürkt. Schalke, Hertha und ein paar andere aus dem gesicherten Mittelfeld haben sich bestechen lassen. Nicht das erste Mal in der Fußballgeschichte. Aber es war ein ziemlich großer Skandal – klar, bei einem so großen und wichtigen Land wie Deutschland – und de facto der Verlust der Jungfräulichkeit.«

Kranzl schmiss die Reste des Grases in die Luft. »Trifft's ziemlich genau. Der DFB* und die anderen nationalen Fußballverbände, aber auch die UEFA und die FIFA haben natürlich Sicherheitsdecken gegen Korruption eingezogen, aber seitdem weiß man, was möglich ist. Viele Jahre hat man das alles verdrängt, aber in letzter Zeit kommen illegale Wetten ja wieder in die Öffentlichkeit.«

»Gut so, würde ich sagen«, warf Dani ein.

Sie hatte recht, doch es berührte nicht den wunden Punkt. »Ja, aber nur, weil sich ein paar zu blöd angestellt haben. Es zu offensichtlich war. Das Gros der Schiebereien bekommen wir alle gar nicht mit.« Und während Katz sich das sagen hörte, wurde er unsagbar traurig. Als Fan hatte er diese Tatsache bislang einfach ausgeblendet. Selbstschutz.

Kranzl wandte sich Dani zu und lachte. »Sie verstehen nichts von Fußball, gell?«

---

* DFB: Deutscher Fußball Bund, Sitz in Frankfurt/M., Präsident Wolfgang Niersbach; UEFA: Union des Associations Européennes de Football , also europäischer Fußballverband, Sitz in Nyon (CH), Präsident Michel Platini; FIFA: Fédération Internationale de Football Association, also internationaler Fußballverband, Sitz in Zürich (CH), Präsident Sepp Blatter.

»Schon. Ich hab als Kind gespielt.«

Das hatte Katz gar nicht gewusst. Nun gut, Dani und er kannten einander ja auch erst seit einem guten halben Jahr.

»Okay, dann können Sie sich sicher vorstellen, wie leicht es ist, als Verteidiger um zehn Zentimeter daneben zu fahren«, fuhr Kranzl fort. »Oder als Torwart den Bruchteil einer Sekunde zu spät wegzuspringen.« Er streckte wieder die Beine aus und verschränkte die Hände hinter den Kopf. »Aber Torwetten sind ja nicht das Einzige. Inzwischen wird auf die erste Gelbe Karte, auf den ersten Einwurf, auf den ersten Corner und viele andere Dinge gesetzt. Und wenn wir einmal die Wetten außer Acht lassn, gibt's da noch die Manager, die ihre Schützlinge gekonnt in der Auslage sehen wollen. Steht ein Transfer an, fließt Geld.«

Katz schaute Dani an, sie ihn. Susanne Podlinskys Rede.

»Und«, Kranzl zeigte auf, »wenn ein Transfer über die Bühne geht, erst recht.«

Katz ging vor ihm in die Hocke. »Sie meinen, jenseits von den kolportierten Wahnsinnsgagen? Inwiefern?«

»Na, da schneiden alle mit. Der Manager sowieso, eh klar, is sein Job. Aber gutes Geld kriegt oft auch die Käuferseite, also der Sportdirektor oder der Verbandspräsident oder …«

»Moment, Moment, die Käuferseite?« Das ordnete sich nicht in sein Hirn ein.

»Korruption?«, mutmaßte Dani.

»Ja, schon, aber …« Katz konnte das Szenario einfach nicht visualisieren.

Kranzl beugte sich zu ihm. »Nehmen wir an, da ist ein Club am aufsteigenden Ast, da will man als Manager natürlich sein gutes Pferd unterbringen, schon allein wegen dem Renommee und dem dadurch steigenden Wiederverkaufswert, aber auch wegen der zu erwartenden Prämien, wenn der Club ins internationale Geschäft aufsteigt und so halt. Aber das denkt sich der andere Manager auch. Na, dann bieten sie dir als Club Geld an, damit du den jeweiligen Schützling nimmst. Keine Einzelfälle.«

Katz spürte, dass seine Beine eingeschlafen waren. Mit einem Ruck platzierte er sich neben dem Masseur. »Glaub ich nicht. Mag ich nicht glauben.«

Kranzl lachte. »Das wiederum glaub ich Ihnen. Und ganz perfide wird's, wenn du aus dem eigenen Stall, also der eigenen Akademie einen guten Nachwuchsspieler hast, der auch gut in die Kampfmannschaft passen würde, du das Angebot von diesem Manager hast, der dir dann auch noch gleich in Aussicht stellt, den Youngster unter seine Fittiche zu nehmen und ihn woandershin zu verscherbeln. Win-win für alle, denn die Ausbildner, also die Clubs, schneiden bei jedem weiteren Transfer mit.«

»Das klingt nach Menschenhandel«, fasste seine Dani trocken zusammen.

Und da war es schon wieder, das Wort, nur dass es jetzt nicht aus dem Mund einer verbitterten Tochter kam, sondern aus jenem seiner pragmatischen Kollegin. Und Katz war dankbar, dass Dani es ausgesprochen hatte, ihm wollte das Wort noch immer nicht über die Lippen.

»Das sagen Sie«, brummte Kranzl. »Die Manager würden sagen, dass das alles ein ganz normaler wirtschaftlicher Vorgang im Kapitalismus ist. Ist es ja auch. Ich muss meine Geschäfte so machen, dass ich den größten Gewinn dabei hab. Warum sollt's im Fußball sozialer als woanders zugehen?«

»Und Kollaritsch war so ein … Gewinnorientierter?«, fragte Dani nach.

»Ja sicher. Und der Hüttl is auch so. Aber eigentlich ist das, wie gesagt, nichts Außergewöhnliches, und deswegen frage ich mich, warum der Kollaritsch jetzt tot ist. Weil die betrügen sich untereinander nicht, wär ja blöd, weil dann haben sie den Ruf ruiniert. Also wieso sollt da irgendwer auf irgendwen sauer sein? Na, na, na.« Er schüttelte den Kopf.

»Ich muss Sie das trotzdem fragen«, insistierte sie, abgeschwächt durch ein schmales Lächeln. »Wissen Sie konkrete Fälle von Unrechtmäßigkeiten?«

Er sah sie lange an, so lange, dass Katz sich bereits fragte, ob der Mann geistig überhaupt noch unter ihnen weilte.

Schließlich atmete er tief durch. »Ich hab in letzter Zeit wirklich unglaubliche Probleme mit meinem Gedächtnis, ich hoff ja net, dass es scho Alzheimer is. Müss ma schauen, ob mir bei Gelegenheit was einfallt.«

Was hieß: *Zieht mich da bitte nicht rein.* Aber der Mann hatte sie nicht quer durch das Stadion geschleppt, um sie mit ominösen Andeutungen, die er nicht bestätigen wollte und noch dazu nicht für wichtig hielt, zu nerven. Da war noch etwas anderes. Katz setzte sich so, dass er Kranzl ins Gesicht schauen konnte, und holte Luft.

Doch Dani war schneller: »Okay, bleiben wir bei den Gerüchten. Haben Sie jemals davon gehört, dass Kollaritsch in Kamerun eine Fußballakademie bauen wollte?«

»Der Kollaritsch? Eine Schule?« Schnaufer. »Na, na, na.« Dann zog er den Mund zu einem Schnoferl. »Wobei, irgendwie passen täte es schon zu ihm. War ein eitler Knopf, der Kollaritsch. Und wenn die Schule nach ihm benannt wird …« Er kratzte sich am Hals. »Aber dass er dafür sein … Erspartes nimmt, kann ich mir wiederum auch nicht vorstellen.« Er sah Katz an. »Und dass die Gschicht mit dem Mord was zum Tun hat, falls sie überhaupt stimmt, kann ich mir erst recht nicht vorstellen. Wenn er so was tun will, dann soll er halt. Tut ja niemandem weh. Net wirklich. Da wird man schon eine Regelung finden, dass die Manager vor Ort in Afrika nicht um ihr Gerstl umfallen. Und dass der AC mitschneiden kann.«

Kranzl ging wohl davon aus, dass sie bereits über die Geschäfte mit dem afrikanischen Nachwuchs Bescheid wussten – stimmte nur zum Teil, da gab es sicherlich noch viele interessante Details zu recherchieren, doch das war ein anderes Thema. Katz wollte jetzt endlich wissen, warum dieser Mann sie abgeschleppt hatte. »Okay, was glauben Sie, das hinter dem allen steckt?«

Der Masseur stand nun auf, zog sich die Hose hoch und wurstelte umständlich sein Poloshirt in den Bund. Dabei betrachtete er das Stadion. Schließlich zeigte er auf die Osttribüne. »Da gibt's so einen Wahnsinnigen unter den Fans. Der kämpft für die Reinheit des Sports.«

Dani stellte sich zu ihm. »Bei den Ultras vom AC?«

»Wissen wir nicht. Die sagen Nein. Und er sitzt auch nicht bei ihnen auf der Nordtribüne, sondern auf der Ost, manchmal auch auf der West. Einfach unter dem normalen Publikum. Nicht zum Erkennen.«

Katz wuchtete sich in die Höhe und gesellte sich ebenfalls zu den beiden. »Woher wissen Sie das?«

Kranzl seufzte. »Wegen der Perspektive.«

»Aha?« Dani schien genauso verwirrt wie Katz selbst, denn sie runzelte die Stirn.

»Ja, wenn er glaubt, dass sich einer der Spieler oder der Schiri unkorrekt verhalten hat, dann demoliert er a bissel das Auto oder schüttet Dreck vor die Wohnungstür oder so an Mist halt. Dazu legt er eine Art Anklageschrift und a Foto von der Situation, wo des passiert ist. Und so, wie die Fotos ausschauen, müssen die a Standbild aus einem Film sein.«

Katz stellte sich vor ihm hin und sah ihm tief in die Augen. »Scherz, oder?«

»Schau i so aus?«

»Ich hab aber noch nie was davon gehört. So was geht doch sofort in die Medien. Spätestens, wenn bei uns die Anzeige einlangt.«

»Eben, Anzeige. Gibt's keine. Der Vorstand hat beschlossen, das intern zu regeln. Maulkorb für alle. Ist ja auch erst vier Mal vorgekommen. Zwei Mal beim Kralik« – Katz liebte den offensiven Mittelfeldspieler – »einmal bei einem Schiri, der in Wien übernachtet hat und dem sie ins Hotelzimmer hinige Fleischkonserven reingeschmissen haben …«

»Boah«, wandte sich Dani ab.

»Und einmal beim Oberbauer, soll absichtlich an Ball in sei Kistn einelassn haben.«

»Ja aber warum machen Sie keine Anzeige?«

»Was hab ich Ihnen vorhin erzählt?«

»Das heißt, dieser Typ hat jedes Mal recht.«

»Des hab i net gsagt. Aber die Polizei würde wühlen, und dann käme man vielleicht auf die anderen undurchsichtigen Dinge drauf.« Er ging auf den Platz hinaus und ließ seinen Blick einmal im Kreis schweifen. »Aber mir reicht's jetzt. Mord is a anders Kaliber. Da schweige ich nicht mehr.«

Dani hatte ihre Tablet aus der Tasche geholt. »Und nennt sich der Typ irgendwie?«

»Ja, er unterschreibt mit der Blatterer.«

»Äh – wie der FIFA-Chef?«

»Genau. Also fast. Und mich erinnert des außerdem an Feuchtblattern. Tät irgendwie passen. Streifst an einem

Kranken an, steckst dich an.« Er richtete sich erneut die Hose.

Katz tat es ihm unwillkürlich gleich, obwohl es da nichts zu richten gab. Das lag wahrscheinlich daran, dass er sich ganz im Banne dieses Mannes fühlte, der so abgeklärt und zugleich so leidenschaftlich sprach. Und seine Interpretation des Namens war nicht einmal so unkreativ, könnte der Wahrheit nahekommen. »Und es gibt überhaupt keine Vermutungen, wer das sein könnte?«

»Nein, keiner von denen, die schon einmal aufgefallen sind. Die haben wir immer alle überprüft, wenn was passiert ist. Und weil der ja auf der Ost oder West sitzt, aber wie a Ultra wirkt, so verbissen, wie der is, haben wir auch schon checkt, ob irgendwer das Abo von der Nord zurückgegeben hat, denn das würd auffallen.«

»So ein Abo«, fühlte sich Katz bemüßigt, die Sachlage Dani etwas verständlicher zu machen, »bekommt man ungefähr genauso leicht wie eine Audienz beim Papst oder eine Karte fürs Neujahrskonzert*. Da muss zuerst ein anderer sterben.«

Kranzl lachte wieder dröhnend. »Richtig. Aber da waren auch keine ungewöhnlichen Bewegungen.«

»Und die Kameras im Stadion?«, fragte Dani.

»Für Ost und West viel zu grobmaschig. Lückenlose Beobachtung haben wir nur auf der Nord und der Süd, also in den Fanblocks.«

»Sie wissen aber schon, dass wir dem jetzt nachgehen müssen? Dass wir das Material benötigen und dadurch klar wird, dass Sie geplaudert haben?« Sie sah ihn intensiv an.

»Ja, passt schon. Notfalls muss i mir einen neuen Job suchn.«

---

* Gemeint ist das berühmte Neujahrskonzert im Wiener Musikverein mit den Wiener Philharmonikern.

Dani wischte und tippte auf dem Tablet herum. »Ich geb Rössler Bescheid, damit er alles in die Wege leitet und der Vorstand keine Probleme machen kann. Und Kevin, damit er sich Hilfe fürs Durchforsten organisiert.« Sie versank in der Digi-Welt.

Katz ging mit Kranzl zurück zur Mannschaftsbank. »Und zu Wolfram Egger fällt Ihnen auch was ein?«

Kopfschütteln. »Der war ein Einzelgänger. Die Sachen von di Spieler immer picobello, da kann man gar nix sagn, aber sonst? Is bei di Feiern immer bei seinem Mineral gsessn und hat nix gredt. Zu Mittag in der Kantin genauso.« Er seufzte. »Schad um ihn. Der war ja amal a ganz guter Kicker, also ganz früher.«

»Ich weiß.«

»Dann wissen Sie auch, dass es ihn damals gstreut hat. Zockt hat er. Hat des net derblasn, dass er plötzlich reich war und berühmt. Wahrscheinlich war's bei ihm deswegen so schlimm, weil er aus an ganz miesn Elternhaus kommen is. Allerdings habn die meisten Buam am Anfang Probleme mit dem ganzen Rummel. Und es is egal, ob du aus an armen oder an reichen Elternhaus kommst, wobei's die Goldlöffelkinder eher selten zum Fußball verschlagt. Egal. Aber wennst a Basis mitkriegt hast von deine Eltern, dann derfangst di auch wieder. Weil sie werden dann ja auch net ganz allane glassn. Zumindest heutzutag nimma. Aber der Egger … des muass a bissel so gwesen sein wie beim Michael Jackson. Nur ohne Geld. Ka Kindheit, und wie ihm endlich kana mehr dreinreden hat können, hat er alles nachgholt.«

»Woher wissen Sie das alles, wenn Sie ihn nicht gekannt haben?«

»Die Helga, sei Frau, hat mir des amal erzählt. Wie er entlassen worden is. Da hat sie sich a bissel ausweinen wollen bei a paar Gspritzn.« Er zuckte mit den Schultern, als müsse er sich für seine zufällige Funktion als Beichtvater entschuldigen.

»Aber warum er entlassen worden ist, hat sie Ihnen nicht gesagt?«

Er rollte mit den Augen. »Großes Geheimnis! Sag i jetzt. Weil offiziell immer nur di Red davon war, dass er sei Arbeit vernachlässigt hat. Aber des hab i mir net vorstelln können, weil er ja immer so ordentlich und zuverlässig war. Das Einzige …«

»Ja?«

»Vielleicht hat er's wirklich vernachlässigt, die Arbeit, weil er hat si in letzter Zeit sehr um di Nachwuchskader kümmert. Hat a bissel auf die Buam gschaut, damit si net auf blöde Gedanken kommen so wie er damals. Is aber, wie gsagt, nur a nebulöse Vermutung.«

»Und deswegen entlässt man jemanden?«, mischte sich Dani ein, die offenbar den letzten Wortwechsel mitbekommen hatte. »Ist ja gut, wenn sich jemand um andere kümmert.«

»Ja, in an Räderwerk muss halt jedes Radl auf seinem Platz bleiben.«

14

Als der nun beinahe schon große Junge namens Talib das erste Mal die große Stadt sah, war ihm, als würde seine Brust zerspringen. Wie ein mächtiger Sturm hob sie ihn hoch und wirbelte ihn und seine Gedanken in alle Himmelsrichtungen. Er sah so viele Menschen, dass er sich unwillkürlich fragte, ob die ganze Welt an diesem einen Tag der Stadt einen Besuch abstattete. Er sah Autos, die wie jene im Fernsehen aussahen und noch viel schöner. Er sah Frauen in kurzen Röcken, Männer in Anzügen, wie sie die Schauspieler in Filmen trugen. Ja, alle Bilder aus Zahrans Kasten schienen lebendig geworden zu sein. Doch was Talib am meisten beeindruckte, war der Lärm. Überall knatterte, redete, hupte, quietschte und schrie es. Und was ihm am meisten Sorge bereitete, war das unendliche Meer der Häuser, die keinen Raum für einen Fußballplatz oder gar ein Stadion ließen. Doch er musste den Club finden. Er musste diesen Männern sagen, dass er nun da war. Also drückte er sich an Isaam und fragte ihn nach den Stätten. »Dafür haben wir keine Zeit«, sagte der. »Der Onkel hat Zeit für Kino, also haben wir Zeit für das Stadion«, entgegnete Talib trotzig. »Was willst du dort? Heute ist kein Match. Und wenn, hätten wir keine Karten.« – »Ich will …« Talib senkte den Blick. Da verstand Isaam. Und so setzte er sich mit ihm, als der Onkel das Kino besuchte, in den Wagen und fuhr durch die Stadt. Sie fuhren so lange, dass sich der große Junge, der sich mit einem Male wieder sehr klein vorkam, fragte, wie man sich jemals in diesem wirren, endlosen Wuchs von Brettern und Metallplatten und Steinwänden zurechtfinden sollte. Angst erfüllte ihn. Die Welt, auf die er so neugierig gewesen, war übermächtig und fremd. Es war ihm, als wären Isaam und er allein in der anderen Welt der Geister. Und all diese Wesen hatten gar kein Interesse an ihnen, sie hörten sein Flehen um ein Zeichen der Freundlichkeit nicht. Denn welchen Grund gab es sonst, dass sie ihm seinen innigsten Wunsch, das Stadion zu sehen, verweigerten? Er war in ihr Gebiet eingedrungen, und sie wollten nichts anderes, als dass er wieder in seine Welt, in sein Dorf zurückkehrte. Doch plötzlich wuchs aus dem Boden eine riesige Burg. Sie war rund und hatte ein Wappen über dem Tor, das ihm sagte, dass die Geister sein Flehen erhört hatten, denn da stand ›Stadion‹ geschrieben. Sie nahmen ihn an der Hand und zogen ihn zum Tor, bei dem ein alter Mann die Straße kehrte. Der lachte ihn an und fragte: »Du willst auch hier spielen, kleiner Mann, habe ich recht?« Talib nickte und wusste, dass ihn die Ahnen nur auf die Probe gestellt hatten. Aber er hatte Standfestigkeit bewiesen und war nicht ins Dorf geflüchtet, nun war er am Ziel. Und so geschah es, dass Talib an dem lachenden Wächter vorbei ins Innere des Heiligtums vordrang. Er betrat eine weite Ebene, in der sein Dorfplatz unendlich viele Male Platz fand. Und die Ebene war nicht staubig, es lagen keine Steine auf ihr, nein, die Ebene war grün. So grün wie die Berge und Täler im Weißfladenland. Isaam trat neben ihn und sprach: »Wir haben Glück. So schön ist es hier nur kurz nach der Regenzeit. Aber immerhin haben sie Gras, wir nicht.« Talib sagte: »Wir müssen hier spielen.« Isaam lachte und sagte: »Die Meister werden nicht gegen ein paar Dorfjungen spielen. Hör auf zu träumen.« Talib entgegnete: »Nein, Isaam. Wir beide müssen bei den Lions d'or spielen.« Da packte ihn Isaam an den Schultern und rüttelte ihn. »Verärgere nicht die Ahnen mit deiner Maßlosigkeit. Solche Jungen wie wir haben hier nichts verloren!« – »Aber warum nicht, werter Isaam?« – »Weil unser Platz im Dorf ist. Und das hier ist die Stadt. Wir sind hier nur zu Besuch.« – »Aber warum, werter Isaam? Warum dürfen wir nicht Teil der Stadt sein?« Isaam stieß Talib von sich. »Weil das die Ahnen so beschlossen haben. Bitte Gott um ein gutes Leben als Kaufmann. Dann kannst du dir hier die Spiele ansehen.« Er drehte sich einmal im Kreis und betrachtete die hohen Mauern, auf denen so viele Stühle wie Sandkörner befestigt waren. Talib sah sie durch Isaams Augen. Und er versuchte sich vorzustellen, in einem dieser Stühle zu sitzen und zu jubeln. Es gelang ihm nicht. Isaam riss einen Grashalm ab, bekreuzigte sich, hob die Arme zu den Ahnen und ging durch das Tor hinaus. Talib stellte sich in die Mitte auf den kleinen, weißen Punkt, der klar machte, wo der Anstoß vorgenommen werden musste. Er ging die Linie entlang, die das Gebiet der beiden Mannschaften trennte, bis zur weißen Begrenzung am Rand. Hier wusste jeder immer ganz genau, wann der Ball nicht mehr im Spiel war. Und Talib nahm sich ganz fest vor, auf dem Dorfplatz auch solche Linien einzufügen. Doch so sehr er sich diese Arbeit vorstellte, es gelang ihm nicht, sich selbst diese ausführen zu sehen. Viel mehr sah er sich genau an jenem Punkt, an dem er stand, einen Ball einwerfen. *Weil es die Ahnen so beschlossen haben.* Talib rannen Tränen übers Gesicht.

15 // KATZ KANN SICH NICHT BEHERRSCHEN

Unversehens fand sich Katz auf der breiten Treppe des Haupteingangs wieder, ohne auch nur einen der heiligen Räume besichtigt zu haben. Okay, so wie sich die Lage entwickelte, war dies nicht ihr letzter Besuch beim AC Danube gewesen. Die Hoffnung lebte. Er zündete sich eine Zigarette an.

»Zwecks Verdauung?« Dani lächelte ihn an, doch ohne Schalk in den Augen. Da war vielmehr Mitleid zu sehen, wie bei einer Mutter, die weiß, dass sie dem nun weinenden und verschreckten Kind die böse Erfahrung nicht hatte ersparen können.

Ihre Assoziation überraschte und erinnerte Katz zugleich an den ersten Teil des Gesprächs. Womit die Emotion wieder hochkam und ihm klar wurde, dass seine liebe Kollegin es auf den Punkt gebracht hatte. Wenn er in sich hineinhorchte, entdeckte er zwischen Magen und Herz so einen unbestimmbaren Schmerz, als hätte ihn jemand geboxt. Ein irritierter Solar Plexus. Und wieder einmal stellte er fest, dass seltsamerweise nicht die Leichen das Schlimmste an seinem Job waren, an die gewöhnte man sich irgendwann, weil man mit fortschreitendem Alter verinnerlichte, dass es der natürliche Gang der Dinge war, das Sterben. Und ob man nun durch einen Autounfall oder durch einen Schuss in den Kopf das Zeitliche segnete, war für den Betroffenen selbst im Grunde ohne Relevanz. Bei den zu Tode Gequälten drehte es ihm noch mit aller Regelmäßigkeit den Magen um, ja, doch auch das verkraftete er im Zuge der Ermittlungen. Denn eigentlich machte ihm immer viel mehr das zu schaffen, was an den Folterungen Schuld hatte: der Background. Wie krank manche Menschen zu denken fähig waren. Er verstand es nach all den Jahrzehnten noch immer nicht. Okay, er schaffte es natürlich, seine Gefühle auszublenden und dem Dunkel in seiner ihm eigenen Logik zu folgen, wie solch ein Täter zu ticken, aber er verstand es nicht. Und da beschlich ihn manchmal der Zweifel, ob er wirklich all das wissen wollte, was er so an Abscheulichkeiten erfuhr. Wie die letzten zwei Tage … Es war ihm klar, dass er diese seine Gedanken niemals laut aussprechen durfte, weil nun einmal die Welt eines Lustmörders unvergleichlich grauslicher als der aktuelle Sumpf war, doch das ganze Gerede von Korruption und Betrug tat ihm wirklich, wirklich weh.

Er sah sich um. Der Parkplatz, auf dem zwei Securitys patrouillierten, um das *Mediengeschmeiß* fernzuhalten, wie es Arnulf Pregl bei der Begrüßung formuliert hatte, dahinter das Trainingsfeld, auf dem sich junge Burschen, wahrscheinlich das U17-Team, tummelten, gegenüber das Mini-Hotel für die Gastmannschaften, falls sie gelegentlich hier übernachteten, hinter ihm die hohe Fassade des Stadions … das Gelände sah noch genauso aus wie vordem, und doch erschien es ihm düsterer – was wahrscheinlich an der späten Nachmittagsstunde lag. Verdammt, er musste sich wieder in den Griff bekommen.

Katz setzte sich auf die Stufen. »Ich hoffe, dass ich irgendwann, in ein paar Jahrzehnten, ein Fußballspiel wieder ganz naiv anschauen kann.«

Dani platzierte sich neben ihm, holte einen Zahnstocher heraus und kaute ihn. »Schneller. Es wird schneller gehen. Wir verdrängen gern.«

»Ja, Selbstbetrug ist immer noch der effektivste.« Und das erste Mal in seinem Leben hoffte er ehrlich auf den wohltuenden Schleier des Vergessens.

»Apropos Betrug ...« Dani ließ ihren Zeigefinger kurz auf ein Uhr schnalzen, ohne sich sonst zu bewegen.

Also sah er unauffällig in die angegebene Richtung. »Ein MX-5. Und?« Er hatte nicht geahnt, dass Dani auf sportliche Coupés stand, wobei der Roadster von Mazda, noch dazu in diesem traumhaften Dunkelrot, von gutem Geschmack zeugte. Allerdings war der Fahrer des Gefährts nicht würdig, denn er fuhrwerkte ziemlich eckig auf dem firmeninternen Parkplatz herum.

»Hast ihn nicht erkannt?«

Er musste verneinen, denn da war nur ein Schemen – wodurch er wieder einmal im tatsächlichen Sinn des Wortes vor Augen geführt bekam, dass er nun endgültig eine Brille für die Ferne benötigte.

»Gesteuert von einem gewissen Josef Hüttl, auf dessen Markierung sich anscheinend jemand gestellt hat. Und jetzt sucht er selber den nächstgelegenen nicht reservierten Platz.«

Katz wurde heiß. Ein Geschenk des Schicksals, so schnell einer der Arschgeigen habhaft zu werden. Er zermalmte mit dem Fuß die Zigarette.

»Chef?«

»Hm?«

»Wenn es dir nichts ausmacht, werde ich das Gespräch führen. Ich glaube, das ist für alle Beteiligten gesünder.« Sie grinste. »Wenn wir überhaupt noch eine Chance auf ihn haben.« Sie nickte Richtung Einfahrtstor.

Da zischte gerade ein Kleinwagen des Staatssenders herein, gefolgt von jenem eines Privatsenders. Sofort sprinteten die Securitys zu den Eindringlingen. Von der Beifahrerseite des Privatsenderautos sprang eine Kamerafrau heraus und lief Richtung Hüttl. Ihr auf dem Fuß folgte ein Redakteur. Die Securitys stellten sich ihnen in den Weg, es kam zu einem Wortgefecht, Worthülsen wie »das Recht der Allgemeinheit« und »Privatgrundstück« drangen zu Katz und Mayer. Ein Security nahm die Kamerafrau am Arm, worauf die eine heftige Abwehrbewegung machte und dem Sicherheitsmann – ob mit Absicht oder ohne war nicht zu erkennen – mit dem Ellenbogen ins Gesicht schlug. Leichtes Handgemenge.

Quasi in Deckung dieser Szene huschte das Zweierteam des Staatssenders zu Hüttls Mazda, aus dem sich der Danube-Präsident gerade herausschälte. Die menschenunwürdige Haltung, die er dabei einnahm, bestätigte Katz wieder einmal in seiner Überzeugung, dass Sportwagen bei Fahrern ab einem gewissen Alter nur mehr lächerlich wirkten. In einer halb gebückten Stellung wurde Hüttl das Mikrofon unter die Nase gehalten. Er rief nach den Securitys, die aber in ein mittlerweile intensives Handgemenge mit den Leuten vom Privatsender verwickelt waren.

»Wie Löwen auf der Jagd«, kommentierte Dani. »Zuerst Arbeitsteilung, dann Beuteteilung.«

»Ja, die scheinen sich abgesprochen zu haben.«

»Sollen wir lieb sein?«

»Immer, wenn dadurch der Feind in unserer Schuld steht.« Er wuchtete sich hoch und ging gemäßigten Schrittes zum belagerten Hüttl.

Während er den Staatssenderleuten seine Marke zeigte und irgendwas von Recht auf Privatsphäre brabbelte, sah er aus dem Augenwinkel, dass Dani den prügelnden Haufen auseinander stamperte. Das Fernsehteam schaute zu seinen Kollegen herüber, die nickten zurück. Ja, sie hatten ihre Bilder, ein tiefschürfendes Interview war offensichtlich nicht notwendig. Alle vier Medienleute sprangen in die Autos zurück, im nächsten Moment war der Spuk vorbei. Die Security-Leute telefonierten hektisch nach Verstärkung.

Hüttl lehnte sich an den Roadster und wischte sich mit einem Papiertaschentuch das schweißnasse Gesicht ab. Auf seinen Bartstoppeln blieben Flusen hängen. »Danke.«

»Aber gern doch«, hörte sich Katz süßeln. »Wir wollten ohnehin mit Ihnen reden.«

»Ich hab Sie schon erwartet. Blöde Gschicht. Sehr blöde Gschicht. Über kurz oder lang werden sie rauskriegen, dass auch der Wolfram … blöde Gschicht. Dann geht die Belagerung erst richtig … Ja, wirklich sehr blöde Gschicht. Da werden wir dann überhaupt keine Ruhe mehr haben.« Er stieß sich ab und drückte die Fernbedienung am Zündschlüssel. Das Auto klackte zu.

»Und fällt Ihnen auch noch was anderes zu dem Thema ein?« *Du verlogene Arschgeige*, hätte Katz am liebsten hinzugefügt, aber er war ein braver Polizist, ein ganz ein braver.

»Wieso so bissig, Herr Chefinspektor?« Hüttl lächelte mit erhobener Augenbraue, doch er zog auch seine Zigaretten aus der Manteltasche, also war die Souveränität nur Getue.

»Wir haben einfach schon einen langen Tag«, mischte sich nun Dani ein. »Nehmen Sie bitte meinem Kollegen den Ton nicht krumm.«

Was machte sie da jetzt einen Bückling vor diesem …? Okay, okay, er war *kein* Fan. Er war ein altgedienter, entspannter Kieberer. Selbsthypnose wäre jetzt nicht schlecht.

»Ja, 'tschuldigung«, überwand er sich schließlich. »Also, Herr Hüttl, was fällt Ihnen zum Thema Manfred Kollaritsch ein?«

Der Vereinspräsident steckte die Tschick wieder ein und wandte sich seiner Burg zu. »Müssen wir da in der Kälte …?«

»Wir haben heute schon genug Kaffee getrunken.« Katz registrierte, dass er sich schon wieder wie eine alte Bissgurn* anhörte.

Und prompt sagte Dani: »Er meint, es wird nicht lang dauern. Also, Herr Präsident, wir brauchen Ihre Hilfe. Manfred Kollaritsch. Was könnte er gemacht haben, dass ihn jemand beseitigen wollte?«

»Keine Ahnung, liebe Frau Mayer. Keine Ahnung.« Er kam langsam zurück und stellte den Mantelkragen auf. Die feuchte Luft hatte sich in den letzten Minuten zu einem sanften Nieselregen verwandelt. »Er war manchmal hart, ja, das schon, aber das musste er auch sein als Sportdirektor. Und das auch immer nur im Sinne des Vereins.«

Ja, ein echter Engel eben. Katz zündete sich eine Zigarette an, um nicht unbedacht loszukeifen. Es war vielleicht wirklich besser, Dani die Einvernahme durchführen zu lassen.

Sie schien seinen Gedanken gehört zu haben, denn sie sagte: »Wir untersuchen gerade seinen Computer, denn wir haben zwei ernst zu nehmende Hinweise bekommen, dass Kollaritsch Schwarzgeld auf die Seite geschafft hat. Was …«

»Schwarzgeld? Kollaritsch? Also wirklich.« Er deutete mit dem behandschuhten Zeigefinger auf Dani. »Das sind wahrscheinlich irgendwelche Neider, die das behaupten.«

»Aha.«

---

* zänkische Frau

»Ja, nur weil er sich ein schönes Haus leisten konnte. Er hat halt sorgsam gewirtschaftet.«

»Aha.«

Katz liebte Danis lapidare Ruhe. Er wandte sich ab, damit Hüttl nicht sein Grinsen sah.

»*Aha, aha.* Ja, so ist das. Vor allem in Österreich. Wenn man Neider hat, weiß man, dass man Erfolg hat.«

Dani tat so, als würde sie über diese superneue Weisheit nachdenken, indem sie den Blick über den Roadster schweifen ließ und in ein kleines Dauernicken fiel – was Hüttl seinerseits beobachtete. Seine Nervosität war beinahe zu riechen. Und wenn Dani nun auch noch den Joker Susanne Podlinsky einbrachte …

»Wenn man natürlich das ganze Geld für Fetzen und Handys ausgibt«, eiferte der Präsident weiter, »wie die jungen Leut' heutzutage, dann erreicht man nie was.«

»Ja, Sparsamkeit und Solidität sind die Schlüssel zum Erfolg, da haben Sie vollkommen recht, Herr Hüttl. Haben Sie deswegen Kollaritsch angeboten, für ihn sein Schwarzgeld zu verstecken, weil ihm eine ziemlich unangenehme Steuerprüfung droht, wie Sie von Helga Egger erfahren und ihm gleich freundschaftlich mitgeteilt haben?«

Hüttl klappte der Mund auf. Er benötigte gute fünf Sekunden, um sich wieder in den Griff zu bekommen. »Was soll denn der Blödsinn? Da hat Ihnen irgendwer einen Bären aufgebunden. Ich hätte Manfred nie angeboten, für ihn seine Notreserve zu bunkern. Schon gar nicht vor Zeugen.«

»Sie dachten ja auch, es gäbe keine Zeugen. Tja, so kann man sich irren.«

Seine Hand zuckte zur Manteltasche mit den Zigaretten, fand aber den Weg zurück zum Bauch, wo sie sich mit der anderen Hand verschränkte. »Da war kein Zeuge.« Pause. »Weil da kein Gespräch in dieser Art war. Sie wollen mich in was reintheatern, mit dem ich nichts zu tun habe. Habe ich das verdient? Ich habe mich bis jetzt doch äußerst kooperativ gezeigt.«

»Diese Formulierung verwenden vornehmlich Verbrecher, die als Kronzeugen Strafmilderung wollen«, brummte Katz.

»Sie gehen mir auf die Nerven, Herr Chefinspektor!«

Er fuhr herum. »Sie mir auch!« Er starrte Hüttl in die Augen.

Der starrte zurück. »Darf ich fragen warum?«

»Weil Sie lügen.«

»Das behaupten Sie!«

»Ich weiß es. Sie wussten von Kollaritsch' Schwarzgeld, daher wussten Sie auch von seinen dreckigen Geschäften bei den Transfers. Von Spielmanipulationen. Sie haben selber mitgeschnitten …«

»Wenn Sie noch ein Wort sagen, verklage ich Sie. Und Ihre Kollegin ist Zeugin für Ihre Unverschämtheit.«

»Zeugin für Ihre Uneinsichtigkeit. Das ist sicher nicht strafmildernd.«

»Ruuuhe!!!«

Sie fuhren auseinander. Katz schaute zu Dani, wollte sie schon um Bestätigung bitten – und sah dann die Blitze in ihren grünen Augen. Er kam sich wie ein gemaßregelter kleiner Bub vor. Und das zu Recht. Okay, mit Berücksichtigung aller Taxen konnte er sich noch auf die Rolle des Bad Cop herausreden. Und diese Lesart der peinlichen Szene musste er sofort auf Schiene bringen.

Er wandte sich an Hüttl, dessen Lippen zuckten, während sein Blick über den Asphalt der näheren und weiteren

Umgebung irrte. »Sie haben Glück, dass meine Kollegin ein sehr netter Mensch ist. Ich würde ja jetzt …«

Der Präsident schnellte zu ihm herum, die saftige Entgegnung bereits auf den Lippen, doch er zuckte zurück. Katz war zufrieden. Er hatte all seine Enttäuschung in einen hasserfüllten Blick gesteckt, und die Botschaft war angekommen. *Ich weiß, wo du wohnst.* Zum ersten Mal konnte er den Spruch erboster Fans gegenüber einem linken Schiri mit vollem Herzen nachempfinden.

Dani lächelte Hüttl an. »Wie gesagt, durchsuchen wir derzeit die Finanzen von Kollaritsch. Und wenn wir da etwas entdecken, was ich sicher annehme –, werden wir uns mit unseren Kollegen von der Wirtschaft zusammenschließen und den ganzen Verein auseinandernehmen. Denken Sie darüber nach, ob Sie auch etwas zu verheimlichen haben, lieber Herr Hüttl. Und falls ja, dann empfehle ich Ihnen, die Daten auf Ihrem PC nicht zu löschen, denn das verschärft das Strafmaß. Weiters sollten Sie ihn auch nicht verschrotten und sich einen neuen zulegen, das empfinden wir dann nämlich als böswillig. Und es nützt Ihnen nichts, denn irgendwo haben Sie sicher eine Spur hinterlassen. Und wenn das alles ein großer Irrtum sein sollte, entschuldige ich mich schon jetzt bei Ihnen.«

Das Nicken des Präsidenten kam ruckartig. Es wirkte widerwillig. Offensichtlich wusste er nicht, wie er auf Danis *Ratschlag* reagieren sollte.

»Und jetzt hätten wir noch gern Ihr Alibi. Dienstag auf Mittwoch zwischen neun und eins.«

»Ich habe mir Zenit gegen …«

»Galatasaray angeschaut«, fiel sie ihm ins Wort. »Alles klar. Im Arm von Frau Egger?«

Kopfschütteln. »Allein.«

»Interessant. Und ich dachte immer, Männer lieben es, sich in Gesellschaft Fußball anzuschauen.«

»Für mich ist es Arbeit und kein Vergnügen.«

Das war der erste ehrliche Satz, den Hüttl in den letzten Minuten abgesondert hatte. Fast, aber nur fast tat er Katz ein klein wenig leid. Nun gut, man konnte ja auch mit Freude seine Arbeit erledigen.

Der Präsident umschlang sich mit einem Arm, mit der anderen Hand fasste er die Kragenspitzen vor seinem Kinn zusammen. »Wenn es das jetzt …?«

»Eine Frage noch. Die mich als Fan interessiert.« Katz stellte zufrieden fest, dass er sich endlich wieder ganz ruhig und besonnen anhörte.

Hüttl kniff leicht die Augen zusammen.

»Was ist das mit der Fußballakademie in Kamerun für eine Sache?«

Hüttl atmete aus. »Oh, das ist so eine Spinnerei vom Mani, er will da einen ganz neuen Weg gehen, nämlich dass …« Er stoppte abrupt, sah sie beide an. Und er wusste, dass sie wussten. Dass er sich jetzt verplappert hatte. Noch nicht hundertprozentig, aber genug, um irgendwann die Orientierung in dem Gespinst von unüberlegten Sätzen zu verlieren. »Ja, ein neuer Weg.« Dieser Satz kam in Slow Motion. Katz hörte förmlich die Gehirnrädchen quietschen. »Den ich prinzipiell gut finde. Komplettes Angebot. Handwerksberufe und so. Damit die Buben was haben, wenn es mit der Fußballkarriere nichts wird. Aber das sind Träumereien. Der Club hat dafür momentan kein Geld.«

»Der Club?«, setzte Katz nach. »Ich dachte, das sei eine Privatgeschichte von Herrn Kollaritsch und Ihnen, denn der Herr Pregl wusste gar nichts davon.«

»Oh, er wird Sie falsch verstanden haben.«

»Wahrscheinlich.«

»Sicher.« Er hob die Hand zum Gruß und verschwand im Nebel des Nieselregens. Um im nächsten Moment wieder aufzutauchen. »Wobei mir gerade einfällt, dass wir noch gar nicht mit ihm darüber gesprochen haben. Weil es ja nur eine Träumerei war.« Damit diffundierte er endgültig im Grau.

Sie sahen der Ahnung eines Schattens nach. Dani hängte sich bei Katz ein und zog wie Hüttl den Kragen unter ihrem Kinn zusammen. »Jetzt läuft er heiß. Heute kann er sicher nicht schlafen. Morgen auch nicht. Und übermorgen knacken wir ihn mit Lauras und Podlinskys Aussagen.«

»Ja, er war schon als Linksaußen kein Steher.«

15

Und als Talib allein in der Weite des Stadions sein Schicksal beklagte, dass er ein Sohn ohne Vater war, dass er mit seiner Mutter, die die Dienerin seines Onkels war, von den Ahnen in ein Dorf gebracht worden war, aus dem es kein Entrinnen gab, ereignete es sich, dass ein großer Mann mit einer Narbe auf der Wange zu ihm trat. »Warum weinst du, du dummer Junge? Ein Mann weint nicht.« Talib bat Gott und die Ahnen, für ihn einen Spalt in der Erde aufzutun, damit er nicht länger diese Scham ertragen und die Augen dieses heldenhaften Kriegers (denn nur davon konnte die Narbe erzählen) beleidigen musste. Doch sie taten ihm diesen Gefallen nicht, er hatte sie zu sehr verärgert. Und so dachte er sich, dass es wohl vollkommen egal war, ob er sie noch mehr verärgerte, denn seine Strafe hatte er schon. Und so sprach er: »Verehrter Herr, ich möchte hier spielen.« Der Mann betrachtete ihn. »Du bist zu jung. Komm wieder, wenn du ein Mann bist.« – »Nein, Herr, ich muss lernen, hier bei euch! In meinem Dorf lerne ich nichts mehr. Und ich muss doch lernen, um beim großen Fest am Kap dabei sein zu können!« Der große Mann lachte schallend, dann versetzte er Talib eine Kopfnuss. »Du bist nicht der Einzige, der diese Rosinen im Kopf hat. Kehre zurück in dein Dorf, da gehörst du hin.« Talib ballte die Fäuste und sagte: »Ich gehöre nicht in dieses Dorf. Ich gehöre zu dir, Herr, an diesen Ort.« Der Narbenmann sah ihn lange an, schüttelte den Kopf und sagte: »Du hast schlechte Lehrer, denn du kennst keinen Gehorsam.« – »Dann lehre du ihn mich!« Der Mann drehte sich um und ging zum Tor. Das Schwarz verschluckte ihn und spuckte ihn im nächsten Moment wieder aus. »Wie heißt dein Dorf?« Da packte Talib die große Angst, dass dieser Mann seiner Mutter und seinem Onkel von seiner Ungeheuerlichkeit berichtete. Er wollte laufen und laufen und laufen, sich unter den großen Baobab flüchten. Wie eine gehetzte Antilope blickte er sich um, doch da waren überall Löwen, und alle hatten die Gestalt des Narbenmannes. Plötzlich erschien ein Lichtwesen, das seltsame Ähnlichkeit mit Isaam hatte, und sagte: »Komm, wir gehen nach Hause.« Zuversicht erfüllte ihn, dass dieses Lichtwesen mehr Macht als der Narbenmann hatte, und so ging er ihm entgegen, darauf bedacht, die böse Gestalt mit keinem einzigen Blick zu streifen, denn dann wäre der gute Bann gebrochen. Doch der Narbenmann gab den Kampf nicht auf, denn er fragte neuerlich: »Wie heißt dein Dorf?« Und zu seinem Entsetzen verriet Isaam ihm den Namen. Drei Tage und drei Nächte verbrachte Talib voll Angst, dass der Narbenmann aus dem Stadion in der Stadt das Dorf besuchte und sein ungeheures Verhalten vor der Gemeinschaft anprangerte. Dass Isaam sein Zeuge wäre. Doch es geschah viel mehr, dass sein Cousin am Ende des dritten Tages bei einem Abend vor dem Fernseher dem weisen Zahran und all den Freunden vom Fußball erzählte, dass es ihnen beiden gelungen war, in das Heiligste der *Lions d'or* vorzudringen und dass der *Leopard* sie beide nach dem Namen des Dorfes gefragt hatte. Und das tat der beste Tormann aller Zeiten nicht, weil ihm nichts Besseres einfiel, sondern er tat es, um sie beide zu besuchen! Um zu sehen, wie gut man im Dorf Fußball spielte. Die Kameraden raunten und schauten und bekreuzigten sich. Der weise Zahran lachte und sagte: »Er hat es nur getan, um den nächsten Naseweis aus unserem Dorf rechtzeitig verjagen zu können.« Die anderen protestierten. Allen war klar, dass sie von nun an noch mehr üben und lernen mussten. Denn eines Tages kam der große *Leopard.* Und er würde unter der Schirmakazie sitzen und den Abend loben, an dem Isaam und Talib die Burg gestürmt hatten. Denn von diesem Tag an wüsste er immer, wo er suchen musste, wenn er gute neue Spieler brauchte. Und so spielten sie und spielten sie. Talib erinnerte sich an die weißen Linien und bat Samir um Kreide. Seine Mutter um Mehl. Vergebens. Und so legte er Äste aus. Den Mittelpunkt belegte er mit flachen Steinen. Das Fieber packte auch Isaam. Er bat seinen Vater, im Internet in der Stadt nach den Regeln des Fußballs zu suchen. Der erfüllte seinen Wunsch. Samir übersetzte Zeile für Zeile in die Sprache des Dorfes. Und so saß Isaam mit Kito und studierte viele Seiten. Sie stellten sich vor die anderen Jungen hin und redeten und redeten. Der Einzige, der sofort alles verstand und nicht nachfragte, war das Erdferkel. Und so bestimmte Kito es zum Schiedsrichter. Als sie das erste Spiel nach den vielen Regeln, die die vielen Seiten ihnen aufbürdeten, spielten, gerieten sie so sehr in Streit, dass sie sich prügelten. Der weise Zahran trat zu ihnen und erklärte: »Ihr macht dasselbe wie zuvor, nur müsst ihr jetzt einem Mann gehorchen, der entscheidet, ob ihr richtig gehandelt habt oder nicht. Und wie im Leben kommt es darauf an, ob dieser Mann euer Fehlverhalten gesehen hat oder nicht, ob er euch straft oder nicht. Jetzt spielt ihr wie Männer Fußball.« Und Talib verstand. *Halte dich an die Regeln und finde Wege, um sie umgehen.* Und so wurde aus einem Beinstellen ein Foul. Und aus dem Dorfplatz ein Stadion.

16 // MAYER HAT DEN MESSERSCHARFEN BLICK

Nur mit Mühe erreichte sie mit den Händen die Zehenspitzen. So verspannt waren die Rückseiten ihrer Oberschenkel und ihre Pobacken. Die ungewohnte Bewegung des Laufens und dann den ganzen Tag die Sitzerei anstatt lockerer Bewegung – ja, da bahnte sich ein Muskelkater an. Voll peinlich. Wenn das in dem Job mit dem Stress so weiterging, war sie in absehbarer Zeit eine unbewegliche, fette Bitch. Nix mehr mit Verfolgungsjagden von bösen Menschen, mit einem Judogriff bei der Verhaftung eines Widerspenstigen. Well, well, dem musste sie entgegenarbeiten. Vielleicht sollte sie sich bei der WEGA bewerben, die Spezialtruppe hatte ständig Training. Und nur ab und zu Überstunden. Mayer sah auf die Wanduhr hinter Katz' Schreibtisch. Dreiviertel sieben.

Sie zog ihren Schreibtischsessel neben jenen von Katz, schnappte sich den dritten Kebab aus dem Sackerl und legte wie ihr Chef die Beine auf den Tisch. Dank der Alufolie war das Laberl noch warm. Sie biss hinein – die Joghurtsoße tropfte auf ihre Brust. Auf ihren dunkelgrünen Lieblingspullover, den man nur per Hand waschen durfte. »Shit! So eine verdammte Scheiße! Und Alex hat heute Bœuf Bourguignon gekocht.«

»Das kann man aufwärmen.« Katz, der bereits erfolgreich, sprich ohne Patzerei, die Hälfte seines Kebabs verdrückt hatte, ließ einen Zwiebelstreifen in den Mund gleiten. »Okay, Herr Draganović, starten Sie bitte die Filmvorführung.«

Ja natürlich war es höchste Eisenbahn, sich endlich die DVD anzusehen, auf die Kollaritsch während seines Todeskampfs hatte starren müssen. Aber es war fast Nacht, also unproduktive Zeit. Wäre die Aktion morgen in der Früh nicht noch genauso on time? – Mayer hörte ihren Gedanken nach. Das war nicht sie. Nicht üblicherweise. An ihrem Unwillen konnte nur der Hunger schuld sein. Sie biss in den Kebab.

Kevin stopfte sich den bereits letzten Brocken seines Levantelaberls in den Mund und zwirbelte sich den Entenschnabel seiner Frisur. Er grinste. »Spannend.«

»Na, dann lass uns teilhaben«, schmatzte Katz.

Die Projektion an der Wand flimmerte auf. Ein Fußballmatch, und anhand des Formats von vier zu drei war klar, dass es sich um eine alte Aufnahme handelte. Aber nicht nur deswegen. Mayer lachte heraus. »Na das sind ja Knackärsche.«

»Ein bissel mehr Respekt, wenn ich bitten darf, Frau Kollegin. Immerhin handelt es sich da um Juve*. Und der da mit der Nummer elf, der gerade flankt, das ist Mani la Bomba«, klärte Katz auf. »Die Turiner haben unserem Manfred Kollaritsch zugejubelt! Was rede ich. Niedergekniet sind sie vor ihm!«

»Okay, okay, aber die Hosen!« Sie waren so kurz und eng, wie es heutzutage nur mehr Schwule beim Go-go-Dancing trugen. »Und die Frisuren! Seid ihr alle so herumgelaufen?« Sie sah Katz an, versuchte, sich statt der Glatze einen Afrolook vorzustellen. Es war zu komisch. Sie konnte einfach nicht anders, als zu lachen und zu lachen. Kevin gackerte mit.

* Juventus Turin (eig. Juventus Football Club S.p.A.), Rekordmeister von Italien.

»Ignoranten«, brummelte Katz, aber es klang weniger böse als vielmehr ebenso belustigt. Schließlich brach auch er in Lachen aus.

»Und was hat er da Knallgelbes am Handgelenk?«, gackerte nun Kevin.

»Ein … Freundschaftsband«, erklärte Katz zwischen Kicherern. »Damit war er unbesiegbar.«

»Unbesiegbar?«

»Ja, unbesiegbar. Andere ziehen immer zuerst den linken Schuh an oder immer dieselbe Unterhose.«

»Hoffentlich gewaschen!«, prustete Dani. Sie biss sich auf die Lippen und versuchte, ernst dreinzuschauen. »Verstehe. Beschwörung der Geister.« Sie ließ die Hände flattern und summte einen tiefen Ton. »Voodoo, Voodoo!«

Sie lachten noch heftiger.

Als ihnen schließlich allen dreien die Tränen die Wangen hinunterliefen, hob Katz die Hand. »Stopp. Wir arbeiten da.«

Allgemeines Durchatmen und Zurechtrücken.

»Also Frage: Warum musste er sich seine Erfolge ansehen? Als Bestrafung, weil er inzwischen ein Apparatschik geworden ist?«

Kevin zeigte auf. »Das war es noch nicht. Die DVD dauert vier Stunden. Dual Layer.«

Katz streckte sich mit den Armen über dem Kopf durch. »Na, wenn ich gewusst hätte, dass wir einen gemütlichen Fußballabend machen, hätte ich auch noch Popcorn und ein Sixpack besorgt.«

»Rum wäre auch ganz passend.« Der Azubi drückte auf Fast Forward.

Kurze Zeit später flashte es weiß auf. Danach sahen sie, nun in aktuellem sechzehn zu neun und in Normalgeschwindigkeit, halb nackte, hüftschwingende Frauen mit überdimensionalen Kopf- und Brustgestellen voller Federn, Strass und Blumen.

Karneval in Rio.

Sie hatte es wohl laut ausgesprochen, denn Kevin nickte Mayer heftig zu. Sie sahen dem Treiben schweigend zu. Nach einem neuerlichen Weißblitz kam wieder Fußball.

»Das ist jetzt der AC Danube«, erklärte Katz. »Ein, zwei Jahre vor Juve.«

Kevin beschleunigte abermals. Weißer Blitz. Karneval. Blitz. Fußball. Blitz. Karneval.

»So geht das jetzt bis zum Schluss«, merkte Kevin an.

Und plötzlich hatte Mayer das Gefühl, als hätte sie etwas gesehen, obwohl da nichts Außergewöhnliches gewesen war. »Stopp! Bitte geh vor die Weißblende zurück. Und lass es dann in Normalgeschwindigkeit laufen.« Unwillkürlich stellte sie die Beine ab, legte den Kebab auf den Tisch und lehnte sich vor.

Kevin tat wie geheißen.

»Hoffst du, dass uns die Schnitttechnik den Gestalter verrät?«, flachste Katz.

Sie winkte ab. Die DVD lief nun in Normalgeschwindigkeit. Fußball, Weißblende, Karneval. Nichts. Und dennoch – verdammt, irgendwas irritierte sie. Sie hatte keine Ahnung, was, aber es war da. »Kannst du das bitte langsam laufen lassen, also ganz langsam?«

Kevin benötigte ein paar Versuche, bis er eine Variante fand, bei der sich der Film Bild für Bild vorwärts kämpfte. Langsamer als ein Sekundenzeiger. Nach einer gefühlten halben Stunde, die wohl nur eine Minute umfasste, legte sich in unendlicher Behäbigkeit ein heller Schleier über die Totale des Fußballfeldes. Dann war der Bildschirm weiß. Und weiß.

»Was, Dani? Was? Wir haben heute noch ein volles Programm«, motzte Katz.

Und weiß. Und hellgrau.

Dani sah aus dem Augenwinkel, dass sich die anderen beiden genau wie sie anspannten. Katz setzte sich aufrecht hin.

Ruck. Eine schwarze Schrift auf Hellgrau. ›Der Blatterer‹.

Sie hielt die Luft an.

Ruck. Hellgrau. Ruck. Weiß. Und ebenso langsam, wie er sich verdichtet hatte, löste sich der Schleier nun auf, bis ein schokobrauner Frauenhintern in einem Strass-Stringtanga zu sehen war. Kevin stoppte.

Katz tätschelte ihren Arm. »Du bist mir unheimlich, liebe Daniela Mayer. Zurück, Meister der Projektion!«

Kevin arbeitete sich zielsicher zu der Stelle mit der Schrift. Und da stand noch immer ›Der Blatterer‹. »Wie ich dein Protokoll gelesen habe, Dani, hab ich eher an einen durchgeknallten Randalierer gedacht. Nicht an einen Mörder.«

»Und was mich irritiert – wieso hat er nicht einfach ein Bekennerschreiben am Tatort drapiert, so wie er es angeblich vorher immer gemacht hat?«, sinnierte Katz.

Mayer holte tief Luft. Sie spürte, wie ihr Herz in double time klopfte. Das war jetzt echt heavy. »Das ist doch alles … ich mein, zwei von drei Leuten haben es nicht gesehen …«

»Mindestens sechs«, korrigierte Kevin. »Die Mehlwürmer am Tatort, dann der Forstinger beim Kopieren …«

»Unser Mister Spock war auch blind? Da bin ich ja gleich erleichtert«, scherzte Katz. Es klang ein wenig lau.

»Okay, viele haben es nicht gesehen, und warum ich es … keine Ahnung. Aber auf jeden Fall war ihm die Botschaft nicht wichtig genug, wenn er es so auf den Zufall hat ankommen lassen. Wisst ihr, wie ich mir vorkomme? Wie bei einem Spiel. Wie bei einer Schnitzeljagd oder so.«

»Kevin, fahr bitte einmal zu der Weißblende davor zurück«, orderte Katz.

Kevin ließ sie durchruckeln. Nichts. Ohne weiteren Befehl kontrollierte er auch noch die anderen Blenden. Bei keiner war ein singuläres Bild mit Schrift eingefügt.

»Das passt zu deinem Gefühl, Dani«, resümierte der Chef. »Er hat es nur ein einziges Mal hineingeschnitten. Er wollte nicht auf Nummer sicher gehen.«

»Das ist alles sehr … eigenartig.« Ihr Herz klopfte jetzt im Bauch. Katz würde den Zustand als Verdichtung einer Intuition nennen. Sie bevorzugte die Beschreibung, dass ihr Unterbewusstes schneller als ihr Denken war und wegen der nicht vorhandenen Deckung der beiden Areale in ihrem Inneren Aufruhr herrschte. Okay, es war dasselbe, doch das würde sie ihm gegenüber nie zugeben. Er durfte nicht immer und bei allem Recht behalten. Der alte Freak. Nur, weil er schon ein Vierteljahrhundert länger auf der Welt war. Was eigentlich beneidenswert war, denn anscheinend machte Erfahrung alles leichter – Katz klatschte in die Hände, was wie ein Abschütteln wirkte. Und in der nächsten Sekunde verbreitete er wieder die Aura des Kieberers, der alles im Griff hatte.

Er sprang auf und marschierte durch das kleine Büro. »Gut, ihr Lieben. Wir fassen jetzt einmal alles zusammen, was wir schon haben.« Er hob wie ein Graf grüßend die Hand Richtung Kevin. »Meister der Tasten, darf ich bitten?«

Okay, also lockeres Brainstorming. Mayer schob den Sessel zu ihrem Schreibtisch zurück. »Da wäre ein Mann, der gezwungen wurde, eine Überdosis Koks zu rauchen, und daran krepiert ist. Seine Leiche wurde mit einem Sturz vom Balkon entsorgt.«

»Du sagst es, Dani, seine Leiche wurde entsorgt. Ich bin mittlerweile der festen Überzeugung, dass Eggers Tod ein Unfall war. Doch warum hat ihn jemand gezwungen, Koks zu rauchen? Fesselspuren sollten durch die Verwendung von Handtüchern vermieden werden. Das sieht für mich wie eine Nötigung aus, nach der unser Opfer … ja, was?«

»Etwas verstanden hat«, warf Kevin ein.

»Wie meinen?«

Der Arme lief wieder einmal rot an. Aber tapfer erläuterte er: »Wie bei einer Katze, der man die Schnauze in die Scheiße steckt, damit sie kapiert, nie wieder neben das Kistel zu kacken. Da wird dem Tier auch kein körperlicher Schaden zugefügt, also durch Schlagen oder so, aber es ist so erniedrigend, dass es sich die Sache merkt.«

Katz nickte anerkennend. »Ja, oder man soll am eigenen Leib spüren, was man anderen angetan hat.«

»Vielleicht, aber er hat ja bestens gewusst, was Drogen anrichten«, fühlte sich nun Dani bemüßigt einzuwerfen.

Katz starrte sie an, um im nächsten Moment seinen Marsch wieder aufzunehmen. »Gut, lassen wir das einmal so stehen. Noch dazu, wo wir noch keine Ahnung haben, wie die seltsamen Holzsplitter auf den Knöcheln dazu passen.«

»Und die Druckstellen auf den Knien«, ergänzte sie.

»Richtig. Geschlecht des Täters? Wohl männlich, denn kaum eine Frau schafft es, eine Leiche über eine Brüstung zu hieven. Oder mehrere Täter. Unklar. Also zurück zu den Fakten. Tatsache scheint zu sein, dass er ein einsamer Wolf war, der sich nur um die Nachwuchsspieler gekümmert hat, um seine Frau aber nicht, und sich lieber bei Prostituierten hat entsaften lassen. Wusste er vom Verhältnis seines Chefs mit seiner Angetrauten? Ist nicht gesichert. Wesentlich ist aber, dass er ein Naheverhältnis zum Danube hatte. Und aus bislang fadenscheinigen Gründen entlassen worden ist.« Er hob den Arm mit dem gestreckten Zeigefinger hoch in die Luft. »Das – müssen wir schnellstens herausfinden. Wie? Die Verantwortlichen reden sich ins Nebulöse. Da ist also was dahinter. Alternative Vorschläge?«

»Putzfrau«, sagte Kevin. »Also vom Club, meine ich.«

Katz wandte sich an Dani. »Der Mann ist gut, den behalten wir uns.«

Kevin verkroch sich förmlich in seinen Laptop. Wahrscheinlich wusste der Chef gar nicht, was er mit seinem dahingeworfenen Lob gerade angerichtet hatte. Die nächsten beiden Nächte würde sich der Azubi als CSI-Cop mit der Waffe im Anschlag träumen.

»Noch eine Anmerkung oder Idee zu dieser Baustelle?«

Dani ließ den Kugelschreiber auf die Tischplatte hüpfen. Tak, tak, tak, tak – wie ein Tritt in den Arsch. »Ja, wir sollten noch klären, ob da nicht doch irgendeine Verbindung jenseits des Beruflichen zwischen Egger und Kolaritsch existiert. Ich glaub dem Masseur, diesem Kranzl, zwar prinzipiell …«

»Aber prinzipiell glauben wir ihm auch nicht«, wandelte Katz den Spruch des Gerichtsmediziners etwas ab. »Gute Idee. Wie anlegen? Erstens Putzfrau«, er grinste Kevin an, »zweitens …« Er verstummte und betrachtete die Deckenleuchte. »Die Dame an der Bar im Club. Die Gachblonde. Die müssen wir uns unbedingt noch vornehmen. Auch so ein Fall von alles mitkriegen und eigentlich nicht vorhanden sein.«

»Und das Papier von Johannes Oppitz«, warf Kevin ein.

»Richtig. Das übernimmst du. Die finanziellen Dinge überlassen wir unseren Kollegen von der Wirtschaft. Mit welcher Gruppe arbeiten wir da zusammen?«

Dani stöhnte innerlich auf. Wenn sich der Herr von und zu endlich dazu aufraffen könnte, auch mit einem Tablet zu arbeiten, dann wüsste er es, denn dann wäre er immer aauf dem neuesten Stand. »Mit der von Hinterberger.«

»Guter Mann. Okay, weiter. Zweite Leiche. Jetzt kein Nobody mehr vom Club, sondern der wichtigste Mann, zumindest nach außen: der Sportdirektor. In seiner Villa angegriffen. Keine Einbruchsspuren, also entweder gemordet von einem Freund, den er hereingelassen hat, oder von einem Mann, der so lange Geduld hatte, bis die Terrassentür offen stand. Frage: tatsächlich Mann?«

Dani visualisierte den Tatort. »Kollaritsch wurde niedergeschlagen. Übrigens mit dem Fleischhammer, wie die AB08 mittlerweile herausgefunden hat. Er lag abgewaschen in einer Lade, deswegen hat es ein bisschen gedauert. Also, da liegen achtzig Kilo Lebendgewicht herum. Ich schaffe es nicht, so was Schweres quer durch den Raum zu schleppen und dann auch noch auf so einen Sessel zu hieven. Aber ich bin auch nicht wirklich das Maß.«

»Warum nicht?«, fragte Katz.

Sie deutete an sich hinunter. »Einsfünfundsechzig? Keine Walküre?«

»Stimmt, eine stämmige, durchtrainierte Frau könnte es schaffen. Wie natürlich auch den Wurf über die Brüstung.« Er deutet auf Kevin. »Wir korrigieren oben Vermutetes.«

Kevin scrollte. »Aber *Der Blatterer*?«, gab er zu bedenken.

»Richtig«, stimmte Katz zu. »Doch man darf nicht immer vom Offensichtlichen ausgehen. Wobei ich in unseren Fällen dazu tendiere, wie ich ehrlich zugeben muss. Denn solche Aktionen hätte eine waschechte Walküre durchführen müssen. Und die ist mir bislang noch nicht … Haben wir eigentlich schon das Material von den Stänkeraktionen des Blatterers?«

Kevin wischte auf seinem Tablet herum. »Nein, die Kollegen sind noch am Einsammeln. Schmitz hat vor einer Viertelstunde eine Mail geschrieben, in der er sich auskotzt, dass das Sicherstellen so mühsam wie das Beschlagen von einem störrischen Esel ist.« Er sah auf. »Sorry, er hat sich wirklich ausgekotzt.«

»Passt schon«, lächelte Katz ihn an. »Auf jeden Fall wird das dauern, bis wir da was Verwertbares in den Händen haben. Wenn überhaupt. Und ich mein jetzt nicht die Zettel, die unser Ritter des reinen Sports hinterlassen hat. Ich mein die Überwachungskameras vom Stadion. Das ist die Nadel im Heuhaufen. Wir haben keinerlei Anhaltspunkte. Bei unserem Marathonmann damals hatten wir wenigstens eine Startnummer.«

Dani konnte sich noch bestens an diesen Fall erinnern. Der erste, den sie mit dem Herrn Chefinspektor durchgestanden hatte. In stundenlanger Fitzelarbeit hatte Forstinger von der AB08 den kompletten Marathonlauf des Mannes zusammengestückelt. Der Durchbruch damals. Und Katz hatte mit seiner Skepsis recht, dieses Mal suchten sie nach jemandem, von dem sie weder das Geschlecht noch das Alter noch sonst ein Merkmal wussten. Sinnlos.

»Gut«, nahm Katz den Faden wieder auf. »Wir haben einen niedergeschlagenen Mann. Wohl, um ihn dadurch leichter in die Position bringen zu können, in der wir ihn dann gefunden haben. Und während er an einem Geldbündel jämmerlich erstickt ist – Achtung! Achtung! Hinweis! Und zwar ein ziemlich plumper! – musste er sich seine ehemaligen Erfolge und nackte Weiber vom Karneval in Rio ansehen. Wie passt das zusammen? Wissen wir noch nicht. Was wissen wir?«

»Dass er betrogen hat, wo es nur ging«, nahm Dani den Ball auf. »Dass er Angst vor einer Steuerprüfung hatte, von der er von seinem anscheinend guten Freund Josef Hüttl erfahren hat.«

»Stopp«, Katz hob die Hand. »Guter Freund. Hüttl. Konkurrent zu Egger. Eine Verbindung. Doch eine, die mir noch nicht klar ist. Weiter.«

»Also, sein guter Freund Hüttl, der von seinem Schwarzgeld wusste. Das er sich anscheinend durch Transfers, Spielmanipulationen und Wettbetrügereien erarbeitet hat.«

»Stopp. Die Spielmanipulationen waren zu seiner aktiven Zeit als Trainer. Laut seiner Ex. Aussagen von Verflossenen müssen immer überprüft werden. Sollten wir notieren, aber ist ewig her und wird daher kaum nachzuprüfen sein. Wetten wissen wir nicht. Transfers sind jüngeren Datums. Und das schließen wir nur rück aufgrund der Aussage eines Masseurs, der offensichtlich global mit der aktuellen Situation des Fußballs äußerst unzufrieden ist. Sprich: Wir wissen nix. Genau gar nix.«

Erstaunlich, wie sehr der Chef sein beleidigtes und von Verschwörungstheorien geprägtes Fan-Dasein in der kurzen Zeit hatte abschütteln können und jetzt eine Logikmaschine par excellence war.

»Aber nehmen wir einmal an«, fuhr er fort, »dass das alles der Wahrheit entspricht. Also ein prinzipiell linker Hund, dieser Kollaritsch? Oder hat sich das eine zwingend aus dem anderen ergeben? Wie passt da die Euphorie für eine Akademie in Kamerun hinein, von der uns deine Laura berichtet hat?«

»Und Hüttl halb bestätigt.«

»Richtig. Wobei mir gerade auffällt – Kevin! Durchleuchten. Wie heißt die Dame?«, fragte er Dani, um sich dann gleich selbst zu antworten: »Pizzoli. Trainerassistentin bei der Damenmannschaft des AC Danube. Okay, weiter.«

Mayer fühlte, wie alles in ihr hart wurde. Was zweifelte dieser Arsch Laura an? Sie atmete durch. Nein, nein, es war schon in Ordnung. Denn was wusste sie selbst schon von der Bekannten ihrer Ex? Und Polizisten hatten ein ähnliches Schicksal wie Stars oder Herrscher. Wenn eine Sache heiß wurde, hatte man plötzlich viele Freunde, Einflüsterer und Spione um sich. Pizzoli konnte sehr wohl diejenige sein, die für den Mörder die Sachlage abcheckte, auch wenn Mayer sich das nicht vorzustellen vermochte. Nur gut, dass Kevin sie zu scannen hatte, sie selbst wäre sich dabei wie eine Verräterin vorgekommen.

»Nein, ich resümiere«, widerrief Katz seine Aufforderung. »Wir haben bislang keinerlei Beweise, dass sich Kollaritsch wirklich illegal bereichert hat. Da müssen wir auf die Ergebnisse der Kollegen warten. Daraus folgert: Hat irgendjemand von den Anschwärzern ein persönliches Interesse daran, Kollaritsch in schiefem Licht darzustellen?«

Dani überschlug die Beine und verschränkte die Arme. »*Meine Laura* – wissen wir nicht. Dazu müssen wir erst herausfinden, ob es da irgendeinen Konnex gibt. Barbara Kollaritsch? Ja, sie hasst ihren Vater offensichtlich, weil der die Familie verlassen hat. Susanne Podlinsky? Ja, weil Kollaritsch ihr Ex ist. Und da schüttet man nachher meistens mit Scheiße. Edwin Kranzl? Keine Ahnung. Vordergründig hat er keine Veranlassung, Masseur ist ja ein bequemer

Job. Warten wir auf Kevins Analyse der Zusammenstellung von Oppitz. – Übrigens, Kevin, hat sich das Alibi von Barbara Kollaritsch bestätigt? Ich nehme fast an, weil man so was kaum erfindet …«

»Ja, sie hat tatsächlich dieses Himalaja-Filmfestival mitorganisiert und war an dem Abend bis drei Uhr in der Früh im TOP-Kino. Susanne Podlinsky überprüfen gerade Grazer Kollegen.«

»Merci.« Gott, jetzt fing sie selbst auch schon mit Französisch an.

Katz setzte sich hinter seinen Schreibtisch und studierte das Muster der Holzoberfläche, indem er die Maserung mit seinem Mittelfinger nachfuhr. »Und dann noch dieser geheimnisvolle Blatterer. Alles wäre logisch, wenn da nicht die Ausschnitte vom Karneval auf der DVD wären. Denn ohne diese hätte er Kollaritsch abgestraft, seine einstigen Ideale verraten zu haben. Aber was haben die Frauen damit zu tun?«

Sie schwiegen.

»Kann es in einer Verbindung mit der Weltmeisterschaft letztes Jahr stehen?«, fragte sie in den Raum.

Sie schwiegen eine weitere Runde.

»Da war doch ein ziemlicher Wirbel in Brasilien«, meinte Kevin. »Die ganzen Demos, weil die Leute kein Essen und keine Bildung und was weiß ich sonst noch nicht gehabt haben. Insofern passt es doch zum Verrat von Idealen.«

»Das ist richtig«, murmelte Katz. »Also haben wir es anscheinend mit einem Revolutionär im Kicker-Milieu zu tun. Aber warum so ein Durchschnittslicht wie Kollaritsch? Da gäbe es wahrlich repräsentativere Opfer.« Er sprang wieder auf und startete eine neue Runde durch das Büro.

»Persönliche Enttäuschung?«, warf nun Mayer ein.

»Hm, so ein Verein besteht aus Hunderten oder Tausenden Mitgliedern …«

»Dreitausendachthundertsechzig«, unterbrach ihn Kevin. »Das steht im Papier von Oppitz auf der ersten Seite. Habe ich mir zufällig gemerkt.«

»Höre ich da eine Entschuldigung für deinen Arbeitseifer heraus, lieber Draganović?« Katz umfasste seine Schulter. »Das gewöhnen wir uns gleich wieder ab.«

Er trabte zum Fenster – wohl aus meditativen Gründen, denn draußen herrschte Dunkelheit. »Also knapp viertausend eingetragene Fans, dazu noch ein paar Tausend, die sich prinzipiell nirgends registrieren lassen. Es kann irgendwer sein – unauffällig, mit geregeltem Leben und einer großen Leidenschaft, meist glücklich vor seinem Fernseher, zu den hohen Feiertagen im Stadion, einsamer Wolf. Und dann erfährt er irgendein Detail, per Zufall, und sieht sich um seinen Lebensinhalt betrogen. Beschließt, den Bösen auf die Finger zu klopfen. Das Ganze bekommt eine Eigendynamik …« Er verstummte.

»Sehr romantisch.«

Katz wandte sich ihr zu. »Ich weiß, nicht so ganz deine Welt.«

»Woher willst du das denn wissen?«

Er grinste sie an.

»Wie du auch immer meinst. Wie passt da Egger hinein?«

»Gar nicht«, seufzte Katz. Er lehnte sich ans Fensterbrett und verschränkte die Arme. »Eher wohl einer dieser Rechtsradikalen oder Hooligans. Die machen ja manchmal auch auf antikapitalistisch. Die Rechtsradikalen, meine ich.«

Die Überlegung stand wie bestellt und nicht abgeholt im Raum.

Mayer wusste akkurat auch nichts darauf zu sagen, das Hirn fühlte sich wie Watte an. Ihr Blick fiel auf den wahrscheinlich nun kalten Kebab. Na ja, besser als gar nichts. Sie biss hinein. Erträglich. Die beiden anderen sahen ihr mit großen Augen zu, als wären sie am Verhungern. *Pech, Männer!* Unwillkürlich zelebrierte sie das Essen. Und mit jedem Bissen beziehungsweise mit dem Hinunterschlucken desselben stotterte sich ihre Körpermaschine wieder ins Laufen.

Als sie das Papierstanitzel und die Alufolie zusammenknüllte, war sie wieder da. »Also für meinen Geschmack sind wir schon wieder zu sehr am Spintisieren. Wie wir festgestellt haben, wissen wir noch genau gar nichts gesichert. Also werden wir weiter nach Fakten suchen. Und Gespräche führen. Das heißt, morgen suchen wir uns eine Putzfrau, die Dame hinter der Bar, Piet Sneijder …«

Katz schlug sich mit der flachen Hand gegen die Stirn. »Mein Gott, wie konnte ich das nur vergessen? Natürlich! Alles hat bloß damit zu tun, dass der Kollaritsch den Trainer aus Eifersucht entlassen wollte. Und der Egger … der Egger …« Er wedelte wie der Darsteller eines Barockfürsten mit dem Arm. »Und der Egger hat den Sneijder den Plan schmieden gehört und musste ebenfalls abdanken. Genau, das ist die Lösung!«

Sie musste lachen. Und trotzdem: »Es hat immer mit Geld und oder Sex zu tun. Deine Worte. Und bislang ist da noch ein bissel wenig Sex zur Auswahl.«

Katz dehnte seinen Nacken. »Nein, ist schon in Ordnung. Sneijder ist ja außerdem ein Klüngelfremder. Vielleicht weiß er wirklich was.«

»Und den Gustl Schimek haben wir auch noch auf der Liste. Aber der kommt ja erst am Sonntag wieder.«

Ihr Smartphone meldete sich. Laura. »Ja?« Und nach ein paar Sekunden war sie sehr froh, sich eben gestärkt zu haben, denn ihr Arbeitstag würde noch sehr lange dauern.

16

Talibs Erinnerung an den Narbenmann verblasste mit jedem Mond ein bisschen mehr. Und er sehnte sich auch nicht mehr nach den *Lions d'or*, denn die neue Art des Spiels machte ihn glücklich und wunschlos. Er konnte den Feind bewusst anschießen, um einen Eckball zu bekommen. Er konnte sich bei einem kleinen Rempler im Strafraum fallen lassen und dann einen Elfmeter schießen. Er konnte so viel mehr als zuvor, als sie einfach nur versucht hatten, den Ball an den anderen vorbei ins Tor zu bringen. Seine Kameraden lernten die neue Art des Spiels ebenso, und so geschah es eines Tages, dass die Männer des Dorfes am Rand des Feldes standen und ihnen zusahen. Manche schüttelten den Kopf, manche nickten anerkennend. Und bei ihrem Spiel am Wochenende versuchten sie, Spielzüge der Jungtiere nachzuahmen. Doch es gab niemanden, der es ihnen erklärte, und ihre Söhne wollten sie nicht fragen. Das beflügelte Talib. Er ging mit Eifer zur Samir in die Schule, um noch besser die vielen Seiten mit den Regeln lesen zu können. Er trieb die anderen Jungen an, gemeinsam mit ihm Schnitzereien zu machen. Er fuhr mit seinem Onkel und Isaam in die Stadt, jedoch nicht mehr, um das Stadion zu bewundern, sondern um ihre Schnitzereien zu verkaufen und dafür gebrauchte Fußballschuhe zu erstehen und um sich im großen weltweiten Netz Matches anzusehen. Er studierte Drogba, Eto'o und Touré, sah ihre Tricks. Doch die anderen Jungen lernten ebenso, eine Finte hob die andere auf, und so geschah es, dass sie sich miteinander langweilten. Also fragten sie ihre Väter, ob sie ein Mal an ihrer statt mit den Männern des Nachbardorfes spielen durften. Die Alten lachten und stimmten zu. Und so fuhren die Jungen in das nächste Dorf und forderten die Männer heraus. Sie bestanden darauf, dass nach ihren Regeln gespielt wurde. Zur Sicherheit zerschlugen sie ein Ei über dem Anstoßpunkt und bestrichen sich mit Kräutern, die ihnen die Ausdauer von Geparden schenken sollten – sie vernichteten den Feind, sowohl in seinem Gebiet als auch in ihrem eigenen. Und sie ahnten, dass das nicht nur an der gelungenen Magie lag, sondern an ihrem Können. Die Mütter waren stolz auf sie und nähten ihnen Hemden in leuchtendem Orange. Talib und seine Mannschaft fuhren in ein weiteres Dorf und forderten die Männer heraus. Und wieder war der Sieg der ihre. Dann fuhren sie noch weiter ins Land hinaus und fanden einen Gegner, der die Regeln ebenso beherrschte. Sie verloren. Tagelang saßen sie im Schatten der Schirmakazie und warfen Steinchen auf eine Wurzel. Da sprach Zahran: »Seid glücklich. Nur ein ebenbürtiger Gegner ist ein guter Gegner.« Und so gingen sie auf den Platz zurück und spielten und spielten. Nach einem weiteren Mond forderten sie den Feind neuerlich heraus. Der Inyanga rief die Jungen am Vorabend zusammen. Er bereitete aus Regenwasser, Kräutern und Tierfett eine magische Dusche, rief gemeinsam mit ihnen die Ahnen. Sie bildeten einen Kreis, benetzten sich mit dem Wasser, tanzten und sangen, bis sie erschöpft zu Boden sanken und die Zikaden sie in den Schlaf sägten. Am Spieltag fuhr das Dorf gemeinsam zum Feind. Siebenundachtzig Minuten schafften sie es nicht, die Abwehr der anderen zu durchbrechen, hielten selbst den Sturmangriffen stand, doch dann wurde Talib von einem Verteidiger in die Ecke gedrängt.

Es gelang ihm, einen Haken zu schlagen, den Feind anzuschießen und so den Ball über die Toroutlinie zu befördern. Er schoss den Eckball, und Isaam sprang inmitten des Tumults vor dem Tor in die Höhe, stieg wie ein Adler immer weiter in die Lüfte und köpfte den Ball ins lange Eck. Sie hatten den Sieg. Sie tanzten die ganze Nacht den Dankestanz. Das Rückspiel eine Woche später blieb ausgeglichen. Doch sie fühlten sich von ihren Ahnen umarmt, denn sie hatten sich dem Feind nicht unterwerfen müssen. Und so besuchten sie ein Dorf nach dem anderen, fanden gute und schlechte Gegner, lernten von den Niederlagen, eilten von Sieg zu Sieg. Zahran, der Onkel, Samir und die anderen weisen Männer des Dorfes behandelten sie wie ihresgleichen. Talib war glücklich und wunschlos. Da kam ein großes schwarzes Auto in das Dorf.

17 // MAYER HÖRT ES DAS ERSTE MAL KLINGELN

Das Beisl befand sich in einer Seitengasse unweit des Stadions und glänzte mit dem wenig originellen Namen *Danube-Treff*. Natürlich war der Schriftzug in den Vereinsfarben Königsblau und Schwarz gehalten, links davon prangte das Vereinslogo, rechts eines mit dem Begriff *Danubians*. Mayer googelte ihn. Es handelte sich um einen der beiden offiziellen Fanclubs des AC, der andere hieß *Blue Danube* und hatte sich vor fünfzehn Jahren abgespalten. Sonst keinerlei Hinweise, ob es sich da um Rechtsradikale oder Hooligans handelte. Na bestens, jetzt war sie genauso gescheit wie vorher. Aber Laura wirkte nicht, als gäbe sie sich mit solch einem Gesocks ab – nun ja, sie würde es ja gleich erfahren.

Als Mayer in den Lichtkegel trat, der durch die großen Scheiben auf die Straße fiel, sah sie unwillkürlich an sich hinunter. Schwarze Jeans und sandfarbene Jacke, das ging. Timberlands wohl auch. Und der dunkelgrüne Pullover, aus dem sie im Präsidium noch geschwind den Joghurtfleck entfernt hatte, konnte ebenfalls niemanden aufregen. Er hatte nicht den Farbton von Rapid … Lächerlich, diese Überlegungen … und dennoch. Was man von so Hardcore-Fans immer hörte … Quatsch, sie war Polizistin. Aber genau das wollte sie ja nicht heraushängen lassen.

Mayer lugte durchs Fenster neben der Eingangstür. Das Lokal war gerammelt voll. An den Wänden hingen A3-Bilder von Kickern in Aktion, soweit sie das durch den Nebel erkennen konnte. Denn die Mehrzahl der Gäste rauchte, und Bier schien sowieso das einzige Getränk zu sein, das hier ausgeschenkt wurde. Immer diese Klischees, die sich bewahrheiteten. Auf der Theke standen zwei gerahmte Fotos mit schwarzen Schleifen, die Egger und Kollaritsch zeigten. Und gerade prostete ein junger Bursch den Konterfeis zu. Die Ansammlung war wohl eine Art Gruppentherapie.

Aus der Tiefe des Raumes tauchte die Gestalt von Laura auf. Sie steuerte direkt auf den Stehtisch zu, der sich hinter dem Fenster befand. Und prompt winkte sie Mayer, die nun registrierte, dass sie von innen beleuchtet und somit gar nicht der unauffällige Schatten war, als der sie sich gesehen hatte. Natürlich war sie das nicht – manchmal setzte das Hirn wirklich bedenklich aus. Doch glücklicherweise waren die Gäste zu sehr mit sich beschäftigt, als dass sie sie beim Spionieren beobachtet hätten.

Es kostete ihr Mühe, ebenfalls den Arm zum Gruß zu heben. Alles anders als heute Morgen. Nun wurde die Hübsche durchleuchtet, war Teil ihrer Ermittlungen.

Mayer straffte sich. Auch wenn sie mit dem Voranschreiten der Untersuchungen und dem damit einhergehenden Verdacht, dass es sich bei dem Täter um einen sehr kalkulierenden Menschen handelte, zunehmend bezweifelte, dass ihnen die Fans helfen konnten, so war es doch einen Versuch wert.

Sie betrat das Lokal. Der Wirbel war ohrenbetäubend. Bruce Springsteen grölte aus unsichtbaren Lautsprechern, und die etwa vierzig Anwesenden kannten offenbar nur Brüllen als Verständigungsform. Es war wie erwartet stickig und außerdem heiß. Klar, bei so viel tierischer Wärme. Sie presste sich durch zwei Gruppen hindurch zu dem Stehtisch von Laura. Und je näher sie kam, umso mehr Blicke der Umstehenden richteten sich auf sie. Als würde sie gleich etwas ganz und gar Unerhörtes tun.

Laura legte den Arm um ihre Schultern und stellte sie den anderen dreien vor, wobei sich Mayer nicht einen der Namen merkte, weil sie sie einfach nicht verstanden hatte. Und keiner der Burschen war als Chief oder Ähnliches tituliert worden. Doch nur wegen ihm war sie da. *Geduld, Geduld!* Und ihr Magen knurrte schon wieder. Ob es da …? Am Nebentisch aß ein älterer Mann Frankfurter*. Also umfasste das Angebot dieser Tschumse** wahrscheinlich noch Toast. Nicht schon wieder nur ein Pseudoessen. Und daheim wartete ja ein Bœuf Bourguignon auf sie.

Ein vielleicht 18-jähriger Bursch mit blonder Tolle erbot sich, für die ganze Runde Nachschub zu holen. Klar, Bier. Eins konnte sie sich erlauben. Als vertrauensbildende Maßnahme. Nein, nicht Pils. Das Weizen von Murauer, das musste sie probieren. Der Schwarzgeschneckelte hielt ihr eine Packung hin. Keine Zigarette? Vielleicht einen Zigarillo? Und Mayer verdammte es das erste Mal seit Langem, dass sie diesem Laster nicht frönte. Als Raucher war man sofort im Club. Egal welchem. Sie entledigte sich ihrer Jacke und holte einen Zahnstocher aus ihrer Tasche, rollte ihn zwischen Daumen und Zeigefinger. Hoffentlich kam bald das Glas zum Anhalten.

Sie hasste Menschenansammlungen.

Die blonde Tolle kehrte erst nach einer Ewigkeit zurück, jammerte über eine Hanni, die das Zapfen noch immer nicht gelernt habe. Zuprosten. Langer Schluck, das Bier war bestens. Wenigstens etwas. Außerdem hörte schlagartig das Knurren im Magen auf.

---

* Wiener Würstchen, die tatsächlich in Wien »Frankfurter« heißen
** tiefe Kneipe

Die dunkelblonde Stoppelglatze beugte sich zu ihrem Ohr. »Enver.«

»Denver?« Was meinte er bloß damit?

»Nein, Enver, ohne D. Das bin ich.«

»Aha.« Der Bosnier vom Friseurgeschäft beim Westbahnhof hatte so geheißen. Dieser Enver hier sprach akzentfrei, war also wahrscheinlich schon in Österreich geboren. »Dani. Mit D.« Selten müder Joke.

Er nickte, und dann sah er sie an, als warte er auf etwas. Sollte sie jetzt die Todesfälle bedauern? Sie nahm einen Schluck Bier.

»Du willst mich sprechen. Sagt Laura.«

Alles klar. Mayer scannte den Chef der Ultras nun genauer. Graue Augen mit langen dunklen Wimpern, die sicher schon einige Mädels zum Schmachten gebracht hatten, eine winzige sichelförmige Narbe beim rechten Mundwinkel, die ihm ein verschmitztes Dauerlächeln verlieh, der Lippenschwung sanft, sehnige Figur, auf dem rechten Oberarm das Logo des Vereins als Tattoo, sonst keinerlei Schmuck, auch nicht aus Metall, weder auf noch in der Haut, alles in allem ein ganz ansehnlicher Bursche. Vielleicht Mitte zwanzig. Nur der Aufdruck auf dem königsblauen T-Shirt, *Best Hengst in Town*, war nicht so ganz Mayers Ding.

»Du weißt, was ich bin?«

»Yo, is voll okay, dass du zu mir kommst. Weil ich, ich komm sicher net zu euch.«

»Logo.« Sagte man das in diesen Kreisen so? Aaah, was für eine blöde Frage. Sie brauchte sich nun wirklich nicht anzubiedern. Wenn sie wollte, saß er schon morgen in der Berggasse im Vernehmungsraum, da konnte er noch so lässig tun. Aber Moment – der zweite Satz hatte geklungen, als wäre er ohne Bullenphobie sehr wohl sehr gern zu ihnen gekommen. »Du weißt was?«

»Yo.«

Ein bissel mehr Worte auf einmal vielleicht? »Und?«

Er trank. Rülpste. Sah sich um, als wolle er kontrollieren, ob ihm eh alle lauschten – was sie auch taten. »Voll krass, das Ganze, eh? Die Scheiß-Aktionen von dem Blatterer, yeah, voll cool das Ganze. He Scheiße, Mann, drückt ihnen ihre Scheiße voll in die Fresse.«

Er klang wie die Karikatur von Jesse Pinkman*. Denn Mayer kannte echten Underground-Sound, der Speech des Chef-Ultras war bloß gut eingelernt. Dass die anderen das nicht merkten? Nun, ihr konnte es egal sein, doch nur im Prinzip, eigentlich …

Sie beugte sich zu seinem Ohr. »Gehört die verdammte Kack-Sprache zu deinem Job? Finde ich nämlich zum Scheißen. Auch, weil sie nicht die deine ist.« Beim Zurücklehnen grinste sie ihn an. Vielleicht war das jetzt nicht die richtige Strategie gewesen, Vertrauen und Sympathie aufzubauen, aber nun war ihr leichter. Schon auf ihrem Kommissariat West war ihr die Yo-Sprache auf die Nerven gegangen. Und jetzt, wo sie nicht mehr daran gewöhnt war, merkte sie erst, wie sehr.

Sie trank.

Er trank.

Dann beugte er sich zu ihr. »Ich steh auf Leut, die sagen, was sie denken.« Nun lächelte er beim Zurücklehnen.

Glück gehabt.

Er nickte seinen Kompagnons zu. Es folgte eine Rochade, im Zuge derer Laura sich am Nebentisch wiederfand, Mayer gegenüber Enver landete und die Bur-

* Eine der Hauptfiguren in der US-Serie »Breaking Bad«, die oft im typisch amerikanischen Straßenslang spricht.

schen sie beide mit breitem Rücken vom Lokal abschirmten.

Der Capo der Ultras zündete sich eine Zigarette an. »Meine Mutter ist Lehrerin. Bin hochdeutsch erzogen. Merkt man das wirklich so stark?«

Mayer nickte. »Ich merke es, die anderen ja wohl nicht, sonst hätten sie sicher schon was zu dir gesagt.«

Er schob die Unterlippe nach links und rechts. »Kennen mich schon ewig, sind wohl daran gewöhnt.«

Was für ein schräger Dialog. »Und deine Mutter ist echt Lehrerin?«

»Ja, warum fragst du?« Er legte den Kopf schief. »Weil für dich Ultras Looser aus stinkenden Gemeindewohnungen sind, die von ihren Alki-Alten so viel geprügelt werden, dass sie gar nicht mehr wissen, wie es sich ohne anfühlt, und die selber prügeln und stänkern und saufen und randalieren. Die die Schule abbrechen, keinen Job finden, auf den Staat schimpfen und Notstandshilfe kassieren. Und weil sie an nichts mehr glauben können, ist für sie der Club Religion.«

Das traf es in etwa.

»Ja, kommt ungefähr hin«, fuhr er fort. »Bei einigen. Aber dann sind da auch viele, viele andere. Siehst du den da drüben?« Er deutete auf einen Vierziger mit Schmerbäuchlein. »Der arbeitet am Sozialamt. Der neben ihm ist Programmierer. Da hinten der Charly hat eine Copyshop-Kette. Macht immer unsere Flugzetteln. Der Kigo da drüber ist Journalist. Anni bei der Jukebox dort ist Web-Designerin, und Vivi neben ihr …« Er zog an seiner Zigarette. »Okay, die passt wahrscheinlich zu deiner Vorstellung von ihr. Sie ist blond, in den Schminktopf gefallen und hat so widerlich lange Krallen aus Plastik. Was glaubst, das sie hackelt?«

»Friseurin.«

»Bingo.« Er lachte, trank sein Bier aus und schickte Bodyguard Blonde Tolle um zwei weitere.

Mayer setzte sich seitlich, damit sie gute Sicht auf die anderen Gäste hatte. Die meisten wirkten, wenn man die Fan-Attribute wie Schals, Schirmkappen, T-Shirts, Pullover und Sticker ausblendete, tatsächlich völlig durchschnittlich. »Okay, wenn wir schon Aufklärungsstunde haben – wo sind die ganzen Springerstiefeltypen, von denen die Zeitungen immer schreiben?«

Envers Gesicht verdunkelte sich. »Die sind vor allem bei den *Blue Danubes*.«

»Aha.«

»Alles Naziarschlöcher. Die Wichser haben sich vor ungefähr fünfzehn Jahren abgespalten. Deswegen sitzen sie auch auf der Süd.« Er ballte die Hände. Sah, dass sie es sah. »Ja, mit denen prügeln wir uns. Aber für den sonstigen Stunk sind die verantwortlich. Wir halten es da eher mit dem Sportclub.«

Mayer drehte sich wieder zu ihm. »Was heißt das?«

»Du hast keine Ahnung von Fußball, oder?«

Diesen Satz hatte sie damals bei den Recherchen im Golfclub bis zum Erbrechen gehört. Da hatte es gestimmt, aber dieses Mal lag die Sache anders. »Doch. Ich hab sogar gespielt. Aber ich bin nicht so der Vereinstyp.«

Er zog anerkennend die Augenbrauen hoch. »Gespielt? Kennst du deswegen die Laura?«

»Nein, nur Bekanntenkreis.«

»Und? Bist du gut? Die Laura wird dich deswegen nämlich bald angehen, die sucht ständig nach neuen Kickerinnen. Also im Auftrag vom Trainer natürlich. Die Szene von den Frauen ist ja noch nicht so groß. Und im defensiven Mittelfeld stehen sie überhaupt bald blank da, weil die Jo jetzt vollzeitlich in das Lokal vom Malik einsteigen will. Und auch das Homepagedesign immer besser rennt. Ist nur mehr aus Freundschaft zu den anderen dabei. Also bist du defensiv?«

»Wie gesagt, kein Vereinstyp. Und ich hätt auch gar nicht die Zeit, drei, vier Mal in der Woche zu trainieren und dann noch ein Match zu spielen.« Sie grinste ihn an. »Wenn natürlich die Frauen so viel bezahlt bekämen wie die Männer, könnte man sich einen Jobwechsel überlegen.« Das war jetzt ein Schuss ins Blaue gewesen, denn sie hatte keine Ahnung, wie viel männliche und wie viel weibliche Fußballer bezahlt bekamen, aber sie konnte sich gut vorstellen, dass in diesem Bereich die Sachlage nicht viel anders als im Rest der Gesellschaft war.

Er grinste nicht mit, sondern nickte. »Stimmt. Die paar hundert Euro im Monat decken nicht einmal den Aufwand. Ich bewundere die Frauen sehr, echt.«

Das klang so gar nicht nach Macho, und dann noch die Bemerkung zuvor … »Also wie ist das jetzt mit dem Sportclub?«

»Der war der erste Verein, der auf Gewaltfreiheit umgeschwenkt hat. Kein Verprügeln der Gegner mehr, keine Randale. Und wir versuchen das jetzt auch.«

»Warum?« Die Frage war Mayer einfach so entwischt. Und sie wunderte sich selbst über ihren erstaunten Unterton, als gehöre ein bisschen Kloppen zum Fußball unabdingbar dazu. Vielleicht weil Laura heute Morgen so sehr den Ursprung des Sports im Kampf betont hatte.

»Weil Fußball das stärkste Mittel zur Völkerverständigung ist. Da können sich die Fans doch nicht gegenseitig umbringen!«

»Aber die Spieler!«, warf der Schwarzgeschneckelte über die Schulter ein. Es klang sehr bitter.

»Was meint er damit?«

»Bobo hat grad ein Buch gelesen, über Afrika und Fußball. Weil er Munition gesucht hat, um den Rassistenschweinen über den Mund fahren zu können, bevor er sie betoniert. Er ist so ein Idealist, glaubt, dass man die Menschen umerziehen kann, wenn man ihnen Zusammenhänge erklärt.« Er lachte trocken auf.

»Ja und?«

»Ah so, ja … also damals in Ruanda bei dem Genozid, da haben die Hutus, die ewig mit den Tutsis in einer Mannschaft gespielt haben, ihre Kollegen von einer Sekunde auf die andere mit der Machete erschlagen.« Er fuhr mit dem Daumen über den Bierglasrand. »Und jetzt spielen die Kinder wieder miteinander. Ist schon alles komisch.« Er sah sie an. »Aber im Ersten Weltkrieg, zu Weihnachten, da haben die Briten und die Deutschen miteinander Fußball gespielt. Sich Kuchen geschenkt und Lieder gesungen.« Seine Augen leuchteten, um im nächsten Moment zu blitzen. »Aber die Großkopferten, die wollten keinen Frieden. Es sind immer die Machtgeilen, die uns die Scheiße einbrocken.«

»Weil sie alle korrupte Arschlöcher sind«, giftete erneut dieser Bobo über seine Schulter. »Gehören alle eingesperrt.«

Jetzt war sich Mayer sicher: Das hier war wohl das Nest der eher links orientierten Anarchisten. Eigentlich die beste Umgebung, um so jemanden wie den *Blatterer* hervorzubringen. Vielleicht hatten sie sich ja gegenüber dem Verein nur geschützt und wussten sehr wohl … Okay, Sturmangriff. Sie tippte Bobo auf die Schulter. Der beugte sich zu ihr.

»So, wie du redest …« Sie grinste ihn an. »Gib zu, dass du der Blatterer bist. Fände ich cool.«

In seinem Blick glomm Feuer auf, das er direttissima auf Enver schoss, dann fokussierte er auf Mayer, wobei sein Gesicht versteinerte. »Spinnst, Oide?« Er wandte sich ab.

»Jetzt hast ihn am falschen Fuß erwischt.« Enver hob das Glas in Bobos Richtung. »Unser Robert will zwar die Welt revolutionieren, hat sich aber geschworen, das so friedfertig wie der Gandhi zu erledigen. Er ist es auch, der das mit der Gewaltfreiheit von uns Ultras aufgebracht hat. Und außerdem war er jedes Mal bei uns, wenn …« Er sah Mayer an. »Aber woher wisst ihr überhaupt das vom …?«

»Ein Vogerl hat gemeint, dass ihm der Maulkorb nicht mehr passt, jetzt, wo es um Mord geht.«

Enver nickte und sinnierte sein Glas an. Die Augenbrauen waren zusammengezogen, irgendwas beschäftigte ihn ganz heftig.

Sie tranken synchron.

Mayer beschloss, ihn wieder etwas aufzulockern. »Was machst du eigentlich beruflich, Enver?«

»Altenpfleger. Meine Eltern wollten, dass ich Arzt werde, aber das war mir zu heavy. Da kommst neben dem Studium zu gar nichts mehr. Ich fahr zum Beispiel jedes Jahr einmal irgendwohin, wo's Helfer brauchen.«

»Aha.«

»Was ist?«

»Das klingt alles so idealistisch. Hilfsorganisation und Völkerverständigung und so.«

Er beugte sich vor und klopfte mit dem Zeigefinger auf den Tisch. »Fußball, das sind wir. Wir alle. Jeder ist ein Champ, aber nur gemeinsam erreichen wir was. Fußball, das ist das Leben. Es gibt Regeln, Wichtigtuer, aber wenn der Zufall zuschlägt, können sie alle scheißen gehen … 'tschuldige.«

Voll süß. Sie nickte hoheitsvoll. Aber vielleicht sollte sie ihm verraten, dass sie das Wort auch öfters benutzte.

»Fußball, das sind die Leute von der Straße«, fuhr er fort. »Das ist eine Notwendigkeit und keine Hirnwichserei von Leuten, die zu viel Urlaub haben oder überhaupt von der Sklavenhackn von anderen leben und sich irgendwie die Zeit vertreiben müssen.«

»Du weißt aber schon, dass ihn die englischen Adeligen als Sport etabliert haben.« Nein, eigentlich die Medici, wie sie heute gelernt hatte, und wahrscheinlich waren es ganz ursprünglich die Chinesen gewesen, die laut eigener Aussage ja bekanntlich alles Lebensnotwendige erfunden hatten. Aber das würde jetzt zu weit führen.

Enver zog die Augenbrauen hoch, sah aus wie das Abziehbildchen eines Professors. »Aber die Arbeiter vom Norden haben ihn groß gemacht. Wie auch bei uns.«

Mayer lachte. »Okay, da ist einer belesen. Jetzt verstehe ich umso weniger … ’tschuldige, ich weiß, dass ich jetzt in Klischees denke … aber warum du da die Yo-Nummer abziehst. Du wirkst einfach nicht wie so ein gstandener Vorbrüller.«

Enver drückte die Zigarette aus. »Oh, der Bücherwurm kann das ganz gut. Dr. Jekyll and Mr. Hyde, yo?« Er grinste. »Aber ganz daneben liegst du nicht. Ich bin ja als Chef nur eingesprungen. Der eigentliche Capo, der Hanno, der sitzt wegen Landfriedensbruch mit Fußfesseln daheim. Die Bullen …«, wie putzig, er hatte vollkommen vergessen, dass er einem solchen gegenüber saß, »… haben die letzte Prügelei mit den Blue Danube komplett uns angehängt. Und der Hanno«, er vollzog mit dem Unterarm eine stoßende Bewegung, »der ist so, wie man sich so einen vorstellt. Ich hoff, dass er bald wieder freikommt, weil ich mach den

Scheiß nicht auf Dauer. Ich mag nicht jeden Abend in der Woche die Transparente für das nächste Match pinseln, ich will auch einmal ins Kino. Lesen oder abtanzen. Und das Vorsingen kotzt mich auch an. Ich hab dann immer keine Stimme mehr. Dem Hanno taugt das, weil er dann weiß, dass er alles gegeben hat.«

»Also bist nur ein neunundneunzigprozentiger Fan«, flachste sie.

Er wurde schlagartig ernst, schüttelt mit kleinen eckigen Bewegungen den Kopf. Dann lachte er auf. »Good Joke.«

Ohne Vorwarnung stand ein weiteres Bierglas vor ihr, dabei war das vorhergehende noch halb voll. Nun, sie musste es ja nicht trinken, doch die Unterbrechung zum Themenwechsel nützen, sonst philosophierte sie da noch bis zum Morgengrauen.

»Okay, Enver. Was willst du mir zu den Todesfällen sagen?«

Jetzt brummelte Van Morrison aus den Lautsprechern, und Enver murmelte ein paar Zeilen des Liedes mit, bis er seufzte: »Egger hab ich nicht gut gekannt. Aber es wundert mich nicht. Einmal süchtig, immer süchtig. Das hast ja auch bei diesem Schauspieler gesehen, bei diesem Hoffman*.«

»Egger ist auch ermordet worden, so wie der Kollaritsch«, flüsterte sie.

»Scheiße.« Unwillkürlich sah er sich um. Wahrscheinlich überlegte er, ob der diese sensationelle Neuigkeit sofort den Kumpels mitteilen sollte.

»Lass es vorläufig unter uns bleiben. Der Fall ist schon verzwickt genug.«

Er fuhr sich mit beiden Händen übers Gesicht, bevor er nickte. »Aber dann ist das natürlich … weil das war

* Oscar-Preisträger Philip Seymour Hoffmann, gest. 2014 an einer Überdosis an Heroin und anderen Drogen

doch …« Er starrte auf einen unbestimmten Punkt oberhalb von Mayers Kopf.

»Was?«

Er lehnte sich auf den Tisch, sie kam ihm entgegen. »Okay, was ich dir eigentlich sagen wollte: Bei uns auf Facebook …«

»Wer uns?«

»Den Danubians. Wir haben da eine Gruppe. Also bei uns sind Scans von Papieren reingestellt worden. Und aus denen geht hervor, dass der Kollaritsch die ganze Zeit voll die linken Dinger gedreht hat.«

Mayer bemerkte, wie ihre Hände feucht wurden. Der erste Fakt in diesem Fall! Natürlich nur, wenn es kein Fake war. »Okay, was für Papiere?«

»Liest sich wie eine Dokumentation. Als hätte jemand alles mitbekommen, was der Kollaritsch so getrieben hat, und es einfach Punkt für Punkt aufgeschrieben.«

»Und wer hat das reingestellt?«

»Das ist es ja, wir haben keine Ahnung. Der Typ hat sich erst kurz vorher bei Facebook angemeldet. Heißt Mani il Stronzo.«

»Mani la Bomba.«

Enver riss die Augen auf. »Yeah. Ist mir noch nicht aufgefallen. Bei uns haben viele ja voll crazy Nicks. Also, dieser Stronzo hat gleich bei uns angeheuert, und nachdem er die Testfragen richtig beantwortet hat …«

»Testfragen?«

»Klar, wir wollen ja nicht jedes Arschloch bei uns haben. Egal. Er hat alles gewusst, ist Mitglied geworden. Und dann stellt er das rein und koffert. Dass man da was gegen den Kollaritsch machen muss. Dass *wir* etwas machen müssen. Und die Polizei reicht nicht, weil dann kriegt das Arschloch ja nur ein paar Jahre, wenn überhaupt. Nein, der muss öffentlich angeprangert werden. Und man muss ihm das Leben mies machen. Und natürlich ist es dann im Chat volle Wäsch losgegangen. Ich hab versucht, die Lage ein bissel zu beruhigen. Hab gefragt, woher er die Papiere hat. Ob die wirklich echt sind. Aber das war den anderen scheißegal. Und dann ist ihnen der Blatterer eingefallen. Und schon haben alle geglaubt, dass der Blatterer dieser Stronzo ist. Haben ihm voll Druck gemacht, dass er was aushirnen soll. Sie alle einplanen soll.« Er holte Luft. »Ja, und dann war der Kollaritsch tot.«

Und mit einem Mal kam Mayer dieser ganze Quatsch von wegen Maulkorb und so lächerlich vor, bei dieser riesigen Anzahl von Menschen, die über die Attentate Bescheid wussten. Doch jetzt ging es einmal um das andere, das Heiße. Sie nahm einen großen Schluck Bier. »He, das ist starker Tobak. Warum bist du nicht gleich zu uns?«

»Wir reden nicht mit …«, kam es geschossen, um im selben Moment zu verblubbern. »Ja, war nicht okay. Aber bei uns regen sich immer irgendwelche Leute auf. Wenn jede Mordfantasie an einem Schiri ernst gemeint wäre, würde niemand mehr ein Spiel pfeifen. Und außerdem ist dann eh schon heute Laura aufgetaucht.«

Mayer schnappte sich ihren Zahnstocher, der einsam am anderen Ende des Stehtisches vor sich hindämmerte. Sie knickte ihn in ganz kleine Teile. Manchmal hatte sie wirklich das Gefühl, die Menschen hielten die Polizei für ein Hobby des Staates, um ein bisschen die Untertanen zu drangsalieren und um ansonsten übrig gebliebenes Geld aus dem Fenster zu werfen. However. Es war ja gerade noch gut gegangen, sprich, rechtzeitig ans Licht gekommen. Sie zog ihren Pullover aus und krempelte sich die Ärmel hoch. Es war wirklich heiß hier drinnen.

»Okay, Enver.« Sie deutete auf sein Smartphone. »Zeig

mir das Profil von dem Typen. Und mach mich bitte auch gleich zum Mitglied. Findest mich leicht. Kein Nick, einfach Daniela Mayer.«

Er presste die Lippen zusammen. »Der Typ ist wieder weg.«

»Weg?«

»Hat sich heute in der Nacht bei Facebook abgemeldet.«

Sie stöhnte auf.

»Aber ich hab einen Screenshot von seiner Seite.« *Kluges Kerlchen.* »Ich schick ihn dir. Aber da ist nicht viel. Keine Angaben und nur die FB-Mail.«

Scheiß soziale Netze. Scheiß Datenschutz. Den die Wichser ohnehin nicht einhielten. Für sich. Gegenüber der Polizei schon.

Enver schob ihre Zahnstocherschnipsel zusammen. »Sorry, aber wer rechnet denn damit, dass sich der vertschüsst?«

»Passt schon.« Sie trank, obwohl sie schon die Ahnung eines Dusels verspürte. Zugleich war aber auch ihr Hunger verschwunden. Wenigstens etwas.

»Aber was mir vorher, wie du das vom Egger gesagt hast ...«

»Ja?«

»Klick, klick, klick, verstehst? Aber vielleicht ist ja – what ever. Also, dieser Stronzo hat sich direkt am Tag nach dem Tod vom Egger angemeldet. Mir ist das aufgefallen, weil er nichts dazu gesagt hat. War ja voll das Thema bei uns.«

Okay, das war tatsächlich bemerkenswert, auch wenn sie es noch nicht richtig einordnen konnte.

»Weißt du, und seit du das gesagt hast, frag ich mich, warum nicht schon vorher? Warum nicht später? Warum genau dann, wo ein Mann gestorben ist, der ewig im Club war. Ewig. Und der sicher viel gewusst hat.«

»Du willst andeuten, dass …«

»… das Protokoll vom Egger stammt.« Jetzt hatte Enver richtiggehend rote Backen. Seine Augen glänzten. »Und dass der Mörder das Material entdeckt hat.«

»Aha. Und warum hat er dann gehusst und nicht gleich selber den Kollaritsch umgebracht?«

»Vielleicht hat er ja. Und mit den Postings wollte er nur, dass alle die Sache gut finden.«

»Den Mord?«

»Yeah.«

»Aber warum Egger? Weil er das Material wollte?«

»Vielleicht.«

Mayer lachte auf. »Okay, Enver, alles gut und schön. Aber ich kann dir sagen, dass die Angelegenheit ein bissel komplizierter ist. Und frag jetzt bitte nicht nach.« Sonst ließ sie sich noch in ihrem vom Lärm mürbe gemachten Zustand und dem leichten Schwips dazu hinreißen, ihm von der Spurvermeidung im ersten Fall, von der Folter im zweiten, von den Handtüchern, einfach von dem ganzen Wahnsinn zu erzählen.

Enver zupfte an seiner Unterlippe. »Aber dieser Stronzo wollte uns definitiv gegen den Kollaritsch aufbringen. Und auch wenn ich nicht glaube, dass das jemand von uns war, also der Mord, weil wir nicht so sind … vielleicht hat er es ja auch den Blue Danubes geschickt, was weiß man, auf jeden Fall ist er jetzt tot. Mission erfüllt.«

Trotz aller Absurditäten, die Enver von sich gab – in Mayer klingelte es. Und sie fragte sich, ob die Infos beim Bauchgefühlmann Katz ein Sturmgeläute auslösen würden.

17

Die Sonne stand am höchsten, als das große schwarze Auto ins Dorf kam. Und so gab es nur wenige Menschen, die seine Ankunft bemerkten. Zahran ging den Fremdlingen entgegen und lud sie auf einen Tee ein. Doch die beiden Männer hielten sich nicht lange mit der Begrüßung auf, sie waren von jener Art, wie sie Talib, Isaam und Kito oft im Fernsehen gesehen hatten: Sie rückten in ihren zu engen Hosen auf ihren Sitzen herum, sie wischten sich mit Tüchern den Schweiß von Nacken und Stirn, sie ließen ihre Augen herumwandern und hielten sie weder gesenkt noch auf den Gesprächspartner gerichtet, sie drückten auf ihren mobilen Telefonen herum. Talib wollte die anderen gar nicht an das Fenster von Zahrans Hütte lassen, so sehr faszinierte ihn das Geistergerät, das so anders war als jenes von seinem Onkel und von Samir. Denn es wies nur die halbe Größe auf. Er versuchte, sich vorzustellen, wie all die Stimmen in dem kleinen Kästchen Platz fanden, doch es gelang ihm nicht. Das Ding musste mit einem Zauber belegt sein. Die fremden Männer sagten unterdessen zu Zahran: »Wir haben gehört, dass hier einige junge Männer gut Fußball spielen. Wir wollen sie uns ansehen.« Zahran schenkte ihnen Tee nach und fragte: »Warum wollt ihr unsere jungen Löwen sehen?« – »Wir suchen Nachwuchs für die Clubs in der Stadt.« – »Und was gebt ihr den Jungen als Gegenleistung?« Talib fiel hintenüber auf seinen Hosenboden. Wie eine Büffelherde trampelte ohnmächtige Wut in ihm heran. Zahran durfte die beiden Männer mit seinen Fragen nicht beleidigen. Die Fremden war ihre Chance! Mit ihnen konnten sie raus aus dem Dorf, hinein in die Welt! Kito lugte nun an seiner statt durch das Fenster, und er berichtete: »Sie wollen uns zu Profis ausbilden, wenn wir ihnen dafür geeignet scheinen.« Talib sprang auf, strebte die Tür der Hütte an. Doch Isaam hielt ihn zurück. »Lass Zahran machen. Er ist weise und sieht, was gut und was schlecht ist für unser Wohl.« Talib riss sich los und sagte: »Für mein Wohl ist Fußball spielen gut.« Da hörte er, wie Zahran sagte: »Wenn sie keine Schulbildung mehr bekommen, können wir unsere Söhne leider nicht mit Ihnen ziehen lassen.« Talib stürmte in die Hütte. Er sah die sanften Augen von Zahran und schämte sich für sein Eindringen. Er senkte den Blick, kniete sich nieder und sagte: »Aber weiser Zahran, wenn wir Profis sind, müssen wir nicht mehr lernen. Dann verdienen wir ja bereits Geld.« – »Das stimmt, mein lieber Talib. Doch wie lange wirst du Geld verdienen?« – »Bis an mein Lebensende«, brach es aus dem beinahe schon halbwüchsigen Jungen. »Das denke ich nicht, mein lieber Talib. Du musst fähig sein, dein Leben ohne Fußball leben zu können.« Der Junge unterdrückte die Tränen, die aus einer Mischung zwischen Zorn und Verzweiflung geboren waren. »Ich werde so ein großer Mann wie Drogba.« Da lachten die beiden Fremdlinge auf und verlangten, die Spieler des Dorfes zusammenzutrommeln und ein Match abzuhalten. Sie setzten sich in den Schatten der Schirmakazie und aßen Wassermelone, die ihnen Talibs Mutter geschnitten hatte. Das Sonnenlicht, das durch das Geäst brach, spielte in ihren Haaren, und so kam es, dass sie Talib wie Erlöser erschienen. Und er wollte diesen hellen Gestalten beweisen, dass sie nicht umsonst den weiten, staubigen Weg in die Savanne unternommen hatten. Hier würden sie die neuen Stars finden. Doch die beiden Kapitäne kamen nicht auf den Platz. Die Jungen standen ratlos in der prallen Hitze, und so machte sich Talib auf die Suche. Isaam tanzte in Zahrans Hütte den Freudentanz, pries Gott und die Ahnen, ihm die Möglichkeit gegeben zu haben, einst im Stadion den Namen des Dorfes zu nennen, bespuckte den Talisman und rieb ihn, um seine Energien freizusetzen. Kito saß am Boden und sagte: »Wir haben keine richtigen Schuhe. Keine guten. Wir haben keine Trikots. Wir machen uns lächerlich.« Talib setzte sich zu ihm und sagte: »Sie sehen, dass wir keine richtigen Schuhe haben. Und dann werden sie es nicht mehr sehen, weil da nur mehr unser Spiel ist. Und eines Tages werden sie uns richtig gute Schuhe schenken.« Und auch Isaam hockte sich zu Kito und sagte: »Nein, eines Tages werden wir uns selbst die besten Schuhe der ganzen Welt kaufen!« Und Kito nickte, und so nickten sie alle drei und gingen auf den Platz. Und es geschah das erste Mal seit Langem, dass es ihnen in der Gruppe nicht langweilig wurde, weil jeder der Knaben versuchte, der beste Löwe auf der Jagd zu sein und alle anderen im Rudel zu übertrumpfen. Sie liefen und kickten und foulten und schossen, und keinen störten die Bäche an Schweiß, die im Sand versickerten. Sie sahen nicht, dass die eine Gruppe ohne orangefarbene Hemden, die andere mit spielte, dass am Rand des Dorfplatzes nur Zahran, Samir und die Frauen und Kinder standen, sie sahen viel mehr bunte Trikots und Mauern voller Zuschauer, die ihnen zujubelten. Der Pfiff von einem der Männer ließ ihren Rausch wie das Gespinst einer Spinne zerreißen. Die Fremdlinge steckten die Köpfe zusammen, tranken eine weitere Schale Tee und würdigten die jungen Krieger, die die Welt erobern wollten, keines Blickes.

Talib und Kito und Isaam und all die anderen standen da und warteten darauf, dass ein Wort ihr gesamtes Leben veränderte. Es kamen die ersten Männer und Frauen von der Feldarbeit zurück, und nachdem sie von Zahran die Geschichte des Tages vernommen hatten, scheuchten sie die kleineren Jungen in die Häuser. Doch Talib, Kito und Isaam blieben tapfer stehen. Und endlich sprachen sie, die Fremdlinge. Sie zeigten auf Isaam: »Du kannst mitkommen, wenn du möchtest.« Talib hörte die Worte, doch er verstand sie nicht. Denn Isaam spielte bestenfalls genau so gut wie er, doch sicher nicht besser. Er war auf keinen Fall eine fliegende Antilope oder ein springgewaltiger Löwe. Und Isaam schien sie auch nicht verstanden zu haben, denn er stand starr wie ein Felsen im Fluss. Wie es auch Talib tat. Die Fremdlinge deuteten unterdessen auf Kito: »Du bist ein kluger junger Mann. Wenn du möchtest, können wir dich einst zum Trainer machen. Doch bis dahin spiele weiter wie bisher und lerne.« Kito neigte den Kopf und marschierte zur Hütte seiner Familie. Und schließlich zeigten sie auf Talib. »Du bist gut, aber zu jung. Wir kommen wieder. Wenn du bis dahin weiter gelernt hast, nehmen wir dich mit.« Talib wusste nicht, ob er zornig oder glücklich sein sollte, ob er den Napier ausreißen oder sich in ihm wälzen sollte. Doch eines wusste er: dass sich seine Feinde, die Tränen, nicht mehr zu Wort meldeten. Nun war er auf dem Weg zum Manne.

18 // KATZ NIMMT SICH SELBST AN DER NASE

»Und das sagst du uns erst jetzt?! Warum hast du mich nicht noch in der Nacht angerufen?« Im selben Moment wusste Katz, dass sein Vorwurf die Adressatin nicht erreichte, denn Dani hing wie ein nasser Fetzen in ihrem Sessel und hatte die Augen geschlossen, alle Antennen für Sensibles und auch weniger Sensibles eingefahren. Die Geruchsmischung von Seife und Restalkohol, die sie wie eine Glocke mit sich schleppte, erzählte den Rest. Er kannte diesen Zustand nur allzu gut und wusste, dass sie sich konzentrierte, nicht gleich hier im Büro zu reiern*.

»Was, bitte, haben die mit dir gemacht?«

»Gar nix. Alles easy. Bin gleich voll da.«

Katz fühlte sich so richtig knurrig, am liebsten wollte er immer weiter auf Dani einbrüllen, auch einfach nur inhaltsloses Zeugs. Diese Spur mit den Postings war ohnehin schon wieder am Erkalten, da durfte man sich nicht eine ganze Nacht lang dem Suff … »Okay, und die Dokumente? Sind die auch weg?«

Dani schüttelte den Kopf. »Enver hat sie mir geschickt und ich gleich Kevin, damit er sie verteilt. Du, Rössler, die AB08 … und auch die Alibis von Enver, Bodo und … ja. Zum Checken. Und außerdem hab ich eine Mail an die Fanbetreuer … wegen der Blue Danubes, ob sie auch solche Papiere … ja.« Sie versank aufs Neue in ihr Delirium.

* sich übergeben, kotzen

Katz warf einen möglichst unauffälligen Blick in seinen Posteingang – da war sie, die Mail mit Anhang. Irgendein Teil von Danis Gehirn hatte anscheinend tatsächlich noch funktioniert. Und er musste sich angewöhnen, mehr mit PC und Tablet zu arbeiten. Er hatte schon ein paar Mal dämliche Fragen gestellt, nur weil er sich noch immer nicht angewöhnt hatte, diese Art von umfassender Vernetzung auch zu nutzen.

Er nickte Kevin zu, der ihn jedoch keines Blickes würdigte, weil derselbe an Dani haftete. Draganović' Stirn war gefurcht, und die Mundwinkel waren nach unten verzogen. Seine beinah hündische Bewunderung von Dani hatte jetzt wohl ein paar Kratzer abbekommen.

Er schickte den Azubi mit einem Nicken hinaus. »Wasser.«

Dann wählte er die Nummer von Rössler, während er aus den Tiefen seines Schreibtisches ein Aspirin herauskramte. Der Herr Staatsanwalt meldete sich nicht. Hoffentlich hatte er die Mail von Kevin nicht übersehen und war jetzt den ganzen Tag bei Gericht. Verdammt, sie mussten sofort ein Rechtsansuchen in die USA schicken, damit Facebook die IP des Teilnehmers offenlegte. Okay, dieser mysteriöse Mani il Stronzo – also das würde Katz dieser Arschgeige nie verzeihen, den liebevollen Spitznamen von Kollaritsch so zu verunglimpfen! Frechheit. Er atmete durch. Gut, dieser Stronzo hatte sich zwar wahrscheinlich von einem Internetcafé aus eingeloggt, aber einen Versuch war es wert. Dann hatten sie wenigstens einen Anhaltspunkt, erfahrungsgemäß gingen selbst die abgebrühtesten Gangster nicht weit von ihrem Wohnort entfernt in diese Cafés. Nur echte Berufskiller waren so vorsichtig. Und vielleicht hatten sie ja überhaupt Glück und derjenige hatte die Hetzerei gegen Kollaritsch von seinem persönlichen Computer aus gestartet.

Kevin kam nicht zurück, obwohl sich die Küche nur ein paar Meter weiter befand. Ja, waren denn heute alle spinnert?

»Dani?«

»Hm?«

»Geh heim.«

Sie quälte sich die Augen auf. »Nein, ist wirklich alles okay. Nur ein bissel wenig Schlaf.« Jetzt wurstelte sie sich in eine etwas würdigere Sitzposition. »Der Enver und seine beiden Buddys waren einfach nicht zum Bremsen. Wir waren dann noch in so einer Tschumse bei der Schnellbahnstation, wo«, sie lachte auf, »die Harten absaufen. Jetzt weiß ich alles über den Danube und über Fußball und die Weltrevolutionen. Und dann wollte die Laura noch über alte Zeiten quatschen und …«

»Du hast mit ihr aber nicht über den Fall gesprochen?«

Sie sah ihn scharf an. »He, was glaubst du?«

Dass die Gute ziemlich besoffen gewesen und die Nachwirkungen nicht gewohnt war. Und da taten Menschen oft etwas, das nicht unbedingt von Vorteil war.

Die Türschnalle wurde langsam heruntergedrückt, und Zentimeter um Zentimeter schob sich Kevin mit einem Tablett herein – drei Espressi, Wasser in einer Karaffe und ein Glas Tomatensaft, wie Katz aufgrund seiner Erfahrung blitzschnell erkannte.

»Woher hast du das denn, Draganović? Haben unsere Automaten endlich ein gscheites Angebot?«

»Ich war beim Greißler vorne.« Er stellte das weltweit beliebteste Katergetränk vor Dani ab und hielt ihr je eine kleine Packung Salz und Pfeffer unter die Nase.

Sie nickte und strahlte ihn an. »Du bist der Beste.«

Kevin wurde wie üblich rot und mixte die Gewürze in den Tomatensaft. Mit einem zarten Lächeln reichte er das Gesöff Dani, die ihn nun wie eine leidende Madonna zurück anlächelte. Er strahlte erneut auf. Gut, der Kratzer war bereits verheilt.

Katz akzeptierte seine Rolle als Statist und nahm sich selbst seinen Espresso. »Kevin, wir müssen unbedingt Rössler …«

»Ich habe mir erlaubt …« Er fuhr mit der Zunge über seine Lippen. »Ich habe mir gedacht, während ihr beide vielleicht noch die restlichen Gesprächsinhalte des gestrigen Abends …«

»Red net so gschraubt.«

»Ich habe den Herrn Staatsanwalt angerufen. Er ist zwar in einer Verhandlung …«

So ein verdammter Mist!

»… doch er hat das Ansuchen an Facebook bereits formuliert. Es wird gerade auf Englisch übersetzt und sollte bald bei uns sein.«

»Bestens! Und ich nehme an, du weißt auch schon, wie wir das anstellen. Also, an welche Stelle man sich da wenden muss.«

Kevin schnappte sich sein Tablet und wischte darauf herum. »Ja, das ist …«

Katz winkte ab. »Es reicht, wenn du dich auskennst. Oder derjenige, der das auch immer abschickt. Wie lange wird das dauern, bis die antworten?«

»Vierundzwanzig Stunden bis sechs Tage. Nur bei Gefahr im Verzug geht es auch sofort. Aber die haben wir ja nicht.«

»Wer sagt, dass das nicht der Fall ist?« Er grinste seinen Mitarbeiter an. Der Kleine musste da noch ein bissel lernen, obwohl er es doch sonst auch nicht so genau mit den Vorschriften nahm. »Wir haben es mit einem Saubermacher zu tun, der vielleicht schon bald das nächste korrupte Schwein killt. Hüttl zum Beispiel.«

Kevin nickte. Er aktivierte sein Smartphone, wurstelte sich an Dani, die unterdessen ihr Tablet aktiviert hatte und in irgendwas versunken war, vorbei – Katz beschloss, endlich ein größeres Büro zu beantragen – und stellte sich zum Fenster, um zu telefonieren. Während er der Sekretärin vom Rössler ihr Anliegen schilderte, öffnete Katz auf seinem PC die Papiere des Aufhussers. Es handelte sich um JPEGs, also wahrscheinlich Scans. Sehr klug. Die Wunderwuzzis von der IT-Abteilung hätten bei Weiterleitung der originalen Unterlagen sicherlich irgendeinen Hinweis auf den ursprünglichen Verfasser gefunden. Und insofern auch sehr blöd. Die Aufzeichnungen schienen außerdem nicht vollständig zu sein, denn es gab zum Beispiel einen Eintrag 1998/1 und einen 1998/5. Sie begannen neunzehnhundertvierundsiebzig, da sah die Schrift nach alter Schreibmaschine aus, und endeten vor einem Dreivierteljahr, in klarstem Arial – Kollaritsch hatte für den neuen Innenverteidiger vierzigtausend Euro Bestechungsgeld kassiert. Es stellte sich die Frage, wer von all dem gewusst haben konnte. Es wirkte, als hätte Kollaritsch selbst die Buchführung betrieben, was ja auch zum Hinweis auf ein Tagebuch durch seine Ex-Freundin passen würde, denn die nackten Fakten waren weder mit Kommentaren versehen noch entdeckte Katz irgendwelche Zusätze, die auf eine erfolgte Schweigegeldzahlung hindeuteten. Und allein das hier schon war genügend Material für die Kollegen von der Wirtschaft, wenn sie auch irgendwo noch den Rest fanden – na, dann spielte es Granada in der österreichischen Fußballszene, und wahrscheinlich auch außerhalb der Grenzen. Denn da war ein Spiel …

»Der Egger und der Kollaritsch haben schon in der Jugendmannschaft gemeinsam angefangen.«

Katz schreckte auf und sah Dani an.

Sie wuchtete sich in die Höhe, holte sich von seinem Schreibtisch das Aspirin und ließ es ins Wasserglas plumpsen. »Steht in der Zusammenfassung von Oppitz.« Sie betrachtete das Aufsteigen der Bläschen. »Mir lässt das keine Ruhe, dass die Unterlagen direkt nach dem Tod von Egger ins Netz gestellt worden sind.«

»Ja, sie haben auch am Anfang gemeinsam gespielt. Aber warum sollte der Kollaritsch dem Egger von seinen Gaunereien erzählt haben? Oder andersherum: Wie soll sich ein Spielerkollege, dann Junkie und schließlich Zeugwart Zugang zu solchen brisanten Infos verschafft haben?«

Sie zuckte mit den Schultern und drehte das Display in seine Richtung. »Jedenfalls waren sie anscheinend einmal dicke Freunde. Hat sogar dasselbe Bandl wie der Kollaritsch am Handgelenk.«

Katz sah drei schlanke junge Männer in Schlaghosen und bunten Hemden, die sich an den Schultern umfasst hielten und offensichtlich lauthals lachten. »Der dritte, das ist der Tröger. Auch mit Freundschaftsband.«

Dani beugte sich über den Tisch. »Was? Unser komatöser Vereinsbesitzer? Der hatte auch solche Schneckerln?« Sie kicherte.

»Nein, der Bernhard, sein Bruder. Der dann im Traumteam war.«

»Und sich umgebracht hat«, mischte sich nun auch Kevin wieder ins Gespräch. »Warum eigentlich?«

Katz verschränkte die Arme hinter dem Kopf. »Das

weiß keiner so genau. Man hat gemunkelt, dass es aus unglücklicher Liebe war.«

»Vielleicht war es ja …« Der Azubi suchte in den Unterlagen der Digi-Welt. »Nein, sie war es nicht. Der Bruder, Harald Tröger, hat seine Frau erst Jahre später geheiratet.«

»Aber die können sich doch schon vorher ewig gekannt haben«, warf Dani ein.

»Nein, eher unwahrscheinlich.« Katz wunderte sich, dass plötzlich wieder alles an Erinnerung da war. »Die Cordula ist ein Model gewesen, und alle Boulevardblätter haben sich damals überschlagen, wie sich die beiden – ich zitiere, das werde ich nie vergessen – *schönen* Menschen zufällig bei einer Party von Udo Proksch begegnet sind.«

»Bei wem?«, kam es nun unisono von den beiden Youngsters.

Katz war es unverständlich, dass man diesen Namen nicht kennen konnte, auch wenn man Nachgeborener war. »Na, der ehemalige Demel-Chef, Club 45, Partytiger, Netzwerker, wie man heute so schön sagt, Playboy, Versenker von der Lucona, dann Häfnbruder, Ex-Mann von der Pluhar. Wurscht, googelts ihn. Auf jeden Fall waren seine Partys legendär, und dort haben sich die beiden unter Getöse kennengelernt.«

»Okay.« Dani tippte auf Kollaritsch. »Und seine Frau?«

»Warum muss es denn überhaupt die Frau eines anderen gewesen sein?«, wurde es Katz nun doch zu einseitig. »Kann ja auch irgendeine gewesen sein, die ihn nicht erhört hat.«

»Was hat mir da ein alter Fuchs beigebracht?«, grinste Dani. »Immer zuerst einmal das Naheliegende durchforsten.«

»Okay, okay.« Er grinste zurück. »Also über die weiß ich nicht mehr als ihr, also das, was uns die Tochter erzählt hat.«

»Da steht auch nichts bei Oppitz«, referierte Kevin.

»Gut, dann reden wir noch einmal mit dieser Barbara. Vielleicht weiß die ja was. Obwohl Kinder selten was von den Gspusis ihrer Eltern erfahren. Und natürlich fragen wir auch die einzige authentische Quelle, unsere liebe Helga Egger, mit der wir sowieso ein paar Takte plaudern wollten. Von wegen Angst vor Armut, Freunde bei der Steuerbehörde und so.«

Dani stürzte das Glas mit der Medizin in einem hinunter und schüttelte sich ab. »Wobei ich mich frage: Was interessiert uns eigentlich der Selbstmord von Bernhard Tröger?«

Der Einwand war natürlich mehr als berechtigt. »Wir haben nur so sinniert …« Und trotzdem, jetzt, wo Katz gezwungen war, die Relevanz dieses Denkfadens einzuschätzen, rumorte es in seinem Bauch beim Vorhaben, ihn wieder fallen zu lassen. Das war ganz klar der motzende Fan in ihm, der die Chance sah, im Zuge seines Jobs etwas aufzuarbeiten, was ihn einst massiv verstört hatte. Tröger war unwesentlich älter als er gewesen, und mit Anfang zwanzig brachte man sich nicht um.

Hatte er seine Überlegungen laut ausgesprochen? Denn Dani grinste ihn an. »Verstehe, die Fangemeinschaft wird es uns danken, wenn wir die Früchte am Wegesrand mit aufheben.«

Katz drehte das Tablet wieder in ihre Richtung. »Auf jeden Fall schadet es nicht, wenn wir in der Zeit von damals ein bissel herumwühlen. Falls sich herausstellen sollte, dass Egger die Papiere geschrieben hat. Denn dann muss irgendwas passiert sein, was ihm Zugang in Kollaritsch' Hirn und Leben ermöglicht hat.«

»Äh …«

»Ja, Kevin?«

Er wurde rot, also folgte jetzt etwas Unangenehmes. Katz spürte eine Hitzewelle in sich aufsteigen.

»Ich hab mir nur gerade gedacht, wir sollten uns vielleicht einmal Eggers Computer anschauen, weil in einigen Abschnitten die Schrift von den Papieren ja nicht eine der üblichen ist, wie Times New Roman, Arial oder Calibri, und die Maschinenschrift ja nicht original sein muss, sondern auch nachgemacht sein kann. Zwecks Vergleich und so. Vielleicht hat er ja auch andere Dokumente in der Schrift verfasst, was ein Hinweis wäre, dass die Papiere wirklich von ihm stammen, von dem wir da gerade so … ausgehen.« Er flüsterte das letzte Wort nur mehr.

Katz wurde noch heißer, doch er versuchte, seine Stimme freundlich klingen zu lassen. »Richtige Überlegung, Kevin. Und?«

Der Bursch räusperte sich. »Also habe ich nachgeschaut, ob die AB08 schon mit seiner Wohnung fertig ist. Ist sie.«

»Und?« Die Hitze kribbelte jetzt wie Ameisen auf seiner Glatze.

»Auf der Liste der AB08 ist kein PC aufgelistet. Auch kein Laptop.« Jetzt hatte Kevin sehr schnell gesprochen, als hätte er es hinter sich bringen wollen.

Schweigen im Raume.

»Okay«, sagte Dani in sehr beherrschtem Ton, wie Katz zu seiner Befriedigung feststellte. Nicht er allein war angepisst. »Das kann heißen«, fuhr sie fort, »dass der Egger so was nie wirklich besessen hat und die Papiere also nicht von ihm sind, denn nach Schreibmaschine schaut das Schriftbild bei den jüngeren Papieren nicht aus.«

»Es ist aber ein Drucker aufgelistet«, flüsterte Kevin.

Erneutes Schweigen.

»Okay«, fasste sich Dani wiederum als Erste. »Also dann haben entweder unsere Leute geschlampt, was ich nicht glaube, oder es hat jemand das Ding entfernt.«

»Präzise auf den Punkt gebracht. Und welche Personen kommen dafür infrage? Erstens natürlich Eggers Frau, weil sie irgendetwas vor uns verheimlichen will. Und zweitens …«

»Die Punkteliste für das Gespräch mit ihr wird immer länger«, warf Dani ein.

»Und zweitens kann dieser Jemand der Kokslieferant sein. Wodurch sich logisch ergibt, dass einer von beiden auch Signore Mani il Stronzo sein könnte, unser Snowden der Fußballwelt.«

Dani zeigte mit zugekniffenen Augen auf, ganz in der Manier von Columbo. »Ich bin Eggers Frau, geschockt durch seinen Tod, durchsuche aber im nächsten Moment seinen Computer, um auf brisantes Material zu stoßen, von dem ich bislang nichts wusste. Unterlagen, mit denen ich bestens Kollaritsch erpressen könnte. Geldnot habe ich ja immer.« Dani lachte auf. »Aber ich oute mich als Rächerin und stelle das Ganze auf Facebook.« Sie sah sie beide an. »Zweite Möglichkeit: Ich wusste die ganze Zeit von dem Material und will es nun nach seinem Tod, den ich vielleicht sogar mitverschuldet habe, in Sicherheit bringen. Also packe ich den PC ein, gebe aber zugleich eine Obduktion in Auftrag, wodurch ich annehmen muss, dass die Polizei schnüffelt und natürlich den Computer suchen wird. Warum also den ganzen PC und nicht bloß die Infos? Ich kann die Datei vielleicht nicht allein entschlüsseln, brauche jemanden dazu, also nehme ich ihn mit. Zwischenfrage: Warum keine Kopie auf Stick? Weil ich keinen dabei habe.

Und der Tote hatte auch keinen? Muss man einmal annehmen. Okay, aber dann habe ich die Papiere und stelle sie ins Netz. Warum bringe ich das Gerät nicht an den Ort zurück? Hm. Der andere, der Entschlüssler, hat die Brisanz erkannt und erpresst mich …«

»Okay, okay, okay, reicht schon. Wirkt alles ein bissel verworren und unwahrscheinlich«, musste Katz zugeben. »Lassen wir es einfach einmal so stehen, bis wir sie in die Zange genommen haben.«

»Und dann unser Kokslieferant«, fuhr Dani fort. »These eins, er hatte irgendeine Rechnung mit Egger offen, die Disziplinierungsmaßnahme geht schief. Er hat eine Leiche. Seelenruhig setzt er sich neben ihr an den Computer und schaut einmal auf Verdacht, ob da irgendwas ist, was er brauchen kann. Findet auch tatsächlich was, wirft die Leiche über den Balkon, klemmt sich den PC untern Arm und dreht das Licht ab.« Sie machte ein Gesicht, als hätte sie in eine Zitrone gebissen.

Katz spürte Bewunderung für seine Daniela. Ihr verkatertes Gehirn war erstaunlich schnell wieder einsatzfähig. Er selbst benötigte nach solchen Abstürzen oft schon zwei Tage, um wieder voll da zu sein. Wahrscheinlich das Alter.

»Andere Variante«, fuhr sie fort. »Er weiß, dass Egger was weiß, und will es aus ihm herausholen. Warum mit Koks? Ein paar Schnitte in die Haut hätten auch ihren Dienst getan. Egal. Egger verrät ihm alles, was er braucht, inklusive Passwort wahrscheinlich. Aber er macht sich nicht eine Kopie auf einem mitgebrachten Stick, nein, er packt den PC als Ganzes ein.« Wieder das Zitronengesicht.

»Weiter, Dani, weiter.«

»Gut, sagen wir trotzdem, es war so. Er stellt die Papiere rein, sieht sich als Rächer der Fußballwelt. Alle regen sich auf, tun nichts, wollen aber, dass der Blatterer initiativ wird. Ist er selbst der Ominöse, der sich nun geschmeichelt fühlt und zur Tat schreitet? Die Schikanen bislang waren aber nur gehässig, nicht gewalttätig. Und jetzt sage ich mir plötzlich, mir hört keiner zu. Dann müssen sie eben fühlen. Hm. Normalerweise sind Mörder und Agitierer zwei verschiedene Psychen. Das spießt sich doch an allen Ecken und Enden. Abgesehen davon, dass für ihn dasselbe gilt wie für Helga Egger, denn die Entschlüsselung hat stattgefunden, warum also behält er das Gerät? Ist doch viel zu gefährlich.«

Wo sie recht hatte, hatte sie recht. »Das mit dem Computer ist wirklich höchst eigenartig, aber was das andere betrifft, da gibt es noch eine Möglichkeit. Vielleicht hat sich unser Kollaritsch-Mörder ja nur als Blatterer ausgegeben. Und die ganze Brutalität ist nur unserem Koksmann zuzuschreiben. Wer immer das auch ist.«

»Auf jeden Fall jemand, der ein extremes Insiderwissen hat«, merkte nun Kevin an. »Der Schmitz hat uns gerade eine Mail geschickt, dass sie im Sockel von einem Pokal einen Stick gefunden haben. Mit einer passwortgeschützten Datei. Sie lassen gerade das Decodierungsprogramm drüberlaufen.«

Katz hielt es hinter seinem Schreibtisch nicht mehr aus. Er sprang auf und nahm einen Marsch durch das Büro auf. »Das heißt, wie du richtig vermutet hast, liebe Dani, Wolfram Egger hat sich abgesichert. Und die Datei war auf dem PC höchstwahrscheinlich mit demselben Passwort geschützt. Das unser Koksmann knacken konnte. Das ihm Egger wohl verraten hat. Bleibt aber noch immer die Frage, woher der Typ überhaupt wusste, dass der Zeugwart brisantes Material besessen hat.«

Er sah in zwei ratlose Gesichter, die ihm wie die Spiegelung seines eigenen Gefühlszustandes vorkamen. »Auf jeden Fall haben wir den Fall Egger bislang etwas zu stiefmütterlich behandelt.« Sie nickten.

Dani hob demonstrativ ihr Handy in die Höhe. »Und deswegen sollten wir uns einmal den Ort anschauen, wo alles begonnen hat. Am besten in Anwesenheit der Dame, die uns sowieso noch einige Antworten schuldig ist.«

18

Die Fremdlinge waren also ins Dorf gekommen und hatten Isaam geholt. Und Talib hatte Angst. Denn der Onkel und die Tante hatten ihrem Sohn den Gang in die Stadt verboten. Der Erstgeborene hatte die Ehre, Lehrer zu werden. Und so sollte Isaam als Zweitgeborener an seiner statt den Betrieb übernehmen. Eine andere Möglichkeit sah der Onkel nicht, denn die anderen Kinder waren bloß Mädchen und das Erdferkel, das sich nur bewegte, wenn es im Tor stehen oder Schiedsrichter sein durfte und ansonsten am liebsten seine Zeit bei der Mutter in der Hütte verbrachte. Isaam widersprach dem Vater, was Talib und die anderen Jungen, die im Schatten der Hütte lauschten, sich ducken ließ, denn der Onkel konnte und durfte diese Respektlosigkeit nicht dulden. Sie warteten auf das zischende Geräusch von Schlägen, doch da war nur Stille. Und dann hörten sie Isaam versprechen, nicht nur in die große Stadt, sondern bis nach Europa zu gehen, dort sehr reich zu werden, nach zehn Regenzeiten zurückzukehren und für die Familie zu sorgen. Bis dahin würde er als Profi so viel Geld verdient haben, dass er ein festes, dichtes Haus bauen und einen ganz neuen, modernen LKW kaufen konnte. Die Knaben im Schatten der Hütte hörten ein einziges Klatschen. Zwei Nächte danach war Isaam verschwunden. Der Onkel erklärte den Tod seines Sohnes. Wenn das Gespräch auf Isaam kam, dann fragte er, wen die anderen denn im Sinn hätten, er kenne niemanden dieses Namens. Doch Talib, der nun nicht mehr nur geduldet, sondern als Gehilfe und

Ersatzsohn des Onkels mit ihm in die Stadt fuhr, sah den alten Mann im Zwielicht der Lokale benebelnde Getränke zu sich nehmen, sah, wenn er selbst beim großen Stadion nach Isaam Ausschau hielt, dass auch der Onkel heimlich einen Blick auf seinen Sohn zu erhaschen versuchte. Sah, dass er sich mit seinem Ältesten traf, der jedoch nur jedes Mal den Kopf schüttelte. Deshalb hatte Talib Angst. Denn Isaam war nicht nur in die Stadt gegangen, er war verschwunden. Seine Mutter durchsuchte fünf Monde vergeblich die Post nach Briefen ihres Sohnes, bezichtigte den Vater, sie vor ihr zu verstecken oder gar auf dem Postamt in der großen Stadt zurückzulassen, Isaams Vater selbst machte sich die benebelnden Getränke zur Gewohnheit. Und Talib nahm Isaams Platz als Kapitän ein, doch das bereitete ihm keine Freude. Den Knaben des Dorfes war ein Teil ihres Fleisches herausgeschnitten worden. Sie konnten sich nicht für ihren Bruder und seinen Gang in die Stadt freuen, denn der Bruder war offiziell tot. Und so wollte Talib nicht enden. Deshalb durfte er nicht mehr an Fußball denken. Doch dieser Abschied tat weh. Talibs Brust wurde eng, sein Innerstes stülpte sich nach außen. Und so verließ er immer öfter das Dorf, denn nur der große Baobab und die Savanne stillten ein klein wenig das Brennen in seinem Körper. Dort saß er dann und schaute in den weiten Horizont, dorthin, wo das Land der Weißfladen lag. Als ihn eines Tages die Dunkelheit umarmte und er erst mit dem Heulen der Hyänen ins Dorf zurückkehrte, befahl ihn Zahran in die Hütte. »Mein Sohn, was ist mit dir?« Und Talib erzählte ihm von seiner Angst: so zu enden wie Isaam und auch nicht so zu enden wie Isaam. Denn Fußball war sein Leben. »Geh zum Baobab bei eurem Haus und bete zu den Ahnen. Beschenke sie. Sie werden den

Weg bereiten, der gut für dich ist.« Und Talib verzweifelte noch mehr, denn die Ahnen konnten nur wollen, dass er an Sohnes statt dem Onkel folgte. Da lächelte Zahran: »Und liebe den Ball, denn er macht Isaam sehr glücklich. Ich habe mit ihm gesprochen. Er denkt an dich.« Und der alte weise Mann zog sein Mobiltelefon aus den Falten des Gewandes. Talib war, als zeige sich mitten in der Nacht die Sonne am Ende der Savanne.

19 // KATZ IST KNAPP VOR EINER PRÜGELEI

Der Drogentod von Egger war definitiv eine Laune des Schicksals gewesen, denn angesichts der ständig herrschenden Morgenglätte in den letzten beiden Wochen und des Steilhangs, an dem das Haus des Zeugwarts stand, hätte er sich eigentlich schon längst den Hals brechen müssen. Die Gasse, an den Ausläufern des Lainzer Tiergartens und somit des Wienerwaldes gelegen, war der Klassiker als Übungsgelände für Führerscheinaspiranten, denn ohne Handbremse ging da gar nichts.

Katz folgte Dani zum Gartentor, das das typische Rombenmuster der Fünfzigerjahre aufwies, wie auch das Haus in diesem Stil gebaut war: ein Würfel mit einem Dach, das fast die Hälfte der Gesamthöhe einnahm, zwei Fenster unten, eines im gleichschenkeligen Dreieck oben. Der kleine Vorgarten wurde links von zwei mächtigen Tannenbäumen beherrscht, um einen Zierteich mit fünf Gartenzwergen gruppierten sich Rosensträucher und Büsche, die Katz aufgrund des fehlenden Blattwerks nicht identifizieren konnte. Rechts vom Haus war, gesäumt von Birken, die klassische Zufahrt zur Garage, die wie eine Miniaturausgabe des Haupthauses aussah.

»Der Balkon ist anscheinend auf der Rückseite.« Unsinnige Bemerkung, weil offensichtlicher Umstand, rügte er sich im Stillen.

Dani drückte ihm ihr Tablet in die Hand, holte aus der Jackentasche eine hellbeige Haube und setzte sie auf. »Hoffentlich kommt die Egger bald. Wieso gehen wir nicht schon vor?«

»Weil ich mir noch ein bisschen die Gegend anschauen will. Und da hat wirklich niemand was bemerkt?«

Sie nahm das Gerät wieder an sich und aktivierte es. »Von den Nachbarn niemand, die waren alle arbeiten, bis auf den Herrn Hans-Jörg Karasek. Aber der hat auch nichts Besonderes gesehen.«

»Was heißt, nichts Besonderes?«

»Das steht da so im Protokoll. Nichts Besonderes.« Sie seufzte. »Das war die erste Einvernahme durch einen Kollegen von der Streife, als noch alle von Unfall beziehungsweise Selbstmord ausgegangen sind.«

»Okay, dann fangen wir noch einmal von vorn an. Wenigstens ist der Aufwand übersichtlich, wenn alle anderen tatsächlich arbeiten waren. Auch das sollten wir noch einmal überprüfen. Wo finden wir den Herrn Karasek?«

Dani nickte zum Nebenhaus, das ein Klon von jenem der Eggers zu sein schien, abgetrennt durch eine mächtige Thujenhecke und mit dem einzigen Unterschied, dass statt Tannen Kastanien den Vorgarten beherrschten. Hinter dem rechten Fenster stand ein Mann und beobachtete sie. Er war in Katz' Alter, hatte allerdings noch volles braunes Haar. Beneidenswert. Und er trug ein helles Hemd mit einem dunklen V-Pullover, was Katz eigenartig erschien. Wahrscheinlich, weil die meisten Arbeitslosen, die er bislang in ihren eigenen vier Wänden einvernommen hatte, immer etwas salopper gekleidet gewesen waren, um nicht zu sagen, nachlässiger.

Karasek öffnete das Fenster: »Kann ich Ihnen helfen?«

Dani stellte sie beide vor und informierte ihn, dass sie ihn nochmals wegen des Todes von Egger befragen wollten.

»Wieso? War's doch kein Unfall?«

Gewieftes Kerlchen. »Würden Sie uns bitte kurz hineinlassen?«

Der Mann schloss das Fenster. Eine Minute später humpelte er, angetan mit grauem Wintermantel und passendem Hut, zu ihnen. Er machte keinerlei Anstalten, ihnen aufzusperren, sondern lehnte sich stattdessen mit einem Arm aufs Gartentor. »Ich brauch eh ein bissel frische Luft.« Er hob den rechten Fuß, der in einer orthopädischen Sandale steckte. »Mit meiner offenen Ferse da mach ich viel zu wenige Spaziergänge. Es ist ein Elend.«

Normalerweise würde er nun im netten Plauderton Vertrauen und Lockerheit schaffen, doch Krankengeschichten waren das Letzte, wonach es Katz im Moment gelüstete, also nützte er blitzschnell die geseufzte Pause seines Gegenübers. »Sie haben angegeben, am Mittwoch vor einer Woche nichts Besonderes gesehen zu haben. Und was wäre da so an Unbesonderem gewesen?«

Karasek nickte. »Verstehe, die Chefetage ist jetzt im Einsatz. Weil die Streife letzte Woche hat nicht nachgefragt. Und ich hab mich schon gewundert, dass die Polizei so nachlasst. Es wird ja immer geschimpft über euch, aber ich weiß, dass ihr alle klasse Burschen seids. Und Damen natürlich.« Er nickte Dani kaum wahrnehmbar zu. »Also bei den Kriminalern.«

Hervorragend, einer von den Recht-und-Ordnung-Typen, die waren in ihren Aussagen immer sehr akkurat. Also dann! Katz suchte den jovialen Ton in sich. »Ja, aber das sind wir nur, weil wir uns auf Leute wie Sie verlassen können. Menschen mit Beobachtungsgabe und dem Herz am rechten Fleck.«

Dani hustete und versteckte sich hinter ihrer Hand. Also lachte sie. Ja, eh, aber was tat man nicht alles für ein bisschen Informationen?

»Schön, dass Sie das sagen. Also, nichts Besonderes heißt, dass halt genau an dem Tag wieder einer von seinen Negern da war.«

Und während Katz sich selber noch gut zuredete, dass in dieser Situation eine Diskussion um Political Correctness nicht hilfreich wäre, hörte er Dani schon ihr lapidares »Aha?« anbringen.

Karasek lehnte sich nun auf den anderen Arm. »Ja, also im Grunde habe ich ja nichts dagegen, dass er sich immer ein bissel um die Nachwuchsspieler gekümmert hat. Die sind ja teilweise arme Hascherln. Also, was er mir da manchmal so erzählt hat …«

»Das heißt, er hatte oft von jungen Männern Besuch?«

So, wie Dani die Frage gestellt hatte, klang es nach einem unanständigen Vorgang.

»Ja klar. Er hat für sie gekocht, ihnen ein paar Bier ausgeschenkt. Oft waren da gleich zwei oder drei bei ihm. Aber immer nur, wenn die Helga nicht da war. Die hat das nicht leiden können. Die wollte ihre Ruhe haben. Aber in den letzten Jahren war sie ja nicht so viel da. Ich hab mich oft gefragt, wo sie dann ist. Aber der Wolfram wollte da nicht drüber sprechen. Vielleicht hat sie ja einen Gschamsterer.« Er zuckte verschwörerisch mit den Augenbrauen. »Und da ist klar, dass sich der Wolfram noch mehr die Burschen eingeladen hat. Ist ja nix, so ein leeres Haus.« Er warf einen Blick auf sein eigenes.

Katz befürchtete schon, nun gleich die Lebensgeschichte

des Herrn Karasek zu hören, samt Lobgesang auf seine nicht vorhandene Frau, wahrscheinlich verstorben.

»Und an diesem Tag«, beeilte er sich, das Gespräch in der richtigen Richtung weiterlaufen zu lassen, »war wieder einer von den Nachwuchsspielern bei ihm. Wann denn ungefähr?«

»Hm, also es hat gerade die Karlich-Show begonnen, das heißt, es muss so um vier gewesen sein.«

»Und wie lange war er da?«

Jetzt verschränkte Karasek die Arme und zog ein Schnoferl. »Ja, das weiß ich nicht. Denn ich hab sie nur wegfahren gesehen.«

»Sie?«, warf nun Dani ein.

»Der Neger und irgendein Mädel. Ist schon im Auto gesessen, habe ich nicht genau gesehen.«

»Und wieso wissen Sie dann, dass es ein Mädchen war?«, fragte Dani nach.

Karasek schenkte ihr das erste Mal einen bewussten Blick – er war nicht nett, und die Oberlippe zog sich etwas zur Nase, die pure Verachtung. »Na, weil sie so Haare hatte.« Er deutete einen schulterlangen Pagenkopf an. »Blond.«

Katz verkniff sich, den Herren aufzuklären, dass es auch Burschen mit solch einer Haartracht gab. »Danke. Und weiter?«

Karasek zog die Mundwinkel in die Breite, wahrscheinlich war er erleichtert, wieder mit dem Gruppenführer reden zu können. »Er hat den Kofferraum zugeschlagen, deswegen habe ich ja überhaupt erst rausgeschaut, und dann ist er eingestiegen, und sie sind davongefahren. Ein schwarzer VW-Käfer. Hat ziemlich neu ausgeschaut. Ich habe mir noch gedacht, schau an, schau an, dass sich der das leisten kann. Man weiß ja, dass die vom Nachwuchsteam nicht so viel verdienen. Aber vielleicht gehört das Auto ja auch seiner Freundin. Immerhin durfte die fahren.«

Eine Frau am Steuer und eine Frau bei der Polizei – es musste eine denkwürdige Woche in Karaseks Welt sein. »Und ankommen haben Sie sie nicht gehört?«

Er schüttelte den Kopf. »Ich war am Vormittag beim Arzt. Hab die Tage davor solche Schmerzen ghabt, dass ich nur Pulverl gschluckt hab. Ich sag's Ihnen! Ja, und wie ich zu Mittag nach Hause gekommen bin, war da kein VW-Käfer. Wäre mir aufgefallen.« – Das glaubte ihm Katz sofort. – »Und dann habe ich mich hingelegt, weil die Nacht ist mir ja noch in die Knochen gsessen. Das war ungefähr um eins.«

Also drei Stunden, die ungeklärt waren. Nein, eigentlich acht. Katz fühlte Verzweiflung in sich aufsteigen. Die Kälte und das Koks hatten eine genaue Eingrenzung des Todeszeitpunktes verunmöglicht. Halbwegs sicher war nur, wenn man denn der Aussage vertraute, dass Helga Egger ihren Mann am Donnerstagvormittag gegen neun Uhr gefunden hatte.

»Ich hab mich nur gewundert, dass die *Krone* nicht in meinem Postkastel gelegen ist.«

»Wie bitte?«

»Der Wolfram und ich haben uns die Abos von den Zeitungen aufgeteilt, er zahlt die *Krone*, ich den *Kurier*. Und zu Mittag tauschen wir immer. Also Montag bis Mittwoch, wenn er den Nachmittagsdienst hat. Donnerstag und Freitag wechseln wir erst am Abend. Am Wochenende aber dann wieder zu Mittag. Na ja, ich hab mir halt gedacht, dass er ausnahmsweise in seiner Firma für wen eingesprungen ist.«

In Katz schrillte es. Sie mussten sofort … Dani ging bereits beiseite und zückte das Handy.

Er lehnte sich nun seinerseits auf den Zaun. »Und den jungen Mann mit der Freundin, haben Sie den schon öfters hier gesehen?«

»Normalerweise könnte ich Ihnen da ja nicht helfen, weil die Bimbos, die schauen ja irgendwie alle gleich aus. Aber den erkenne ich. Denn der hat die Haare so komisch, die Wuckerln in so einem Mittelscheitel. Schaut wirklich affig aus.« Er lachte meckernd über seinen Witz.

Katz fühlte nicht einmal mehr Aggression, er war nur mehr fassungslos.

»Und der war ganz früher oft bei ihm. War überhaupt der erste Neger da hier bei uns. Aber die letzten Jahre habe ich ihn nicht gesehen. Und eigentlich müsste er jetzt auch schon zu alt für die Nachwuchsmannschaft sein. Wobei ich mich ja frage, warum wir da überhaupt so Bloßhapperte* haben müssen. Gibt's bei uns nicht genug gute Buben? Also wirklich. Der ganze Fußball ist ja mittlerweile verseucht. Nicht einmal mehr bei der Europameisterschaft oder der Weltmeisterschaft hast reine Truppen, weil da schon welche bei uns geboren sind. Also in Europa, meine ich jetzt. Das wird einmal kein gutes Ende nehmen. Das war noch nie gut, wenn sich die Rassen …«

»Sie haben vollkommen recht, Herr Karasek«, fuhr Katz dazwischen. Am liebsten wollte er den Typ von oben bis unten anreiern. »Aber der Herr Egger dürfte das ein bissel anders gesehen haben als Sie.«

»Jajajajajajaja«, er sang das Wort und schaute in den Himmel, »der Wolfram war einfach ein guter Mensch. Ein guter Latsch, wie man so schön sagt und wie man ihn nur mehr selten findet. Ich habe ihm auch öfters gesagt, dass ihm seine Gutmütigkeit noch einmal auf den Kopf fallen

* Barfüßige

wird. Man weiß ja, wie die sind, die Affen. Kommen da her zu uns und schnappen sich, was nicht niet- und nagelfest ist. Weil sie daheim nichts haben und weil sie das Arbeiten nicht gelernt haben, deswegen stehlen sie.«

»Sie haben vollkommen recht, eine große Mauer rund um Europa, und die Sache hat sich.« Im nächsten Moment bereute er seinen Zynismus, er brauchte diese Arschgeige noch.

Karasek wiegte den Kopf. »Das allein wird nichts nützen, die klettern da ja einfach drüber. Abknallen, wenn sie nur einen Fuß auf unseren Boden setzen. Das wäre es. Aber leider, leider, in der heutigen Zeit trauen sich die Politiker das nicht. Zu viele Weicheier, zu wenig Männer aus Schrot und Korn wie Sie und ich.« Er nickte Katz zu.

Paralysiert. Er wollte zu viel gleichzeitig tun – dem Typen eine in die Goschn hauen, ihm den Ausweis unter die Nase halten und ihn wegen Wiederbetätigung einkassieren, ihn niederbrüllen, ihn fragen, ob das alles eine genial gespielte Verarsche war. Er konnte seine Lähmung nicht abschütteln.

»Wolfram Egger hatte normalen Vormittagsdienst, zu dem er nicht erschienen ist«, drang es an sein Ohr.

Gott hatte Dani just in diesem Moment geschickt – falls es ihn gab – sonst hätte es vielleicht einen weiteren Todesfall in diesem Grätzel gegeben. Dieses Mal eindeutig Mord. Katz wandte sich seiner Kollegin zu. »Danke.« Sie wusste wahrscheinlich nicht, wie doppeldeutig dieses Wort gemeint war, aber sie lächelte.

Er rubbelte sich die Glatze. Egger hatte sich also nicht abgemeldet. Das hieß, er hatte das wahrscheinlich nicht mehr gekonnt. Das wiederum hieß, dass er schon vor Dienstbeginn tot gewesen sein musste. Das bedeutete in weiterer Folge, dass sie die Nacht vor dem Mittwoch ins Visier nehmen mussten. Auch wiederum Helga Egger, denn im Panhans am Semmering waren sie und Hüttl erst von Mittwoch auf Donnerstag gewesen. Es war immer ein Elend, wenn die Obduktion erst Tage nach dem Dahinscheiden stattfand. Das verkomplizierte alles.

»Dann war er schon tot«, kommentierte nun auch Karasek. Er schaute zum Haus nebenan. »Aber was wollten dann der Neger und seine Freundin bei ihm?«

Eine mehr als berechtigte Frage. »Und Sie wissen nicht zufällig, wer die beiden sind beziehungsweise, wie sie heißen?«, hörte sich Katz verzweifelt fragen.

»Doch, also er. Bei ihm weiß ich es. Das war der Malik. Das habe ich mir gemerkt, weil der Malek, mit dem ich immer tarockiert hab, eben so ähnlich heißt. Nur mit E. Und der Wolfram hat mir erzählt, dass der Malik nur mäßig begabt ist. Ganz im Gegensatz zu einem anderen … wart, wie hat der geheißen?«

»Ist ja nicht so wichtig«, flötete Dani.

»Oh doch, weil ich den jetzt nämlich beobachten muss. Also seine Karriere. Ich hab immer gesagt, dass der Wolfram da diesbezüglich blauäugig ist. Das ist nur tarnen und täuschen. Schon bald wird auch der … wie hat der geheißen? Verdammt.«

»Wenn es Ihnen einfällt, können Sie uns ja anrufen«, zwitscherte die beste aller Kolleginnen weiter. »Und das Mädchen?«

»Die habe ich ja nicht genau gesehen. Aber Mädels waren auch selten bei ihm. Eigentlich nie. Er hat sich ja nur um den Nachwuchs gekümmert, wie gesagt.«

Dass es bei Nachwuchs auch Frauen gab, ja, dass beim AC Danube sogar eine ganz eigenständige Damenkampfmannschaft existierte, war wohl noch nicht in Karaseks Welt eingedrungen.

»Geht schon in Ordnung. Also Malik. Und wie weiter?«, fragte Dani nun in geschäftsmäßigem Ton.

»Malik halt. Haben die überhaupt Nachnamen?«

Die haben sogar drei Namen, du widerliche Rassistensau!, wollte Katz ihn anbrüllen. Aber es wäre Perlen vor die Säue werfen, wenn er diesem Nazi erklärte, dass Afrikaner meist mit einem Vornamen, einem Namen und einem Nachnamen gesegnet waren, um zu erzählen, welche Umstände bei der Geburt geherrscht hatten, welcher Familie und welchem Stamm er oder sie zugehörig war. Der Name konnte aber auch darauf hinweisen, ob er oder sie aus ehemals britischem oder französischem Kolonialgebiet stammte. Es war jedenfalls eine diffizile Angelegenheit und sicherlich für sein Gegenüber geistig nicht fassbar.

Hupen ertönte. Katz erkannte Helga Egger, die ihnen aus einem roten Porsche zuwinkte.

19

Und so geschah es, dass Talib mit dem großen, weisen Zahran wieder ein Geheimnis teilte. Einmal im Monat sprach er mit Isaam, dem Toten. Und sein Freund erzählte ihm von vielen wunderlichen Dingen. Er berichtete von einem riesigen Haus, in dessen riesigen Räumen viele Betten standen, in denen er und die Kameraden schliefen. Und jeder dieser jungen Männer nannte einen Kasten für seine persönlichen Dinge sein Eigen. Die hatte er nun auch, erzählte Isaam, die persönlichen Dinge. Er besaß sein eigenes Mobiltelefon, drei verschiedene Trikots, zwei paar Fußballschuhe, drei Ausführungen von Kleidung, einen Stapel von Heften über Fußball und schöne Frauen, eine Geldbörse. Und in diesem Haus gab es einen Raum voller Duschen, einen Raum mit Geräten, die sie zur Ertüchtigung ihrer Körper verwendeten, einen Raum mit einem Fernseher, der vier mal die Größe von jenem von Zahran hatte und auf dem sie viele, viele Spiele sahen, aber auch Filme. Er erzählte von den Ausflügen in das Herz der Stadt, vom Verbot, benebelnde Getränke zu konsumieren, was sie natürlich dennoch taten, von dem wunderbaren Gefühl, das sich danach einstellte, nämlich stark und unbesiegbar zu sein, er berichtete von einem Spiel, genannt Billard, und von Mädchen, die die jungen Spieler von den *Lions d'or* anlächelten. Talib träumte sich in die Welt seines Freundes, er flog mit ihm über die Straßen und durch die Lokale, genoss mit ihm die heiß-kalten Duschen und das üppige Essen, doch nur gewisse Berichte erfragte er fieberhaft von sich aus, jene nach den Trainingstunden. Er lernte den Unterschied zwischen Manndeckung und Raumdeckung, er lernte vorauszusehen, was der Einsatz von zwei, drei oder vier Verteidigern bedeutete, ja, er lernte überhaupt das erste Mal in seinem Leben, dass man mit sehr guten Verteidigern Spiele gewinnen konnte, wie es die Italiener vorgemacht hatten, die Menschen in jenem Land im fernen Europa, das wie ein Stiefel aussah und von dem ihm Zahran wundersame Geschichten erzählte, von einem großen Volk, das auch einst den Norden von Afrika beherrscht hatte, von Menschen, die das Kochen verehrten, von Häuptlingen, die bereits in grauer Vorzeit den Fußball geliebt hatten, und von der Stadt, wo Gottes Vertreter auf Erden wohnte. Talib lernte. Und Talib lehrte. Er führte seine Kameraden zu neuen Siegen. Und die Alten des Dorfes waren so stolz auf die Jungen, dass sie ihnen halfen, ein Verein zu sein, der nun mit anderen Vereinen offiziell um den Titel der Besten kämpfen konnte. Und so geschah es, dass Talib gemeinsam mit Isaam seinen Traum lebte: Er wurde zum Fußballer. Das machte ihn glücklich. Bereits nach einer Regenzeit spielten sich seine Kameraden und er in die nächsthöhere Liga. Und so war sein Leben ausgefüllt. Er half seinem Onkel bei der Arbeit, er trainierte gemeinsam mit Kito die Mannschaft, und er ging zu Samir und zu Zahran, um noch mehr über die Länder der Welt zu erfahren. Denn er wusste, dass er eines Tages mit seinen Freunden ein Flugzeug besteigen und mit Kickern Tausende Kilometer entfernt den Tanz des Balles tanzen würde. »Wir werden die Lions d'or besiegen und die Besten im Lande werden«, sagte er zu Zahran. Der weise Alte lächelte. Nach einer weiteren Regenzeit waren sie wieder die Besten und stiegen in die nächste Liga auf. Sie sollten nun zu Spielen in den Regionen weit im Norden, Osten, Süden und Westen fahren. Die *Jungen Löwen*, wie sich Kitos und Talibs Mannschaft nannte, tanzten und machten das Ritual, um den Ahnen zu danken. Da trat der Onkel vor sie beide hin. »Ihr werdet nicht fahren.« – »Aber warum nicht, verehrter Meister?«, schrien sie wie aus einem Mund. Der Onkel legte ihnen die Hände auf die Schultern und sagte: »Ihr benötigt Trikots, ihr benötigt Bälle, ihr benötigt einen professionellen Trainer, damit ihr auch in Zukunft den Ahnen keine Schande bereitet, die Reisen verschlingen Zeit, die ihr für die Arbeit auf den Feldern benötigt, das alles kostet Geld, das unser Dorf nicht hat.« Kito nickte und ging zur Mannschaft, um ihr mitzuteilen, dass sie eine weitere Saison in der alten Liga spielen würden. Talib hingegen ballte die Fäuste. »Das Dorf ist ein Krokodil, das alles verschlingt, was in seiner Nähe ist, und das keines seiner Opfer jemals wieder freilässt, egal, wie sehr sich das Opfer wehrt.« Der Onkel streckte die Hand aus, doch Talib verließ die Hütte und ging in die Savanne. Unter dem großen Baobab ließ er sich auf die Knie fallen und prügelte auf den Boden ein. »Komm zu mir! Hier oben ist alles nur mehr halb so groß, auch deine Wut«, sagte eine Stimme zu ihm. Sie war so lieblich, wie er sie noch nie gehört hatte. Und er blickte in die Krone des Baobabs und sah Dafina, die Tochter des Lehrers Samir. Und mit einem Mal erkannte er, dass das kleine Mädchen in der Ecke des Raumes eine wunderschöne Frau geworden war. Und im selben Moment wusste Talib, dass Dafina die Seine werden musste. Die Ahnen hatten ihm endlich die Erklärung geschickt, warum damals die Männer im schwarzen Auto nicht ihn in die große Stadt mitgenommen hatten.

20 // MAYER SIEHT SICH EINER KALTEN HUNDESCHNAUZE GEGENÜBER

Ein Pelzmantel, dieses Mal Chinchilla statt Lammfell, war wirklich ein Zeichen von Armut – an Mitgefühl für die Tiere, die da in Käfigen allein für den Zweck gezüchtet wurden, ihr Fell abzugeben und selber auf dem Mist zu landen. Aber abgesehen von diesem Aspekt fühlte sich Mayer verarscht. Helga Egger lebte definitiv in anderen Sphären, denn ihre Angst vor Mittellosigkeit hatte echt geklungen, sie hatte also keine Ahnung von der Realität und …

Ein Quietschen riss Mayer aus ihren Gedanken. Sie drehte sich um und sah gerade noch, wie Egger mit den Armen ruderte, bevor es ihr die Füße wegzog und sie am Hintern landete. Es sah nach Schmerz aus, und trotzdem musste Mayer alle Kraft aufwenden, um nicht loszulachen. Selbst schuld, die Dame hatte bei dem eisig-nassen Wetter ja Stiefel mit Stöckeln anziehen müssen.

Der Chef eilte ihr ganz Gentleman zu Hilfe, war aber aufgrund seiner eigenen rutschigen Schuhe nicht wirklich eine solche. Also packte auch Mayer mit an, gemeinsam hievten sie die arme, gebrechliche Witwe in die Höhe. Die Egger sah blühend aus, was sicher nicht nur an der Röte lag, die gerade ihr Gesicht überzog. Nein, ihre Züge wirkten entspannt, die Falten weniger tief als noch vor zwei Tagen. Der Tod ihres Mannes hatte ihr anscheinend sehr gut getan.

»Warum müssen wir uns auch hier treffen?«, zickte sie los.

»Wir haben angenommen, dass Sie ohnehin hier sind, ist

ja immerhin Ihr Zuhause«, log Katz säuselnd und ohne mit der Wimper zu zucken. Er reichte ihr den Arm.

Sie zuckte zurück, entschied sich dann aber für die Vernunft und klammerte sich an ihn, während sie zum Gartentor staksten. »Herr Chefinspektor, nehmen Sie mich am, aber nicht auf den Arm. Ich musste mir ein Ersatzquartier suchen, nachdem Ihre Leute die beiden Tage alles auf den Kopf gestellt haben.«

»Ist es dasselbe, in das Sie sich zurückgezogen haben, wenn Ihr Mann die Burschen vom Club eingeladen hat?«

Sie blieb so abrupt stehen, dass sie beide schwankten. Katz erhaschte im letzten Moment das Gitter des Zauns, sonst wären sie wahrscheinlich beide auf ihren Pöpschen die Gasse hinuntergesaust.

Sie sperrte auf. »Gehen wir hinein, der Karasek hat Ohren wie Richtmikrofone.«

Als sie das Haus betraten, war Mayers erster Impuls, sofort wieder hinauszustürmen. Es herrschte Dunkelheit wie in einem Mausoleum, denn der Gang war ohne Tageslicht und die anschließenden Räume düster, weil die Fenster allesamt zu klein dimensioniert waren. Egger erklärte deren Nutzung als Küche, Wohnzimmer, Schlafzimmer, das nun ihr Raum und als einziger nicht in Gebrauchsbraun, sondern in Weiß und Dunkelgrün eingerichtet war – »Wir schlafen seit ungefähr fünfzehn Jahren getrennt.« –, Speisekammer, Bad und Klo sowie Kellerabgang und Stiegenhaus in den ersten Stock. »Alles oben war Wolframs Reich. Er war, bis aufs Kochen, vollkommen autark. Aber das wissen Sie ja.« Sie steuerte die Küche an.

»Genau dort wollen wir hin. Wir beide«, er deutete auf Mayer und sich, »kennen den Schauplatz des Geschehens nämlich noch nicht. Nur die Fotos davon.«

Egger verharrte, schloss kurz die Augen, um dann umso energischer die Treppen hinaufzumarschieren. Das Obergeschoß bestand aus einem einzigen großen Raum plus Nassraum. Helle, zweckdienliche Möbel verschwanden beinahe unter Schals, Postern, Pokalen, Aschenbechern, Fußbällen in allen Größen, Flaschen, Bechern und Gläsern sowie einem aufgespannten Regenschirm, alles in Schwarz und Königsblau. Natürlich zierte auch die Bettwäsche das Vereinslogo. Speziell beleuchtet war ein Regal mit DVDs, der Großteil mit der Hand beschriftet, also Kopien und nichts Gekauftes. Mayer stellte den Kopf schräg – allesamt hatten Fußball zum Thema. Die gleiche Einseitigkeit wies das Bücherregal auf.

»Ein Fanatiker«, hörte sich Mayer sagen, angesichts des musealen Sammelsuriums eine unnötige Bemerkung. Aber irgendwie hatte sie wohl ihrem Erstaunen Luft machen müssen, so einen Wahnwitz hatte sie bislang nur in TV-Dokumentationen gesehen. Sie hatte bisher auch das Glück gehabt, noch nie in eine Messie-Wohnung gerufen zu werden, der Albtraum eines jeden Polizisten oder Feuerwehrmannes. Auf jeden Fall verstand sie jetzt, warum die beiden getrennte Lebenswelten vorgezogen hatten.

Ein überdimensionaler Flatscreen beherrschte die eine Stirnseite des Raumes, davor befand sich eine abgewetzte schwarze Ledergarnitur mit Sofa und zwei Sesseln. Die andere Seite wies die Tür zum Balkon auf.

Mayer folgte Katz, der sie gerade öffnete und meinte: »Hatte anscheinend nur einmal in seinem Leben Bedeutung für ihn.«

Treffend formuliert. Der Vorsprung, der ungefähr einen dreiviertel mal eineinhalb Meter maß, war eine betonierte Platte, aus deren Rissen Moos und Gras quollen. Die ehemals schwarzen Eisenstäbe des Geländers waren von Rost zerfressen.

Mayer rüttelte an der Brüstung, sie schien noch zu halten. Sie beugte sich drüber und sah hinunter. Vier Meter vielleicht. Da musste man sich schon sehr geschickt anstellen, um nach dem Aufklatschen ganz sicher tot zu sein, viel wahrscheinlicher waren Brüche aller Art. Die Beamten, die diesen Sturz als Unfall beziehungsweise Selbstmord hatten durchgehen lassen, mussten geistig vom Novembernebel eingehüllt gewesen sein. Die einzige Entschuldigung für sie war die Tatsache, dass das Haus angeblich zugesperrt und keinerlei Fremdeinwirkung zu entdecken gewesen war. Und die einzige Schlüsselbesitzerin, also potenzielle Verdächtige, hatte ja sofort selbst die Todesart angezweifelt. Nun wussten sie aber inzwischen, dass jemand nachgeholfen hatte. Wie war derjenige, der Koksmann, hinausgekommen? Doch nur mit Schlüssel. Alles sehr eigenartig.

Sie folgte Katz zurück in das Zimmer, das ihr in der Sekunde die Luft nahm. Wie konnte man nur in so einem Ramschladen überleben? Der einzige Fleck, der irgendwie einen geordneten Eindruck machte, war die Wand neben dem Bett. Da hingen in drei Reihen übereinander jeweils acht Fotos, allesamt fein säuberlich mit echten Bilderrahmen eingefasst. Mayer erkannte das Bild von Egger, Tröger und Kollaritsch, das sich auch in den Unterlagen von Oppitz befunden hatte. Dann Egger in dem Dress des AC Danube, Egger als Zeugwart, Kollaritsch im Dress von Juve, Wolfram und Helga im Hochzeitsoutfit … Sie trug ein gehäkeltes Minikleid und sah sehr sexy aus. Auf einem anderen Bild von einer Feier hatte sie einen riesigen Schlapphut auf, lange Wimpern und ein äußerst knappes Oberteil an. Die Zigarette hielt sie lasziv zwischen Daumen und Zeigefinger, und ihr Blick war … Halleluja. Mayer konnte sich gut vorstellen, warum sich Egger gerade dieses Foto über dem Bett aufgehängt hatte, und mit diesen beiden Bildern wurden auch langsam die Figuren der Stecherin und der bürgerlichen Tochter beziehungsweise Kostümlady deckungsgleich.

Der Chef schlenderte mit am Rücken verschränkten Händen zum Schreibtisch. »Frau Egger, sehen Sie, was ich sehe?«

Sie folgte seinem Blick, studierte auch die ganze Umgebung des Arbeitsplatzes. »Und was sehe ich?«

Katz riss die Augen auf. Das Erstaunen war so gut gespielt, dass es Mayer beinahe für echt hielt, obwohl sie es besser wusste. »Da ist kein PC.«

»Ja eh nicht, der ist in Reparatur. Er hat sich einen Virus eingefangen. Sehr ärgerlich, denn ein Kunde von mir hat irrtümlich meinem Mann die Vorlage für ein Tattoo geschickt und hat jetzt keinen Zugriff auf seinen PC, um sie mir nochmals zu schicken. Aber wir sollten sie zwischenzeitlich ausarbeiten, bis er zurückkommt. Wirklich ärgerlich. Aber inzwischen haben wir eine Lösung gefunden.«

Das durfte nicht wahr sein! Sie hatten gehirnt und gehirnt und die unmöglichsten Varianten durchgedacht, und dann war die Lösung so einfach – nein, war sie nicht. Denn woher hatte il Stronzo dann tatsächlich die Unterlagen? Dann dieser Stick – sie waren bislang davon ausgegangen, dass er Kopien der brisanten Dateien des PC enthielt. Mist, jetzt passte alles noch weniger zusammen. Aber irgendwas Wichtiges enthielt er wohl – abwarten und Tee trinken. Bald würden sie es wissen.

»In Reparatur …«, sagte Katz gedehnt. Ihm gingen wahrscheinlich dieselben Gedanken durch den Kopf wie ihr, und er musste sich auch erst neu sortieren. »Und wo? Wissen Sie das zufällig?«

Egger zog die Stirn in Falten. »Irgendwer im Verein, der sich da auskennt. Freundschaftsdienst.«

»Es wäre für uns von enormem Vorteil, wenn wir wüssten, wer den Computer hat.« Er rieb sich die Glatze, versuchte also, sich mühsam zu beherrschen.

Egger kniff die Lippen zusammen.

Nun, irgendwie würden sie das schon herausfinden, normalerweise rief man denjenigen an, von dem man was benötigte. Bislang hatten sie sich ja nur auf die Verbindungsliste von Mittwoch konzentriert, die mehr als dürftig war. Genau ein Anruf von einer Prepaid-Nummer, bei der bei ihrem Rückruf niemand abgehoben hatte. Der Verdacht lag nahe, dass es sich bei dem Anrufer um den Koksmann handelte. Natürlich hätten sie das weiterverfolgen müssen, doch es war alles so viel auf einmal. Shit, sie waren mit der Fülle der Spuren überfordert. Die Sonderkommission … Katz hatte versprochen, darüber nachzudenken.

Eggers Gesicht erhellte sich. »Warten Sie, ich hab noch die SMS.« Sie kramte in ihrer sehr, sehr großen Louis Vuitton-Handtasche und zog nach einer gefühlten Ewigkeit ihr Smartphone hervor. Wischen, tippen, scrollen. »Da ist sie.«

Mayer nahm ihr das Handy aus der Hand und las *Hab Hansi gesagt, dass dringend. Übermorgen retour.* Sie schaute auf die Übermittlungszeit – am Montag vor dem Mittwoch. Also sollte der PC am Todestag zurückkommen.

Sie zeigte auch Katz die Mitteilung. »Hansi ist heutzutage ein nicht mehr so geläufiger Name. Kevin wird ihn finden.«

Sie gab Helga Egger das Handy zurück. Die Dame war mit dieser Mitteilung aus dem engeren Kreis der Verdächtigen wieder einmal ausgeschieden. Natürlich blieb noch die theoretische Möglichkeit, dass sie selbst als Vorbereitung für die Tat vom Handy ihres Mannes die SMS geschrieben hatte, doch dem widersprach wiederum der Auftrag zur Obduktion. Nun der Ordnung halber noch das Alibi für die neue mögliche Tatzeit, die Frage nach dem Verbindungsmann bei der Steuerbehörde und dann back to office und …

Katz räusperte sich und setzte sich auf die Armlehne der Couch. »Um zu meiner Frage von vorhin zurückzukommen, Frau Egger, wohin Sie sich zurückgezogen haben …«

Nein! Bitte nicht!

Egger streckte ihm beide Handflächen entgegen und senkte gleichzeitig den Kopf. Dann zog sie sich den Chinchilla aus und warf ihn achtlos neben ihm auf die Couch. Bereit für die nächste Runde.

Mein Gott, was ging es sie an, wo die Lady ihren Luxuskörper ausstreckte? Oder, dass sie trotz eines Tattooladens von Existenzängsten geplagt war? Aber so war er nun einmal, ihr lieber Herr Chefinspektor, immer so lange reden und plaudern und quasseln und nachbohren, bis für ihn das Gesamtbild stimmte. Im Prinzip war das eh in Ordnung, nur etwas mühsam, wenn man gerade mit zwei Morden gleichzeitig konfrontiert war. Da rannte einem die Zeit doppelt so schnell durch die Finger wie sonst. Mayer aktivierte ihr Tablet und schrieb Kevin eine Notiz, im Umfeld des Vereins nach einem Hansi zu suchen, der ein IT-Spezialist war.

Egger stellte sich zu Katz. »Sie rauchen doch, nicht wahr? Dürfte ich …?«

Während er ihr eine Zigarette und dann Feuer gab, murmelte sie etwas von »alles zu viel, muss eh wieder aufhören.« Gekonnt zog sie den Rauch in die Lungen. »Ali hat eine kleine Wohnung in der Schrankgasse angemietet.« *Spittelberg, nicht schlecht.* »Auf Dauer immer in den Hotels, das war es nicht.« Sie zuckte mit den Schultern und sog an der Zigarette wie eine Ertrinkende.

Katz faltete den Chinchilla mit der Fellseite nach innen und legte ihn auf die Rückenlehne. »Es geht Ihnen doch offensichtlich nicht schlecht, Frau Egger, Porsche, Pelzmantel, korrigiere: zwei, ein reicher Freund, ein gut gehender Tattooladen mit lauter Stars als Kunden … Ich glaube Ihnen nicht, dass Sie von der Lebensversicherung Ihres Mannes abhängig sind. Wieso wollen Sie uns das weismachen? Was war wirklich der Grund, warum Sie die Obduktion in Auftrag gegeben haben?«

Sie lächelte ihn an, nickte. Dann nahm sie einen Pokal aus dem Regal und aschte hinein, hielt das Ding auch Katz hin. Und Mayer sah, wie dessen Mund zuckte. Offensichtlich widerstrebte es ihm, so ein emotional teures Erinnerungsstück zu verdrecken. Doch es war nun schon einmal geschehen, was er sich wohl auch dachte, denn er stupste die Zigarette ebenfalls ab. Egger ließ sich in den Sessel ihm gegenüber gleiten und stellte den Pokal zwischen ihnen auf den Boden.

Sie stöhnte und streckte den Nacken. »Ich bin müde. Also werde ich Ihnen alles sagen. Ich will einfach nur, dass das alles bald vorbei ist.«

»Das ist schön.«

Sie lachte auf und wandte sich an Mayer: »Könnten Sie so nett sein und die Matratze anheben? Irgendwo werden sie da ein Heft finden.«

»Glaube ich kaum, wenn da was war, haben es unsere Leute mitgenommen.«

Sie schlug sich sehr damenhaft, also mit einer kleinen Geste, gegen die Stirn. »Natürlich. Aber dann wissen Sie ohnehin schon alles!«

Es klang wie ein Vorwurf – den Mayer in Gedanken gleich an die AB08 weiterreichte. Wenn da etwas Interessantes gewesen war, hätten die lieben Kollegen es doch gleich mitteilen müssen. Sie aktivierte das Postfach. Nichts von den Spurensicherern. Das Letzte, was sie geschickt hatten, zuvor während der Morgenbesprechung, war der zusammenfassende Bericht samt Fotos gewesen. Wenn sie nicht so voller Restalkohol gewesen wäre, hätte sie ihn schon längst durchforstet. Saufen war einfach nicht gut, auch nicht aus arbeitstechnischen Gründen. Mayer öffnete den Bericht.

Katz fragte unterdessen: »Was sollten wir wissen?«

Sie schloss die Augen. »Sie wollen unbedingt, dass ich es sage. Reicht es nicht, dass Sie es wissen?«

Mayer war inzwischen bei den Fotos vom Bett gelandet. Und da gab es eine Serie, auf der ein Kollege den Bereich zwischen Lattenrost und Matratze untersuchte. Und dann ein Heft hervorholte. Mit nackter Haut drauf, der Klassiker. Ihr entfuhr ein »Oh«, denn die Körper waren männlich. »Ihr Mann war also schwul.«

»Und wie.« Egger sog an der Zigarette.

»Oh«, merkte nun auch Katz an.

Mayer hielt ihm das Tablet hin. »Und vier DVDs mit dem Titel ›Weltmeisterschaft 2001‹ haben auch einen entsprechenden Inhalt.«

»Auffälliger hätte man das nicht mehr verstecken können, es weiß doch jeder Vollidiot, dass in dem Jahr keine …« Der Chef vertiefte sich brummelnd in den Bericht der AB08.

»Okay, Frau Egger«, übernahm nun Mayer das Gespräch. »Und was hat das mit Ihren Existenzängsten zu tun?«

Sie dämpfte im Pokal die Zigarette aus. »Nun, ich verdiene zwar ganz gut, aber wie Sie vielleicht schon bemerkt haben, pflege ich auch einen nicht gerade billigen Lebensstil. Und dass mich Ali unterstützt, das will ich nicht, ich bin ja keine Mätresse. Deswegen brauche ich die Lebensversicherung. Denn bis jetzt hat mir Wolfram monatlich ausreichend was gezahlt.« Sie hob die Hände. »Nicht, dass Sie glauben, das wäre meine Idee gewesen. Nein, ich wollte mich einfach nur scheiden lassen. Es ist von Wolfram ausgegangen, er hat mir das damals angeboten, als ich draufgekommen bin. Nicht nur diese beschissene Spielsucht, mit der er uns schon um das ganze Geld gebracht hat, das er sich mühsam verdient hat«, sie lachte auf, »denn damals hat man in der Bundesliga noch nicht die Häuser verdient, meine Familie hat uns oft genug unter die Arme greifen müssen …«

Sie versank für ein paar Minuten in Gedanken. Schließlich hob sie eine Augenbraue und lächelte ein halbes Lächeln. »Und das dann auch noch. Er hatte panische Angst, dass das irgendjemand vom Club erfährt, Sie wissen ja, schwul und Fußball geht gar nicht. Und so hat er mich gebeten, seine Frau zu bleiben, und er würde mir dafür eine relativ großzügige monatliche Unterstützung zukommen lassen. Und als Ali dann nachgefragt hat, haben Wolfram und ich die Legende von den Prostituierten erfunden.«

»Bei Ihrem Mann haben Sie sich also nicht geniert, Geld anzunehmen.« *Du verlogene, raffgierige Bitch!*

»Frau Mayer, das war ein Geschäft.«

»Und warum haben Sie uns das nicht gleich gesagt?«

Egger zog die rechte Augenbraue hoch und lächelte. »Weil Ali daneben gestanden ist?«

»Wieso soll er das nicht erfahren? Jetzt.«

Das Kokette verschwand aus ihrem Gesicht, sie betrachtete lang das Foto von ihrem Mann im Dress des AC Danube über dem Bett. Schließlich zuckte sie mit den Schultern. »Ich weiß nicht. Vielleicht … will ich ganz einfach das, was er wahrscheinlich gewollt hätte.« Sie sah Mayer an. »Dass ihn seine alten Weggefährten so in Erinnerung behalten, wie sie ihn gekannt haben.« Zartes Lächeln.

Sentimentaler Scheiß. Es klang, als wäre da noch eine Ahnung der Liebe, die die beiden einmal füreinander empfunden hatten. Lächerlich. Aber was wusste man schon.

Katz gab Mayer das Tablet zurück. »Und woher hatte Ihr Mann das Geld? Als Zeugwart wird er ja nicht die Lawine verdient haben.«

Sie zuckte erneut mit den Schultern. »Ich weiß es nicht, es hat mich auch nie interessiert. – Hätten Sie vielleicht noch eine für mich? Ich schicke Ihnen dann ein Packerl ins Präsidium.«

Die beiden wiederholten die Prozedur, Egger lehnte sich entspannt zurück.

Katz blieb zu ihr gebeugt. »Das glaube ich Ihnen nicht.«

»Das können Sie mir ruhig glauben. Na woher wird es schon gewesen sein? Irgendwelche Insidergeschäfte, im Fußball rennt viel schwarz.«

»Er als Zeugwart? Geh bitte!« Er schnaufte.

Nun lehnte sie sich ebenfalls zu ihm. »Richtig. Ist seltsam. Aber ich wollte wirklich nichts wissen, genau gar nichts. Und wissen Sie, wieso? Für den Fall, der genau jetzt eingetreten ist. Nicht, dass er tot ist. Aber ich habe damit gerechnet, dass die krummen Geschäfte, die er wohl offensichtlich macht, irgendwann auffliegen. Und ich wollte immer, dass ich dann ehrlichen Gewissens sagen kann:

Ich weiß von nichts. Und genauso ist es. Ich weiß von nichts.« Sie lehnte sich wieder zurück und rauchte genüsslich weiter.

Kalt wie eine Hundeschnauze. Aber genau deswegen glaubte Mayer der Frau. In deren Kosmos war das alles zutiefst logisch. Und zugleich war es so traurig. Ein Mann musste sich jahrzehntelang ausbeuten lassen, nur weil in seinem Lebensbereich Homosexualität verpönt war. Es wurde endlich Zeit, dass sich auch Fußballer outen konnten. Die einzelnen Fälle, die es bislang gab, hatten das ja immer nach ihrer Karriere getan. Warum war es so undenkbar? Weil es ein Männersport war, kampfbetont, machoid, weil die ebenso coolen Fans von der Vorstellung, dass die Umarmungen auf dem Feld vielleicht nicht so harmlos waren, verstört waren. So ein Quatsch halt. Und gleichzeitig waren in der öffentlichen Wahrnehmung alle Frauen, die Fußball spielten, Lesben, denn konnten solche Kampfweiber anschmiegsame Weibchen sein? Kack Stereotypen. Okay, Laura war eine Lesbe. Und zwei, drei andere auch, das hatte Mayer bei Erzählungen von ihr mitbekommen. Aber musste man deswegen gleich auf alle rückschließen? Und selbst wenn, es war doch völlig irrelevant, was jemand im Bett trieb. Scheiß Thema.

Katz lehnte sich nun auch zurück und überschlug die Beine. »Ist das auch der Grund, warum Sie lieber nicht zu Hause waren, wenn Ihr Mann die Burschen aus dem Nachwuchs zu sich eingeladen hat?«

Egger wandte den Blick ab.

»Also Klartext: Wissen Sie, ob er mit dem einen oder anderen von den Youngsters sexuellen Kontakt hatte?«

»Und wenn schon!«, brauste sie auf. »Das ist doch alles mittlerweile völlig irrelevant!«

»Ist es nicht. Sind Sie nie auf die Idee gekommen, dass sich einer von den Buben vielleicht rächen hätte können? Denn immerhin reden wir hier von Geschlechtsverkehr mit Minderjährigen. In einer Art Abhängigkeit.«

Sie sprang auf und marschierte durchs Zimmer. »Wenn es Sie beruhigt, die Idee ist mir gekommen. Doch nachdem mir dieser Herr von der Gerichtsmedizin gesagt hat, wie es passiert ist, habe ich sie wieder verworfen. Wenn einer von seinen Boys die Nase voll gehabt hätte, hätte er ihn wohl einfach erschlagen, oder? Also das hätte ich getan. Ihm einfach eins mit dem da«, sie packte den größten Pokal, »drübergezogen.« Die nachfolgende Geste des Zuschlagens wirkte sehr überzeugend.

Sehr sanft stellte sie ihn zurück, ließ sich in den Sessel fallen und nuckelte hektisch an der Zigarette.

Katz schnippte die Asche in den kleineren Pokal zwischen ihnen. »Wir können diesen Aspekt trotzdem nicht völlig außen vor lassen. Also vermuten Sie das mit den Burschen nur oder wissen Sie es? Haben Sie jemals etwas Entsprechendes beobachtet?«

Sie atmete tief ein und aus. Auf einmal war ihr Gesicht sehr grau und auch wieder voller tiefer Falten. »Ja, einmal so vor eineinhalb Jahren. Dem hat es gefallen, glaube ich. Der hat Wolfram nicht einen Gefallen gemacht oder so, der wollte es. War wohl selber schwul. Und deswegen hat er sich vor mir auch nicht versteckt, wie ich einmal überraschend nach Hause musste, weil ich was vergessen hatte, sondern ist nackt in die Küche gekommen, um sich ein Bier zu holen. Ein Schwarzer. Schöner Körper. Wie alle Fußballer halt.«

Ein Schwarzer wie jener, der am Todestag von Egger aufgetaucht war. Derselbe? »Wissen Sie vielleicht, wer er war?«, mischte sich nun Mayer wieder ins Gespräch ein. »Seinen Namen? Oder können Sie sich noch erinnern, wie er ausgeschaut hat?«

Sie lachte auf, es klang sehr bitter. »Wolfram hat uns einander nicht vorgestellt. Das war nicht so seine Art. Und sein Aussehen? Ebenmäßiges Gesicht, kurz geschorene Haare, hübsch, aber nichts Auffälliges.« Sie ließ mit einer sehr bewussten Bewegung die Kippe in den Pokal fallen. »Nein, das mit dem Koks, das ist das, was mich irritiert. Irgendwer wollte, dass Wolfram wieder abhängig wird. Es muss also jemand gewesen sein, der das von früher wusste. Und da gibt's leider einige. Und mit vielen davon bin ich befreundet. Das ist kein gutes Gefühl.«

Bei dieser Überlegung musste Mayer ihr recht geben. Sie hatten sich bislang viel zu sehr auf einen von Wolfram Egger selbst ausgehenden Rückfall konzentriert, auf den unbekannten Lieferanten. Es gab viel Neues zu besprechen, also noch geschwind die beiden letzten …

Katz stand mit einer energischen Bewegung auf. »So weit, so klar. Frau Egger. Wir müssten jetzt nur noch wissen, wo Sie ab Dienstagabend bis Mittwochabend waren.«

Manchmal tickten sie dermaßen synchron. Mayer legte die Hände aufs Tablet.

Die Witwe wurde blass. »Sagen Sie bloß, Wolfi ist schon die ganze Zeit da unten …?«

»Bitte würden Sie einfach antworten?«

»Äh ja … Dienstag …« Ihre Augen fixierten Katz' Knie. »Ja, da hatten wir, also Ali und ich, in unserer Wohnung, also in der Schrankgasse, ein paar Freunde zum Essen.« Sie sah Mayer an. »Bis circa eins, dann sind wir schlafen gegangen. Die Namen kann ich Ihnen …«

»Per Mail, bitte. Und Mittwoch?«

»Da waren Herr Hüttl und ich auf Ausflug. Haben in der Südsteiermark ein bissel Wein eingekauft. Und beim Zurückfahren sind wir dann ins Panhans. Aber das wissen Sie ja schon.«

»In Ordnung.« Der Chef beugte sich zu ihr hinunter. »Was Ihren Mann und Sie betrifft, haben wir, denke ich, nun alles geklärt. Und bezüglich des Hinweises zu Ihrem Freund Hüttl, dass Kollaritsch von der Steuer ins Visier genommen werden sollte, werden sich unsere Kollegen von der Wirtschaft mit Ihnen in Verbindung setzen.«

Jetzt wurde Helga Egger rot.

20

Nun war Dafina in Talibs Leben. Er konnte es kaum erwarten, in die Gemeinschaft der Erwachsenen aufgenommen zu werden, um mit Dafina für immer zusammen sein zu können. Sie sahen einander jeden Tag, vor der Schule und der Arbeit sowie danach, und Dafina stand am Rand des Fußballfeldes, bei jedem Training, und weil sie oft ein Kleid in den Farben Rot und Gelb trug, beschloss Talib, dass dies ab nun die Farben des Vereins sein sollten, nicht mehr das einfache Orange der *Lions*. Doch die Mütter weigerten sich, neue Trikots zu nähen, denn die alten waren noch gut genug. Sie waren gezwungen, wie kleine Buben in zu kleinen T-Shirts gegen Mannschaften zu spielen, die ihnen weit unterlegen waren. Das alles erzählte Talib am Telefon Isaam, und er erzählte ihm auch, warum ihn das nicht mehr anfocht: Er war nicht länger allein, auch wenn seine Mutter Dafina für die Falsche hielt, trotz der großen Aussteuer, die Samir versprach, weil sie für ein Mädchen zu viele Rosinen im Kopf hatte; auch wenn Samir Bedenken hatte, seine Tochter einem Mann ohne Vater zu geben. Talib trainierte weniger und arbeitete mehr, denn er wollte so bald wie möglich genug eigenes Geld verdient und Samirs Vertrauen gewonnen haben, um mit Dafina eine Familie gründen und damit Mutter von seiner richtigen Wahl überzeugen zu können. Jedes Geldstück, das er auf die Seite legte, brachte ihn zum Strahlen. Doch Dafina strahlte nicht mit ihm, sie wurde still. Und so fragte er sie eines Tages: »Was ist mit dir?« Sie nahm ihn an der Hand und ging mit ihm in die Savanne zu dem großen Baobab. Als sie von der Krone aus den Horizont sahen, sagte sie: »Da möchte ich hin, Talib. Jenseits des Horizonts. Und du willst da auch hin. Ich habe dich sagen gehört, dass du wie Drogba werden möchtest. Warum nur hast du deinen Traum vergessen?« Talib kletterte vom Baum, setzte sich in den Staub und schnipste kleine Steinchen zu einem größeren. Dafina setzte sich neben ihn und nahm seine Hand: »Gemeinsam sperren wir dem Krokodil das Maul auf und befreien uns aus seinem Biss.« Talib drückte ihre Hand, und zugleich war seine Brust eng. Er war an Sohnes statt Nachfolger des Onkels, er war der Kapitän der Mannschaft, er hatte eine Mutter und er wollte Kinder. Talib erkannte, dass er sich nicht mehr jenseits des Horizonts sah. Doch das wollte er Dafina nicht gestehen, denn es würde ihr das Herz brechen. Also kniete er sich nächtens hinter der Hütte auf den Boden und flehte Gott um ein Zeichen an, brachte unter dem kleinen Baobab den Ahnen Geschenke dar, damit sie ihm den richtigen Weg wiesen. Und am nächsten Tag kam ein Kleinbus ins Dorf. Er erreichte das Dorf am späten Nachmittag, spuckte zwei Weißfladen und den Narbenmann aus dem Stadion aus. Talib blieb das Herz stehen. Nach all den Monden und Regenzeiten kam nun doch die Strafe für seine Maßlosigkeit. Die *Jungen Löwen* unterbrachen ihr Training und starrten den Fremden entgegen. Und wiederum hieß Zahran die Gäste willkommen, reichte ihnen Tee. Doch diese drei Männer wussten, sich respektvoll zu benehmen. Und so warteten die Jungen eine beträchtliche Weile, auch weil sich der Onkel und Samir zu den Gästen gesellten, bis Zahran mit einem der Weißfladen aus der Hütte trat und dieser sprach: »Euer Ruf hallt durch das ganze Land. Wir sind gekommen, um euch mit eigenen Augen spielen zu sehen.« Talib blickte voll Freude zu Boden. Der Mann fuhr fort: »Und wir bitten euch, als Zeichen unseres Respekts ein Gastgeschenk von uns anzunehmen.« Nach diesen Worten gingen er und der zweite Weißfladen zu dem Kleinbus. Sie holten Kisten heraus und trugen sie zu den Löwen. Da sprach der Mann erneut: »Der Chef meines Fußballclubs, der in meinem Heimatland sehr berühmt ist und viele Fans hat, findet euch sehr beeindruckend, und daher wollen wir euch unterstützen. Wir geben euch Geld für die Reisen in der höheren Liga, und wir geben euch dies.« Er öffnete die Kartons und zog Dressen sowie Fußballschuhe heraus. Die Trikots waren königsblau so wie das Logo auf dem Wimpel, den er nun in die Höhe hielt. Die *Löwen* jubelten. Doch Talib jubelte nicht. Es waren die falschen Farben. Es war alles falsch, sein Innerstes fühlte sich an wie ein Ball, der von allen Seiten getreten wurde und seine Richtung nicht fand. Dafina stellte sich neben ihn und sagte: »Das ist ein Geschenk der Ahnen. Das ist unser erster Schritt hinter den Horizont.« Doch Talib wollte nicht wie Isaam sterben. Er verfluchte die Ahnen, die ihm kein klares Zeichen gegeben, sondern sein Problem noch verschärft hatten. Da fiel ein Schatten auf ihn. »Und du bist jetzt groß genug für uns«, sprach der Narbenmann. Der *Leopard*, der von allen im Land verehrt wurde. Es ziemte sich nicht, einem Heiligen zu widersprechen, und Dafina drückte seine Hand. Doch Talib senkte den Blick und sagte: »Ich kann nicht. Ich muss an der Seite meines Onkels bleiben.« Dafina schrie auf und rannte davon. Der weise Zahran nahm Talib zur Seite und sagte: »Dein Onkel hat noch einen dritten Sohn. Es ist bereits alles besprochen. Die Ahnen haben dein jahrelanges Flehen erhört. Du kannst gehen.« Und so geschah es, dass Talib ein Schicksal erfüllt sah, das er sich nicht mehr gewünscht hatte.

21 // MAYER VERLIERT TROTZ NAHRUNG FÜR DIE NERVEN EBEN JENE

Das war echte Nervennahrung: gebackene Scholle mit Mayonnaise-Erdäpfelsalat, nix da Kartoffelpuffer oder Kebab oder Käsesemmerl. Mayer hatte das Mittagessen beim *Landsknecht* mit einer angedrohten Arbeitsniederlegung erpressen müssen. Nun war aber Katz mit seinen Cevapcici ebenso glücklich, und Kevin sah mit seinem Berg Eiernockerl auch ganz zufrieden aus. Sie waren alle drei so sehr mit der Wiederherstellung ihres Energiehaushaltes beschäftigt, dass sie noch immer schweigend mampften, obwohl sich das Extrazimmer bereits geleert hatte. Die meisten Menschen nahmen tatsächlich pünktlich wie die Maurer ihr Mittagessen ein. Es wäre aber auch egal, wenn noch Nachzügler kämen und sie daher nicht weiter den Fall besprechen konnten, denn eine halbe Stunde Erholung fürs Hirn war wahrscheinlich auch nicht schlecht.

Zu viel prasselte da ständig auf sie ein.

Und noch ein bisschen Zitrone auf das zweite Fischfilet.

Lauter widersprüchliche Fakten.

Die Kellnerin, die ihre hennagefärbten Haare in Zöpfen à la Heidi trug, nahm die Türschnalle in die Hand: »Ich schau, dass ihr net gestört werdt. Wird eh net so ein Andrang sein, die meisten Leut rauchen ja nicht mehr.« Damit schloss sie die Tür zum Rest des Lokals.

Das war auch ein Grund gewesen, warum sich Katz relativ schnell vom *Landsknecht* hatte überzeugen lassen – das Extrazimmer für Raucher.

Kevin seufzte, wobei er gleichzeitig wie ein zufriedener Hund leicht knurrte, und nahm einen Schluck von seinem Mineral. Er schob den noch halb vollen Teller etwas zur Seite und aktivierte sein Tablet. Ansatzlos schlug er mit der Faust auf den Tisch. »Ja!«

»Was?«

»Das Passwort ist geknackt. Sie haben uns den Inhalt vom Stick geschickt.« Er fummelte herum.

Katz sinnierte ein Stückchen gegrilltes Faschiertes, das er mit der Gabel vor sich hielt, an. »Fein. Jetzt löst sich wenigstens einmal eines der Rätsel.« Er tauchte das *Tschiwal*, wie er es liebevoll in einer wienerischen Verniedlichung nannte, in den Zwiebelsenf und führte es in großem Bogen in seinen Mund.

Kevin riss die Augen auf und hielt sich die Hand vor den Mund.

»Was?« Mayer hatte keine Lust, ihr eigenes Tablet aus der Tasche zu holen.

Er schob ihr das seine zu. Eine Diashow lief ab und zeigte junge Burschen – auf der Seite liegend, auf dem Rücken, die Hand am Schwanz oder locker auf der Brust, manchmal mit einem Handtuch, mit verklärtem Blick, mit keckem Lächeln. Es waren vier verschiedene junge Männer, drei Weiße und ein Schwarzer, er hatte die von Helga Egger beschriebenen ebenmäßigen Züge und kurz geschorenen Haare, was natürlich genau gar nichts besagte. So eine Beschreibung war viel zu allgemein. Und im Grunde war es auch völlig egal, ob da zwei oder bloß ein Schönling existiert hatten, denn er war offensichtlich nicht mit diesem Malik ident.

Sie schob das Tablet zu Katz weiter. Der runzelte die Stirn und meinte: »Na, da hat sich wer ein schönes Erinnerungsalbum gebastelt.«

»Könnte er das zum Erpressen verwendet haben?«, warf Kevin ein. »Und es hat dann einem von ihnen gereicht?«

Ich hätte ihn einfach erschlagen. Ja, Helga Egger hatte das Problem auf den Punkt gebracht. Wozu dieser Aufwand mit dem Koks? »Möglich ist alles, aber er hätte sich selbst gefährdet. Und wieso sollte er plötzlich das Risiko eingehen, dass sich jemand nicht erpressen lässt und stattdessen zur Polizei geht, wenn er all die Jahre seine Frau für ihr Schweigen bezahlt hat?«

Katz deutete auf ein Foto und schloss die Augen, rieb sich die Nasenwurzel. »Das Gesicht kenne ich von irgendwoher.«

Mayer lugte von der Seite auf das Display. »Den Rothaarigen?«

Er schnalzte mit der Zunge. »Den Schwarzen.«

»Aha?«

Er schüttelte den Kopf. »Will mir aber nicht einfallen. Geh, Kevin, schick das doch bitte dem Oppitz.«

Draganović zog das Tablet wieder zu sich und tat, wie geheißen. »Und das war nicht alles. Es gibt noch eine zweite Datei. Die besteht nur aus einem Word-Dokument, und das nur aus einer Zahl mit Buchstaben.«

Katz hielt im Knabbern eines Pommes frites inne. »Ein alphanumerischer Code? Spannend. Zeig her.«

Mayer und er betrachteten den Eintrag gemeinsam. Fünf Ziffern und ein Buchstabe hintennach. Sonst nichts.

Katz massierte sich die Glatze. »Okay, denken wir einmal. Zifferncode. Mit Buchstabe. Safe? Ich weiß nicht, ob Safes auch mit Buchstaben operieren. Müssen wir die Fachkollegen fragen. Und wo ist der Safe? Denn aufgelistet war ja keiner, wenn ich mich richtig erinnere.«

Mayer schüttelte den Kopf und schob sich eine riesige Gabel mit Erdäpfelsalat in den Mund. Die Arbeit in allen Ehren – sie hatte das Mittagessen im Wirtshaus nicht durchgesetzt, um bei vollem Teller zu verhungern.

»Gut, die Kollegen können ihn nicht gefunden haben«, fuhr Katz fort. »Kevin? Bitte Helga Egger anrufen.« Er widmete sich dem Pusztasalat auf seinem Teller.

Und während der Azubi Egger zu erreichen und zugleich ein paar von seinen Eiernockerln zu verdrücken versuchte, murmelte Katz: »Könnte aber natürlich auch ein Schließfach sein.«

»Wird dann eine mühsame Suche«, flüsterte Mayer zurück.

»Wieso? Wir haben doch nur drei Bahnhöfe, die infrage kommen.«

»Bankschließfach?«, presste sie zwischen zwei Bissen Fisch heraus.

Der Chef sah sie an, als hätte sie behauptet, die Erde wäre eine Scheibe. Und gleich wurde ihr klar, warum. *Guten Morgen, Hirn! Denke!* Bankschließfächer waren ja nur mit Schlüssel zu bedienen. Der Dumpfbackengedanke musste eine Folge vom Vorabend sein. Sie hatte noch immer das Gefühl, dass jeder Bissen von diesem wunderbaren Mahl in einen See aus Bier und Schnaps plumpste und dort jämmerlich ertrank. Verkam. Nein, den See mühsam trocken legte. So ein Kack, da mit den Ultras mitzusaufen. Aus und vorbei und erledigt. Über verschüttete Milch braucht man nicht weinen, hatte ihre Oma immer gesagt. Wie wahr, wie wahr. Geschehen war geschehen.

Kevin beendete das Gespräch mit Helga Egger. »Kein Safe«, teilte er mit.

War ja eigentlich logisch, denn sonst hätte der gute Wolfram Egger ja auch den Stick in ebendiesem und nicht im Sockel eines Pokals aufbewahrt.

Katz drückte sich einen enormen Batzen Ketchup auf den Teller und tauchte nun mit der Hand ein Pommes nach dem anderen hinein, und zwar wie ein Automat. Währenddessen rief er auf seinem Smartphone eine Nummer auf. »Servas, Brugger. Du, ich hab da ein Anliegen, wegen der Danube-Gschicht. Und jetzt wollt ich dich fragen, ob du mit deinem Nuttenmord schon …? – Sehr schön. – Ah ja. Wie viel kostet den eigentlich so ein Abo auf der Westtribüne? – Bist du deppert. Du musst es ja dick haben.« Er lachte. »Okay, okay, ich mach's eh noch offiziell beim Gottobersten, aber könntest du mit deinen Leuten einmal inzwischen anfangen, weil uns die Zeit davonrennt … Passt. Also, der Draganović wird dir einen alphanumerischen Code schicken, war in einer verschlüsselten Datei und schaut nach … – Genau. Passt. Also dann. Und dank dir, Brugger.« Er lächelte Mayer und Draganović an. »Alles in Arbeit.« Seine Konzentration gehörte nun vollends den Pommes frites.

»Übrigens haben sie uns auch das Passwort mitgeschickt«, verlautbarte Kevin.

»Aha?«

»Ja, BT300674&MK.« Er sprach die Ziffern in Zweiergruppen aus.

Katz stoppte abrupt sein Hineinschaufeln. »Noch einmal.«

Statt einer sprachlichen Wiederholung schrieb Kevin das Passwort auf die Serviette des vierten unbenutzten Platzes und schob sie Katz zu.

Katz entfernte den Teller und hielt die Serviette mit beiden Händen, starrte sie an. »So einfach kann das doch nicht sein.« Er aktivierte sein Smartphone und scrollte herum. Anscheinend surfte er im Internet. Mayer war jedes Mal aufs Neue erstaunt, wenn er das tat, da sein sonstiges Gehabe bezüglich Technik ja so antiquiert war.

Er legte das Telefon auf den Tisch und starrte das Display an. »Langsam bin ich extrem neugierig, was sich im Schließfach befindet.«

Mayer verstand nur Bahnhof. Was, bitte, war an der Buchstabenzahlenkombination so erhellend? Sie wartete auf eine Erklärung, auch Kevin schwieg und sah den Chef nur an.

Der nickte ihnen beiden zu. »Dreißigster Juni neunzehnhundertvierundsiebzig.« Die Pause danach war divamäßig. »An dem Tag hat sich Bernhard Tröger umgebracht.«

Mayer zog die Serviette zu sich. Klar, da war ein BT am Anfang, dann diese Ziffern, dann ein Und-Zeichen und schließlich … »Manfred Kollaritsch.«

»Genau.« Katz lehnte sich mit hinter dem Kopf verschränkten Händen zurück und ließ den Blick durch den Raum wandern. »Was hat Manfred Kollaritsch mit dem Tod von Bernhard Tröger zu tun?«

»Etwas, das wert ist, ein Geheimnis draus zu machen, würde ich sagen.«

»Könnte man annehmen«, pflichtete Katz bei. »Er nimmt diesen Tag und die beiden Anfangsbuchstaben von ihren Namen als Sicherung für Pornobilder und die Kombination für ein Schließfach. Ich sag ja, wir müssen so schnell wie möglich … aber Brugger ist eh schon dran.«

»Laut Oppitz«, ließ nun Kevin hören, der auf seinem Tablet herumfuhrwerkte, »hat sich Bernhard Tröger erhängt. Und …«

»Weiß ich«, knurrte Katz dazwischen.

»Und«, fuhr der Azubi unbeirrt fort, »Wolfram Egger hat ihn gefunden. In der Scheune neben dem Sportgelände, auf dem sie damals ein Trainingslager hatten.«

»Hm, Wolfram Egger. Warum ist dann MK dabei? Kann das eine andere Bedeutung als Manfred Kollaritsch haben?«

»Mittlere Katastrophe.«

»Du warst schon einmal witziger, Dani.«

Das wusste sie selber. »Was soll das Herumsinnieren jetzt auch? Wir werden bald mehr erfahren, wenn Brugger das Schließfach gefunden hat. Und ich möchte daran erinnern, dass wir auch noch andere Baustellen haben. Wir müssen zum Beispiel Malik und seine Freundin finden, die Eggers Haus um sechzehn Uhr verlassen haben. Denn entweder haben sie etwas damit zu tun, oder sie haben vielleicht irgendwas gesehen. Und wir sollten uns meiner Meinung nach jetzt einmal auf diesen Fall konzentrieren, bis von Facebook was bezüglich der IP des Aufhussers gegen Manfred Kollaritsch zurückkommt. Denn da stehen wir ansonsten völlig blank da. Keine Zeugen, nichts.«

»Du hast recht.« Katz beugte sich mit Schwung wieder zum Tisch. »Auch wenn wir jetzt schon erfahren haben, was auf dem Stick ist, will ich wissen, ob diese Dateien auch auf dem PC waren beziehungsweise ob sich dort das Material zu Kollaritsch' Schweinereien befindet.«

»Was ich mir nicht wirklich vorstellen kann, denn das hat ja wirklich Brisanz. Und warum sollte er das nicht so gut abgesichert haben wie seine Boy-pictures?« Sie schob den Rest des Fisches von sich, irgendwie war ihr der Appetit vergangen. Sie hatte das Gefühl, in das grinsende Gesicht eines riesigen Sumpfgebietes zu blicken.

»Trotzdem.« Er wandte sich an Kevin. »Wie weit sind

wir mit der Suche nach diesem Hansi, dem Computerspezialisten?«

»Im Stab von Betreuern, Trainern und Angestellten gibt es keinen einzigen Hannes oder Johannes oder Hans«, referierte der. »Was ziemlich selten, aber Tatsache ist. Jetzt sind die Listen von den Mannschaften und ihren ehemaligen Mitgliedern dran. Wollte ich gleich nach dem Mittagessen checken.«

Katz deutete auf Kevins Tablet. »Du willst das doch nicht auf eigene Faust machen?«

Räuspern und Rot werden. »Schon. Wieso?«

»Weil man da jemanden fragt, der mit dem Clubleben vertraut ist. Leute, die sich mit IT auskennen, sind normalerweise bekannt wie bunte Hunde. Jeder will was von ihnen.«

Kevins Rot wurde förmlich Blauviolett. Der Arme! Da hatte er es gut gemeint und stand nun da wie der letzte Dillo. Aber seine Vorgehensweise war wirklich etwas ungewitzt. »Wir sollten uns endlich das Putzpersonal vornehmen«, fühlte sich Mayer bemüßigt, an Kevins gute Idee zu erinnern. »Und auch diese Barfrau. Solche Leute wissen doch immer alles. Sicher auch das.«

Die Tür schwang auf. Oppitz stand keuchend im Türrahmen. »Ich war grad in der Nähe.« Das konnte nur die halbe Wahrheit sein, denn Schweiß stand ihm auf der Stirn, er hatte offensichtlich einen Dauerlauf hingelegt. Seine Brauen waren zusammengezogen, die Augen Schlitze, der bullige Körper glich einer angespannten Feder. Er wirkte, als würde er ihnen im nächsten Moment mitteilen, dass in Wien Außerirdische gelandet waren und sie sich in Sicherheit bringen müssten.

»Hansi, was liegt an?«, fragte Katz.

Er lauschte seiner Frage nach, auch Mayer klang sie noch in den Ohren. Sie sah Kevin an, sowie auch Katz, und zu dritt kicherten sie. Es gab sie ja doch, die *Hansis*.

»Euch wird das Lachen gleich vergehen.« Oppitz walzte sich zu ihnen, ließ sich auf den vierten freien Sessel fallen.

Mayer hatte ihren Freund selten noch so … echauffiert gesehen. Normalerweise glich er mit seiner Gemütslage seinem Äußeren: ein unerschütterlicher Fels der Ruhe. »Okay, Oppitz. Leg los.«

»Die Fotos, die ihr mir gschickt habts …«

»Ja?«

»Der Bua, also der dunkle, des is der Gbowee. Der Talib Gbowee.«

Sie sahen ihn an. Warteten.

Er ließ die Hände in die Höhe flattern. »Na der, von dem ich euch erzählt hab vorgestern. Der in Paris von an Sandler derschlagen worden is.«

Sie schwiegen.

»I waß, dass Paris weit weg is.«

Mayer stellte ihren Teller, dann den blank geputzten von Katz und schließlich auch noch den halb vollen, aber seit Minuten ignorierten von Kevin auf den Nebentisch. Sie rückte die Gläser zurecht, atmete durch. »Okay, sag, kennst du auch einen gewissen Malik? Ebenfalls ein Schwarzer, auch Anfang zwanzig.«

Oppitz hatte schon den Zeigefinger erhoben. »Klar, der war a Generation mit dem Gbowee und dem Nzinga, der jetzt bei PSG spielt. Haben da bei uns alle in der U18 angefangen, aber nur aus dem Nzinga is was wordn. Der Malik is ausgstiegn, so viel i waß. Is no da in Wien, aber was er genau macht, waß i net.«

»Und wie heißt er noch?«, fragte Kevin.

»Falah. Nein, wart … ich weiß schon wieder, Farah.«

»Hat er einen Mittelscheitel?«, warf Katz ein.

Oppitz machte große Augen. »Ihr kennts ihn?«

Mayer streckte ihren Nacken, es knackte, der Kopf wurde ein wenig freier. »Noch nicht, aber hoffentlich bald. Offenbar war Malik mit einem Mädchen am Tag des Mordes bei oder in Eggers Haus. Wir müssen ihn dringend sprechen.«

Kevin tippte unterdessen wie wild. Dann lehnte er sich zurück. »Wenn Malik Farah irgendwo registriert ist, werden wir das gleich wissen.«

Katz zündete sich eine Zigarette an, ließ den Dunst durch die Nase entweichen und sah Mayer an. »Wir sollten auch diesen Zinger …«

»Nzinga«, korrigierte Oppitz. »Isaam Nzinga.«

»Diesen Isaam Nzinga in Paris kontaktieren. Wenn Talib dorthin gefahren ist, wird er sich wohl mit ihm in Verbindung gesetzt haben. Könnt ich mir denken. Drei Schwarze unter lauter Weißen. Wenn ich mich umgekehrt in Afrika vorstelle, würde ich das wahrscheinlich tun, noch dazu, wenn ich mit den anderen gemeinsam eine Ausbildung hatte. Ich hab zwar nicht den Dunst eines Schimmers, was das alles miteinander zu tun hat, aber irgendwas scheint da zu sein. Und wenn wir es dann bloß als …«

»Tote Spur abhaken können.« Mayer nickte. »Ob die anderen zwei auch …?«

»Bingo«, ließ Kevin vernehmen. »Er hat ein Lokal in der Neulerchenfelder Straße. Und da haben wir ja auch seine Handynummer.« Er tippte. Lauschte. »Nichts. Nur Läuten. Auch keine Mailbox. Na, dann im Lokal.«

Selbe Prozedur. Und da schien jemand abzuheben. Kevin erklärte sein Anliegen, nickte und beendete das Gespräch.

»Das war ein Kellner. Malik Farah ist in Inzersdorf beim Metro für das Lokal einkaufen. Kommt erst späten Nachmittag zurück. An und für sich sollte er am Handy abheben, aber manchmal hört er es nicht.«

»Shit. Hoffentlich haut er uns nicht ab, jetzt, wo er weiß, dass die Polizei ihn sprechen will.«

Katz rollte die Zigarette zwischen Daumen und Zeigefinger. »Waren das jetzt die Erfahrungen mit Schwarzen, liebe Daniela, die du in deinem Kommissariat West gemacht hast? Sind die immer *alle* abgetaucht, weil sie *alle* was auf dem Kerbholz hatten?« Er sah sie an. »Ich darf dich beruhigen. Es gibt auch andere.«

Sie spürte, wie ihr der Brustkorb eng wurde. So eine Frechheit, ihr Rassismus zu unterstellen. Natürlich, sie hatte da ihre Erfahrungen, aber das lag wohl eher an der Klientel, bei der es jedoch völlig irrelevant gewesen war, welche Hautfarbe der Typ gehabt hatte. »Ich denke nur, dass Malik und seine Freundin längst zu uns gekommen wären, wenn sie etwas gesehen und nicht gleichzeitig ein schlechtes Gewissen hätten. Also haben sie entweder nichts gesehen oder Dreck am Stecken.«

»Deine Logik in allen Ehren, liebe Dani, es kann auch sein, dass sie gar nicht wissen, wie wichtig sie für uns sind. Wir sind in dem Fall bislang bloß etwas verwöhnt mit Menschen, die unbedingt eine Aussage machen wollen.«

Mayer entschuldigte sich auf die Toilette. Als sie an der Theke vorbeiging, standen die Tränen bereits in den Augen, als sie in der Kabine ihr Geschäft begann, flossen sie. Wie kam der Alte dazu, sie derart unfair maßzuregeln! Sie war nun wirklich keine … nein, war sie nicht. Sie hatte da nur ihre Erfahrungen. Erfahrungen in einem Kommissariat, das von Halbseidenen und Kleinkriminellen überbevölkert gewesen war. Und wenn die nicht mit der Polizei hatten reden wollen, dann hatten sie etwas zu verbergen gehabt – fallrelevant oder nicht.

Sie spülte und wusch sich Hände und Gesicht. Das kalte Wasser tat gut. Sie schwappte sich noch einmal zwei Handvoll auf die Stirn, machte ein Papierhandtuch nass und legte es auf den Nacken. Es war, als lüfte sich ein Schleier.

Shit, der Alte hatte recht. Unter Umständen wussten Malik und seine Freundin gar nicht, wie wichtig ihre Zeugenaussage war. Denn die Polizei hatte die Verwandlung von Selbstmord zu Mord noch nicht herumposaunt, die Medien waren bislang auch nicht daran interessiert gewesen. Also konnten die beiden einfach nur in Trauer sein, da sie offensichtlich Egger zu spät einen Besuch abgestattet hatten. Trotzdem. Die Frage, ob die beiden ihnen zur Verfügung stehen würden, hatte sie doch noch in den Raum stellen dürfen. Bislang hatte in ihrem Team keine Zensur geherrscht. – Und genau das hätte sie ihm so sagen müssen. Stattdessen war sie angerührt davongerannt. Well, die richtige Reaktion würde sie jetzt nachholen.

Sie kontrollierte ihr Aussehen auf Tränenspuren und verließ die Toilette. Kam wieder an der Theke vorbei. Ihr Blick fiel auf zwei frisch gezapfte Biere. Im nächsten Moment pochten ihre Schläfen. Okay, alles klar. Nie wieder Suff.

Sie drehte sich um und prallte gegen Katz. Sie holte Luft.

»'tschuldige, Dani.« Er presste die Augen zusammen und fuhr sich mit der Zunge über die Lippen. »Es ist nur, dass ich bei dem Thema …« Er sah sie wieder an. »Ich hab einfach schon zu oft mit Arschlöchern zusammengearbeitet. Und du hast natürlich recht. Wir sollten für den Fall des Falles gewappnet sein. Irgendwer wird im Laufe der Ermittlungen aller Wahrscheinlichkeit nach ja einmal schuldig sein.« Er lachte auf und zwinkerte ihr zu. »Also warum nicht die beiden?«

Es war einfach der Druck, der auf ihnen lastete. Nun, mittlerweile war das Team ja bereits vergrößert worden. Jetzt konnten sie darauf achtgeben, sich nicht vom Ausländeraspekt kirre machen zu lassen. Wie hieß es so schön? Jeder Mensch war auf dem Großteil der Erde Ausländer, insofern die Bezeichnung als solche unnötig, jeder Mensch also ein Mensch und manch einer davon ein Verbrecher. So einfach.

Sie hakte sich bei Katz unter. »Vielleicht sollten wir den Mörder erwürfeln.«

»Brillante Idee. Immerhin sind wir angeblich alle schuldig geboren.«

21

Als nun beschlossen war, dass Talib in die große Stadt aufbrechen sollte, geschahen wundersame Dinge. Der Onkel hing Talibs gelbes Hemd in die Ecke der Ahnen und verkündete nicht seinen Tod. Das Erdferkel wurde über Nacht zum schlanken, arbeitsamen Mann. Seine Mutter und Dafina träumten gemeinsam von der Zeit, wenn Talib einst genug Geld verdient hatte und sie beide zu sich in ein schönes Haus mit einem Schwimmbecken nachholte. Die anderen Jungen senkten vor Respekt den Blick, denn der *Leopard* hatte ihn auserwählt. Und so begab sich Talib mit dem Segen des Dorfes auf die Reise. Und während er die vertrauten Bäume am Wegesrand zum Abschied grüßte, keimte eine kleine Freude in ihm auf, denn nun würde er gemeinsam mit Isaam den Tanz des Balles tanzen. Doch als sie in der großen Stadt ankamen, fuhr der zweite Weißfladen, der Richard hieß, nicht zum Stadion, nicht zu dem riesigen Haus mit dem riesigen Raum voller Betten. Richard fuhr zum Flughafen. Talib fragte: »Wohin fährst du?« Richard lächelte ihn an und sagte: »Nun, zu deinem Flugzeug.« – »Aber ich muss doch ins Stadion, um mit dem Leoparden und Isaam gemeinsam auf die Jagd zu gehen!« Da wurde das Lächeln des Weißfladen noch breiter: »Nein, du kannst noch nicht mit dem Leoparden spielen, du bist noch nicht gut genug. Doch du wirst in unserem Club, bei dem er viele Freunde hat, lernen. In Österreich.« Talib hörte den Namen des Landes und sah es auf der Weltkarte vor sich. Er wusste, dass es neben Deutschland lag. Er wusste, dass es einst in Europa sehr mächtig gewesen war, dass es auch in grauer Vorzeit eine Fußballmannschaft gehabt hatte, die die anderen das Fürchten gelehrt hatte. All diese Bilder umschwirrten ihn wie Stechmücken die aus dem Wasser gereckte Schnauze eines Nilpferdes, doch sie gehörten nicht zu ihm. »Mein Onkel wird nicht wollen, dass ich das Land verlasse«, entgegnete er. Da gab ihm Richard einen Brief. Talib las. Und dann geschah etwas, mit dem er nicht mehr gerechnet hatte: Er weinte. Er lief und lief und lief zu dem großen Baobab, doch er erreichte ihn nicht. Er war nun ein Mann, der seine Aufgabe hatte: in Europa viel Geld zu verdienen, um seiner Familie und seinem Dorf zu helfen. Und zugleich war er doch kein Mann, denn der Onkel, die Mutter, Dafina, Zahran, Samir, Kito und alle die anderen hatten ihm nicht zugetraut, die richtige Entscheidung zu treffen, also hatten sie es an seiner statt getan und den Vertrag unterschrieben. Und so fühlte sich Talib, als er das Flugzeug bestieg, wie ein Kind – und zugleich wie ein Krieger, der für seinen Clan in die ungewisse Schlacht aufbricht. Denn es roch anders als alles, was er je gerochen hatte. Und es gab Speisen, die er bislang nur im Fernsehen gesehen hatte und die er jetzt essen musste. Sie waren in seltsamen Behältnissen, die er noch nie in Händen gehalten hatte. Und er bekam von Richard eine Jacke, so dick, wie er es noch nie gefühlt hatte. Sie landeten in Österreich, und er hörte eine Sprache, die ihm hart und abweisend vorkam, er roch Luft, die so anders war als jene in seinem Dorf und in der großen Stadt. Es war, als hätten böse Geister ihn in den Fernseher von Zahran gezogen und er fände keinen Ausgang. Die Weißfladen bewegten sich schnell und schienen immer zu wissen, wohin sie wollten und warum. Er versuchte, seinen Schritt anzupassen und nicht aufzufallen – er rang nach Atem und verkroch sich in seinem Kopf. Richard schien seine Unsicherheit zu fühlen, denn er benahm sich wie ein großer Bruder, der dem Jüngeren die Angst nehmen will, er umsorgte, erklärte, zeigte und erzählte. Und als Talib auf der Fahrt vom Flughafen in die Stadt sah, dass das Land genauso grün wie Deutschland war, kehrte er wieder langsam in seinen Körper zurück. Nun war er dort, wohin er sich die meiste Zeit seines Lebens gesehnt hatte. Der unbestimmbare Schmerz in seiner Brust wich freudiger Aufregung. Und die Stadt machte ihn auch staunen. Die Häuser waren alle groß und aus Stein und alt und schön, die Geschäfte voll, die Straßen sauber, die Autos neu, die Menschen teuer gekleidet, allerdings alle weiß. Als sie nach unendlicher Zeit (die Stadt musste um vieles größer als die große Stadt sein) in ein Gebiet vordrangen, wo die Häuser niedriger und nicht mehr so glänzend waren, stand plötzlich das Stadion vor ihnen. Und Richard umfasste ihn an der Schulter und sagte: »Willkommen. Du wirst dich hier genauso daheim fühlen wie Isaam.« Und da trat sein Freund vor ihn hin und lachte über das ganze Gesicht. Sie umarmten sich sehr lange. Dann sagte Isaam: »Sie haben mich gekauft. Doch ich habe ihnen gesagt, dass es uns nur zu zweit gibt.« Er führte ihn zum Heiligsten, mitten auf den Rasen, und flüsterte: »Denn dein Gang ins Stadion einst hat unseren Traum erst möglich gemacht.« Und Talib war glücklich. Mit Isaam an seiner Seite würde er schon bald zum schnellsten, listigsten und gefährlichsten Löwen werden. Er hörte die Menschen auf den Rängen jubeln und sah sich ein Tor ums andere schießen. Und bald schon würde auch Dafina an seiner Seite sein.

22 // KATZ IST SEHR MÜDE

Die Brüste waren echt, und der Ausschnitt der knallroten Bluse zeigte auch mehr als freiwillig, dass der Busen Natur war – also zumindest der BH nicht ausgestopft. Ob Silikon eingearbeitet war, wagte Katz nicht zu beurteilen. Mindestens Größe C.

Die weißblonde Bardame mit dem Namen Helena Voitsberger wandte sich der Espressomaschine zu. Katz ließ den Blick möglichst unauffällig den Körper hinunter zu den Hüften wandern. Sie waren verdammt schmal für eine Frau, aber es gab sie, so schmalhüftige Frauen. Er suchte eine Beule zwischen den Beinen – nichts. Nun gut, von Alex wusste er, wie geschickt Transvestiten ihren Schwanz zwischen den Beinen verstecken konnten. Auch hier war kein eindeutiger Hinweis zu finden. Katz' Blick wanderte wieder hinauf. Es blieb also nur diese Ahnung von Adamsapfel am Hals. Nein, die Hände waren auch so breit und grobknochig … Wenn er sich nicht im Clublokal eines Fußballvereins befände, also in einem schwer machoiden Umfeld, würde er davon ausgehen, dass es sich bei der schönen Helena um einen umoperierten Mann handelte. Und schön war sie tatsächlich. Obwohl die aufgesteckten Haare etwas zu blond, der Lippenstift etwas zu rot, die Umrandung der Augen etwas zu schwarz und die Kleidung mit roter Seidenbluse und engem schwarzem Rock etwas zu overdressed waren, wirkte sie sehr damenhaft, war mit ihren Katzenaugen definitiv als attraktiv einzuordnen. Nicht sein Typ, aber objektiv. Und außerdem war sie sicher die bessere Quelle als die Putzbrigade, deren Mitglieder allesamt seitens der Reinigungsfirma von einer Subsubgesellschaft ausgeliehen und des Deutschen nicht mächtig waren, wie sie mit Händen und Füßen kommunizierend inzwischen herausgefunden hatten.

»Bitte sehr, die Herrschaften.« Voitsberger stellte vor Dani und ihn zwei Espressi hin. »Wasser klein oder groß?«

Sie orderten jeder ein großes Glas. Und zu Katz' Beglückung holte Helena unter der Budel einen Aschenbecher hervor. »Wenn es Sie nicht stört? An der Bar direkt haben wir Rauchen erlaubt.«

Während er ihr Feuer gab und sich selbst eine anzündete, plapperte sie drauflos. »Sie wollen sicher wissen, was mir zum Tod von unserem verehrten Herrn Sportdirektor einfällt?« Ihr Ton triefte von Zynismus. »Nichts. Ein Wichtigtuer, weil er es als Fußballer nicht wirklich geschafft hat.«

»Er war Mani la Bomba!«, fühlte sich Katz bemüßigt zu protestieren.

»Ja, aber das war in seiner Welt nicht genug. Einer von der Jahrhundertelf zu werden, wäre das Mindeste gewesen. Ein Denkmal hinterlassen. Am liebsten hätte er ja ein Buch geschrieben, aber dafür war er zu blöd. Wissen Sie, so einer, der bei Gschäftln mit allen Wassern gewaschen ist, aber wenn's ein bissel intellektueller wird …«

Buch schreiben. Da war doch was gewesen. Richtig, seine Ex hatte so was fallen lassen. Der große Aufdecker-Bestseller. »Das wissen Sie? Oder vermuten Sie es nur? Das mit dem Buch.«

Die schöne Helena presste das rechte Auge zusammen. »Wieso ist das jetzt wichtig?« Im nächsten Moment wedelte sie mit der Zigarette. »Geht mich nichts an, ich weiß, ich weiß. Ja also, er hat öfters davon geplappert, wenn er dicht war. Eines Tages wird er dieses Buch schreiben, und alle Welt wird ihn bewundern, oder so. Wichtigtuer, sag ich ja. Wenn der manchmal eine Nachricht für jemanden hinterlassen hat, hat man sie nicht derlesen, so gespickt war sie mit Fehlern. Der und ein Buch. Ha!«

Dani tippte konzentriert – was eigentlich? Ohne aufzusehen, fragte sie: »Okay, und abgesehen davon?«

Schulterzucken.

»Wir haben ernsthafte Hinweise darauf, dass Kollaritsch bestechlich war, Spiele manipuliert hat und …«

»Das ist aber nichts Neues. Da hätte ihn schon jemand vor einiger Zeit umbringen müssen.«

»Verdammt, warum tut denn keiner was, wenn eh jeder Bescheid weiß?« Katz spürte einen Schmerz in der Hand und registrierte erst dadurch, dass er mit der Flachen voll auf die Theke geschlagen hatte. »So etwas kann man anzeigen. Zum Beispiel. Bei uns, zum Beispiel.«

Die schöne Helena nahm einen Zug von ihrer Zigarette, während sie ihn betrachtete. »Wie süß! Ein echter Fan!«

Er fühlte Dampf in seinem Kopf. »Nein, ein echter Polizist.« Das mit dem Fan war zwar nicht unrichtig, doch langsam fragte er sich, ob er der einzige Mensch auf der Welt war, den Machenschaften im Fußball echt störten. Alle winkten mehr oder weniger ab, betrachteten Betrügereien als Übel, wie es Gelsen darstellten. Blutsauger allerorts.

Sie füllte Wasser in sein Glas nach. »Ist schon in Ordnung. Natürlich haben Sie recht. Aber es müsste halt einmal jemand plaudern, der wirklich Beweise in der Hand hat. Ich hab sogar einmal mit einem Bekannten von mir geredet, der bei eurem Verein ist. Er hat sich genauso aufgeregt wie Sie, ein Erzgrüner, regelmäßiger Messbesucher in St. Hanappi. Aber nachdem ich ihm nur Geflüstertes aus dritter Hand sagen konnte, hat er abgewunken und gemeint, dass ich ihm Hieb- und Stichfestes bringen muss, sonst schmeißt uns der Staatsanwalt alles vor die Füße.«

Katz trank das Glas in einem Schwung leer. »Aber irgendwer muss da doch einmal etwas Belastendes vorweisen können.«

»Wird schon wer haben, um sich dann irgendwann zu rächen, wenn was nicht klappt, könnt ich mir vorstellen. Schauen Sie, das ist so wie bei der FIFA im Großen. Sie kennen doch sicher das Buch, wo der Verband mit der Mafia verglichen wird?«

Katz musste zu seiner Schande verneinen. Er regte sich da künstlich auf und kannte nicht einmal die offensichtlichen Standardwerke.

»Also der Autor, der beschäftigt sich seit Jahren mit dem Sumpf rund um den Blatter. Hat sogar Unterlagen von Hinterbliebenen bekommen, hat zig Gespräche geführt. Und trotzdem hat er nichts in der Hand, mit dem er eine ernsthafte Untersuchung anzünden könnte. Ein paar Mal ist es ja schon versucht worden, aber der Blatter hat sich immer rausgewurstelt. Rauswursteln können, weil es halt nichts Schriftliches gibt, keine Tonbänder, nichts, obwohl da angeblich jeder jeden ausspioniert. Und wenn, dann hängt wer anderer mit drin, auf Nichtfußballseite meine ich jetzt, also von der Regierung oder so, der auf keinen Fall seine Flecken bekannt werden sehen möchte. Und so ist das im Kleinen auch.«

Katz hielt ihr das Glas zum erneuten Auffüllen hin. Er spürte schon wieder diesen Hass in sich, wie er ihn nach dem Gespräch mit dem Masseur empfunden hatte. Am liebsten würde er diesen *Blatterer* ausfindig machen und gemeinsam mit ihm diese ganze Bagage in die Luft sprengen. Und dieser Hass machte ihn lustlos und müde.

Dani räusperte sich. »Okay, also Finanzielles schließen Sie als Grund aus, Frau Voitsberger.«

»Yes.«

»Wir haben ein Gerücht gehört, dass Piet Sneijder mit Susanne Podlinsky ein Verhältnis gehabt haben soll. Dass er als Trainer abgelöst werden sollte.«

Die schöne Helena lachte schallend auf. »Wer hat Ihnen denn den Quatsch erzählt?«

Dani sah sie nur an.

»Okay, okay.« Sie strich sich eine der weißblonden Strähnen aus der Stirn. »Möglich ist natürlich alles. Aber ich kann es mir nicht vorstellen, denn Piet ist frisch verliebt. Er hat hier in Wien eine Ärztin kennengelernt, Bianca, und die ist gebürtige Kolumbianerin, ist erst zum Studium nach Wien, und abgesehen davon, dass er in sie vernarrt ist, hätte sie ihm die Hölle heißgemacht, wenn sie da auch nur den Ansatz von Fremdgehen gerochen hätte. So typisch Südländerin halt. Hat sie aber nicht, sie ist sogar selber mit Susanne befreundet. Nehme ich zumindest an, weil sie in letzter Zeit öfters gemeinsam abmarschiert sind und viel geredet haben.«

Es war ohnehin nur ein ganz, ganz, ganz kleiner Hoffnungsschimmer gewesen. Er seufzte in seinen Kaffee.

»Aber dass der Kollaritsch den Sneijder beurlauben wollte, habe ich auch gehört.«

Katz fühlte sich einen Tick weniger müde. »*Beurlauben*?«

»Ja, der Vertrag läuft ja noch zwei Jahre. Also wird Piet beurlaubt.«

»Ja, aber warum? Ich versteh das nicht. Er hat die Mannschaft doch erst so richtig auf Vordermann gebracht.«

Die schöne Helena drückte die Zigarette aus und legte ihr Kinn auf die aufgestützte Hand. »Ja, aber er hat mit dem Inder gestritten, bei irgendeinem ganz wichtigen Abendessen vor sechs Wochen oder so. Und hat so richtig in die Scheiße gegriffen. Hat ihm das gesagt, was man einem Neureichen nie sagen darf, nämlich dass er neureich ist und keine Ahnung von nichts hat. Und schon gar nicht von Fußball. Es ist um den Kauf von irgendwelchen Spielern gegangen, hat mir Manfred erzählt. Er wollte sie auch nicht wirklich, aber hat sich gedacht, schauma amal. Und der Piet hat halt ein bissel zu viel Whiskey intus gehabt.«

Da war sie wieder einmal, die Bestätigung, dass die meisten Menschen nicht richtig mit Alkohol umgehen konnten. »Und wie hat Sneijder darauf reagiert?«

Sie wiegte den Kopf. »Och, ganz entspannt. Er kriegt ja weiter das volle Gehalt gezahlt. Und Bianca ist trächtig, er freut sich auf das Baby. Will auf Papa machen, damit seine Liebste weiter im AKH Verlorene retten kann.« Sie beugte sich über die Theke. »Wobei ich ihr das ja verbieten würde. Und vor allem ihren ehrenamtlichen Job bei der Aids-Hilfe. Verdammt, sie hat jetzt auch für so ein Pamperletsch Verantwortung, nicht nur für sich selbst. Kapiert sie das nicht?«

Katz nickte. Müde, so müde.

Dani fragte: »Der Inder – wird der also den Verein übernehmen?«

Die schöne Helena zuckte mit den Schultern. »Wos waß a Fremder? Aber wenn Sie mich fragen, wird er. Was man so läuten hört, braucht die Tröger Company Geld für Investitionen im Ausland. Und der Harry wird sich gegenüber seinem Vorstand nicht mehr durchsetzen können. Also hätte er auch vor seinem Unfall nicht mehr können. Die haben ihm zu lange sein Hobby durchgehen lassen. Und bei der jetzigen Weltwirtschaftslage … Na ja, aber das sind jetzt wirklich nur Vermutungen. Das alles ist mehr top secret als die Papstwahl. Klar, da geht's ja auch um Marktwert und den besten Moment zur Veräußerung.« Sie nickte gewichtig.

»Könnte da ein Motiv liegen?«, fragte Dani nach. »Hat sich Manfred Kollaritsch gegen den Inder gestellt?«

»I wo! Der hätte doch sein Gehalt verdoppelt. Hat er mir selber gesagt.« Sie lachte auf. »Dann hätte er nicht mehr so viel schwarz machen müssen.« Handflächen in die Höhe. »Aber ich hab nichts gesagt. Eine Verleumdungsklage hat man schnell am Hals.«

Katz merkte, dass er so richtig grantig wurde. Alles lag im Argen, aber keiner war schuldig, alle hatten sich immer lieb gehabt. »Okay, aber irgendwer hatte ja offensichtlich mit Kollaritsch ein Hühnchen zu rupfen. Wer?« Er hörte, dass sein Ton etwas zu scharf geraten war. »'tschuldigung, Sie wollte ich nicht anblaffen …«

Die schöne Helena lächelte ihn milde an. »Passt schon.« Sie wandte sich ab und einer Orangenpresse zu. In aller Seelenruhe bereitete sie zwei Glas Saft.

Katz sah Dani an, sie ihn. Sie seufzten im Gleichklang. Dani betrachtete das Tablet, ließ ihre Hand über dem Display schweben. Stille.

Helena Voitsberger stellte die Gläser vor ihnen ab. »Geht aufs Haus. Sie können sicher ein paar Vitamine brauchen.«

Sie bedankten sich und tranken.

»Susanne, seine Ex.«

Sie sahen sie an.

»Das sage ich jetzt wirklich nur, weil Sie beide ein bissel ratlos wirken. Ich hab keinen konkreten Anhaltspunkt.

Und man trennt sich ja selten im Guten, aber bei den beiden ist es gar nicht schön gewesen. Nicht, dass wir was mitgekriegt hätten, also dass es da eine Prügelei oder Schreierei gegeben hätte, das nicht. Aber die waren sehr böse miteinander. Wissen Sie, so eine Eiseskälte, die die ganze Umgebung vergiftet hat. Gott sei Dank hat das nicht lang gedauert. Das waren«, sie sinnierte die Tiefe des Raumes an, »höchstens zwei, drei Wochen. Der heiße Krieg war schnell vorbei. Der kalte hat dann bis zu seinem … Tod gedauert. Aber das konnte uns egal sein, die beiden haben sich einfach ignoriert.«

»Sie will ihm jetzt das Begräbnis bezahlen«, merkte Katz an.

»Oh.« Helena runzelte die Stirn. »Dann ist mir der Versöhnungsakt entgangen.«

Dani unterbrach ihr Tippen. »Und warum haben sich die beiden …?«

Schulterzucken. »Das ist das große Geheimnis. Angeblich zu unterschiedliche Interessen. Aber da streitet man sich doch nicht so, da sagt man doch eher müde: Das war's. Nein, das war giftig, wie wenn einer von den beiden fremdgegangen wäre. Also insofern war Ihr Zund nicht ganz unrichtig. Nur die Personen waren die falschen. Aber ich weiß leider auch nicht die richtigen. Mir ist einfach nichts aufgefallen.« Sie schüttelte den Kopf und nagte an ihrer Unterlippe. Offensichtlich ärgerte sie sich über ihr Unvermögen im ureigensten Bereich.

Nun gut, eine Ex war immer eine gute Verdächtige, aber der Aufwand sprach dagegen. Verlassene stachen im Streit zu oder erdrosselten oder verwendeten Gift, wenn sie sich für clever hielten, oder manipulierten das Auto. Wobei, die halb nackten Frauen …

»Okay«, unterbrach Dani seine Überlegungen. »Und Wolfram Egger?«

»Wieso der Egger?« Da war ehrliche Verwunderung und keine Koketterie bei Voitsberger.

Der Hüttl und der Ober-Ultra hatten anscheinend wirklich den Mund gehalten. »Wir halten das geheim, um den Verein nicht noch mehr Druck durch die Presse auszusetzen. Bei Wolfram Egger hat auch jemand nachgeholfen. Details … leider.« Katz lächelte die gachblonde Auskunftsdatei an.

»Schon klar, schon klar«, murmelte sie, »das wird ja langsam echt gefährlich, beim AC zum Hackln. A bissl viel.« Sie holte tief Luft und kreiste ihre Schultern. »Der Egger. Hm.« Ihre Augen wanderten über die Theke. »Und sein Tod hat sicher etwas mit dem Club zu tun?«

»Wieso?«

Die schöne Helena sah sich zum ersten Mal um, ob auch niemand das Gespräch belauschte. Dann beugte sie sich zu Katz und holte mit einem Fingerzeig auch Dani zur Mauschelrunde. »Na, weil der Egger schwul war. Und in der Szene nicht sehr beliebt.«

»Woher wissen Sie das?«, fragte Dani.

Sie hatte es nicht bemerkt, aber sie kannte auch nur eine Transe, und das war Alex. Doch Katz war sich jetzt umso sicherer, dass die schöne Helena eigentlich ein Helwig oder Helmut war.

»Kindchen«, kam es prompt in einem sonoren Bass. »Weil ich einmal ein so genannter schwuler Mann war, der sich aber tief im Innern immer schon als stinknormale Hetero-Frau empfunden hat, weibliche Seele in männlichem Körper, davon haben Sie sicher schon einmal gehört, und der jetzt als Frau eben noch immer auf Männer steht, aber bei durchschnittlichen Heteros keinen Auftrag hat und mehr Beute bei bisexuellen oder experimentierfreudigen Homos in der Szene macht.« Sie zwinkerte ihr zu und fuhr in ihrer rauchigen Frauenstimme fort: »Und da kennt man einander. Vor allem, wenn einer andere immer heimlich fotografiert, vor allem beim Sex. Das mögen wir nämlich nicht so.«

»Ah ja.«

»Genau. Ich weiß ja nicht, wie man den Egger … aber ich könnte mir gut vorstellen, dass irgendeiner seiner Häschen einmal mit einem bissel zu viel Pülverchen intus ausgeflippt ist und ihn blöd erwischt hat.«

Dani nickte und tippte. »Kennen Sie einen Malik Farah?«

»Klar. Ist aber schon lange nicht mehr bei uns. Hat ein Lokal in der Neulerchenfelder Straße. Wieso, was ist mit ihm?«

»Er wurde in der fraglichen Zeitspanne gemeinsam mit einer Frau vor Eggers Haus gesehen. Kannte Malik Farah Wolfram Egger gut?«

Die schöne Helena richtete sich wieder auf und zündete sich eine neue Zigarette an. »Nö, nicht gut, nicht schlecht. Wie man sich so im Club kennt. Denke ich mir halt. Aber wenn ich genau nachdenke, habe ich keine Ahnung. Malik war einmal früher gemeinsam mit Isaam Nzinga und Talib Gbowee die große Hoffnung. Waren die Ersten, die unser Club aus Afrika geholt hat. Waren damals natürlich eine ganz besondere Attraktion. Aber meiner Meinung nach war das eine selten dämliche Aktion, die waren doch allesamt noch viel zu jung, also der Malik und der Talib jedenfalls. Der Isaam war ja schon siebzehn, fast achtzehn, und irgendwie schon erwachsen. Der hat ja auch jetzt Erfolg, spielt bei PSG.«

»Wissen wir«, nickte Katz. »Und wussten Sie, dass Egger ein Verhältnis mit Talib hatte?«

Helena Voitsberger klappte der Mund auf. »Echt? Das habe ich gar nicht mitbekommen.« Sie schüttelte den Kopf. »Echt?«, fragte sie nochmals nach.

Katz und Dani nickten.

»Aha.« Das erste Mal Wortkargheit auf der anderen Seite.

Sie schwiegen eine Runde, um Voitsberger Zeit zur Erholung zu geben.

Sie atmete durch. »Na, dann hat er's wohl einmal ein bissel zu gut mit dem Kümmern um die Burschen gemeint.«

Erneutes Schweigen.

Alles war so verwirrend. Jeder kannte jeden, und dann doch wieder nicht. Falscher Schein, nicht eruierbares Sein bis hin zu dieser Barschönheit – doch wenigstens diese Frage konnte er aktuell klären. Katz räusperte sich, und er merkte, wie seine Zunge automatisch über die Lippen fuhr. Blödsinn, die Frage musste ihm nicht peinlich sein, Voitsberger hatte das Thema selbst aufs Tapet gebracht. Er beugte sich dennoch verschwörerisch vor. »Darf ich Sie was Privates fragen?«

Sie erteilte ihm mit der Zigarette zwischen den Fingern die Dispens.

»Egger hat seine Homosexualität geheim gehalten. Und Sie arbeiten hier.«

»Ja?«

Auf einmal kam er sich sehr indiskret vor. Er suchte nach der richtigen Formulierung, ohne die schöne Helena zu beleidigen.

Dieselbe beugte sich so weit über den Tresen, dass ihr Dekolleté darauf zum Liegen kam, direkt vor Katz. »Sie meinen, dass man bei näherer Betrachtung den ehemaligen Mann erkennt.«

Er nickte.

»Und wieso so etwas *Perverses* hinter der Bar akzeptiert wird, aber nicht im Stab?«

Er nickte erneut.

»Das war die Antwort.« Sie klopfte auf die Theke. »Eine hübsche Barriere. Und außerdem können die paar wenigen Wappler, die es trotzdem stört, nichts dagegen machen, weil ich eine Uraltfreundin vom Hüttl bin. Also Freund natürlich. Bolzkameraden vom Herderplatz.« Sie lächelte.

Katz merkte, wie Lachen in ihm aufstieg. Schon wieder eine alte Seilschaft. Und Helga Egger hätte bezüglich der Veranlagung ihres Mannes gegenüber *Ali-Schatz* nicht so einen Tanz … »Sagen Sie, hat Hüttl auch von den Vorlieben von Egger gewusst?«

Helena schüttelte energisch den Kopf. »Das hätte der Wolfram nie zulassen. Der war in dem Punkt sowas von verklemmt.« Sie zupfte an der Haarsträhne. »Und vielleicht war's auch gut so. Ich bin mir nicht sicher, ob der Josef zwei Schwule in seinem Freundeskreis durchgedrückt hätte.« Sie seufzte. »Irgendwo hat ja einmal jede Liberalität ihr Ende. Ein Quotenschwuler, der noch dazu eigentlich eh eine Frau ist, ist in Ordnung. Zwei? Da müsste man zum Nachdenken anfangen.«

Dani räusperte sich. »Okay, wenn wir zurück zum Fall …? Also, was kann Malik Farah von Egger gewollt haben? In Begleitung einer Frau?«

Sie betonte das letzte Wort – nicht zu unrecht, wie Katz sich eingestand, denn bei Eggers Bubenleidenschaft war der Besuch einer jungen Frau zunehmend als eigenartig einzustufen.

»Sie fragen mich Sachen! Kaffee trinken, über alte Zeiten quatschen, die Buchsbaumhecke schneiden …« Sie warf die Hände in die Luft und lachte. Im nächsten Moment wurde sie ernst. »Warten Sie. Malik ist mit Johanna Podlinsky zusammen, und die …«

»Podlinsky? Johanna?«, fuhr Dani dazwischen.

»Ja, sie ist die Nichte von Susanne.«

Katz sah, wie Dani in sich zusammensank und den Lippenbewegungen nach so etwas wie »Scheiße« murmelte. »Was ist?«

Sie rieb sich Nase und Wangen. »Jo fällt bald als Defensive in der Damenmannschaft aus, weil sie Vollzeit in das Lokal von Malik einsteigen will und außerdem das Geschäft mit dem Homepagedesign immer besser läuft.« Ihr Ton war rezitierend gewesen. Sie sah ihn an. »Das hat mir Enver erzählt, der Ober-Ultra. Jo. Johanna. Hansi. Die SMS.« Nun klang sie anklagend. Gegen sich selbst.

Und Katz konnte ihr das Binkerl nicht von den Schultern nehmen, denn an ihrer mangelnden Vernetzungs- beziehungsweise Erinnerungsfähigkeit war sie selber schuld. Kein Anpassen an die Szene erlaubte überbordenden Alkoholkonsum, einen Aussetzer durfte man sich nur privat erlauben. Und selbst dann … was dachte er da? Es werfe der als Erster den Stein, der sich selbst frei von Sünde sieht. Tatsächlich musste er sich jeden Ansatz von Vorwurf verkneifen, er war in Bezug auf die Verwendung von Stimulanzien und Alkohol zur richtigen beziehungsweise falschen Zeit nun wahrlich kein Vorbild. Damals, bei dem Fall im Golfclub, hatte er Dani sogar hängen lassen. Er nickte ihr zu, schenkte ihr ein Lächeln.

Wandte sich dann Voitsberger zu. »Ist diese Johanna eine Computerexpertin? Kann sie die Dinger reparieren?«

»Schon. Wir gehen alle zu ihr.«

Seine Müdigkeit war wie weggeblasen. »Dann haben Sie sicher eine Telefonnummer von ihr.«

22

Talib war nun dort gelandet, wohin er sich immer gesehnt hatte: in der Welt. Doch diese Welt war sehr klein. Mit dreißig anderen Jungen, die alle kurz davor waren, zum Manne zu reifen, teilte er sich Kantine, Trainingsplatz, Fitnessraum, Fernsehzimmer, Massageraum, Unterrichtssaal. Nur seinen Schlafraum, den teilte er bloß mit einem Menschen, und das war Isaam. Sie hatten sogar ein eigenes Badezimmer, und Talib kam sich wie ein König vor. Die anderen Schüler waren alle Weißfladen, neben ihm und seinem Cousin gab es nur noch Malik aus Ghana, ebenfalls 16 Jahre alt wie Talib. Malik und er wetteiferten in dem Bemühen, so bald wie möglich in die Mannschaft der Unter-17-Jährigen aufgenommen zu werden, um dann ebenso ehebaldigst den Sprung zu machen, den Isaam bereits geschafft hatte: Er durfte sich bei der Zweitmannschaft des AC Danube beweisen. Und bald schon, wenn Talibs Leistung nicht nachließ, würde er Teil der Kampfmannschaft sein. Und so trainierte und lernte und trainierte und lernte Talib. Fußball und die Sprache, die seine Zunge zu einem Knoten machte. Und dazwischen schrieb er lange Briefe an seine Mutter und Dafina, in denen er ihnen von den märchenhaften Dingen in dem Land, genannt Österreich erzählte. Von langen Nächten und kurzen Tagen, und dass er sich darauf freute, wenn angeblich in sechs Monden die Tage lang und die Nächte kurz waren. Er berichtete, dass das Wetter noch seltsamer war, als sie es gelernt hatten. Der Regen hatte hier viele Gesichter, er konnte als kleine Tropfen in der Luft schweben, in Schnüren vom Himmel hängen und auch so mächtig wie in seiner Heimat sein. Er sah zum ersten Mal Schnee, fand aber nicht die Worte, wie beglückend und zugleich Ehrfurcht einflößend die Berührung mit ihm war. Er berichtete, dass hier kaum jemand den anderen grüßte, dass er bei einem Stadtspaziergang mit Richard leibhaftig den Kanzler, den mächtigsten Mann des Landes, gesehen hatte, und zwar ohne Soldaten als Begleitung, und dass hier sogar Frauen Fußball spielten. Das und noch vieles mehr erzählte er in den Briefen und wie stolz er war, jeden Tag ein wenig mehr die Gebräuche des Landes zu lernen. Doch er schrieb nicht, wie sehr ihm das Dorf abging, der Unterricht bei Samir. Vor allem die Erinnerung an die Gespräche mit Zahran löste ein Ziehen in seiner Brust aus, also bat er um Bücher, die Bilder von seiner Heimat zeigten. Und sie erklärten ihm, wie er sie sich bei der Bücherei der Stadt ausleihen konnte. Und so kam es, dass er seine erste Fahrt allein in das Herz der Stadt unternahm. Er setzte sich in den kleinen roten Zug, den die Menschen hier Straßenbahn nannten, und sah aus dem Fenster und bewunderte den Zierrat auf den Häusern. Da geschah es: Zwei Jungen in seinem Alter, mit Hosen und Haarschnitt, wie das Militär sie trug, bestiegen die Bahn und betrachteten den freien Platz neben Talib, der der einzige in diesem Waggon war. Sie funkelten ihn an und schienen sehr böse zu sein, doch Talib war sich keiner Schuld bewusst. Da schrie der eine. Talib verstand nur Teile. Er solle seinen Platz verlassen. Der andere stieß ihn an der Schulter. Talib bekam Panik. Ein älterer Mann stand auf und schrie nun seinerseits die Jungen an. Die schrien zurück und gingen. Der ältere Mann sprach zu Talib. Er verstand nur das Wort »Tutmirleid«, sah aber am Körper des Mannes, dass dieser ihm freundlich gesonnen war. Talib stieg bei der nächsten Station aus und fuhr zurück. Wieder in der Schule, erklärte ihm Isaam die Begriffe, die die Jungen geschrien hatten, die da waren *Bimbo* und *Scheißnigger*. Kurz blitzte in Talib das Bedürfnis auf, zu dem großen Baobab zu laufen, doch dann beschloss er, ihnen zu verzeihen, denn ihm erschienen die Weißfladen ja auch eigenartig, auch wenn er sich mit den Mitschülern gut verstand, denn sie waren so still und ernst.

23 // KATZ BEGEGNET EINER WEITEREN INTERESSANTEN FRAU

Vor gut zwei Stunden hatte er noch Dani wegen vermeintlichen Rassismus angepflaumt, jetzt musste er sich eingestehen, dass auch in seinem Hirn die Klischees fröhliche Urständ' feierten. Zwei Varianten hatte er sich insgeheim zur Einrichtung von Maliks Restaurant vorgestellt: Die eine war der Kitschtempel für die Nichtafrikaner, also mit bunten Decken und Masken ausstaffiert, vielleicht noch ein paar Lanzen an der Wand, die andere entsprach seiner bisherigen Erfahrung von Lokalen der Community, die meist mit karger Meublage und bläulicher Beleuchtung jeden Eindringling abwiesen.

In Maliks Lokal herrschten Rotbraun- und Orangetöne vor, die Tische und Sessel waren aus Holz, überall lagen weiße Tischtücher, es war mit Stoffservietten und glänzendem Besteck gedeckt. Das Einzige, was erahnen ließ, dass man sich nicht in einem x-beliebigen Vorstadtrestaurant, sondern in einem afrikanischen Lokal befand, war die Wandgestaltung: Überall hingen Portraits von Schwarzen. Katz erkannte Mandela und Biko, das war's aber auch schon. Auch Dani studierte die Gesichter, hatte aber einen ebenso fragenden Ausdruck wie wohl er selbst. Vergeblich hielt er nach Martin Luther King Ausschau, bis ihm bewusst wurde, dass der ja ein *amerikanischer* Bürgerrechtskämpfer gewesen war und bis auf seine Urahnen nichts mit Afrika am Hut gehabt hatte. Das ausdrucksvolle

Gesicht eines Weißhaarigen, der herzlich lachte, fiel ihm ins Auge. ›Albert John Luthuli‹ stand unter dem Foto. Er hatte keine Ahnung, um wen es sich da handelte.

»Der erste afrikanische Friedensnobelpreisträger.«

Katz fuhr herum. Er sah direkt in kobaltblaue Augen. Johanna Podlinsky musste wie er über einsachtzig sein. »Ach ja?«

»Ja, neunzehnhundertsechzig. Er durfte aber nicht ausreisen aus Südafrika, erst ein Jahr später. Hat bis zu seinem Tod in Groutville Hausarrest gehabt.«

»Sie kennen sich in afrikanischer Geschichte aus?«

»Nein, nur bei den Eckdaten.« Sie lächelte, wobei ihre Augen ernst blieben. »Wenn ich hier serviere, sollte ich zumindest wissen, wer da bei uns an der Wand hängt. Und für den Durchschnittsgast reicht mein Halbwissen.«

Halbwissen. Katz schnaufte innerlich auf. Er selbst hatte von Luthuli noch nie gehört, und dabei hielt er sich nicht gerade für uninteressiert an der Welt. Man musste doch nicht wirklich alle Friedensnobelpreisträger kennen. Und ein paar fielen ihm sicher ein. Also da waren Gorbatschow, Mutter Teresa, Willy Brandt. Okay, lauter Weiße. Obama, klar! Und wahrscheinlich Martin Luther King, aber da war er sich nicht sicher. Achtelwissen. Sechzehntel.

»Und was hat er gemacht?« Dani zeigte auf einen jungen Mann mit Brille. Darunter stand ›Patrice Èmery Lumumba‹. Irgendwas klingelte da bei Katz.

Johanna lachte auf. »Er hat dem belgischen König ins Gesicht gesagt, dass Kolonialismus Scheiße ist. Der gute alte Baudouin war ziemlich angefressen, vor allem, weil das während der Feierlichkeit zur Unabhängigkeit des Kongo war und er sich eh schon ganz großzügig und toll vorgekommen ist. Aber er hat halt bei seiner Rede die zivilisatorischen Glückseligkeiten, die Belgien den Negern geschenkt hat, ein bissel zu sehr lobgepreist, da ist Lumumba eben der Kragen geplatzt.«

»Er hat echt Neger gesagt?« Aus Dani sprach die pure Empörung.

»Weiß ich nicht. Nehme ich an, weil in Lumumbas Rede, die ich auszugsweise kenne, kommt der Ausdruck zynisch zitiert vor.« Sie sah Dani an. »Und damals war die Bezeichnung ja auch noch üblich. Kaffee?«

Dani schüttelte den Kopf und sagte, mit einem Seitenblick auf Katz: »Mineralwasser bitte.«

Er nickte und setzte sich an die Bar.

Johanna gab einem Schwarzen mit Rastalocken, die zu einem Rossschwanz gebunden waren, die Order und kam mit Dani zu ihm. Während die sich neben ihn setzte und ihr Tablet aktivierte, blieb das Computergenie stehen. »Malik müsste jeden Moment kommen. Aber ich hab sowieso keine Ahnung, wie wir Ihnen helfen könnten. Malik ist schon ewig nicht mehr beim Verein, und ich hab zu den meisten auch kaum Kontakt, schon gar nicht zu Kollaritsch.«

Da war die Selbstwahrnehmung wohl eine andere als die Fremdwahrnehmung, wenn man den Worten von Helena Voitsberger Glauben schenken durfte.

»Ich gehe hin, trainiere und spiele«, fuhr Johanna fort. »Und das auch nicht mehr lang. Ich steig hier«, sie umfasste den Raum mit einer weiten Armbewegung, »voll ein. Es läuft gut, und wir wollen erweitern. Es gibt da ein Nebenzimmer, zu dem wir nur durchbrechen müssen. Dann haben wir zwanzig Sitzplätze mehr.«

Katz ließ den Rest der Suada über neue afrikanische Küche, leichter und vielfältiger, mit Einflüssen von Bla-

blabla, an sich vorbeirieseln und widmete sich seinem Verdacht, dass die junge Lady sie in den Boden reden wollte. Keine Chance. Doch das konnte sie sich doch selbst denken. Auf jeden Fall zeugte ihr Geplapper von Nervosität. Dazu passte auch, dass sie sich ständig die blonden kinnlangen Stoppellocken aus dem Gesicht strich, die ohnehin mit einem Haarreifen gebändigt waren. Und auf den ausladenden Wangen zeichneten sich bereits rote Flecken ab. Sie war nervös – und normalerweise war man das, wenn man etwas verheimlichte. Dani war anscheinend auf den richtigen Gedanken gekommen. Die junge Frau hatte sicherlich noch den PC von Egger und fühlte sich schuldig, dass sie ihn nicht der Polizei gebracht hatte. Oder noch schlimmer. Sie hatte ihn zerlegt und in Einzelteilen verkauft oder weiterverwertet. Okay, es konnte auch das übliche ungute Gefühl in Gegenwart der Polizei sein. Nun ja, bald würden sie es wissen.

Der Rossschwanztyp hatte indes die Mineralwasserflaschen und Gläser vor ihnen platziert. Katz schenkte sich ein. »Sie haben ein großes Faible für die afrikanische Kultur, nicht wahr?«

Aus dem Augenwinkel sah er, wie sich Dani ganz leicht krümmte, und musste innerlich lächeln. Natürlich schrie alles in ihr, wieder einmal stante pede vorzupreschen, aber er wollte zuerst ein Gespür entwickeln, wie eng Johanna mit Malik beziehungsweise mit Afrika tatsächlich war und … jetzt rollte Dani mit den Augen und deutete hinter Johannas Rücken auf die Bilder an der Wand. Ja, ja, Podlinsky kannte sich aus, aber das konnte auch nur berufsbedingt sein.

Johanna verschränkte die Arme. »Welche?«

»Was welche?«

»Welche afrikanische Kultur?«

Öha, sein Gefühl bestätigte sich, er stand einer Leidenschaftlichen gegenüber. Also hob er die Handflächen und lächelte. »Generell, so wie man sich auch generell für die europäische Kultur interessieren kann, um dann später auf die Vielfalt einzugehen.«

»Ja.« Sie deutete erneut in den Raum. »Logischerweise.«

»Durch Malik oder schon vorher?«

»Wieso interessiert Sie das?«

Das wusste er auch nicht. Sein Gefühl boxte ihn vorwärts. Aber ihm fiel partout keine Begründung außer der Floskel von *Bei einem Mord interessiert uns alles* ein.

Dani machte hinter Johanna eine kaum merkbare, beruhigende Geste mit der Hand. *Später* hieß das. Ja, war vielleicht besser.

Sie räusperte sich. »Sie wurden am Mittwoch vor einer Woche, am Todestag von Wolfram Egger, gemeinsam mit Malik vor Eggers Haus gesehen. Was wollten Sie da?«

Johanna blieb eine Spur zu lange starr, bevor sie sich zu Dani hin öffnete. »Wir wurden gesehen?« Kurzes Auflachen. »Jaja, die Nachbarn.« Keine Antwort.

»Also?«

Auch wenn ansonsten keinerlei Regung an ihr zu merken war, blieb sie neuerlich einen Hauch zu lange stumm. Die Afrikaliebhaberin verbarg also tatsächlich etwas.

»Ich wollte ihm den Computer zurückbringen.«

So einfach löste sich das alles? Sie mussten sie gar nicht zwingen, diese Verbindung zuzugeben? Aber warum war sie dann nicht zur Polizei …?

»Den habe ich repariert. Das kann ich ganz gut, mache ich für einige im Verein. Aber Egger war nicht da.«

»Sie haben nicht vorher angerufen?«, fragte Dani nach.

»Nein, es war für Mittwoch ausgemacht.«

Das passte, denn weder die Nummer von Malik noch jene von Johanna waren mit der auf der Anrufliste ident, mit dieser von der Prepaid-Karte.

»Ja aber eigentlich war Egger am Mittwoch doch arbeiten«, ließ Dani nicht locker.

Johanna blieb regungslos, zum dritten Mal zu lang. »Ja, aber nur am Vormittag. Am Mittwoch hat er immer am Vormittag Dienst.«

»Aha.«

Nun schoss sie mit den Augen Blitze zu Dani ab. »Ja, so ist das. Und weil er nicht auf das Klingeln reagiert hat, haben wir gedacht, dass er einen Mittagsschlaf macht. Und ich wollte das Ding nicht mehr heimschleppen. Also sind wir hinein, um ihn aufzuwecken. Aber da war er nirgends. Da sind wir dann wieder gegangen.«

»Aha.«

Grandios, die liebe Daniela, einfach grandios. Am Anfang ihrer Zusammenarbeit hatte er bezüglich ihrer lapidaren Art Bedenken gehabt, doch mittlerweile schätzte er sie. Ein schlichtes *Aha,* und das Gegenüber fühlt sich ertappt, auch wenn es hundert Mal ein unschuldiges Baby ist. Und so auch Johanna Podlinsky, was ihr zitternder Zeigefinger verriet.

Podlinsky senkte den Blick. »Ja, und es ist jetzt auch ganz furchtbar für uns, wenn wir uns vorstellen, dass er zu dem Zeitpunkt schon unter dem Balkon gelegen ist … wir vielleicht noch etwas hätten tun können …« Sie sah Katz an, ihre Augenbrauen bildeten einen Spitz, sie wirkte arm. »Ist ja so furchtbar, die Vorstellung, dass er da hinunter … Wieso?« Timbre in der Stimme.

Jetzt hat sich die junge Frau wieder voll im Griff, sie war auf Schiene.

Katz seufzte und nickte, bemühte sich, so viel Mitgefühl wie möglich in seine Mimik zu legen. »Und warum haben sie den PC nicht der Polizei gebracht?«

Sie fuhr auf. »Wieso? Ich …« Verstummen auf der ganzen Linie. Karnickel-vor-der-Schlange-Blick.

Was war das wieder? Sie konnte sich doch ausrechnen, dass sie nach dem Ding gefragt wurde, wenn es nicht auf dem Schreibtisch stand, sondern sich in ihrem Besitz befand.

Er suchte sein Vaterlächeln heraus. »Sie haben das Gerät doch wieder mitgenommen, oder nicht?«

Zuerst nichts, dann fing ihr Kiefer zu mahlen an. Zugleich nickte sie.

»Gut. Wir hätten es gerne. Warum haben Sie es denn nicht zu uns gebracht?«

»Oder einfach dort gelassen?«, mischte sich nun Dani wieder ein.

Johanna sah zwischen ihnen beiden hin und her und entschied sich dann für die Frauensolidarität. »Weil … es hätte ihn ja jemand stehlen können. Und ich wollte ihn dann, als wir von seinem Tod erfahren haben, Helga geben, damit sie mich bezahlt. Aber erst, wenn das Ganze mit dem Begräbnis und so vorbei ist.«

Dani nickte verstehend. »Wer hätte ihn stehlen sollen? Sie haben das Haus ja wieder gut abgesperrt. Und wieso hatten Sie überhaupt den Schlüssel?«

Die Eingangstür bimmelte, es klang nach Greißlerei. Einen Moment später keuchte jemand in einer Mischung von Englisch und Wörtern, die Katz keiner ihm bekannten Sprache zuordnen konnte, eine Bitte um Hilfe. Johanna sah gebannt in die Richtung der Stimme, der Rossschwanztyp lief auf den Gang hinaus. Katz verstand schemenhaft

»police«. Im nächsten Moment kam der Angestellte mit einem riesigen Karton herein und verschwand hinter der Bar in der Küche. Ihm auf dem Fuß folgte Malik, der weitere Kisten mit einer Rodel transportierte.

»Hi.« Er stellte die Rodel neben der Bar ab und reichte Dani und dann Katz die Hand. »Sorry. Man mir gesagt, dass Sie wollen sprechen zu mich. Ich nicht gehört das Mobile, bitte entschuldigen Sie. Wie kann ich helfen?«

»Sie wollen wissen«, sprach Johanna schnell, »warum du von Egger den Hausschlüssel hast. Weil wir ja drinnen waren, um den PC zu liefern.«

Malik musterte sie. Lange. Okay, die beiden hatten sich da jetzt vor ihren Ohren abgesprochen. Johanna hatte ihrem Freund mitgeteilt, dass sie im Haus gewesen waren. Anscheinend war die Vereinbarung davor eine andere gewesen, sprich, sie hatten ursprünglich ihre Anwesenheit verheimlichen wollen. Deshalb hatte sie sich auch nicht wegen des PCs bei der Polizei gemeldet. Das ließ nur einen logischen Schluss zu: Die beiden hatten etwas mit dem Tod von Egger zu tun. Oder Variante: Sie hatten etwas auf dem Computer gefunden, was sie erpresserisch gegenüber Helga Egger ausnutzen wollten, weshalb sie die Lieferung und folglich das Gerät aus den Akten zu streichen versuchten. Dazu passte ihr Hinweis auf Einbrecher, was ja Quatsch war. Aber die wenigsten Menschen dachten bei ihren Verbrechen logisch, was am Stress durch die ungeübte Tätigkeit lag. Sie konnten die Schwulenbilder gefunden haben. Katz war sich sicher, dass eine Homepagedesignerin auch genug vom Hacken verstand, um an ein simpel gesichertes Material zu kommen. Oder auch an gelöschtes, das einfach nur über Leeren des Papierkorbes entfernt worden war. Und wenn er sich so ins Gedächtnis rief, was er bislang über Egger erfahren hatte, war der nicht der Typ gewesen, dem bewusst war, dass alles auf einer Festplatte blieb, bevor diese nicht von der NSA bearbeitet oder verbrannt war. Hm, in der Erpressungsvariante musste sie aber die Leiche gesehen haben, sonst ergab sie keinen Sinn. Das ergab alles keinen Sinn. Noch nicht.

Malik hatte Katz' Nachdenkflash wohl zur Sammlung genützt, denn jetzt lächelte er ihn entwaffnend an. »Wolfi ist alter Mann. So wir beschließten, für emergency ich habe Schlüssel.«

»Und warum haben Sie dann den Computer nicht einfach abgestellt?«

»Das habe ich Ihnen ja schon gesagt«, fuhr Johanna dazwischen. »Ich wollte bezahlt werden.«

»Ja, nachher von Helga Egger«, präzisierte Dani. »Das sagten Sie, als Sie das Märchen von der Angst vor Einbrechern zum Besten gegeben haben. Also was stimmt jetzt? Von wem wollten Sie bezahlt werden?«

Malik legte den Arm um Johanna. »All that. Bezahlung, Einbrecher, Bezahlung.«

»Ja, wie Malik sagt.« Sie atmete tief durch. »Ich wollte einerseits mein Geld, und manche Leute zahlen unpünktlich, also habe ich ihn als Druckmittel wieder mitgenommen. Und auch, weil ich nicht verantwortlich sein wollte …« Plötzlich durchzuckte ein Wetterleuchten ihr Gesicht. »Der PC ist ja schon ziemlich alt. Und Wolfram hätte sagen können, dass er nicht mehr da war, als er heimgekommen ist, hätte ihn verschwinden lassen und mir die Schuld geben können. Von mir einen neuen verlangen können. Das Risiko wollte ich nicht eingehen. Also haben wir ihn wieder mitgenommen. Selber schuld, habe ich mir gedacht, wenn du nicht da bist, wie ausgemacht.«

Jetzt hatte sie wieder zu viel geredet.

Dani drehte die Mineralwasserflasche zwischen Daumen und Zeigefinger, sah sich selber dabei zu. »Aha.« Jetzt kam wieder was. »Und wieso haben Sie ihn eigentlich nicht zumindest jetzt angerufen? Ihm gesagt, dass er gefälligst schnellstens seinen Arsch nach Hause schieben soll, wenn Sie schon extra kommen?« Scharfer Blick zum Abschluss auf Johanna.

»Daran … hab ich einfach nicht gedacht.« Jetzt war das Mädel völlig steif.

»Aha.«

»Ja.« Sie zuckte mit den Schultern, was sehr trotzig wirkte. »Er hebt öfters nicht ab. Wahrscheinlich habe ich unbewusst nicht daran geglaubt, dass ich ihn erreiche.«

»Sie Arme, Sie haben mit lauter Menschen zu tun, die nicht ans Telefon gehen.« Dani lächelte Malik an.

Es war ein viereckiges Lächeln, also unterdrückte auch sie mit aller Kraft eine Brüllorgie von wegen *verarsch wen anderen*.

Katz fixierte Johannas Blick. »Nein, liebe Kollegin Mayer, ich glaube viel mehr, dass Frau Podlinsky wusste, dass Herr Egger nicht mehr ans Telefon gehen würde, weil sie wusste, dass er tot war.« Er seufzte betont groß. »Warum geben Sie es nicht zu? Was ist so schlimm daran? Weil Sie ihn umgebracht haben?«

Während Malik in einem Kauderwelsch aus Englisch, Deutsch und dieser anderen Sprache Beteuerungen der Unschuld von sich gab, senkte Johanna den Blick. Ihr Brustkorb hob und senkte sich. Mein Gott, kam jetzt wirklich das Schuldeingeständnis? Aber wieso sollten die beiden den Alten umgebracht haben?

Sie fuhr auf. »Ja, wir haben ihn da unten liegen sehen. Ja, haben wir! Wir sind davon ausgegangen, dass ihn jemand umgebracht hat. Konnten ja nicht wissen, dass es ein Unfall war … bei den paar Metern. Und Sie wollen wissen, warum wir das nicht gleich gemeldet haben? Ja? Schauen Sie Malik an. Was sehen Sie? Ha, was sehen Sie? Schwarz. Er ist ein verdammter Nigger, wie ihn schon ein paar Bullenschweine bezeichnet haben.«

Ihr Gesicht war vor Wut verzerrt, doch kam es Katz vor, als wäre da auch irgendwo ein diabolisches Lächeln.

»Und was machen Nigger? Sie dealen und stechen Leute ab. Nein, nein, wir wollten einfach nichts mit euch zu tun haben, denn ihr glaubt uns ja sowieso nie. Irgendein Grund wäre euch schon eingefallen, warum wir ihn hätten umbringen sollen!« Jetzt keuchte sie.

Interessant war, dass sie gegen Ende ihrer Hasstirade nur mehr in der Wir-Form gesprochen hatte. Sie war offensichtlich eine von den Political Correctness-Fanatikerinnen, die sich mit ihren Schützlingen bis zum letzten Schamhaar identifizierte. Sie strahlte eine Kraft und Kampfbereitschaft aus, dass einen das Fürchten überkam – wenn man nicht gerade ein altgedienter Bulle war. Und obwohl sie ein wesentlich grobknochigerer Typ als ihre Tante war, bekam sie jetzt eine starke Ähnlichkeit mit dieser, Marke blonder, knallharter Engel, der für seine Lieben durchs Feuer ging. Bei diesen Ermittlungen begegneten sie erstaunlich vielen interessanten Frauen.

Er sah Dani an, sie ihn. Und er erkannte, dass auch sie diese Geschichte von der Angst des Schwarzen vor der Polizei für so wahrscheinlich hielt, dass für den Moment die Sache erledigt war.

Dani erweckte ihr Tablet zum Leben und tippte, schweigend sah ihr die Runde dabei zu. Schließlich fragte sie: »Und wer, dachten Sie, soll Wolfram Egger umgebracht haben?«

»Keine Ahnung. Irgendein Einbrecher halt.«

»Und was meinen Sie, Herr Farah?«

Er biss sich auf die Lippen. »No idea. Aber Wolfi has been …«

»War«, korrigierte ihn Johanna mit einer gewissen Selbstverständlichkeit.

»War viele Zeit in komisch Lokalen. So gambling and drugs.«

Dani sah auf. »Das wissen Sie?«

»Er hat erzählt mich, dass er oft nicht schlafen kann. Da er hat gesprochen von Lokalen an Gürtel.«

Das passte jedoch nicht zur Leichenbeschau. Gut, Egger konnte ja ohne Drogenkonsum gespielt haben. Sie mussten nochmals seine Finanzen durchsehen. Vielleicht waren es ja nur kleine Beträge gewesen, die er verloren hatte.

Dani tippte. Wiederum Schweigen. Dann fragte sie: »Wann sind Sie zum Haus von Wolfram Egger gekommen?«

Johanna zuckte mit den Schultern. »Vielleicht eine Viertelstunde früher.«

»Vor was?«

»Bevor wir wieder gefahren sind.«

»Und wann war das?«

»So um halb vier.«

Kaum merklich zögerte Dani mit dem Schreiben. »Genauer wissen Sie es nicht?«

Johanna lächelte. »Nein. Aber das wird Ihnen doch sicher der Nachbar sagen können, der uns gesehen hat.«

»Wo waren Sie am Abend und in der Nacht davor?«

Johannas Kopf zuckte ein paar Millimeter in Richtung von Malik. »Am Abend wie immer hier, bis circa ein Uhr, so lange dauert es ungefähr, bis wir zusammengeräumt haben. Danach haben wir geschlafen.«

»Und wo waren Sie diese Woche in der Nacht von Dienstag auf Mittwoch?«

Sie lachte auf. »Dasselbe. Hier und im Bett. Glauben Sie nun auch, dass wir irgendwas mit der Ermordung von Kollaritsch zu tun haben? Lächerlich.« Das klang sehr ehrlich. »Das war wahrscheinlich dieser Irre. Wissen Sie schon von ihm? Dem Blatterer?«

Dani nickte. »Haben Sie sonst noch eine Idee, wer etwas gegen Kollaritsch gehabt haben könnte?«

Malik stieß Luft aus und wandte sich ab. Johanna betrachtete ihn und meinte dann: »Sehr viele. Er war ein unguter Zeitgenosse. Hat damals auch Malik drangsaliert. Immer die Karotte von der U18 vor der Nase und dann leider doch nicht.« Sie riss die Hände in die Höhe und die Augen auf. »Aber nicht, dass Sie jetzt glauben, späte Rache und so. Das Würstel war uns wurscht. Hat Malik einen Gefallen gemacht. Wir sind glücklich mit dem Lokal.« Auch das klang ehrlich.

Ihr Ton war nun, bei diesem Fall, ganz anders. Was Katz in seinem Verdacht bestärkte, dass sie zwar einen Zipfel der Wahrheit über die Vorkommnisse rund um Egger erhascht hatten, der große Rest derselben aber noch im Dunkeln lag. Nun, es war ja noch nicht aller Tage Abend.

Er rutschte vom Barhocker. »Okay. Wenn Sie jetzt bitte beide mit ins LKA kommen. Wir brauchen Ihre Prints und DNS.« Er legte die Hand aufs Herz. »Natürlich nur, damit wir die Spuren des Täters isolieren können.« Und jetzt Lächeln hintennach. Das kam immer gut.

Prompt zuckten auch die Mundwinkel der beiden in einer Art von bemüht freundlichem Verstehen.

»Und außerdem hätten wir jetzt gern den PC.«

Die Münder der beiden wurden schmale Striche.

23

Die Wochen gingen ins Land, und Talib dankte den Ahnen, den Weisen im Dorf und Gott, für ihn die Reise nach Wien beschlossen zu haben, denn er lernte viel. Der Trainer klopfte ihm immer öfter auf die Schulter, bei den Matches durfte er meistens die ganze Zeit auf dem Feld stehen. Nur ein Umstand bereitete ihm Sorgen: Er hatte bislang nur jeden Mond gerade so viel Geld in Händen gehalten, wie er für seine Ausflüge in das Herz der Stadt zur Bücherei benötigte. Und er musste doch seiner Mutter helfen. Isaam erklärte ihm, dass sich das mit dem Beitritt zur Kampfmannschaft ändern würde. Und so strengte sich Talib noch mehr an. Manchmal überkam ihn auch Heimweh, doch dann trat das Ereignis ein, das Afrika zu ihm brachte: die Weltmeisterschaft am Kap. Und die Stadt schien wie verwandelt, die Menschen saßen gemeinsam vor großen Bildschirmen, sie sangen, sie lachten, sie tanzten und sie feierten. Und endlich fühlte sich Talib daheim. Gemeinsam mit Isaam und Malik ging er in die abgesperrten Zonen, wo man nur fußballverrückte Menschen traf, und plötzlich waren sie nicht mehr die einzigen Nicht-Weißfladen. Es gab in Wien sehr viele so wie sie, und Talib fragte sich, wo die anderen sich sonst aufhielten. Sie feierten gemeinsam und auch mit den Weißfladen, die sie brüderlich umarmten und keines der bösen Worte verwendeten. Manche waren sogar besonders nett wie die Mädchen der Frauenmannschaft des Clubs. Eine von ihnen, mit lockigem Haar, das golden wie Getreide leuchtete und Johanna hieß, blieb immer öfters an ihrer Seite, sie wurde Maliks und seine Freundin, was für ihn eigenartig, aber wunderschön war. Und Talib probierte das erste Mal ein benebelndes Getränk. Das Bier war bitter wie der Saft einer Wurzel, doch es machte ihn groß und unbesiegbar, wie es Isaam beschrieben hatte. Der warnte ihn aber auch vor übermäßigem Konsum, denn dann machte es die Muskeln schwach. Talib lachte. Jedoch an manchen Abenden im Bett, wenn ihn Zweifel überkamen, jemals gut genug für die Profis zu sein, lockte ihn die Vorstellung von so einem Getränk. Er blieb standhaft und er wurde dafür belohnt, denn im Sommer nach den Spielen wurde er in die U18-Mannschaft berufen. Er hatte eine Stufe übersprungen. Er war der König der Löwen. Einzig der Umstand, dass auch Malik mit ihm im Team war, trübte ein wenig seinen Stolz, denn der Ghanaer war keine Antilope und schon gar kein Löwe, wie auch die anderen zum Großteil nicht. Doch nach den ersten beiden Spielen, in denen er jeweils das Siegestor schoss, wurde ihm klar, dass genau dieses Unvermögen der anderen für ihn die große Chance darstellte. Er war die Blüte im verdorrten Gestrüpp.

24 // MAYER LERNT COLAFLÄSCHCHEN SCHÄTZEN

Es war finsterer, als es sein müsste. Das lag wohl an den Wolken, die den kümmerlichen Rest des Tageslichts auffraßen. Selbst wenn jetzt der hypothetische Fall eintreten sollte, dass sie Dienstschluss machten, sie könnte nicht einmal mehr laufen gehen, was sie dringend benötigte, um die Hysterie ihrer Gedanken zu beruhigen, denn die Parks sperrten in der Winterzeit um achtzehn Uhr. Was sie noch nie verstanden hatte. Es war ab halb fünf dunkel, wo war da der Unterschied zu halb sieben? Und wo jener zur Sommerzeit? Die Wächter konnten doch nicht ernsthaft annehmen, dass sich um halb sieben mehr Wüstlinge oder Handtaschlziaga* in Parks herumtrieben als um halb sechs. Oder welchen Grund sie für ihr unlogisches Verhalten auch immer angaben. Dunkel war dunkel. Vor-Primetime-Krimizeit, also jener Abschnitt, in dem noch Menschen auf der Gasse waren, war Vor-Primetime-Krimizeit.

Doch die Überlegung basierte sowieso nur auf einer unrealistischen Hypothese. Denn Johanna Podlinsky und Malik Farah mussten es demnächst mit den Kollegen und dem PC von Johannas Wohnung ins LKA geschafft haben. Danach würde die Registrierung erfolgen. Dann noch der Fingerabdruckvergleich mit den Spuren am Tatort. Und auch wenn der Vergleich des genetischen Abdrucks noch

* Handtaschenräuber

dauern würde, konnten sie die zweite Runde starten und den beiden nun etwas intensiver auf den Zahn fühlen.

Mayer lockerte ihre Nackenmuskeln und lehnte sich an die Mauer neben dem Eingangstor vom Landeskriminalamt. Und da sah sie endlich zwei Straßenlaternen weiter Katz antraben, der sich im Supermarkt um die Ecke noch dringend Colafläschchen hatte kaufen müssen. Keine normalen Gummibärchen, sondern diese Pseudomuntermacher. Offensichtlich hatte er eins davon zwischen den Zähnen, denn seine Hand befand sich ein paar Zentimeter vor dem Mund, als zöge er an etwas. Na, das würde jetzt eine Lutscherei und Schmatzerei werden.

Er erreichte sie und hielt ihr die Packung vor die Nase. »Kaubewegungen machen das Hirn munter. Deswegen sind wir auch so süchtig nach Chips.«

»Ich hab geglaubt, wegen der Suchtstoffe.«

»Nein, wegen des Kauens, und weil sie auch noch knacken und so die Ganglien wachrütteln.«

»Kaugummi?«

Er machte eine wegwerfende Bewegung, blöderweise mit der Packung in der Hand, wodurch zwei der Fläschchen auf die Straße hüpften. Er sah die Nascherei an. »Ruhet in Frieden.« Und dann sie. »Unbefriedigend. Man schluckt nicht. Ist total unsinnlich und eigentlich eine Perversion.« Neuerlich bot er ihr von seinem Schatz an.

Seufzend nahm sie ein Stück, ansonsten gab er sicher keine Ruhe. Sichtlich befriedigt lehnte er sich neben sie, doch sein Blick wanderte Richtung Donaukanal. Er nestelte das Handy aus der Jackentasche. »Kevin? Fein. Pack alles ein, zieh dich warm an und komm zum Kanal, da sitzen wir irgendwo.« Er beendete die Verbindung und nahm sich ein neues Stück.

Mayer meinte, sich verhört zu haben. »Was wird das jetzt?«

»Änderung der Umgebung, Änderung der Perspektive.«

»Sicher.«

»Liebe Daniela, sei nicht so schienenfixiert.«

Es klang nach Scherz, aber Mayer hörte einen ernsten Unterton heraus. »Ich bin – was? Schienenfixiert? Was soll denn das sein?«

Er wandte sich ihr zu, hatte den Schalk aus den Augen verloren. »Wenn wir jetzt ins Büro gehen, denken wir nur ans Nachhausegehen. Wir sind müde, wir sind frustriert, wir sehen die Akte, die immer dicker wird, wir denken uns, dass wir keinen Schritt weiter sind, zumindest keinen wesentlichen, wir drehen uns im Kreis. Und für die neuerliche Befragung von unserem Pärchen haben wir auch zu wenig Elan. Also alles vergessen und ausgiebig schlafen. Aber wir müssen weitermachen, nicht nur, weil Spuren bekanntlich mit jedem Tag kälter werden, sondern auch, weil meine flapsige Begründung für das Rechtsansuchen an Facebook nicht einer gewissen Wahrscheinlichkeit entbehrt. Wer sagt uns, dass der Mörder von Kollaritsch nicht bald ein zweites Mal zuschlägt? Für kurze Zeit eine ungewohnte Umgebung wird uns neue Spritzigkeit verleihen.«

Der Alte war nicht umsonst der Meister. Mayer seufzte und setzte sich in Bewegung. Schweigend trabten sie das Stück hinunter zum Donaukanal, immer dem Rot der stauenden Autos entgegen, schlängelten sich zwischen Stoßstangen hindurch und schlenderten den Uferweg entlang. Beim Beachvolleyplatz, der ohne Netz und mit Blättern auf dem Sand eine unendliche Traurigkeit ausstrahlte, fanden sie eine Bank und setzten sich.

Nun war Mayer über Katz' Vorschlag froh. Das Plätschern des Wassers beruhigte. Ihr Hirn war zwar noch immer voller Gedanken, aber sie zischten nicht mehr so unkontrolliert durch die Gegend, sondern sie schwammen an ihrem Bewusstsein wie Treibgut vorbei. Man konnte einen Ast herausnehmen, ihn betrachten und wieder in die Fluten werfen. »Glaubst du das mit den nächtlichen Besuchen am Gürtel?«

Er ließ ein Colafläschchen aus dem Mund ploppen. »Keine Ahnung. Wird wohl stimmen. Falls wir das zusätzliche Personal genehmigt bekommen, schicken wir ein paar Kollegen mit seinem Foto herum. Aber ich frage mich, warum Malik das erfunden haben sollte?«

Wenn sie jetzt sagte, was sie dachte, gab sie zugleich zu, dass auch sie auf ihren Bauch hörte – Katz' Triumph. Scheiß drauf. »Weil ich das Gefühl habe, dass die uns in Bezug auf ihren Besuch nicht die Wahrheit gesagt haben.«

»Ich auch nicht.«

Nur Zustimmung, kein Triumphgeheul. Er hatte ihr Eingeständnis wahrscheinlich gar nicht mitbekommen.

Das Wasser gurgelte. Ein Bursch mit Geißbart und einem Lippenpiercing führte seinen Foxterrier an ihnen vorbei.

Als er eine Straßenlaterne weiter war, hielt ihr Katz ein angekautes Colafläschchen wie einen Zeigefinger vor die Nase. »Die Kollegen schauen sich jetzt den PC an, wer weiß, was sie finden. Und die zwei …« Er steckte die Nascherei in den Mund, kaute und kaute, bis zwei kichernde Mädchen vorüber waren. »Die zwei sollen jetzt einmal denken, dass alles vorbei und gut gegangen ist. Ich lasse sie nach der Registrierung nach Hause schicken. Morgen checken wir die anderen Nachbarn von Egger noch einmal durch, und dann, wenn wir vielleicht irgendwas Neues haben, holen wir sie wieder zu uns. Getrennt.«

»Es klingt so logisch, das mit der Angst von Malik vor der Polizei …« Sie seufzte.

Er auch. »Aber …«

»Genau.«

Sie streckte ihm die Hand hin, er schüttete zwei Gummis heraus.

Sie lutschte an einem, der säuerliche Geschmack, der unter der Süße lag, belebte. »Ich wüsst' aber so gern, wie lang die beiden wirklich dort waren. Wenn wir gleich jetzt die Telefongesellschaft …?«

»Vergiss es. Selbst bei dringendem Tatverdacht dauert es ewig, bis wir den Nachweis vom Einwahlort bekommen. Wir reden ja nicht nur vom Verbindungsnachweis. Und wir haben keinerlei dringenden Tatverdacht. Gesetzt den Fall, irgendwelche Faserspuren oder DNS im Haus stimmen mit ihnen überein, lässt sich das noch immer mit ihrer Version erklären. Und außerdem – ohne Motiv geht gar nichts. Und das haben wir derzeit nicht.«

Eine Asiatin joggte bei ihnen vorbei.

Mayer seufzte. »Okay, ich fasse zusammen. Wir haben zwei, die hätten eine Gelegenheit gehabt, aber wir haben keine Beweise und kein Motiv.«

»Noch nicht. Warten wir ab, was die Kollegen am PC finden.«

Mayer riss mit den Zähnen an dem Gummiding und lutschte dann weiter. Als Stressabbau fast so gut wie Zahnstocher. Das mit dem Computer hatte Katz jetzt zum zweiten Mal betont. »Du denkst doch nicht, dass sich auf der Festplatte das Material über Kollaritsch' linke Aktionen befindet? Und Johanna das gefunden hat? Warum sollte sie dann Egger mit Koks ins Jenseits schicken? Weil sie eigentlich Kollaritsch liebt und sich am bösen Erpresser rächen will?«

Katz lachte auf. »Schöne Theorie, drehbuchreif. Nein, das Erpressermaterial hätte er genauso am Stick gesichert wie die Pornos und die Nummer. Die zeitliche Berührung der beiden Geschichten ist Zufall.«

»Du sagst immer, den gibt es nicht.«

»Stimmt auch wieder.« Er legt das Päckchen ab und streckte sich. »Aber was ist, wenn die liebe Jo das Bildmaterial gefunden hat? Angeblich waren Malik und dieser Talib ja einmal befreundet.«

»Und? Dann wird es für die beiden wohl keine Überraschung gewesen sein, dass der Egger und der Gbowee ein Verhältnis miteinander gehabt haben. Freunde bekommen doch so etwas mit.«

Katz sah sie nur an. Ja okay, ein aufgeklärter Freundeskreis wusste so etwas. Es gab noch immer genug Menschen, die es schafften, ihre Homosexualität vor ihrem kompletten sozialen Umfeld zu verheimlichen.

Kevin näherte sich ihnen im Laufschritt. Er strahlte. Blieb demonstrativ vor ihnen stehen und wartete. Kein Wort des Unmuts über den ungewöhnlichen Beratungsplatz. Ein Goldjunge.

Mayer beschloss, brav als Stichwortgeberin zu fungieren. »Okay, schieß los.«

»Brugger hat das Schließfach gefunden. Westbahnhof.«

»Puh, das ist dem Egger aber teuer gekommen.«

»Sein Problem.« Katz klatschte in die Hände. »Endlich geht was weiter! Und? Was war drin?«

»Eine licht- und luftdichte Kühlbox.«

»Okay, mach's nicht so spannend. Und in der Box?«

»Eine alte Filmrolle.«

»Wie alt?«

»Acht Millimeter.«

»Okay, 70er-, maximal frühe 80er-Jahre. Und? Wann können wir ihn sehen? Wann sind sie mit dem Kopieren fertig?«

Kevin wurde ernst. »Schwierig zu sagen. Dafür braucht man spezielle Geräte und …«

Katz sprang auf. »Das darf doch nicht wahr sein! Wir sind die Krimineser! Die Machatscheks!* Wir müssen doch so was als Standardausrüstung haben. Shit, shit, shit.« Er drehte eine Runde um die Bank.

Jetzt zwinkerte Kevin Mayer zu – dieses hintertriebene Miststück. So viel Schauspieltalent hätte sie ihm nicht zugetraut. Sie schluckte ihr Lachen hinunter, um ihm nicht die Show zu verpatzen.

Ernst fuhr er fort: »Es war noch etwas im Schließfach.«

Der Meister stützte sich mit den Händen auf die Lehne und wippte auf den Zehenspitzen. »Und was?« Es klang ein bisschen genervt.

»Eine DVD.«

Katz hob ganz langsam den Kopf und studierte Kevins Gesicht. Der konnte sich nach ein paar Sekunden nicht mehr beherrschen und grinste.

Was auch Katz zum Lachen brachte. »Du Rabenbratl**, du! Eine Sicherungs-Diskette?«

Der Azubi nickte und setzte sich neben Mayer auf die Bank. »Sie stellen den Film gerade auf den Zentralserver. Sollte eigentlich schon da sein.« Er holte aus seinem Ruck-

---

* Jene, die das Heft in der Hand halten, die Fäden ziehen, die Macht haben.

** Braten für die Raben, also Galgenvogel – liebevolles Schimpfwort.

sack ein Tablet und reichte es Katz, der sich ebenfalls setzte. »Ich habe mir erlaubt …«

Er zog es wieder zu sich und tippte darauf herum. Dann reichte er es erneut Katz. »Ich hab gleich den richtigen Pfad …«

Katz nahm es ihm aus der Hand. »Sich blöd zu stellen, ist wunderbar. Da wird einem alles mundgerecht vorbereitet.«

Mayer war sich nicht sicher, ob die Meldung jetzt ein Scherz gewesen war oder ob tiefe Wahrheit in ihr steckte. Zuzutrauen wäre es dem Alten, sich absichtlich unfähig darzustellen, damit ihm mühselige Kleinarbeit erspart blieb. Und das Protokollschreiben nicht zu vergessen, das automatisch Kevin übernommen hatte.

Sie starrten nun alle drei auf ihre Displays. Kevin startete den Film. Nach dem Vorspann mit den nach unten laufenden Zahlen wurde der Heuboden einer Scheune sichtbar, erkennbar an der Leiter links im Bild, die hinunter führte. Einige leere Weinflaschen standen und lagen herum. Im Hintergrund befanden sich zwei Menschen, doch bevor Mayer ausmachen konnte, wer die Frau und der Mann waren, wurde ein weißer Karton ins Bild gehalten, die Hände waren männlich. Es war *Alles Gute zum Geburtstag, Harry!* zu lesen. Der Mann hinter dem Karton ließ das erste Blatt fallen. Der nächste Text lautete *Deine Überraschung!* Der Karton wurde gesenkt, und ein sehr, sehr junger Wolfram Egger grinste in die Kamera. Er trug einen schwarzen Anzug mit einer weißen langen Kellnerschürze. Sein Haar war im Stil der Fünfzigerjahre pomadisiert. Er legte auch das zweite Blatt ab und gesellte sich zu den beiden anderen, die nun gut erkennbar waren.

»Der Mann ist Manfred Kollaritsch«, murmelte Katz.

Der Sportdirektor trug eine Art Pagenuniform und war ebenfalls pomadisiert. Seine langen Nackenhaare waren zu einem Zopf gebunden. Sein Mund war verkniffen. Er schien die Verkleidung nicht wirklich zu genießen. Neben ihm stand ein weiterer Mann, der in ein Dienstmädchenkostüm gezwängt war und eine schwarze Langhaarperücke übergestülpt hatte. Er stieß Kollaritsch mit dem Ellenbogen in die Seite und machte aufmunternde Bewegungen. Beide hielten kleine Spielzeuggitarren in den Händen. Eine solche nahm nun auch Wolfram Egger auf und stellte sich auf die andere Seite des Dienstmädchens.

»Und sie ist Bernhard Tröger.« Wiederum Katz.

»Unser Selbstmörder«, ergänzte Kevin.

Ein Glück, dass Katz die Darsteller des Filmchens in ihrer jungen Zeit gekannt hatte, denn Mayer sah nur Witzbolde in Verkleidung. Was wahrscheinlich an der Ablenkung durch die Grobkörnigkeit und die unausgeglichene Farbgebung lag. Eindeutig erkennbar war aber das knallgelbe Freundschaftsarmband, das sie alle trugen. Wie auf dem Foto.

Die drei begannen nun eine Art Choreografie. Sie stiegen seitwärts in beide Richtungen, wackelten mit den Gitarren und mit den Knien, bewegten die Münder auf und zu. Es war gespenstisch. Denn offensichtlich sangen sie ein Lied, doch natürlich war kein Ton zu hören. Kollaritsch' Bewegungen waren eckig und steif, Egger und Tröger schienen an dem Mumpitz Spaß zu haben. Mayer war sich fast sicher, dass die Idee zu diesem Film auf dem Mist von diesen beiden gewachsen war und sie Kollaritsch mit viel Alkohol gefügig gemacht hatten. Nach etwa zwanzig Sekunden änderte sich das Getanze, Drehungen wurden eingefügt und Posen gehalten. Sie schienen was Wichtiges zu singen. Nach weiteren zwanzig Sekunden blieben Tröger und Kollaritsch wie Statuen stehen. Egger lief zur Kamera und hob ein weiteres Blatt ins Bild. *Und weißt du es schon?* stand nun drauf.

»Nicht sicher«, murmelte Katz. »Kevin, bitte stopp einmal.« Er schloss die Augen und rieb sich die Nasenwurzel. Dann fing er zu brummen an. Ganz weit entfernt erinnerten seine Geräusche an Musik. Er wischte auf dem Tablet herum. Es erklang eine männliche Stimme, die sagte: »Wie es heißt? Es heißt Trio Grand Hotel.« Applaus, dann bittersüße, fröhliche Geigen, die Mayer sofort mit Italien assoziierte, ohne zu wissen warum, dazu gesellten sich schließlich Gitarrenklänge – nein, diese Dinger waren Ukulelen. Jetzt wusste sie es. Deswegen die Spielzeuggitarren. Gesang setzte ein, eine Frau mit Männern im Hintergrund. Der Text lautete: »Komm ein bisschen mit nach Italien, komm ein bisschen mit ans blaue Meer, und wir tun, als ob das Leben eine schöne Reise wär! Komm ein bisschen mit nach Italien, komm ein bisschen mit, weil sich das lohnt, denn am Tag scheint dort die Sonne und am Abend scheint der Mond. Katz sang mit und lächelte.«

»Dürfen wir mitschunkeln? Ich hab gar nicht gewusst, dass du ein Schnulzenliebhaber bist. Ich hab dich eher bei den Stromgitarren eingeordnet.«

Katz zuckte mit den Augenbrauen und bewegte die Schultern im Takt, ließ sich nicht unterbrechen.

»Okay, okay, also was ist das?«

Er stoppte die Musik. »Meine liebe Dani, du arme Nachgeborene, das ist ein Klassiker. Peter Alexander mit Caterina Valente und Silvio Francesco. Eine Szene aus dem Film *Bonjour Kathrin.* Irgendwann in den Fünfzigern. Die drei müssen als Page, Zimmermädchen und Kellner in einem Hotel Geld verdienen, um wieder ihre Musikinstrumente …«

»Tu nicht so, als wärst du bei den Dreharbeiten dabei gewesen. In den Fünfzigern bist du doch erst geboren worden.«

Er lachte auf. »Touché. Alex ist einmal als Valente aufgetreten und hat das gesungen.«

»Okay. Und unsere Fußballgötter stellen das also nach.«

»Ja.« Er hielt Kevin und ihr sein Tablet hin und löste die Pausetaste von einem Youtube-Video.

Nun sangen die drei Originale, auf der Bühne eines Tanzsaales, irgendwas von einem richtigen Italiener, Sternenschein und Serenade. Dabei vollzogen sie die Choreografie mit den Drehungen. Ein Instrumentalteil folgte sowie ein schwülstiges Gesäusel mit San Remo als Thema, dann startete das Lied wieder von vorn. Mayer fühlte Vertrautheit. Sie hatte den Film wohl einmal gemeinsam mit ihrer Oma im Fernsehen gesehen, an einem kuscheligen Samstagnachmittag, an dem auch ab und zu Hans Moser-Filme gespielt wurden. Noch immer, wahrscheinlich.

Katz verkleinerte den Tab mit dem Valente-Video, die Scheune wurde wieder sichtbar. »So, jetzt wissen wir also, was die da treiben. Wobei mich wundert, dass sie dieses Lied genommen haben, immerhin reden wir von coolen Burschen in den Siebzigern. Da würde ich eher was wie Deep Purple erwarten, oder zumindest Disco wie Gary Glitter.«

Sie lehnten sich alle drei zurück und starrten wieder auf ihre eigenen Bildschirme. Der Film lief weiter. Egger hob nun ein neues Blatt in die Kamera, *Dein Geschenk* stand darauf zu lesen.

»Die Tanzerei?« Kevin klang etwas fassungslos.

Mayer fragte sich das auch. Nein, es war ein Symbol. »Also ich könnt mir vorstellen, dass sie ihm …«

Nun hielt Egger vier schmale Papierstreifen ins Bild. Er grinste breit. Dann imitierte er ein Flugzeug, und schließlich stellte er sich mit erhobenen Armen schief hin.

»Der schiefe Turm von Pisa.«

»Respekt, Danilein.« Katz neigte sein Haupt.

»Ich war schon immer gut bei Scharade. Ich würde also sagen, dass sie Harald Tröger eine Flugreise nach Italien schenken. Mit ihnen gemeinsam.« Sie grinste den Alten an.

Er grinste zurück.

»Ja, aber was ist daran so brisant, dass man es dreifach abgesichert verstecken muss?«, warf nun Kevin ein.

»Warten wir ab.« Sie widmete sich wieder dem Display.

Egger hatte unterdessen bei seinen Freunden Aufstellung genommen. Offensichtlich begannen sie das Lied von vorn, denn die Choreografie war erneut jene mit den Seitwärtsschritten und dem Kniewackeln. Dann folgte die Dreh-Passage – mit der Serenade, dem richtigen Italiener und dem Sternenglanz, wenn sich Mayer richtig erinnerte. Hier hatten sie im ersten Durchgang geendet, nun tanzten sie weiter. Das musste der Instrumentalteil sein, eine Art Herumgehen, das Mayer an Tänze bei Volksfesten erinnerte. Dabei bildete Valente-Tröger ein Pärchen mit Francesco-Kollaritsch, sie gingen im Kreis und sahen einander mit breitem Smile tief in die Augen. Kollaritsch schien an der Kasperei mittlerweile Gefallen gefunden zu haben. Und Mayer kam es vor, als wäre Tröger …

»Die Valente steigt ihn an!«, entfuhr es Kevin.

Genau. Bernhard Tröger schmachtete Manfred Kollaritsch an, was dieser jedoch nicht zu bemerken schien. Oder nonchalant überging. Sie lösten sich, alle drei machten Bewegungen zueinander und voneinander weg, wobei es zwischen Tröger und Egger zum Kuss kam. Ganz kurz nur, doch der Film hatte es festgehalten. Es wirkte lausbubenhaft und vertraut. Kollaritsch war abgewandt und sah es nicht. Dann verlangte die Choreografie offensichtlich, dass sich Valente-Tröger nun nochmals Francesco-Kollaritsch zuwandte. Tröger hielt inne – und küsste dann Kollaritsch mit einer heftigen, verzweifelt anmutenden Bewegung. Kollaritsch riss die Augen auf. Im nächsten Moment stieß er Tröger von sich. Der geriet ins Straucheln, stolperte nach hinten, stieg auf eine umgefallene Weinflasche, was ihm endgültig die Körperbeherrschung raubte. Kollaritsch streckte die Hände nach ihm aus, erreichte ihn nicht, und Tröger fiel vom Heuboden hinunter in die Scheune. Ein paar Sekunden bewegten sich die beiden Übriggebliebenen überhaupt nicht, dann arbeitete sich Egger langsam zur Kante vor, indem er immer einen Fuß vorschob und den anderen nachzog, als müsse er die Festigkeit des Untergrunds prüfen. Er spähte in die Tiefe, rief etwas, beugte sich weiter vor, rief nochmals, und schaute dann Kollaritsch an. Sagte wohl etwas, aber Mayer konnte es ihm nicht von den Lippen ablesen, denn er sprach von der Kamera abgewandt. Kollaritsch sah ihn an. Und der Anblick seines Freundes schien ihn aus seiner Erstarrung zu holen, denn er fing zum Herumfuchteln und Schreien an, wischte sich ein paar Mal über den Mund. Dann fiel sein Blick auf die Kamera. Er rannte auf sie zu, gab ihr offensichtlich einen Stoß, denn mit einem Mal stand die Welt Kopf, dann wurde es schwarz.

»Wieso hat er nicht gleich den Film aus der Kamera genommen? Überbelichtung, und Sache erledigt«, ließ sich Katz als Erster vernehmen.

»Ich könnte mir vorstellen«, sagte Kevin, »dass er nicht daran gedacht hat. Er hat einen Menschen umgebracht. Sicher zum ersten Mal in seinem Leben. Da reagiert kaum jemand cool.«

Der liebe, hoffentlich bald vollwertige Kollege hatte es auf den Punkt gebracht.

Sie nickte ihm zu. »Er wird anderes zu checken gehabt haben. Und andere Gedanken. Totschlag hätte sein Karriereende bedeutet. Also wird er nur verzweifelt überlegt haben, wie er das vertuschen kann.«

»Und da ist ihm, meiner Vermutung nach«, setzte nun Katz fort, »Egger hilfreich zur Seite gestanden. Er hat ihn doch angeblich gefunden. Vielleicht hat ja auch er die Idee gehabt, ihn aufzuhängen, damit es nach Selbstmord aussieht.«

Mayer schüttelte den Kopf. »Aber das muss doch ein Blinder mit Krückstock gesehen haben, dass das kein Selbstmord war. Tröger wird wohl kaum Einblutungen gehabt haben oder Einnässspuren.«

»So klar ist das leider nicht immer«, entgegnete der Chef. »Was haben wir denn in der Polizeischule gelernt?« Er sprach wie ein lieber Onkel.

Und natürlich hatte er, wie immer, recht. »Okay, okay, bei typischem Erhängen* fehlt das alles, weil das Opfer viel zu schnell bewusstlos ist.«

»Richtig. Und ich könnte mir vorstellen, dass so mancher Landgendarm derart saubere Leichen schon gesehen hat, die sich unzweifelhaft selbst erhängt haben. Und wenn die beiden noch zufällig den Knoten im Nacken gemacht haben … Wir wollen nicht vergessen, dass die Gschicht

---

* »Typisches« Erhängen ist in diesem Fall nicht landläufig gemeint, sondern ist ein Ausdruck von Polizei/Gerichtsmedizin, sozusagen das »bilderbuchhafte« Erhängen mit Knoten im Nacken usw.

irgendwo in der Pampa passiert ist. Da war das polizeisanitärliche Gesetz nie so streng wie in Wien.«

»Aber die Totenflecken«, warf nun Kevin ein.

»Innerhalb von sechs Stunden verlagern sie sich noch. Aber Kevin …«

Er nickte und tippte bereits. »Die Papierakte von damals. Ist quasi schon angefordert.«

Sie schwiegen.

Kevin scrollte. »Egger und Kollaritsch haben ausgesagt, dass sie ihn das letzte Mal vor ihrem Waldlauf am Vorabend gesehen haben. Tröger hatte seine Teilnahme plötzlich abgesagt.«

»Also zur Sicherheit gegenseitiges Alibi«, fasste Katz zusammen, »und Egger, als der mit den besseren Nerven, nimmt auch noch das mit dem Leichenfund auf sich. Wahrscheinlich hat er da den Film schon in Sicherheit gebracht und weiß, dass ihn Kollaritsch für all seine Mühen entschädigen wird. Was er dann beizeiten direttissima seiner Frau weitergeleitet hat.« Er lachte auf. Es klang sehr zynisch. »Helga Eggers Luxusrente basiert auf der Angst eines Mannes vor Karriereverlust. Das wird ihr gefallen. Verwandte Seelen.«

Kevin schnaufte und widmete sich wieder seinem Tablet. Katz und sie schwiegen.

Es war alles so abstrus. Und sie waren systematisch auf den Holzweg geraten. Zuerst die absurde Idee, dass sich Egger zu Kollaritsch' Aufzeichnungen von Betrügereien Zugang verschafft haben könnte, dann die Geschichte mit den Buben und schwulen Rachegelüsten – nein, gar nichts war vom Tapet. Sie mussten erst das Ergebnis der PC-Durchleuchtung abwarten. Nur eines war klar und zugleich zutiefst bedauerlich: Der Mensch, der den größten Hass auf Egger gehabt haben könnte, war nicht nur selber tot, wodurch man ihn nicht mehr befragen konnte, sondern am Tatabend gemeinsam mit Pregl in London gewesen.

»Kevin? Hat sich die gemeinsame Londonreise von Finanzchef Pregl und Kollaritsch bestätigt?« Sie streckte die erhobene Hand zu Katz. »Nur zwecks der Ordnung.«

Kevin brummte Zustimmung. Dann sah er auf und deutete mit dem Zeigefinger auf Mayer. »Übrigens ist *deine* Laura«, er grinste Richtung Katz und dann wieder zu Mayer, »clean, soweit es das erste Screening ergeben hat. Aber sie hat zu wenig Berührungsängste mit der Polizei, das ist verdächtig, ich werde sie im Auge behalten.« Den letzten Satz hatte er in vibrierendem Bass gesprochen.

»Blödmann.«

Sie lachten. Kevin versank wieder, ließ im nächsten Moment aber ein »Yeah« hören.

»Was ist? Sitzen unsere Mörder im Büro und wollen eine Aussage machen?« Katz nahm das Päckchen mit den Colafläschchen. »Wundern tät's mich nicht bei diesem Fall. Da reden einige gern viel.« Mit dem Blick weit aufs Wasser gerichtet, lutschte er an einem Gummiding.

»Fast so gut«, entgegnete Kevin. »Okay, nicht einmal halb so gut«, korrigierte er sich nach einer kurzen Pause. »Facebook hat die IP durchgegeben.«

»Na, das ist doch großartig. Wieso lässt du unsere Freude nicht aufflammen, Draganović?«

»Der PC steht in einem Internetshop um die Ecke vom Stadion.«

Shit. Öffentlicher und fallnäher ging es kaum. Mayer bedauerte, nicht gläubig zu sein, denn sonst könnte sie jetzt um eine Überwachungskamera beten.

24

Die Monate gingen ins Land, und Talib gewöhnte sich an das bequeme Leben in der Megastadt, genannt Wien. Nun, in der U18-Mannschaft, kam er sich auch ein bisschen mehr wie ein Profi vor, denn wenn er gut spielte, gab ihm der Mann mit dem Geld eine Anerkennung. Es war nicht so viel wie bei Isaam, der für jedes Tor, das er schoss, und für jeden Sieg und für jedes Unentschieden der Mannschaft eine Prämie erhielt, doch er konnte es sich leisten, ab und zu bei Leuten von seinem Kontinent zu essen. Und sich ein Bier zu kaufen, wenn er sich einsam fühlte. Und das tat er, denn Isaam sah er nur mehr selten, Malik hatte den Verein verlassen, um mit einem Landsmann und der Hilfe von Johanna ein Lokal zu führen, und Dafina schrieb nicht mehr, ihr Telefon war tot. Nach vielen Nächten voller dunkler, wirrer Bilder in seinem Kopf und Morgen mit schweren Gliedern, nach sinnlosen Gesprächen mit den Ahnen und noch sinnloserem Rufzauber überwand Talib seinen Stolz und rief Zahran an. Der sagte: »Mein Junge, vergiss nie, du bist ein starker Löwe.« Und Talib fiel. Er verlor den Halt in der Krone des Baobabs und fiel. Als Zahran erzählte, dass Dafina mit einem Weißfladen nach Mailand gegangen war, um dort Kleider zu präsentieren, knallte er auf den staubigen Boden von Wien. Von nun an konnte er keine Farben mehr sehen. Die Geräusche waren stumpf, das Essen schmeckte nach weniger, als es Erde tat. Nur beim Tanz mit dem Ball kehrte Talib in sich zurück. Er jagte, tänzelte, foulte, passte, flankte und schoss, er spürte so etwas wie Leben in sich, wenn sich seine Kameraden nach einem Tor auf ihn warfen. Doch immer öfters vergaß er die anderen und stürmte auf das Tor des Gegners los. Es waren die Momente, in denen er keine Rücksicht mehr nehmen wollte, weil doch auch alle anderen keine auf ihn nahmen. Danach war er noch einsamer als zuvor. Und kaum verließ ihn der Fußball, saß, lag oder stand er, ohne eine Ahnung zu haben, warum er das tat und wie er dazu gekommen war. Nur wenn er ein benebelndes Getränk zu sich genommen hatte, bekamen diese Dinge eine Logik, auch wenn nicht unbedingt Sinn. Da trat eines Tages ein alter weißer Mann zu ihm und sagte: »Warum bist du so traurig?« Und Talib wollte vor ihm auf die Knie fallen, um ihm für sein Mitgefühl zu danken, was er jedoch nicht tat, weil er inzwischen wusste, dass die Weißfladen sich beim Zeigen von Gefühlen schämten. Doch er begann zu reden und zu reden. Der Mann namens Wolfram zahlte ihm ein zweites Bier und wurde sein Freund, worauf Talib sehr stolz war, denn der alte Mann pflegte die Trikots und die Schuhe und die Bälle von den wirklich großen Spielern der Kampfmannschaft. Er nahm ihn auch zum Training der Großen mit und diskutierte mit ihm die Stärken und Schwächen eines jeden Einzelnen, als sei Talib einer von ihnen. Er erzählte ihm von den anderen Vereinen in Wien, in Österreich, in Europa, von den Verwandlungen der Art, wie man Fußball spielte, und er sagte: »Du bist ein gescheiter Junge, Talib. Wenn du lernst, dass du nur ein Teil des Ganzen bist, der dann funktioniert, wenn du dein Bestes gibst, dann wirst du noch ein ganz Großer. Man gibt, um zu nehmen.« Und Kito umarmte Talib, und er umarmte Wolfram, dankte den Ahnen, dass sie ihm einen Vertrauten geschickt hatten. Der nahm ihn an der Hand und erklärte ihm die Stadt, die Menschen. Er ging mit ihm in Lokale, die von seinesgleichen geführt wurden, und erfreute sich daran, dass Talib tanzte und lachte und das Leben spürte. Er legte den Zeigefinger auf den Mund, wenn er ein Glas Bier zu viel trank, und er brachte ihn wie ein Vater sein kleines Kind ins Bett. Und trotz dieser auslaugenden Nächte fand Talib wieder zu einer guten Form, was auch der Trainer mit Lob bedachte. Er schöpfte Hoffnung, nun bald in die zweite Mannschaft des AC Danube berufen zu werden. Und als hätten Gott und die Ahnen nur darauf gewartet, dass er sich wieder dem Leben stellte, geschah ein paar Wochen später das Wunder: Isaam wurde zu Paris Saint Germain verkauft und Talib rückte auf seinen Platz in der Zweitmannschaft nach. Er verspürte eine tiefe innere Ruhe. Nur noch ein Sumpfloch trennte ihn von seinem Traum, mit dem ersten richtig verdienten Geld in sein Dorf zu reisen und in die strahlenden Augen seiner Mutter und seines Onkels zu sehen. Als er Isaam zum Abschied umarmte, wurde er sehr, sehr traurig. Denn die Geister schickten ihm böse Bilder. Bilder, in denen er vergebens die Hände nach Isaam ausstreckte und sich immer weiter von ihm entfernte, bis die Ahnen ihn packten und in ein weißes Nichts zogen. Isaam sagte: »Du bist nun ein Mann. Ich weiß, du wirst deinen Weg machen. Und du weißt, dass ich immer für dich da bin. Du rufst an, und ich komme.« Talib nickte und spürte Leere.

25 // MAYER VERDAMMT UND BEWUNDERT IHREN CHEF

Das Oval schien zu brennen. Was wohl an der Beleuchtung lag. Denn die Laternen waren keine Fluter, sondern strahlten warmes Licht aus, was die Tartanbahn zum Leuchten brachte. An die dreißig Kinder und Jugendliche trabten darauf Runde um Runde. Abendliches Ausdauertraining der Nachwuchsakademie des AC Tröger Danube. Würde der Club nach dem Verkauf eigentlich wieder sein schlichtes AC vorantragen? Nein, wahrscheinlich würde irgendwo der Markenname der Computerspiele des Inders hineingequetscht, vielleicht auch gleich das Vereinslogo und die Farbe der Dressen geändert. Eigentlich nervig, diese Vereinnahmung eines Clubs als Werbemittel.

Mayer betrachtete ihren Chef, der die Unterarme auf den Zaun und das Kinn auf die Hände gelegt hatte. Seine Stirn war nicht nur dadurch gerunzelt, dass er in dieser Haltung den Blick nach oben richten musste. Sein gelegentliches Seufzen ließ auf eine leicht depressive Stimmung rückschließen.

Okay, in dem Internetshop hatte es keine Überwachungsanlage gegeben, okay, der Chef war keine Hilfe gewesen, weil er immer nur für die Abrechnung kam und seine Mitarbeiter wie die Unterhosen wechselte, okay, diese Mitarbeiter, zumindest die beiden, die gerade vor Ort gewesen waren, repräsentierten mehr die Ich-blind-taub-und-stumm-Hälfte der Bevölkerung als jene mit den

Argusaugen wie Eggers Nachbar, okay, alles soweit echt zermürbend, doch noch lange kein Grund, sich einen Stirnfaltenwurf wie ein Shar-Pei zuzulegen. Kevin scannte gerade die Umgebung nach Überwachungskameras von anderen Firmen ab, wo er sicher irgendwann fündig wurde, und sie beide hatten endlich eine Audienz bei Piet Sneijder erlangt. Immerhin widmete ihnen der Startrainer gleich jene fünf Minuten, die er vom Trainingsplatz des Nachwuchses zum Auto benötigte. Was aber auf sich warten ließ, denn er diskutierte bereits seit gut einer Viertelstunde mit dem Zuchtmeister der Jugendlichen, weshalb die auch liefen und liefen.

Katz seufzte wieder einmal. »Die glauben, dass sie ihr Glück zu leben begonnen haben, und ahnen nicht, dass es ihr Elend ist.«

Mayer schaute unwillkürlich zu den trabenden jungen Burschen. »Äh – was für ein Elend?«

»Als Marionetten in einem großen abgekarteten Spiel.«

»He, nur weil beim Danube was schiefgelaufen ist, heißt das ja noch nicht, dass das auch bei allen anderen so ist.«

Er sah sie lange an, dann legte er wieder das Kinn auf die Hände. »Nein, du hast recht, ist alles sauber.«

Pause. Langsam wurde ihr kalt.

»Wie bei der letzten WM. Alles klinisch sauber und korrekt.«

Mayer musste lachen. »Du hörst dich jetzt echt wie so ein Verschwörungstheoretiker an.«

Er lächelte wie ein nachsichtiger Opa. »Wenn die künstlich hochgejubelten Brasilianer nicht sooo inferior gewesen wären, hätten die Schiedsrichter sie auf jeden Fall zum Titel getragen. Das kannst du mir glauben. Hat man ja schon bei dem geschenkten Elfmeter im ersten Spiel gesehen.« Er warf die Hände in die Luft. »Aber vielleicht waren die vielen falschen Abseitsentscheidungen bei der WM ja genauso zum Wohl des Fußballs wie die offensichtliche Order der FIFA, für jede Kleinigkeit Gelbe Karten zu verteilen, nur bloß nicht für schwere Fouls.« Jetzt hob er den Zeigefinger und strahlte ein Lächeln, wobei seine Augen vor Zorn blitzten. »Aber dafür haben sie jetzt eine sauteure Torlinientechnologie, die man im ganzen Turnier ein einziges Mal gebraucht hat. Da schneidet sicher niemand mit. Sicher nicht. Kann ich mir bei der Mischpoche überhaupt nicht vorstellen.« Katz sank wieder auf den Zaun.

Das ist ja nicht zum Aushalten! Mayer griff ihrem Chef in die Manteltasche und zog seine Zigarettenpackung heraus, entnahm ihr einen Glimmstängel und hielt ihn ihm hin. »Der Fall tut dir nicht gut. Echt nicht.«

Er lächelte sie an und vollzog ohne ihre Hilfe das Anzünden. »Und außerdem geht mir dieser hochnäsige Arsch auf die Nerven. Uns so lange warten zu lassen. Wer glaubt der denn, dass wir sind? Politessen?«

»Bewunderndes Fußvolk.« Sie lehnte sich nun auch auf den Zaun, allerdings mit dem Rücken zum Trainingsgelände und mit dem Blick auf den Stadioneingang und den Parkplatz. Und beim Stiegenabgang standen inzwischen eine dunkelgelockte Schwangere – trotz Daunenjacke gut sichtbar, Mayer schätzte auf sechsten Monat – und Susanne Podlinsky. »Wir könnten inzwischen wieder einmal die Eislady interviewen.«

»Wen?«, grummelte Katz.

»Na die trauernde Witwe von Opfer Numero zwo.«

Katz lugte über die Schulter.

Mayer winkte ab. »Nein, blöde Idee. Wir wollten sie ja nach ihrem Verhältnis zu Sneijder befragen. Wär grad ein bissel uncool.«

Nun drehte er sich komplett um und stützte sich wie Mayer mit den Unterarmen auf. Wie zwei superlässige Cops lehnten sie da, es fehlten nur noch Kaugummi und schwarze Brille. Mayer fühlte ein Kichern aufsteigen. Wohl Übermüdung, die letzte Nacht mit den Ultras lag ihr noch immer in den Knochen.

Die Damen standen nah beieinander. Sneijders große Liebe Bianca redete auf Podlinsky ein. Die sah sie dabei nicht an, sondern stierte mit verschränkten Armen auf den Boden. Jetzt begann sie auch noch, mit der Schuhspitze auf dem Boden herumzufahren. Nach wieder ein paar Sekunden wandte sie das Gesicht ab. Mayer meinte zu sehen, dass sie sich auf die Lippen biss. Die nachfolgende Handbewegung, ein Wischen unter dem rechten Auge, war eindeutiger – es waren Tränen herabgekollert.

»Was ist da los?«, flüsterte Katz.

»Kopfwäsche, weil doch ein Verhältnis?«, flüsterte sie zurück.

»Glaub ich nicht. Die Haltung der anderen ist nicht aggressiv.«

Stimmte. Die Armbewegungen waren intensiv wie bei einem Vortrag, aber sie hatten keine erhobenen Schultern, kein durchgedrücktes Kreuz.

Podlinskys Blick fiel auf sie beide. Sie erstarrte, dann straffte sie sich. Plötzlich war ein so großes Lächeln auf ihrem Gesicht, dass es bis zu ihnen herüberleuchtete. Nun redete sie auf Bianca ein. Deren Kopf zuckte kurz in die Richtung von Mayer und Katz, doch sie drehte sich nicht um.

»Die mauscheln was«, konstatierte Katz unnötigerweise.

Jetzt nahm Podlinsky auf ihrem Handy einen Anruf entgegen. Sie entfernte sich ein paar Schritte von ihrer

Gesprächspartnerin, lauschte mit gesenktem Kopf – der nun ebenfalls für den Bruchteil einer Sekunde in Richtung Mayer und Katz fuhr. Mit der freien Hand massierte sie ihre Stirn, dann hob sie die Handfläche, was nach Beruhigung oder Bremsen aussah. Sie beendete das Gespräch, verabschiedete sich per Handschlag von Bianca, winkte zu ihnen herüber und ging zum Ausgang des Geländes.

»Wir sollen da einiges nicht erfahren«, fasste Katz das Geschehen zusammen.

Bianca stand nun etwas verloren in der Gegend herum. Nach einem Kontrollblick zu ihnen und zum Trainingsgelände ging sie zu einem silbernen SUV und setzte sich hinein. Das weiß-blaue Licht eines Displays leuchtete auf.

Mayer holte einen Zahnstocher aus ihrer Handtasche und befreite ihn von der Zellophanhülle. »Die Podlinsky hat beim Telefonat nicht bewusst zu uns hergeschaut, das ist ihr passiert. Also war es Assoziation.«

»Demnach hatte das Gespräch etwas mit uns zu tun«, ergänzte der Chef. »Und wer kann ihr was von uns erzählt haben?«

»Die liebe Nichte. Eben noch von uns einkassiert und erkennungsdienstlich betreut. Die haben ein sehr enges Verhältnis. Spannend.« Sie knickte den Zahnstocher.

»Es tut mir sehr leid, dass Sie so lange warten mussten!«

Mayer fuhr herum und knallte dabei fast mit Katz zusammen, der sich ebenfalls aufgrund der Stimme in seinem Rücken erschrocken hatte.

Und dann ging beim Chef eine wundersame Wandlung vor. Sämtliche nach unten weisenden Grantfalten wichen Grübchen, und seine Augen strahlten. »Herr Sneijder, das macht doch nichts. Ist uns schon klar, dass Sie schwer im Einsatz sind.«

Süßholzraspler.

Der brünette Mann mit den ebenmäßigen Zügen, der charakteristischen griechischen Nase und der sehnigen Figur, der ihnen nun gegenüberstand, zeigte zwei Reihen Perlenweiß. »Ich bin sehr froh, dass Sie es mir nicht böse nehmen.«

Ich schon!

»Aber natürlich nicht«, säuselte nun wieder Katz. »Allerdings habe ich ein Gerücht gehört, das mich etwas unglücklich macht … Sie dürfen nicht gehen!«

Geht's vielleicht noch peinlicher?

Sneijder putzte einen nicht vorhandenen Fleck von seiner weinroten wattierten Jacke ab. »Was soll man tun? Das ist nun einmal der Lauf der Dinge. Manchmal ist es besser, sich zu trennen. Im Endeffekt hätte doch nur die Mannschaft dabei gelitten.«

»Die Mannschaft wird leiden, wenn Sie sie nicht mehr trainieren.«

Kotz, würg – und Schluss! »Sorry, wenn ich das Fachgespräch der Herren unterbreche …«

»Sie haben vollkommen recht, Frau Kommissar.« Sneijder reichte ihr die Hand.

Und Mayer verzichtete wohlweislich darauf, diesen Schwadroneur auf ihren richtigen Titel aufmerksam zu machen, sonst wurde das wieder begackert und sie kamen überhaupt nicht weiter. Froren hier irgendwann fest. »Fein. Was fällt Ihnen zu Manfred Kollaritsch ein?«

»Sehr bedauerlich.« Was überhaupt nicht so klang. »Ein Rätsel für mich.«

Mayer sah den Finanzheini Pregl vor sich – die beiden Männer waren derselbe Typ, aalglatt und interviewerfahren, das war bereits nach Sneijders ersten Sätzen klar. »Und welches der Rätsel könnte für Sie am ehesten Schuld an seiner Ermordung haben? Der Verkauf des Clubs an den Inder? Die Trennung von seiner Freundin? Das Kassieren von Schwarzgeld?«

Sneijder zog die Mundwinkel nach unten – das pure Bedauern. »Wissen Sie, ich bin hier in den Verein nicht sehr involviert. Ich kenne die meisten Menschen nicht gut. Ich werde Ihnen nicht helfen können.«

»Och«, mischte sich nun endlich Katz mit seinem wunderbar konziliant-süffisanten Ton ein, »ich glaube, Sie unterschätzen sich da. Immerhin sind Sie mit Susanne Podlinsky so eng befreundet, dass man Ihnen ein Verhältnis mit ihr nachsagt.« Er setzte ein Lächeln hintennach.

»Dat is echt belachelijk!« Er funkelte sie an, dann drehte er sich weg.

Da verheimlichte schon wieder jemand seine Emotionen. Mayer wechselte mit Katz einen Blick. Er strich sich über die Glatze und sah in Richtung der entschwundenen Podlinsky.

Sneijder stellte sich vor sie beide. Er lächelte. »Dieses Gerücht ist zum Lachen. Wir sind nur Freunde. Meine Frau und sie auch.«

Okay, dann musste man eben ein bissel zündeln. »Bei dem Gespräch vorhin zwischen Ihrer Frau und Susanne Podlinsky wirkte das aber …«

»Susanne war hier?« Er riss die Augen auf, schien alarmiert.

Mayer nickte. »Und Frau Podlinsky hat geweint.«

Sneijder presste die Lippen zusammen, seine Nasenflügel zuckten. Er atmete durch. »Ist doch kein Wunder. Auch wenn sie von Herrn Kollaritsch bereits getrennt war, so hatte sie doch ein Naheverhältnis zu ihm.«

Mayer nahm ihr Tablet heraus. Ein bisschen mit wichtiger Miene drauf herumwischen kam immer gut. »Sie haben also keinerlei Verdacht, wer Herrn Kollaritsch ermordet haben könnte.«

Piet Sneijder schüttelte den Kopf. Sein Blick suchte unterdessen den Parkplatz ab, schließlich erkannte er wohl die Silhouette seiner Frau im SUV, denn er atmete aus. Sein ganzer Körper strebte zum Auto, aber er blieb wie ein braver, wenn auch genervter Schulbub bei ihnen stehen.

»Und Wolfram Egger?«, schnarrte nun Katz.

»Wer?« Der Startrainer sah ihn ehrlich irritiert an.

»Der ehemalige Zeugwart des AC Danube, der vor einer Woche zu Tode gekommen ist.«

Pure Verwirrung bei Sneijder. »Kenn ich nicht.«

Was für ein arroganter Arsch. »Wo waren Sie diese Woche von Dienstag auf Mittwoch zwischen 21 und 1 Uhr?

Das Handy von Katz läutete. Er nahm den Anruf entgegen und stellte sich abseits. Vage verstand Mayer »Kevin?«.

Sie wandte sich wieder dem werdenden Papa zu. »Also?«

»Ich habe mir Zenit gegen Galatasaray angesehen. Champions League.«

Das war ja die pure Gleichschaltung – okay, es gehörte zur Jobdescription der Herren Pregl, Hüttl und Sneijder, den internationalen Fußball zu verfolgen. »Allein?«

»Mit meiner Frau und Kollegen von ihr. Die Namen können Sie haben. Gern.«

Das war einmal eine Variante. Mayer reichte ihm ihre Visitenkarte. »Ja, schicken Sie uns bitte alle Details per Mail. Heute noch, wenn's geht. Bitte. Und von Dienstag auf Mittwoch vorige Woche?«

Er dachte nach. »Vorige Woche haben wir viel trainiert. Ich war keinen Abend weg.« Sein Blick sprach von Bedauern.

Mayer glaubte ihm, die Unkenntnis von der bloßen Existenz eines Wolfram Eggers war einfach verdammt echt gewesen.

Katz trat wieder zu ihnen. Er stützte den einen Arm auf den anderen, massierte sich mit der freien Hand das Kinn. Dann sah er Sneijder lange an, der daraufhin zu schlucken anfing. Kevin musste ihm etwas Entscheidendes mitgeteilt haben.

»Herr Sneijder, wir müssen jetzt mit Ihrer Frau sprechen.«

»Warum?« Es klang nach unterdrückter Hysterie.

»Weil sie Aids-Spezialistin ist, und wir gerade von der Rechtsmedizin erfahren haben, dass Manfred Kollaritsch Träger war. Sich also die Frage stellt, ob es auch seine Ex-Freundin ist und Sie beide deswegen so intensiven Kontakt zu Susanne Podlinsky pflegen.«

Das war ja heavy! Tauchte irgendwie alles in neues Licht. Aber was sollte die Attacke? Bianca war Medizinerin und somit an die Schweigepflicht gebunden, sie würde nie … okay, aber er vielleicht. Katz, der alte Fuchs.

Sneijder glich einer Salzsäule. »Meine Frau ist Ärztin und …«

Katz winkte ab. »Schweigepflicht, natürlich, natürlich. Tja, dann frage ich jetzt einmal Sie. Wissen Sie, ob Frau Podlinsky positiv auf HIV getestet wurde?«

Die Augen des Startrainers rotierten in ihren Höhlen wie bei einer Comicfigur. Dafür, dass er so viel mit den Medien zu tun hatte und sicherlich ans Lügen oder zumindestens ans Ausweichen gewöhnt war, hatte er jetzt überraschend viel Ähnlichkeit mit einem scheppernden Kluppensackel*. »Nein.«

* Wäscheklammertasche

»Was nein?«, fragte Katz lächelnd nach. »Sie wissen es nicht? Oder sie ist es nicht?«

»Ich weiß es nicht«, rang sich der Arme zu einer Darstellungsvariante durch. Seine Augen zogen sich zusammen. »So gut kennen wir uns auch nicht.«

Der Chef holte theatralisch tief Luft und zog dann ein Schnoferl. »Sie enttäuschen mich. Ich hab wirklich viel von Ihnen gehalten. Nicht nur, dass Sie lügen, Sie sind auch noch ein wirklich schlechter Schauspieler. Aber zum Glück sind wir ja nicht von Ihrer Aussage abhängig. Wir werden jetzt ganz einfach Susanne Podlinsky direkt befragen. Aber ich sage Ihnen eines: Wenn sie uns dann erzählt, dass Sie es sehr wohl gewusst haben, merke ich mir das. Für den weiteren Verlauf der Ermittlungen. Sie kennen doch sicher das deutsche Sprichwort: Wer einmal lügt, dem glaubt man nicht.« Er wandte sich ab. »Komm, Dani.«

Mayer gesellte sich zu ihrem Chef, deutete, um die Dramatik der Worte ihres Chefs zu unterstreichen, in Richtung SUV oder Ausgang, sie hielt sich dabei bewusst vage und tippte nochmals gut sichtbar auf ihrem Tablet herum.

»Warten Sie!«, erklang es in ihrem Rücken.

Sie blieben synchron stehen. *Yeah!* Und ohne hinsehen zu müssen, wusste sie, dass Katz ganz breit grinste.

25

Nachdem Isaam nach Paris gegangen war, fühlte sich Talib noch einsamer als zuvor, denn er war nun der einzige Nicht-Weißfladen im Club. Die anderen sagten nichts, taten nichts, was ihn kränken oder beleidigen könnte, und dennoch spürte er nun umso stärker, dass er anders war. Er liebte das Napier, sie Gras, er die Löwen, sie Katzen, er den Baobab, sie Buchen und Fichten, er das Heulen der Hyänen, sie das Brummen von Motoren. Inzwischen mochte er auch das Dröhnen der Musik in seinen Ohren, das Lichtermeer der Stadt, das ständig verfügbare und ihnen kostenlos zur Verfügung gestellte Internet, die Videos von tanzenden und singenden Frauen und Männern und auch die verbotenen Videos, sein kleines Mobiltelefon, die bunte Welt der Geschäfte voller noch bunterer Auswahl an Shirts, Hosen und Sneakers. Und doch. Schließlich sah er eines Tages etwas, auf das er immer gehofft und das er zugleich gefürchtet hatte, wie er im selben Moment erkannte. Er sah im Fernsehen, wie Isaam für die letzten drei regulären Minuten das erste Mal in die Kampfmannschaft von PSG eingetauscht wurde. Der zweite Sohn seines Onkels, sein Cousin und Freund, hatte es geschafft. Er konnte Geld ins Dorf schicken. Nun war er an der Reihe, sich zu beweisen. Ab da spürte Talib die Augen der Ahnen auf sich gerichtet. Sie beobachteten ihn, wenn er dribbelte – bis er den Ball verlor. Wenn er flankte – und das zu weit. Wenn er aufs Tor schoss – Lattenpendler. Wenn er Dauerlauf machte – und zusammenklappte. Gewichte stemmte – einbrach. Theorie lernte – die falsche Antwort gab. Es war, als würden ihm die Ahnen sagen, dass er immer ein eitler Träumer und nie der König der Löwen gewesen war. Immer öfters ging er gemeinsam mit seinem Freund Wolfram in die Lokale von seinesgleichen, um für ein paar Stunden den Ekel vor sich selbst zu vergessen. Die Scham vor seiner Sippe. Denn dort wurde er bewundert und beneidet, da er mehr hatte als viele von ihnen, die alles, was sie verdienten, zu ihren Familien geschickt hatten und Arbeiten ohne Zukunft verrichteten. Doch als er im Jahr darauf erneut nicht in die Kampfmannschaft bestellt wurde, beneidete er Malik, der die richtige Entscheidung getroffen hatte und inzwischen ein großes Auto fuhr. Er hatte zwar sehr wohl ein Leben mit Zukunft, wie alle sagten, aber immer noch nicht genug Geld, um es über seinem Dorf ausschütten zu können. Allerdings er hatte genug Geld, um den Trostspender von Malik zu probieren. Und mit einem Mal war alles ganz anders. Er fragte sich, warum er je daran gezweifelt hatte, der König der Löwen zu sein. Er sprach zu Wolfram und Malik und Johanna und all den anderen Freunden: »Ich habe mit dem Ball tanzen gelernt, obwohl es die anderen nicht wollten. Ich habe das Stadion betreten, obwohl es die anderen nie gewagt hätten. Ich bin nach Europa geholt worden, obwohl ich viel zu jung war. Ich werde der beste Fußballer aller Zeiten!« Sie feierten mit ihm, sein ganzer Körper lachte, wie er es tat, wenn er bei einem guten Match siegte. Und er lachte auch noch am nächsten Tag. Es war, als seien Talib und der Ball eins. Und am darauffolgenden Tag war es ebenso. Die anderen nahmen Abstand von ihm, und Talib wusste, das geschah aus Ehrfurcht vor dem Besten. Dann sah er der Kampfmannschaft beim Spiel zu. Und ihr Tanz mit dem Ball war einfacher und schöner als seiner. Wie eine Schlange durchs Napier kroch wieder Zweifel durch seine Adern. Sie kroch und schlug ihre scharfen Zähne in sein Fleisch, doch dann kam eine Horde von Büffeln, die Staub aufwirbelte. Und der Staub war eine rote Wolke voll Hass. Denn sein Tanz wäre auch bereits so einfach und schön, wenn ihn das Rudel endlich in seine Mitte aufnehmen würde. Ein Jungtier konnte nur von den Älteren lernen. Die Schlange allerdings zischte in sein Ohr: »Du musst dich ihrer würdig erweisen! Zeig ihnen, wie gut du bist.« – »Nein, ich bin noch nicht gut genug. Doch ich kann auch nicht besser werden, es fordert mich niemand.« – »Verlass dich nicht auf die anderen. Gebier es aus dir selbst«, zischelte die Schlange. Und da dachte Talib an das weiße Pulver, das all diese bösen Stimmen in ihm zum Schweigen brachte und nur mehr den Löwen brüllen ließ. Er besuchte Malik.

26 // KATZ FINDET SEIN TEAM WUNDERBAR

Dani zeichnete gerade ein neues Diagramm des Beziehungsgeflechts auf die Flipchart, ohne störende Fotos und anderen Schnickschnack, Kevin war wie immer in den Weiten seines Computers versunken, und Katz selbst zündete sich, in seiner Lieblingsposition mit den Beinen am Tisch, eben einen Zigarillo als Denkhilfe an, als die Tür aufprallte.

Im Rahmen stand ein Pomadenschnösel, der eine gewisse Ähnlichkeit mit seinem lieben Freund Hannes Rössler hatte. »Was gibt es so Dringendes?«

»Wer sind Sie? Sie erinnern mich zwar entfernt an den die Ermittlungen leitenden Staatsanwalt, aber betriebsfremde Personen muss ich bitten …«

»Charlie – gusch. Und schnell. Ich hab heut meine Abschlussprüfung.«

»Als Latinoimitator?«

Dani und Kevin kuderten in ihre nicht vorhandenen Bärte. Vielleicht sollte er dem Freund doch die amtliche Würde …

»Sehr witzig. Tango Argentino. Fortgeschrittenenkurs. Und jeder weitere Kommentar zieht ein Disziplinarverfahren nach sich.«

Katz zog die Beine vom Tisch. »Okay, okay, Susanne Podlinsky, die Ex von Manfred Kollaritsch, hat sich beim Toten mit HIV angesteckt. Deswegen die Trennung. Und purer Hass. Hat uns Piet Sneijder erzählt, dessen Frau Ärztin ist und für die Aidshilfe arbeitet. Und jetzt Podlinsky beisteht.«

Rössler öffnete seinen Mantel. Zum Vorschein kam ein tief ausgeschnittenes weißes Hemd – doch Katz verkniff sich jede Äußerung, nein, sogar jeden seiner Gedanken, die leider allzu oft und viel zu schnell unkontrolliert aus seinem Mund kollerten.

Der Iglesias-Verschnitt – und aus! – setzte sich. »Und das erfahren wir erst jetzt, dass Kollaritsch infiziert war?«

Die Pomade hatte wohl Rösslers Gehirnwindungen etwas eingeweicht. »Weil wir erst vor zwei Tagen die Leiche gefunden haben? Und weil solche Tests eine gewisse Zeit benötigen?«

Er nickte, doch Katz war sich nicht sicher, ob zum Inhalt seiner eigentlich unnötigen Erklärung oder weil ihm gerade keine andere Bewegung einfiel. »Das ist aber ein ziemlicher Scheiß.« Nicken, nicken, nicken.

»Richtig. Also ich würde ihn hassen.«

»Ich auch.« Das klang inbrünstig. Was war nur mit seinem Freund Rössler los?

»Ja, und deswegen sollten wir Susanne Podlinsky ganz dringend auf den Monitor nehmen. Ich brauch noch jetzt von dir die Anordnung für die Verbindungsnachweise inklusive Einwahlorte.«

Rössler stierte nun auf den Fußboden. »Ja hat der Trottel keine Gummis verwendet, wenn er schon fremdgeht?« Er wirkte wie ein um Fassung ringender Klosterschüler.

»Lieber Hannes, dein Mitgefühl in allen Ehren, aber es ist ja nicht das erste Mal, dass wir so etwas begegnen. Können wir also bitte wieder ein bissel sachlicher werden?«

»Es könnte sein, dass es eine besoffene Geschichte war«, mischte sich nun Dani in beschwichtigendem Ton ein. »Auf dem Video, das er sich während des Todeskampfes ansehen musste, waren ja Szenen vom Karneval von Rio. Und Kollaritsch war bei der WM, wie wir inzwischen erfahren haben. Bei solchen Großevents floriert das Prostitutionsgeschäft bekanntlich immer besonders. Zweitausendsechs in Deutschland sollen über dreißigtausend Ostlerinnen reingeschleust worden sein.«

Rössler nickte und nickte. »Das würde ja bedeuten … ihr haltet sie also ernsthaft für seine Mörderin?«

»Wir nehmen sie ernsthaft in Augenschein«, präzisierte Dani.

Er schüttelte den Kopf. »Diese Brutalität … Ich versteh das nicht. Geht sich das überhaupt aus? Kann man den HIV-Test nicht erst Monate nach der Ansteckung erfolgreich durchführen?«

Katz gab Kevin das Einsatzzeichen. Der referierte auch prompt: »Es werden die Antikörper nachgewiesen, und die sind erst nach etwa zwölf Wochen voll ausgebildet. Das ist richtig. Doch meist merkt man an sich selber eine Ansteckung durch verschiedene Symptome wie Müdigkeit, steifer Nacken, Schweißausbrüche …«

Rössler schloss die Augen. »Keine Details.«

Es war spannend, dass die meisten Menschen auf HIV mit einer Vogel-Strauß-Bewegung reagierten. Aber Katz wusste, dass er nicht urteilen durfte. Ihm war es früher, also ganz, ganz früher, nicht anders ergangen. Erst als er sich mit den schwulen Bekannten von Alex angefreundet hatte, hatte er dem Thema ins Auge gesehen.

Kevin fuhr fort: »Außerdem hat Susanne Podlinsky dem Ehepaar Sneijder erzählt, dass sie direkt nach der WM mit Manfred Kollaritsch nochmals Geschlechtsverkehr hatte. Die beiden hatten also in etwa dieselbe Inkubationszeit.

Und Ende September, was zum kolportierten Trennungszeitraum passt, hat sie wie jedes Jahr Blut gespendet. Da hat sie es dann erfahren.«

»Scheiße«, variierte Rössler nur geringfügig sein Kommentar. »Die arme Frau.«

»Ja«, gab ihm Katz recht. »Aber es macht sie auch stark verdächtig, um es einmal sanft zu formulieren.«

Rössler rieb sich das Gesicht. »Ja, aber der Kollaritsch ist doch niedergeschlagen worden. Hat sie die Kraft, einen Achtzigkilomann durch die Wohnung zu schleppen und auf einen Fernsehsessel zu hieven?«

Dani setzte sich Rössler gegenüber. »Genau diese Frage stellen wir uns auch. An und für sich ist Susanne Podlinsky dafür zu schmächtig. Doch es bleibt immer noch die Denkvariante eines Komplizen. Und deswegen müssen wir uns ihren Umgang anschauen, bevor wir sie mit unserem Verdacht konfrontieren.«

»Und bevor du fragst«, übernahm Katz das Wort, er hatte echt keinen Bock auf noch so einen Rüffel wie beim Asiaten, »zu einer genaueren Überprüfung der Dame bestand bislang kein Anlass, denn sie hat ja ein glaubwürdiges Alibi, das die Grazer Kollegen gerade überprüfen.«

Rössler stierte noch immer auf den Boden. »Am liebsten würde ich sie laufen lassen. Das Schwein hat den Tod verdient. Ungeschützt schnackseln und dann heimkommen und seine Frau anstecken. Das ist doch wirklich das Letzte.«

Katz meinte, nicht richtig zu hören. Er beugte sich zum Ohr seines Freundes. »Hannes, welchen Grund du auch immer hast, da die persönliche Betroffenheitsschiene zu fahren, erzähl ihn mir einmal bei einem Bier und schluck ihn jetzt runter. Ich würde aktuell gern wieder mit dem Staatsanwalt reden.«

Zuerst nichts, dann ein geflüstertes »Entschuldige«.

Katz flüsterte »Okay« zurück.

Rössler richtete sich auf und schlug sich auf die Schenkel. »In Ordnung, ihr bekommt alles, was ihr wollt.« Er atmete tief durch. »Und gibt es sonst noch was Neues? Bei Egger?«

Dani berichtete ihm. Und Katz hörte plötzlich nur mehr zwei Wörter in seinem Kopf hallen: Nichte und Tante. Natürlich hatten in dem Fall viele Leute miteinander zu tun, man kannte einander nun einmal in einem Verein, man schanzte seinen Freunden und Verwandten gute Jobs zu, doch diese beiden Damen waren mittlerweile sehr weit ins Zentrum vorgerückt. Doch er konnte sich beim besten Willen keine Verbindung zwischen Brasilien und der Schwulenszene und Afrika vorstellen. Aber dieser nicht durchgeführte Blick zu ihnen, heute auf dem Parkplatz …

»… alles in die Wege geleitet«, hört er Hannes sagen.

Er zwang sich in den Raum zurück und sah den Nachwuchstänzer – und aus! – sein Handy einstecken.

Rössler öffnete die Tür. »Ich bin jetzt zwei Stunden nicht erreichbar. Ich will diese Prüfung.« Er sah sie der Reihe nach intensiv an. »Aber dann jederzeit. Wie immer sich die Dinge auch entwickeln.« Er vollzog den Abgang.

Dani biss sich auf die Lippen, aber ihre Augen lachten bereits.

»Was ist?«

»Ich stell ihn mir nur gerade so vor …« Sie hob die Arme in Tanzhaltung, zog die Augenbrauen hoch, riss den Kopf herum und machte einen Kussmund. »Mister Superkorrekt makes love.« Sie wiederholte die Bewegungen und sang dazu die bekannte Melodie aus der Oper Carmen.

Kevin lachte, und auch Katz konnte seine Heiterkeit

nicht gänzlich unterdrücken, doch er fühlte sich bemüßigt, den lieben Kollegen zu verteidigen: »Jeder Mensch hat seine Untiefen. Das macht ihn doch erst so richtig liebenswert.« Vielleicht mehr, als sie drei auch nur ahnten, denn Rösslers Reaktion auf die Themen Betrug und Aids war wirklich sehr eigenartig gewesen. Überhaupt nicht professionell.

Dani sprang auf und imitierte nun, noch immer Carmen intonierend, ein paar Tango-Tanzschritte. Kevin eilte an ihre Seite und sang ebenfalls mit. Kinder.

Katz klatschte in die Hände. »Wunderbar. Ich werde euch als Mitternachtseinlage für die nächste Weihnachtsfeier vorschlagen. Aber wenn ich euch jetzt bitten dürfte …« Er deutete zu ihren Sesseln. »Wir sind gerade am Beginn einer sehr, sehr heißen Spur.«

Sie tänzelten auf ihre Plätze, sahen einander an und kicherten noch einmal. Dann streckten sie ihre Rücken durch und sahen ihn an.

»Okay, ich weiß, dass das momentan alles dicht ist. Und auch wenig erfreulich. Aber …«

»Passt schon.« Dani hob die Hand. Damit gewann wieder die Körperlichkeit der konzentrierten Polizistin die Oberhand, was Katz beinahe leidtat.

»Also«, fuhr sie fort, »ihr Mann bei der WM in Brasilien, das Video vom Karneval, das weist alles wie ein Pfeil auf Susanne Podlinsky. Erste Frage: Wer könnte ihr Komplize gewesen sein? Wer teilt ihren Hass?«

»Das wird uns hoffentlich die Rufnummernauswertung sagen«, assistierte Kevin.

»Richtig. Zweitens: Sie hat ein Alibi. Was sagen jetzt eigentlich die Grazer Kollegen?«

Der Azubi untersuchte seinen Computer. »Noch nichts.«

»Anrufen und Beine machen«, knurrte Katz.

»Es ist schon nach Dienstschluss …«

»Kevin, seit wann interessiert uns das bei der Polizei?«

Brav zückte der Bub sein Handy. Während er den Verbindungsmarathon absolvierte, öffnete Katz seine unterste Schublade. Er hatte seine Notreserven zwar schon lange nicht mehr aufgestockt, aber es müssten eigentlich noch ein paar … na, bitte, eine Tafel Schokolade mit ganzen Nüssen, eine mit Marzipan und eine mit Karamell, außerdem eine Dose Erdnüsse und zwei Tetrapak Orangensaft. Er stapelte alles auf seinen Schreibtisch.

Danis Augen leuchteten auf, doch sie wurde vom Gespräch Kevins abgelenkt.

»… um einundzwanzig Uhr aufs Zimmer verabschiedet und dann wieder beim Frühstück gesehen«, wiederholt der gerade, während er mitschrieb.

Dani ließ sich von Kevin das Telefon geben. »GI Mayer, grüße dich, Kollege. – Ja, sorry, dass ich mich einmisch, aber ich wüsst da gern ein paar Details. – Okay. Was ist das für ein Haus, wo sie untergebracht war? – Na ja, ist das eine Pension, ein großes Hotel, eine Jugendherberge? – Aha. Und hat dieses Familienhotel nur einen Ausgang?«

Gescheites Mädchen.

»Terrasse. Verstehe. – Zaun zum Stiegenabgang. Aha. Und wie hoch? – Halber Meter. Okay. Sag, weißt du zufällig, ob die Zimmerschlüssel elektronische Karten sind?«

Eine Denke wie eine Maschine, diese Frau. Besser könnte er es auch nicht.

»Ganz normale Schlüssel. Verstehe. – Bitte, was ist dir aufgefallen? – Oh, alles klar. – Ja, bestens, das hat uns super weitergeholfen. Dank dir sehr. Sorry noch einmal, dass wir so spät … aber uns – goodie, passt. Von unserem Chef natürlich retour. Ciao!« Sie gab Kevin das Telefon zurück, hatte dabei die Augenbrauen zusammengezogen.

»Was ist dem Kollegen aufgefallen?«

Sie stand auf, holte sich die Karamellschokolade von Katz' Schreibtisch und entkleidete sie von Papier und Alufolie. »Dass die Hotelbesitzerin soooooo von der Frau Podlinsky geschwärmt hat. Die hat nämlich bis vor einem Jahr oder so die Seminare immer bei ihr im Hotel gehalten, dann plötzlich nicht mehr und dann dieses wieder. Rückkehr der Reuigen, sozusagen, weil es ja in diesem *Schwarzen Bären* einfach doch am besten ist. Hat die Podlinsky gesagt.« Sie steckte sich zwei Stück Schokolade in den Mund und verdrehte vor Glück die Augen.

Kevin kam zu ihnen und beäugte die Nussschokolade. Katz schob sie ihm hin. Während er nun ans Auspacken ging, meinte er: »Und sie liebt es, weil es zwei Ausgänge, einen überwindbaren Zaun und nicht kontrollierbare Zimmerschlüssel hat.«

Katz entfernte den Deckel von den Erdnüssen. »Richtig, Kevin, du kriminelles Hirn. So könnte es gewesen sein. Ihr Alibi ist jedenfalls nun löchrig.« Er steckte sich eine Handvoll Nüsse in den Mund und mümmelte die Nascherei schweigend wie die anderen beiden. Energiezufuhr. »Es geht sich nämlich bestens aus, zwischen neun am Abend und eins in der Früh nach Wien zu fahren und jemanden ersticken zu lassen sowie danach wieder rechtzeitig vor den ersten Morgentätigkeiten in einem Hotel zurück zu sein, also ungesehen zu bleiben. Und seine Ex wird Kollaritsch auch mehr oder weniger freiwillig hereingelassen haben.«

»Lass uns nicht so bös sein miteinander!«, imitierte Kevin eine hohe Frauenstimme. Das klang schon wieder nach eigener Erfahrung.

»Kann mir bitte einer von euch beiden erklären«, murmelte Dani mit verklebtem Mund, »warum sich jemand mit dem Alibi solche Mühe gibt und dann ein Video bastelt … oh!« Sie machte große Augen. »Video. Kommunikationstrainerin.«

»Genau. Sie hat sicher die passende Ausrüstung für so ein Amateurstreifchen.« Bei Ermittlungen gab es jedes Mal den Zeitpunkt, an dem man sich dachte, wieso fällt mir das erst jetzt auf?

»Also wieso dieser jemand dann ein Video bastelt, das wie ein Hinweisschild auf ihn selbst deutet? Ohne die Karnevalszenen …« Sie ließ sich auf ihren Sessel plumpsen und brach eine weitere Rippe Schokolade ab.

Kevin schluckte brav hinunter. »Deswegen wahrscheinlich dieser Blatterer-Schriftzug.«

»Plumpe Gschicht.« Katz steckte sich noch eine Handvoll Erdnüsse in den Mund.

»Na ja, eine Zeit lang hat es uns ja auch in die Irre geführt«, merkte Dani an. »Auf jeden Fall auch ein Detail, das zumindest unserer Theorie nicht widerspricht. Denn Kollaritsch hat ihr als seiner Lebensgefährtin sicherlich davon erzählt.«

»Glaub ich nicht. Das mit dem Blatterer läuft noch nicht so lang, und die streiten schon«, Katz deutet auf die Flipchart, »seit Mitte September irgendwann. Aber sie kennt ja genug andere aus dem inneren Kreis. Hüttl zum Beispiel.«

Dani knüllte Papier und Alufolie zusammen und warf sie in den Mistkübel, die ganze Tafel Schokolade war weg. Natürlich, sie hatten ja bislang kein Abendessen gehabt.

Sie knurrte wohlig, dann überlegend. »Aber warum ist sie überhaupt zu uns gekommen?«

»Wieso, liebe Daniela? War doch ein genialer Schachzug. Sie hat genau das erreicht, was sie wollte: dass wir uns gefreut haben, weil wir sie scheinbar bei einer Lüge und Vertuschung ertappt haben. Die Arme, die ein schlechtes Gewissen wegen der Geldgeschichte hat. Und zugleich hat sie damit auch noch einmal auf einen etwaigen Irren hingewiesen, auf den Blatterer in weiterer Folge.«

Sie schüttelte den Kopf. »Trotzdem. Perfekt ist das nicht. Also ich hätte das wirklich ganz anders …«

»Du bist ein Bulle. Und eine analytische Person.«

»Und außerdem«, warf Kevin mehr nebenbei ein, weil er schon wieder sein Tablet, sprich wahrscheinlich die Mails, kontrollierte, »könnte ich mir vorstellen, dass jemand, der gerade erfahren hat, dass er bald sterben wird, nicht hundertprozentig klar denkt.«

»Bald sterben.« Da war sie wieder, die Unwissenheit all jener, die das Thema verdrängten. Katz rubbelte sich die Glatze, um den Kleinen nicht anzublaffen. »Mittlerweile kann man als HIV-Positiver noch sehr, sehr lange und in guter Qualität leben.« Okay, das war wahrscheinlich für jemanden, der gerade die Diagnose erfahren hatte, noch nicht greifbar. Insofern … »Aber nachdem es bei ihr so frisch war …«

»Oh.« Kevin näherte sich in seiner Wortkargheit langsam Daniela an.

»Was?«, fragte die passend kurz.

»Die Auswertung von Kollaritsch' Unterlagen hat ergeben, dass noch ein zweiter Computer in seinem Besitz sein müsste. Ein Sony VAIO. Der ganz kleine. Für den gibt es eine Rechnung von Mai. Aber der ist inklusive Kabel nicht auffindbar.«

Katz hatte das Gefühl, dass in seinem Kopf Ruhe einkehrte. »Kann es wirklich so einfach sein?«

Er sah Dani an. Die zupfte an den Haaren über den Ohren. »Susanne Podlinsky hat uns mit der Nase darauf gestoßen. Dass er ein Tagebuch geführt hat. Und auch Voitsberger hat davon geredet, dass er immer getönt hat, ein Buch schreiben zu wollen.«

Katz nickte. »Die Aufzeichnungen über die Betrügereien könnten tatsächlich von ihm stammen. Schon a bissl durchgeknallt, oder? Damit hätte er sich doch unglaublich selbst belastet. Wenn es so ist, natürlich nur. Solange wir das Ding nicht haben, wissen wir es nicht.«

Dani rubbelte sich die Haare. »Dann nehmen wir es einmal als Arbeitshypothese an. Wer hat jetzt das Ding? Die Tochter? Die Putzfrau? Seine Ex?«

»Alle drei können vom brisanten Content gewusst haben«, warf Kevin ein.

»Ja, aber nur eine hat uns Konkretes erzählt.«

Sie sahen alle gleichzeitig auf den Namen *Susanne Podlinsky* auf der Flipchart. Dani ging hin und machte ein Rufzeichen daneben. »Wenn sich die anderen Verdachtsmomente verdichten, bekommen wir einen Durchsuchungsbefehl. Falls sie das Ding an sich genommen und noch nicht in der Donau versenkt hat, werden wir es finden.«

Kevin nickte und tippte. Seine Stirn lag in Falten, klar, deutete doch alles darauf hin, dass seine verehrte Schönheit ganz massiv etwas am Kerbholz hatte.

Er scrollte erneut herum, und zum zweiten Mal kam ein »Oh«.

»Hm?«, brummte Dani.

Kevin verschränkte seine Arme und sah sie an. »Ich sollte ja diesen Isaam Nzinga zu erreichen versuchen.«

Richtig. Irgendwann zwischendurch hatte Katz sich gewundert, warum das so lange dauerte, das Nachfragen diesbezüglich aber aufgrund der Fülle der Ereignisse vergessen.

»Dieser Club in Paris …«

»Paris Saint Germain«, warf Katz ein.

»Genau, der hat mir eine französische Handynummer gegeben, denn dieser Nzinga ist angeblich auf Urlaub in seiner Heimat, also nicht direkt erreichbar. Mobilbox, auf der eine generierte Blechstimme um Nachricht bittet. Ich habe also bei den Behörden nachgefragt, weil vielleicht ist die Nummer ja nicht mehr aktuell. Es war diese Nummer. Ich habe also wieder den Club angerufen …«

»Entschuldige die Zwischenfrage, Draganović, aber das Ganze auf Französisch?« Eine Sprache, die kaum Polizisten beherrschten.

Und prompt wurde Kevin wieder einmal sehr rot. »Ich hab es in der Schule als unverbindliche Übung genommen, weil … meine Mutter unbedingt einmal nach Paris will.« Am Schluss hatte er sehr leise und schnell gesprochen.

Will. Nicht Vergangenheit. Wahrscheinlich zu wenig Geld, aber das war ein anderes Thema. »Sehr löblich. Wenn das die Kollegen erfahren, wird unser Kevin der Experte für internationale Verhandlungen.«

Dani grinste, und Kevin zwirbelte seinen Entenschnabel.

Dann verknotete er seine Arme in die andere Richtung. »Ja, ich hab also den Club noch einmal angerufen und ihnen erklärt, wie wichtig es für uns ist, dass wir Isaam Nzinga erreichen. Und da haben sie mir eine österreichische Prepaid-Nummer gegeben. Und zwar jetzt gerade.« Er nickte in Richtung seines Tablets.

»Okay?« Dani ging zu ihm und lugte ihm über die Schulter. »Oh.« Sie sah Katz an. »Es ist die Nummer von Eggers Todestag, die wir bis jetzt nicht zuordnen konnten. Und wo beim Rückruf niemand abgehoben hat.«

»Eine österreichische Nummer, die in Österreich aktiviert worden ist«, präzisierte Kevin. »Und die wir jetzt auch auf den Verbindungslisten von Johanna Podlinsky und Malik Farah gefunden haben.«

»Und ein weiterer Freund von unserem lieben Talib«, ergänzte Katz.

Sie sahen einander an. Und Katz war sich sicher, dass Dani und Kevin dasselbe überlegten wie er: Ging man aus Freundschaft so weit?

26

Drei Mal ging Talib zu Malik, um sich Kraft für den Kampf gegen das Schicksal zu kaufen. Doch Malik war ein besserer Freund, als der junge Löwe gedacht hatte, denn beim vierten Mal sprach er: »Mein Bruder, ich sage dir, du bist auf einem schlechten Weg. Das Koks nimmt dir dein Ich. Du bist ein guter Spieler, viel besser als ich (dazu bedurfte es nicht viel, dachte sich Talib) und auch viel besser als Isaam (das ließ ihn den Blick senken). Lerne, die bösen Geister zu beherrschen, deine Ungeduld, deine Arroganz. Vertraue auf die Ahnen und Gott, die dir bislang einen wundervollen Weg geschenkt haben, um den ich dich beneide. Arbeite und warte.« Diese Rede beschämte Talib. Und so widerstand er dem Lockruf des weißen Pulvers. Doch nach einem halben Mond schlich sich ein Grau in sein Leben, das nur flüchtete, wenn ihn das Bunt eines Matches erfüllte. Dieses bestimmte Lachen, das er auch beim Tanz mit dem Koks verspürt hatte. Das Grau machte ihn schwer in den Gliedern, ließ ihn das Training vor Müdigkeit versäumen, mit den Kameraden nichts mehr sprechen und zugleich voller Wut im Fitnessraum den Boxsack schlagen. Da sagte Wolfram: »Ich weiß, was dir fehlt. Es ist der Kick. Das Adrenalin, das durch deine Adern rauscht.« – »Was kann ich dagegen tun, mein Freund?« Wolfram lachte und sagte: »Du kannst das Schicksal herausfordern.« Und er nahm Talib an der Hand und ging mit ihm zum größten der glitzernden Tempel. Doch an der Schwelle scheute Talib wie ein störrischer Esel. Er kannte von den Besuchen mit seinem Onkel in der großen Stadt solche Stätten. Sie hatten nach Angst gestunken. Und im Nachbardorf hatte ein Mann sein Haus, seine Herde und seinen ganzen restlichen Besitz dem bösen Geist des Spiels geopfert. Und so sagte er: »Lieber Freund, ich darf mein Geld nicht den Maschinen schenken. Mein Dorf braucht es.« Da lachte Wolfram. »Du Narr! Deine Familie hat bereits genug Geld bekommen, als sie dich nach Europa geschickt hat.« Talib verstand nicht. Wolfram wiederholte es: Das Dorf war für Talib bezahlt worden. Er umarmte den jungen Löwen und raunte: »Du bist ihnen nichts schuldig. Genieße das Leben, solange du jung bist.« Und Talib lief, lief, lief, lief, lief, bis er sich verlassen hatte. Als Letzter in einer langen Reihe von Menschen. Und er betrat die Hölle, warf eine Münze ein und gewann. Das Geld kullerte aus dem Automaten und bildete einen Panzer um seine Seele. Nichts und niemand konnte ihr mehr etwas anhaben, sie war unsichtbar geworden. Gehör schenkte sie von nun an einzig dem Locken des Balls und dem Klingeln der Automaten. Dann erhob sie sich hoch in die Lüfte, und Talib war eins mit sich. Doch das waren zwei Geliebte, eine zu viel. Und so kam eine Zeit lang die eine zu wenig zu ihrem Recht, dann die andere. Mit der Zeit fühlten sich beide vernachlässigt und drehten Talib den Rücken zu, und so schritt er durch das dunkle Tal verlorener Spiele auf beiden Ebenen. Und weil er bei dem einen verlor, konnte er beim anderen nicht mehr gewinnen, denn er hatte nichts mehr zum Füttern der Automaten. Da sprach Wolfram: »Ich bin dein Freund, ich lasse dich nicht im Stich. Ich gebe dir Geld, und du gibst es mir zurück.« Talib fütterte die gefräßigen Maschinen. Sie schienen von seiner Treue beeindruckt und hüllten ihn in eine neue Schicht Metall. Doch schon am nächsten Tag liebten sie wieder einen anderen. Talib nahm Schuppen von seinem Panzer und opferte sie, die Maschine ignorierte ihn. Und so opferte er weiter, doch sie erhörte ihn nicht. Und so stand er eines Tages nackt vor ihr, bettelte sie an, ihn wieder auf einen Flug mitzunehmen, doch sie schwieg. Wolfram nahm den schutzlosen jungen Löwen mit zu sich und sagte: »Ich stehe dir bei, ich lasse dich nicht alleine. Lass auch du mich nicht alleine.« Und er legte den Arm um Talib und zog ihn zu sich.

27 // KATZ HAT EINE SPORTLICHE HERAUSFORDERUNG

Dani hätte Talent zur Auslagendekorateurin. Innerhalb kürzester Zeit hatte sie den Vernehmungsraum in das exakte Abbild einer überausstaffierten Einsatzzentrale in einem skandinavischen Kriminalfilm der billigen Sorte verwandelt. Aktenstöße lagen herum, auf zwei Pinnwänden waren Fotos der beiden Leichen in allen Variationen angebracht, dazu Fotos von allen Beteiligten, Diagrammen von Beziehungen hatte sie mit Stecknadeln und Schnüren Dreidimensionalität verliehen.

Sie rückte das Foto von Johanna Podlinsky etwas zurecht. »Also, ich weiß nicht, das ist schon a bissl overdone, meinst nicht? Einfach too much. Die wissen doch aus Filmen, dass Vernehmungsräume kahl und leer sind.«

»Mag schon sein. Aber sie werden nichts sagen. Und die Fotos werden ihre Wirkung entfalten.« Er kontrollierte das Aufnahmegerät.

»Na hoffentlich. Weil viel mehr als vorher haben wir jetzt auch nicht.«

Im Prinzip hatte die liebe Daniela recht. Sie wussten jetzt, dass offensichtlich Isaam Nzinga in Österreich gewesen war. Und? Die Passagierdaten, um die sie angesucht hatten, würden auch nichts Erhellendes oder gar Beweisendes beitragen. Er wollte halt alte Freunde besuchen und hatte den Alten nicht mehr erreicht. Morgen würden die Kollegen von der Brugger-Gruppe nochmals ausschwärmen und erneut die Nachbarn von Egger befragen. Vielleicht, vielleicht, nun, da sie wussten, wonach sie konkret zu fragen hatten. Doch wenn das Verbrechen während der allgemeinen Arbeitszeit stattgefunden hatte, standen die Chancen auf eine zufällige Beobachtung schlecht, egal, wie auffällig zwei Schwarze und eine blonde Hünin waren. Und den neugierigen Karasek konnte man bestens austricksen, wenn man das letzte Stück zu Fuß und von jener Seite kam, die er aufgrund der Thujenhecke und den Tannen nicht einsah.

Das alles sprach für Täter, die den Tatort kannten. Also unter anderen für diese drei.

Auch die Sache mit Eggers PC wies in ihre Richtung. Zwar hatten die Techniker inzwischen herausgefunden, dass das Material über Kollaritsch sicher nicht von diesem Gerät stammte, aber da gab es ja mittlerweile den verschwundenen Sony vajo, der sich als Spur präsentierte. Doch der würden sie sich später widmen, vielleicht gemeinsam mit den Kollegen von der Wirtschaft und vor allem nach dem Durchleuchten von Susanne Podlinsky, die ja eine gewisse räumliche Nähe zu diesem Gerät gehabt hatte … Aber eins nach dem anderen.

Denn der andere Fund der Kollegen machte aktuell den Fall Egger heiß: Sie konnten nun beweisen, dass die Boypictures auch auf dem PC gewesen waren, zuerst gelöscht und dann wiederhergestellt und dann wieder laienhaft gelöscht. Und dass der letzte Zugriff auf die gelöschte Datei am Mittwochvormittag gewesen war, also zu einem Zeitpunkt, als Egger noch gequält worden oder bereits tot war. Nachdem die Datei mehrmals zuvor genau in jenen zwei Tagen, in denen das Gerät bei Johanna auf Reparatur geweilt hatte, aufgerufen worden war. Bewies natürlich auch nichts. De facto. Außer, dass die IT-Madame Kenntnis von den Bildern hatte. Alles nur Indizien, Indizien, Indizien. Und dennoch war sich Katz sicher, dass …

Es klopfte. Ein Uniformierter steckte den Kopf herein und vermeldete das Eintreffen von Johanna Podlinsky und Malik Farah. Katz befahl, Farah im Besprechungsraum Kaffee zu servieren und Podlinsky zu ihm zu bringen.

»Wieso nicht er?«, motzte Dani. »Er hat Angst. Als Afrikaner. Wie seine Freundin gesagt hat. Ihn knacken wir viel eher.«

»Nein. Er würde sich in sein Schneckenhaus zurückziehen. Aber wenn er vor sich hinbrütet, seine Freundin ewig nicht von uns zurückkommt, wir andeuten, dass sie geplaudert hat …«

»Das sind doch billige Taschenspielertricks.«

»Aber immer wieder wirksam.«

Dani atmete durch. »Okay, schmieden wir das Eisen, solange es heiß ist.«

Sie zeigten einander den erhobenen Daumen.

Die Tür öffnete sich erneut. Johanna Podlinsky nickte ihnen beim Hereinkommen zu, kein Wort, und sie hielt mit beiden Händen den Schulterriemen ihrer Handtasche.

»Wie schön, dass Sie sich doch noch vom Restaurant loseisen konnten, Frau Podlinsky.« Und Katz stellte befriedigt fest, dass ihm der leicht zynische Unterton bestens gelungen war.

»Hab ich eine Wahl gehabt?« Funkel, funkel, Strich als Mund.

»Bitte setzen Sie sich!« Er deutete mit einer großen Armbewegung auf den Stuhl, der mit dem Rücken zur Eingangstür stand.

Katz setzte sich ihr gegenüber, Dani platzierte sich auf dem Stuhl, der gegenüber der Breitseite des Tisches an der Wand stand. Der Uniformierte nahm jenen neben der Tür.

Johanna spürte seiner Bewegung nach, jetzt rieb sie die Lippen aneinander. Dann registrierte sie die Fotos sowie die restliche Ausstaffierung des Raumes. Sie lächelte. Sehr überlegen. Katz fühlte, wie dicker, fetter Grant in ihm hochstieg. Die Frau war keine leichte Nuss. Aber er würde sie knacken!

Er schaltete das Aufnahmegerät ein. »Ich muss Sie informieren, dass wir unser Gespräch heute aufzeichnen und dass wir offiziell Ihre …«

»Sie verhören mich. Warum?«

»Dazu kommen wir gleich.« Er klärte sie über ihre Rechte auf und befragte sie für das Band nach ihren Personalien. »Gut, liebe Frau Podlinsky …«

»Lassen Sie das *liebe* weg. Das ist ein Ausverkauf von dem Wort.«

So eine Zicke. »Okay, Frau Podlinsky, die Auswertung der Fingerabdrücke hat nun eindeutig ergeben, dass Sie am Tatort waren.«

Stille.

»Was sagen Sie dazu?«

»Das, was ich Ihnen schon einmal gesagt habe: dass ich gemeinsam mit Malik den PC, den ich reparieren sollte, zurückbringen wollte, wir ins Haus sind, weil Wolfram nicht auf unser Klingeln reagiert hat, wir ihn unter dem Balkon gefunden haben und dann Angst bekommen haben, dass die Polizei uns den Mord in die Schuhe schieben will, weil Malik ein *Nigger* ist. Und dass wir dann abgezwitschert sind. Mit dem PC. Weil ich meine Arbeit bezahlt bekommen wollte. Von Helga Egger. Nach dem Begräbnis.«

Katz fragte sich, wie oft sie sich inzwischen diese Version vorgesagt hatte. Aber sicherlich mehr als zwei Mal, denn sie kam jetzt sehr flüssig über ihre Lippen. Er sah sie lange an. Sie schluckte mehrmals, verschränkte ihre Hände und versteckte sie unter dem Tisch.

Okay, nächste Stufe. »Wussten Sie, dass Wolfram Egger mit Talib Gbowee ein Verhältnis hatte?«

Sie zog die Ohren zurück und hielt den Atem an. Ruckartiges Kopfschütteln.

»Zeugin schüttelt den Kopf. Würden Sie bitte ab nun immer antworten, Frau Podlinsky?«

Sie nickte, schielte dann auf das Aufnahmegerät und sagte »Ja«.

»Wie können Sie mir dann erklären, dass genau zu dem Zeitpunkt, als jemand die verschlüsselte Datei mit pornografischen Bildern auf Wolfram Eggers PC geknackt hat, ebendieser PC sich angeblich in Ihrem Besitz befand?«

Sie befeuchtete die Lippen. »Keine Ahnung.«

»Verstehe. Dann werden wir wohl annehmen müssen, dass der Hacker Ihr Freund Malik Farah war.«

»Sicher nicht.«

»Warum nicht?«

»Er hat keine Ahnung von Computern. Also nicht so eine.« Eine Schweißperle rann über ihre linke Schläfe.

»Okay. Welche Varianten haben wir dann noch? Wieder einmal ein Einbrecher?«

Dani drehte den Kopf weg. Das bedeutete, dass sie ein Grinsen unterdrückte, was ihm sagte, dass er genau den richtigen Ton getroffen hatte.

Johanna wischte den Schweißtropfen weg. »Ich …«

»Ja?«

Sie sah ihm fest in die Augen. »Ich habe keine Ahnung. Und ich hätte gern einen Anwalt.«

Katz lehnte sich zurück und verschränkte die Hände hinter dem Kopf. Ganz bewusst schickte er ihr ein breites Grinsen. »Wissen Sie, jetzt sind wir genau dort, wo ich gern hinwollte.«

»Ich will einen Anwalt.« Sie schlug die Augen nieder.

»Den können Sie gern haben. Aber der wird Ihnen genau das flüstern, was ich Ihnen jetzt darlege.«

Sie sah ihn von unten herauf an.

»Die Beweise sagen, dass Sie von dem homosexuellen Verhältnis« – er bemühte sich redlich, dem Wort homosexuell einen abwertenden Klang zu geben – »zwischen Egger und Gbowee wussten. Die Beweise sagen, dass Sie im Rahmen der wahrscheinlichen Todeszeit im Haus von Wolfram Egger waren. Bemerkenswert ist, dass es sich bei Talib Gbowee um einen Freund von Malik Farah, Ihrem Lebenspartner, und von Isaam Nzinga handelt.«

Ihr Kopf schnellte nach oben. Offensichtlich hatte sie nicht damit gerechnet, dass sie das mit Isaam herausfanden.

»Und dass Sie und Malik mit Isaam telefonisch in Verbindung standen. Und Isaam auch bei Egger angerufen hat. An seinem Todestag.«

Jetzt war sie komplett starr. Dani stützte sich mit den Armen auf ihren Knien auf und sah Johanna mitleidig an. Was diese spürte, denn sie warf ihr einen kurzen Blick zu und senkte dann wieder den Kopf.

»Ich als Ihr Anwalt würde Ihnen sagen, dass Sie alles gestehen sollten, weil sich das strafmildernd auswirkt. Jede Widerspenstigkeit, mit der Sie uns ärgern, merken wir uns.« Er beugte sich vor und setzte sein väterlich gutmütiges Gesicht auf. »Und ich als Ihr Anwalt würde Sie dann auch darauf aufmerksam machen, dass es im schlimmsten Fall Nötigung mit Todesfolge war. Im Strafausmaß kein Vergleich zu vorsätzlichem Mord. Sie konnten ja nicht wissen, dass Egger ein schwaches Herz hatte. Ein gesunder Mensch hätte die Dosis Koks schon vertragen.« Er lehnte sich wieder zurück. »Ja, das würde ich Ihnen alles sagen. Und Sie nochmals darauf hinweisen, dass sich Kooperation mit der Polizei immer auszahlt. Wir leben hier ja in keiner Militärdiktatur. Lassen Sie sich von der Angst Ihres Freundes nicht anstecken.«

Sie atmete und atmete.

Dani überschlug die Beine.

Der Uniformierte lüftete seine Kappe.

Katz konzentrierte sich wieder auf sie, dachte wie ein Mantra: Gib es zu! Gib es zu!

»Ich war es.«

»Wie bitte?«

Ihre Augen irrlichterten, ihre Zähne malmten. Sekunden um Sekunden staksten durch den Raum.

Sie legte die verschränkten Hände auf den Tisch und sah ihn fest an. »Ich war es. Ich habe es nicht ertragen, dass Egger Talib ausgenutzt hat. Er hat ihn zum Koks gebracht, er hat ihn zum Spielen gebracht und sich ihn dann auch noch ins Bett geholt. Ich wollte, dass er bereut, was er getan hat. Dass er versteht. Also hab ich ihn gefesselt und gezwungen, Koks zu rauchen. Alle im Verein haben gewusst, dass er früher süchtig gewesen ist, also hab ich mir gedacht – okay, du Schwein, dann sei es wieder. Und krepier daran. Und wenn du so richtig schön fertig bist, wirst du auch keinen der Buben mehr angreifen.« Sie holte Luft. »Ja, und dann ist er mir blöderweise umgekippt. Tot. Arschloch. Und das wollte ich halt vertuschen, also hab ich ihn vom Balkon runtergeschmissen.«

Sie lehnte sich zurück und klemmte die Hände zwischen die Schenkel. Abwartender, trotziger Blick.

Da war es, das Geständnis. Es klang im Prinzip richtig, nur lückenhaft. Sie hatte die Tat nie im Leben allein begangen.

Dani stand auf und setzte sich neben ihn – was für eine geborene Dramaturgin. Langer Blick zur Delinquentin. Dann: »Ich finde es ganz toll von Ihnen, dass Sie die beiden Männer in Schutz nehmen wollen. Klar, die haben viel mehr zu verlieren. Malik ist ja noch nicht einmal österreichischer Staatsbürger. Wird abgeschoben. Isaam macht noch dazu seine Karriere bei PGS kaputt. Alles klar. Aber ich warne Sie jetzt vor.«

Johanna runzelte die Stirn.

»Wir werden die Tat nachstellen«, fuhr Dani fort, und zwar mit der Stimme einer liebenden Mutter, obwohl die beiden vielleicht einmal fünf Jahre trennten. »Und wenn Sie es dann nicht schaffen, einen nicht betäubten Mann – denn wir haben keine Barbiturate in Eggers Blut gefunden, auszuziehen – dann zu fesseln, ihn nach dem Rauchen wieder anzuziehen und über den Balkon zu schmeißen, dann schaut es verdammt blöd für Sie aus, denn dann haben Sie ein weiteres Mal gelogen, und das finden wir gar nicht cool. Und der Staatsanwalt erst recht nicht.«

Johanna krümmte sich und schlug mit den Schenkeln gegen ihre eingeklemmten Hände. »Sie waren nicht dabei, sie waren nicht dabei.«

Katz musste sich eingestehen, dass er sie bewunderte. Sie war einfach bereit, für zwei Freunde ins Gefängnis zu gehen. Eine Idealistin. Und irgendwo verstand er sie auch. Wie es Kevin richtig vermutet hatte: Die drei – und Katz war sich mittlerweile sicher, dass auch dieser Isaam mitgemischt hatte – hatten nur ein Exempel statuieren wollen. Und das war in die Hose gegangen. Natürlich war so ein Racheakt nicht rechtens und ein wenig drastisch, aber nachvollziehbar. Nur würde es ihr nicht gelingen, ihre Freunde aus der Sache herauszuhalten, das hatte Dani präzise dargelegt.

»Sie waren nicht dabei«, wiederholte Johanna zum x-ten Mal.

»Aber irgendjemand war dabei«, hakte Dani mit streichelnder Stimme nach.

Die Einsachtzig-Frau war ganz klein und wippte und wippte mit dem Oberkörper. Mit einem Schlag saß sie aufrecht da. »Ja, es war jemand dabei.«

Welche Lösung war ihr denn jetzt eingefallen? Katz lehnte sich nach vorn. »Und wer?«

»Meine Tante. Susanne Podlinsky.«

Stille.

»Wissen Sie, was Sie da sagen?«, fühlte sich Katz bemüßigt nachzufragen. Und er versuchte, mit dieser Frage auch Zeit zu gewinnen, um diese neue Information einordnen zu können.

Sie nickte. »Also, das mit dem Ausziehen und dem Fesseln war nicht so schwer, ich hab ja eine Spielzeugpistole gehabt, mit der ich ihn bedroht habe …«

Das klang nicht unrealistisch.

»… die hab ich dann in die Donau geworfen.«

Beste Ausrede.

»Ja und dann hab ich ihn gezwungen, das Koks zu rauchen. Mit einer Nasenklemme. Hat irgendwie lustig ausgeschaut. Liegt auch in der Donau.«

Mittlerweile war ihr Blick eine Spur irrsinnig. Das kam bei Geständnissen öfters vor, es war einfach anstrengend, sich selbst laut mit einer Tat zu konfrontieren. Aber auf jeden Fall bestätigte das Wagners Befund.

»Dann ist er umgekippt. Ich hab die Panik bekommen und meine Tante angerufen. Der hab ich dann alles erzählt. Dass ich auf dem PC die Dateien geknackt hab …«

Es schien ihr richtig gutzutun, sich alles von der Seele zu reden, denn ihre Wangen wurden rosig.

»Ich bin halt so neugierig.« Entschuldigendes Lächeln. »Und dass ich das nicht ausgehalten hab. Weil ich weiß, dass Talib sicher nicht schwul ist. Der Egger, der Arsch, ihn also irgendwie dazu gezwungen hat. Und dann ist mir auch alles klar gewesen, warum der Talib plötzlich als Fußballer so schlecht war, warum er sich von uns zurückgezogen hat, warum er dann nach Paris zu Isaam abgehaut ist. Ja. Das habe ich ihr alles erzählt.«

Sie war jetzt in eine richtiggehende Erzähldiarrhö gekippt.

»Und dann hat sie gesagt, dass wir es vertuschen. Nachdem … ich« – sie hatte das letzte Wort unabsichtlich betont, da hätte jetzt wohl ein *wir* kommen müssen – »ja von Anfang an darauf geschaut habe, dass ich keine Spuren hinterlasse mit dem Fesseln, war das auch kein Problem. Also haben wir ihn wieder angezogen und über die Brüstung gehievt. Hat ja auch alles funktioniert. Aber dann hat diese blöde Kuh unbedingt eine Obduktion wollen. Warum eigentlich?« Die Frage war sehr aggressiv gekommen.

»Bei ungeklärter Todesursache wird keine Lebensversicherung ausgezahlt«, sagte Dani.

»Raffgierige Schlampe.« Johannas Mund verzog sich nach unten. »Jedenfalls habe ich damit sicher nicht gerechnet, weil sie ja schon ewig mit dem Hüttl herummacht.« Sie schnalzte mit der Zunge. »Ja und dann haben wir ausgemacht, dass ich nochmals offiziell auftauche, um den PC abzuliefern. Falls jemand mein Auto vorher in der Nacht gesehen hätte. Damit ich sagen konnte, ich hätte es noch einmal probiert. Susanne wollte ja, dass ich ihn verschwinden lasse, von wegen Einbrecher und so. Sie hat gesagt, dass Sie merken werden, dass ich in der Datei war. Ja, eh. Eh. Aber ich hab mir gedacht, was soll schon passieren, wenn es ein Unfall war. Und ich bin drei Tage an dem Scheiß gesessen, und jetzt funktioniert die Kiste wieder, ich will mein Geld. Ist zwar eh ein Freundschaftspreis gewesen, aber wir brauchen für das Restaurant jeden Cent.«

Das stimmte also wirklich. Vielleicht. Sehr abstrus. Katz rubbelte sich die Augen und massierte sich die Ohren. Jedes Mal bei einem Geständnis überkam ihn Unwohlsein.

Dani strich mit beiden Handflächen über die Tischplatte. »Das klingt ja alles sehr nett und halbwegs glaubwürdig. Zum Teil. Aber können Sie mir zum Beispiel erklären, warum wir so seltsame Holzsplitter an den Knöcheln des Opfers gefunden haben? Und Druckstellen auf den Knien?«

Und durch die knappe Zusammenfassung wusste es Katz auf einmal: Diese bösartigen Kinder hatten Egger mit einem Holzpflock die Beine gespreizt und ihn vornüber knien lassen, damit er in einer wehrlosen, unwürdigen Fickposition war. Es war nicht nur um die Drogen, sondern auch um den – scheinbaren oder tatsächlichen – Missbrauch gegangen.

Und nach ein paar Windungen, die einer Schlange die Ehre gegeben hätten, sagte Johanna Podlinsky genau das aus. »Liegt auch in der Donau.« Und schon wieder dieser leicht irrsinnige Blick.

Sie schwiegen alle drei eine Runde. Inklusive des Uniformierten.

Katz fühlte den Drang, nach Hause zu gehen. Er stand auf und marschierte durch den Raum, stellte sich dann wieder vor die junge Frau hin. »Ich glaub Ihnen das alles, klingt sehr schlüssig, wenn auch durchgeknallt. Nur eins verstehe ich nicht: Sie scheinen mit Ihrer Tante sehr innig zu sein, und trotzdem ziehen Sie sie mit hinein und nicht Ihre Freunde, von denen einer noch dazu ganz weit weg ist. Warum?«

Sie sagte lange nichts und studierte augenscheinlich das Muster des Linoleumbodens. Schließlich sagte sie: »Weil es so war.«

27

Jedes Mal, wenn Wolfram Talib umarmte, verließ der junge Löwe seinen Körper und traf sich mit den Ahnen. Unter ihnen war nun auch Zahran, und der zeigte ihm seine Mutter, wie sie ihre eigene Hütte kehrte. Er zeigte ihm den Onkel, der nun der Weise des Dorfes war. Und Talib sah Dafina in einem Haus in wunderschönen Kleidern. Manchmal schaffte er es, mit der Prinzessin seiner Träume in einer Umarmung zu versinken, sie leidenschaftlich zu lieben. Dann gab ihm Wolfram mehr Geld als sonst, damit er noch länger den Kampf mit den Maschinen aufnehmen konnte. Und schließlich lebte er nur noch für diese Begegnungen in der anderen Welt und die Hoffnung. Denn was das Wesen des Balls war, hatte er vergessen. Er wusste nicht mehr, dessen Sprache zu sprechen, und auch nicht, den Tanz mit ihm zu tanzen. Es sagten ihm die Menschen, die ihn umgaben, nichts mehr. Und so war es für ihn ein Geschenk, als er aus dem Dienst an diesem Ding entlassen wurde. Jetzt konnte er, solange er wollte, dem Gott des Glücks huldigen. Er trat mit ihm in Verbindung, spürte, was er verlangte, verließ das Hier und das Jetzt. Er umtanzte das Goldene Kalb, sang den Beschwörungszauber ein ums andere Mal. Und wenn er schweißgebadet ins Diesseits zurückkehrte, fiel er erschöpft in die Arme seines Freundes. Und da geschah es, dass die Welt, als Talib sie vergessen hatte, sich seiner erinnerte. Malik und Johanna suchten und fanden ihn im glitzernden Tempel. Doch er hatte ihre Sprache verlernt, staunend betrachtete er sie wie Wesen aus einem fremden

Land. Aber die Welt gab nicht auf, und so rief Isaam Talib an. Er sagte: »Mein Freund, du sitzt im Schatten der Hütte. Was hat dich aus dem Licht vertrieben?« Und Talib sah sich mit Isaam Steine schnipsen, wie er ihm auf die Schulter klopfte, mit ihm die Löwen auf der Jagd beobachtete, sah ihn aus dem Schatten des Tores treten, ihn in Wien umarmen. Und er löste sich aus der Umklammerung des Teufels, nahm sich seinen letzten Gewinn und stieg in den nächsten Zug nach Paris.

28 // MAYER HAT VON SCHWALBEN DIE NASE VOLL

Die Luft roch nach Schnee. Bald würde das Weiß alles Graue und Schwarze in Unschuld hüllen. Und auch wenn dieses Bild noch so abgelutscht war, liebte Mayer diesen Zustand der Welt. Die Stadt war dann still und friedlich, jeglicher Hass schien ein Ding der Unmöglichkeit. Warum hatte es nicht schon vor zwei Wochen geschneit? Vielleicht wäre dann Egger noch am Leben. Die drei – und sie war sich seit dem Verhör sicher, dass die Racheaktion ein Gemeinschaftswerk von Johanna, Malik und Isaam gewesen war, auch wenn sie das vielleicht, unter Umständen, nie beweisen konnten – hätten sich in dieser friedlichen Stimmung mit Wolfram Egger zusammengesetzt, ihm ein bisschen mit den Pornobildern gedroht und ihn dann im Auge behalten, ob er sich auch brav an die Bewährungsauflagen hielt. Und finito. Nein, hätten sie wahrscheinlich trotzdem nicht.

Katz drückte die Klingel auf der Gegensprechanlage des Biedermeierhauses, in dem Susanne Podlinsky wohnte, zum zweiten Mal. »Hoffentlich ist sie nicht schon ausgeflogen.«

»Warum sollte sie? Sie weiß noch nicht von der Verhaftung ihrer Nichte. Bislang kein Kontakt mit einem Anwalt, kein sonstiger Anruf …«

»Malik.«

Das war richtig. Er wusste seit ungefähr einer halben Stunde, dass seine Freundin alle Schuld auf sich genommen hatte. Mayer war noch immer fasziniert, wie regungslos er darauf reagiert hatte. Aber wahrscheinlich hatten sie diesen Fall besprochen: Wenn es gar nicht mehr ging, sollte er darauf vertrauen, dass sie gestand. Und Mayer verstand jetzt nach den Stunden von Verhör und Protokollierung Johanna ein bisschen besser, denn sie hatte auch von Maliks Kindheit in einem Slum berichtet. Von den Träumen, die Afrikaner nach Europa trieben, von dem Unvermögen, den Daheimgebliebenen zu sagen, dass sie es zu nichts gebracht hatten, von den Ängsten, dass sich jederzeit in ihrer Heimat Rivalitäten zwischen Bevölkerungsgruppen in blutige Kämpfe verwandeln konnten. Und auch von der Verwandtschaft zwischen Talib Gbowee und Isaam Nzinga, die wie Brüder aufgewachsen waren, von der Seilschaft zwischen den dreien allein unter Weißen in einer fremden Kultur. Sie sprach von Talib als Schwalbe, die den Flug zurück in den Süden nicht rechtzeitig geschafft habe. Sie weinte.

Die beiden waren beteiligt gewesen. Ganz sicher. Aber ob Malik zu Johannas Tante dasselbe Vertrauen hatte wie zu seiner Freundin und sie sofort informiert hatte, dessen war sich Mayer nicht so sicher. Well, sie würden es gleich wissen.

Katz läutete erneut, dieses Mal ausdauernd wie ein Lausbub. »Sie ist weg.«

»Es ist fünf in der Früh, Chef. Sie wird tief und fest schlafen.«

Sie hatten die Dame bezüglich des Verdachts auf Mord an ihrem Ex noch dunsten lassen wollen, und jetzt mussten sie sie auch zum zweiten Fall einvernehmen. Das Ganze war aufs Höchste abstrus. Und doch, Johannas Geschichte vom Hilferuf hatte glaubwürdig geklungen. Mayer sah es regelrecht vor ihrem inneren Auge, wie die drei panisch gleich aufgeschreckten Hühnern durch Eggers Devotionalienzimmer gerannt waren und dann die Tante, die ja Kommunikationstrainerin, also so etwas wie Medienberaterin, sprich Darstellungsbehübscherin war, angerufen hatten. In kriminellen Kreisen wurde so jemand *Cleaner* genannt.

»Hallo? Ist da jemand?«, krächzte es aus der Gegensprechanlage.

Katz verlangte sonor-höflich, aber bestimmt Einlass. Es summte. Sie stiegen an handgeschmiedeten Handläufen und Geländern ausgetretene Steintreppen empor, bis zum Dachgeschoß. Allein der edle Stil des Biedermeierhauses stand im diametralen Gegensatz zu Kollaritsch' Geschmack. Dass sich die beiden aufgrund von verschiedenem Lebensstil getrennt hatten, war als Aussage zum Teil sicher auch richtig gewesen. Wenn die Ansteckung nicht dazwischen gekommen wäre, hätte dieser Umstand über kurz oder lang auch Wirkung gezeitigt.

Susanne Podlinsky hatte bereits die Tür geöffnet. Sie sah jetzt weniger nach Grace Kelly aus, wie Katz sie bezeichnet hatte, sondern mehr nach Kim Novak. Ihr ansatzweise durchsichtiger Morgenmantel – Mayer hätte nie gedacht, dass sie dieses Wort einmal bewusst verwenden würde, es existierten mittlerweile nur mehr Schlafröcke, wenn überhaupt – gab ihr einen mondänen und erotischen Anstrich, die blonden Haare fielen halb aus einem Knoten am Oberkopf, was sie wiederum unbedarft wirken ließ. Die Augen leuchteten, trotz Fehlens des Make-ups, durchringend und so leidend wie jener einer Madonna in einer gotischen Kirche.

»Wie kann ich Ihnen helfen? Um diese nachtschlafende Zeit?« Ganz die Lady.

Und als hätte das Wort *helfen* etwas in Mayer zum Klingen gebracht, fiel ihr in dem Moment ein, dass diese Frau dem Tode geweiht war. Sogleich schalt sie sich selber der Sentimentalität. Denn zum Sterben verurteilt waren sie alle, nur wussten sie nicht, wann die Zeit kam. Diese Frau auch nicht, wie sie nach der jüngsten Intensivlektüre über HIV festgestellt hatte. Also war die Sentimentalität schnellstens zu vergessen.

»Indem Sie uns hineinlassen«, sagte Katz mit der Andeutung einer Verbeugung.

Man tauschte Höflichkeiten und Meinungen übers Wetter aus, was Mayer abstrus fand, woran sie sich aber zu ihrer eigenen Überraschung nicht störte, weil es irgendwie passte. Katz und sie selbst ließen sich angenehm temperiertes Leitungswasser kredenzen, man setzte sich an den mindestens drei Meter langen Holztisch im Wohnzimmer.

»Ich empfinde Ihre Gesellschaft als im Grunde sehr angenehm«, übernahm Podlinsky die Gesprächsführung, »aber nachdem Sie mitten in der Nacht auftauchen, denke ich, dass sich das gleich ändern wird. Was führt Sie zu mir?«

Katz sah sie nur an.

Also sah sich Mayer gezwungen, Antwort zu geben. »Wo waren Sie vor einer Woche von Dienstag auf Mittwoch beziehungsweise am Mittwoch tagsüber?«

Kim Novak nahm einen Schluck Wasser und strich dann hingebungsvoll über die naturbelassene Platte des Tisches. Fühlte den Maserungen nach. »Verstehe. Meine Nichte hat geplaudert.« Sie lächelte sie an. »Gut, nehmen Sie mich gleich mit? Muss ich mein Necessaire packen?«

Katz schwieg genauso wie Mayer. Er war anscheinend ebenso sprachlos.

Dann setzte er zu reden an, musste sich aber räuspern. »Sie geben also zu, Ihrer Nichte bei der Vertuschung einer Straftat geholfen zu haben?«

Podlinsky wiegte den Kopf. »Straftat. Na ja. Gut. Wie heißt das, wenn man jemanden zwingt …?«

»Nötigung.«

»Ja, Nötigung. Gut. Ja, ich gebe es zu. Meine Nichte hat Mist gebaut, und ich habe geholfen, ihn zu beseitigen. Also? Muss ich packen?«

»Nur Ihre Nichte?«

Sie lächelte nur mit einer Hälfte des Mundes, was unendlich arrogant wirkte. Diese Lady war ihr von Anfang an auf die Nerven gegangen.

»Nur meine Nichte. Ich wüsste nicht, wer sonst.«

Na, warten wir die Vernehmungen ab, ob du dann auch so cool bleibst! Und gleichzeitig musste Mayer sich eingestehen, dass sie es hoffte. Irgendwie fand sie es rührend, wie die beiden Frauen die Burschen aus allem raushalten wollten.

Podlinsky sah zwischen ihnen beiden hin und her. »Gut, wenn sonst nichts mehr ist … soll ich jetzt oder …« Sie deutete Aufstehen an.

Stille breitete sich über den Raum.

Irgendwie war die Luft heraußen. Mayer fühlte sich auf seltsame Art enttäuscht. Sie hatte wohl unbewusst so etwas wie den großen Showdown erwartet – pathetisches Leugnen, sich dem Schicksal geschlagen geben, zunehmend panischer Blick, Nervenzusammenbruch, ein Ich-ertrage-meine-Schuld-nicht-mehr, Geständnis auch der zweiten Tat. Nun denn, das musste wohl noch warten, bis sie Beweise hatten, dass dieser blonde Engel kaltblütig ihren Ex hatte ersticken lassen.

Aus dem Augenwinkel sah sie, wie plötzlich Bewegung in ihren Chef kam. Sein Rücken wurde rund, als wolle er sich für einen Sprung anspannen. Er schnurrte: »Ja, werden Sie müssen.«

Musste sie nicht. Lächerlich. Eine Bestätigung der Aussage reichte. Sie konnten der Dame mit gleichzeitiger Androhung einer internationalen Fahndung verbieten, die Stadt zu verlassen, jetzt schlafen gehen und den Rest morgen früh abhandeln. Also heute früh. In ein paar Stunden. Auf jeden Fall nach einer dringend notwendigen, klitzekleinen Erholungsphase.

Die blonde Diva legte die Handflächen auf den Tisch, als wolle sie sich zum Aufstehen abstützen. »Na denn.«

»Aber nicht deswegen«, unterbrach sie Katz in ihrem Tun.

Nein! Nicht! Warne sie nicht vor! Lass uns auf die Beweise warten!

Podlinsky legte den Kopf schief und lächelte fragend den Chef an, als hätte er ihr ein unmoralisches Angebot gemacht.

Er lehnte sich auf den Tisch, seine Hände kamen ganz knapp bei den ihren zu liegen. »Ich verstehe Sie nicht. Einerseits haben Sie akribisch Ihr Alibi vorbereitet mit dem Familienhotel, das noch echte, also nicht kontrollierbare Schlüssel und außerdem einen Fluchtweg hat, und andererseits haben Sie uns mit dem Vorschlaghammer auf Ihr Motiv hingewiesen. Der Film war der Fehler.«

Er hatte es getan. Seine verdammte Eitelkeit!

Die Frau war sensationell trainiert, keinerlei Regung. »Sie sprechen in Rätseln.«

»Dass Sie HIV-positiv sind und dass Sie Ihr Lebensgefährte angesteckt hat, der sich den Scheiß in Brasilien geholt hat.«

Mein Gott, er spielte wirklich alle Karten aus!

Und Kim Novak schnappte jetzt nach Luft. Vielleicht, vielleicht …

Katz nickte. »Verstehe. Die Sneijders haben Sie noch nicht angerufen und vorgewarnt. Wahrscheinlich schämen sie sich in den Boden, dass sie ihr Schweigen gegenüber der Polizei gebrochen haben. Seien Sie ihnen bitte nicht böse, wir sind Steinbeißer, da knickt jeder irgendwann ein, wissen Sie?«

Mayer fühlte sich wie in einem film noir policier – das coole private eye, das den coolen Vamp mit seinem messerscharfen Verstand und ein bisschen rauem Charme zum Einknicken bringt. Und sie selbst, Gruppeninspektorin Daniela Mayer, saß hilflos wie eine Staffage daneben. Irgendwie hatte sie die Schnauze von den Spielchen, die den ganzen Fall geprägt hatten, voll. Jeder glaubte von sich, der beste Taktierer der Welt zu sein. Das war ermüdend, wie wenn Robben mit der x-ten offensichtlichen Schwalbe einen Elfmeter rausschinden wollte.

Und am liebsten wollte sie Katz an die Wand nageln – er hatte den Überraschungsmoment versaut. Wieso hatte ihm ein gelöster Fall pro Tag nicht gereicht?

Sie schloss die Augen. Und schlagartig wusste sie nicht nur, dass Erholung gut täte, sie spürte es. Wahrscheinlich machte sie der Frust, mit so einem Chef geschlagen zu sein, derart schlapp. Einfach nichts mehr hören und sehen.

Hm. Wenn die Dame allerdings wirklich schuldig war, also den Stress der letzten Wochen in den Knochen hatte … dazu die Angst vor der Krankheit, das Objekt ihres Hasses tot, die Energie zur Rache verbraucht … es konnte sehr wohl sein, dass sie ebenso müde war. Dass sie zusammenbrach. Katz doch das Richtige tat.

Mayer riss die Augen auf, sah sich um.

Der Vamp schwieg noch immer. Sicher schon über eine Minute. Susanne Podlinsky starrte Katz nur an, exakt gesprochen durch ihn hindurch. Null Regung. Wenn da nicht das Heben und Senken des Brustkorbes wäre, könnte man sie für eine Statue halten. Okay, ab und zu bewegten sich auch die Wimpern, aber viel seltener, als sie es normalerweise taten.

Anscheinend hatte keiner der beiden ihren Aussetzer bemerkt. Mayer holte ihr Tablet heraus.

Die Ruhe wurde langsam unheimlich, anscheinend auch dem Chef, denn er reckte und duckte sich, versuchte also, irgendwie in ihren Blick zu kommen. »Frau Podlinsky?«

Nichts.

Er klatschte vor ihrem Gesicht. Sie zuckte zusammen und fokussierte auf ihn. Nickte. Sah sich im Raum um. Mayer folgte ihrem Blick – auf einen Sessel in Orange aus den Fünfzigerjahren, auf den gebauschten weißen Vorhang vor der Terrassentür.

»Um die Wohnung tut es mir leid.« Es klang sachlich mit einem Hauch von sentimental. »Mein Nachfolger wird sicher irgendwelche Kaufhausmöbel hereinstellen.«

»Nachfolger?«, fragte Katz.

»Nun ja, bei vorsätzlichem Mord in besonders brutaler Weise werde ich wohl lebenslang bekommen, also mindestens zwanzig Jahre im Gefängnis sitzen. Und ob ich dann bei meiner Entlassung überhaupt noch lebe …« Sie machte mit der Hand eine vage Bewegung. »Man sagt zwar, dass man mit Aids inzwischen sehr, sehr lange leben kann. Aber wer garantiert mir, dass das auch bei mir so ist?« Sie zuckte mit der linken Augenbraue und lächelte leicht, als hätte sie gesagt: *Habe ich nicht recht, dass die Mieten heutzutage unverschämt hoch sind?* – oder was man sonst so auf Partys plauderte.

Mayer wiederholte im Kopf die Worte, die sie eben gehört hatte. Die Dame ihr gegenüber hatte gerade den

Mord am Sportdirektor gestanden, nur weil der alte Fuchs quasi leicht mitleidig über ihre Unprofessionalität den Kopf geschüttelt hatte. Einfach so.

Fall erledigt. Sozusagen.

Schlagartig fühlte sich Mayer leicht und frisch. Sie aktivierte ihr inzwischen wieder eingeschlafenes Tablet. »Sie geben also zu, Ihren ehemaligen Lebensgefährten Manfred Kollaritsch ermordet zu haben.«

Podlinsky schloss die Augen und seufzte tief. »Ja, es hat doch keinen Sinn mehr. Sie sind sehr weit, in ein, zwei Tagen haben Sie Beweise. Und so hat das Ganze doch mehr Stil als eine Verhaftung in irgendeinem billigen Hotel.« Sie sah Katz an. »Ja, ich habe es getan, und es tut mir keine Sekunde leid. Auch nicht, dass er leiden musste.« Dann grinste sie Dani an und wirkte dabei wie ein Teufelchen. »Und am meisten freut mich, dass er nicht mehr sein Buch schreiben konnte. Mit dem er es sicher geschafft hätte, als Aufdeckerheld aus dem Ganzen hervorzugehen. Dass er nun als das da steht, was er war: ein rücksichtsloser, egoistischer, raffgieriger Scheißer.«

Mayer fühlte ein Drücken in der Brust. Da war so viel Bösartigkeit.

Sie hörte, wie auch Katz durchatmete. »Sie sind also Mani il Stronzo. Haben Sie die Unterlagen auf Facebook reingestellt, um die Fans auf Ihre Tat vorzubereiten?«

Podlinsky lehnte sich zurück, überschlug die Beine und legte die manikürten Hände darauf ab. »Das stimmt zum Teil. Ja, ich wollte, dass die Fans seinen Kopf fordern. Dass Verwirrung entsteht, wer es gewesen sein könnte. Aber ich habe das Material jemandem zugespielt. Der hat für mich diese Arbeit bestens erledigt.«

»Wem?«

»Das werde ich Ihnen nie verraten. Ich finde den Blatterer nämlich hervorragend. Gutes Werk.« Sie grinste breit, was so gar nicht zu ihrer sonstigen Attitüde passte.

Mayer schielte zu Katz und sah seine Mundwinkel zucken. Jetzt war ihm die Dame wahrscheinlich das allererste Mal ein klein wenig, mikroskopisch sympathisch.

Doch die Regung war in der nächsten Millisekunde verschwunden. Er zog die Augenbrauen zusammen. »Wir werden ihn finden. Das Internetcafé, von dem aus er agiert hat, haben wir schon. Und irgendeine Videoüberwachung in der Umgebung wird uns schon ein gutes und aufschlussreiches Bild liefern.«

»Wenn Sie meinen.« Maliziöses Lächeln hintennach.

Die Dame hatte echt keine Ahnung, wie mächtig die Maschinerie war, wenn sie einmal anlief.

Die folgenden eineinhalb Stunden verbrachte Mayer in emsiger Euphorie. Katz fragte, Podlinsky antwortete, und sie selbst tippte wie ein Automat. Es war alles genauso gewesen, wie sie es sich gemeinsam mit Kevin ausgemalt hatten – mit einer Ausnahme: Kollaritsch war nach dem Schlag mit dem Fleischhammer nicht ohnmächtig gewesen – »Ich habe geübt, ich konnte es dosieren« – und hatte sich selbst auf den milkafarbenen Stressless-Sessel geschleppt. Das Opfer hatte sozusagen selbst die Schlachtbank bestiegen und die Täterin hatte keinen Komplizen benötigt. Alles war zur vollsten Zufriedenheit der hintergangenen Ex abgelaufen.

Nur die Tante war enttäuscht: dass die Nichte sich aus dämlicher Geldgier ihrem Befehl, Eggers PC zu zerstören, widersetzt hatte. »Dann wäre nie klar gewesen, woher das Material über den Arsch wirklich stammte. Als mir Johanna in der Hektik von den Dateien und dem Erpressergeld erzählt hat, hab ich mir gedacht, das ist ein Geschenk des Himmels. Die Verwirrung hätte mir geholfen, oder nicht?«

Katz legte sein Kinn auf die aufgestützten Hände. »Es hätte Ihnen geholfen, nicht unbedingt im engsten Umfeld ihres Ex eine Aidsberatung in Anspruch zu nehmen. Und die brasilianischen Mädels aus dem Film heraußen zu lassen.«

»Nun ja, das hat schon zum anderen gepasst, zu seinen Betrügereien. Der gute Manfred hat auch dort wieder kassiert.« Podlinsky holte unter der Besteckladе in der Kredenz einen Sony VAIO heraus. »Aber das können Sie jetzt alles selbst nachlesen.«

Sie war so ruhig, als hätte sie bloß ein Spiel verloren.

Katz nahm das Gerät entgegen. »Das wird vor allem die Kollegen von der Wirtschaft interessieren.«

»Gut so.« Jetzt wirkte sie sogar zufrieden.

Inzwischen klingelte die Straßenbahn vor dem Fenster im Dreiminutentakt.

Mayer deutete auf das Schlafzimmer. »Können wir jetzt?«

Susanne Podlinsky ließ noch einmal den Blick durch den Raum streifen, seufzte und ging dann ins Nebenzimmer. Mayer sah ihr schweigend beim Anziehen und Einpacken zu.

Schweigend verließen sie alle drei sie Wohnung und Haus.

Bei einer Trafik fiel ihr eine Schlagzeile ins Auge. Sie schnappte sich zwei Zeitungen aus dem Ständer, reichte eine Katz.

Tröger aus Koma erwacht

Großindustrieller H. Tröger zum Unfallhergang: »Es war ein Schwächeanfall.«

WIEN. Die Sportwelt atmet auf: Nach fünf Tagen ist nun der Unternehmer Harald Tröger aus seinem Koma erwacht. Er war sofort ansprechbar. Seine Aussage zum Unfallhergang bestätigte die bisherigen Untersuchungen der Ärzte und der Polizei. »Mir ist plötzlich schwarz vor den Augen geworden.« Die an und für sich ungefährliche Kreislaufschwäche hat ihn jedoch auf der glatten Fahrbahn die Kontrolle über sein Fahrzeug verlieren lassen.

Trögers schwerwiegende Verletzungen – Brüche und Quetschungen, die auch zu inneren Blutungen geführt hatten – fesseln ihn noch einige Wochen an sein Bett im AKH. Danach wird eine längere Rehabilitationstherapie folgen.

Die Vereinsleitung des AC Danube ist sehr erleichtert. Präsident Josef Hüttl: »Nachdem wir vor drei Tagen auf diese furchtbare Art unseren lieben Freund Manfred verlieren mussten (Anm. d. Red.: Sportdirektor Manfred Kollaritsch wurde, wie berichtet, in seiner Villa ermordet aufgefunden – siehe Infokasten), sind wir unendlich dankbar, dass Harry wieder zu uns zurückgekehrt ist.«

Wie aus gut unterrichteten Kreisen bekannt wurde, könnte es sich bei dieser Rückkehr jedoch mehr um einen symbolischen Akt handeln.

In den nächsten Tagen soll bekannt gegeben werden, dass sich die Tröger Company aus dem Sportgeschäft zurückzieht. Gerüchten zufolge soll ein indischer

Großunternehmer den Verein übernehmen.

Gespannt darf man auch wegen des Trainerwechsels sein. Piet Sneijder legt seine Tätigkeit im gegenseitigen Einvernehmen mit der Vereinsführung per Ende der Herbstsaison nieder, in der er den AC Danube an die Tabellenspitze geführt hat. Er gibt für den Schritt private Gründe an.

Zwei Namen, die im Zusammenhang mit seiner Nachfolge genannt werden, sind Armin Veh (derzeit VfB Stuttgart) und Paulo Sousa (FC Basel).

-sn -

Rätsel um Mord an Kollaritsch

Vor drei Tagen wurde der ehemalige Sportdirektor Manfred Kollaritsch in seiner Villa brutal ermordet aufgefunden. Laut der Staatsanwaltschaft gibt es erste konkrete Spuren. Die Sportwelt fragt sich, ob die Tat mit brisanten Papieren zu tun hat, die in der geschlossenen Facebookgruppe der »Danubians« aufgetaucht sind. Darin wird, angeblich mit Beweisen, Kollaritsch des Betruges und der Korruption angeklagt. Lesen Sie morgen, was es mit den Vorwürfen auf sich hat!

28

Talib saß im Zug nach Paris und dankte Gott und den Ahnen, dass er nun zum ersten Mal durch das Fenster all die wunderbaren Dinge sah, die er als Kind vor Zahrans Apparat ersehnen gelernt hatte. Mit jedem Baum, der an ihm wie ein Windhauch vorbeizog, mit jeder Stadt, deren Namen ihn an den Unterricht bei Samir erinnerte, bröckelte ein Stück jenes Panzers ab, der seit dem ersten Besuch im glitzernden Tempel dicker und dicker geworden war. Und mit einem Mal saß er nackt da, doch in der Gestalt des kleinen Jungen, der in das Netz seines Dorfes verwoben war. Er war aber nicht mehr wehrlos und sich seiner nicht bewusst wie bei der Blöße, die ihn in die Arme des Teufels getrieben hatte. Da geschah etwas, mit dem Talib nicht mehr gerechnet hatte: Er weinte. Er verfluchte sein Schicksal als Sohn ohne Vater, als Sohn einer Mutter, die Dienerin des Onkels war, als Kleinster und Sehnender, als Hoffahriger und Zweifler. Er verfluchte sich selbst. Und als er in Paris ausstieg und all die schönen Häuser und Menschen und Geschäfte und Lächeln und Autos und Kinder und Blumen sah, senkte er den Blick. Die Ahnen hatten ihm Zahran geschenkt. *Lerne, und du schaffst es, in die Welt zu gehen.* Sie hatten ihm Samir geschenkt, seinen Onkel, die Mutter, Isaam, Kito (*Verärgere mit deinem Hochmut nicht die Ahnen!*), Dafina, den *Leoparden*, Richard, den AC Danube, Wien, Malik, Johanna, Europa, Talent. Und er hatte sich nicht würdig erwiesen. Er war es nicht wert. Er hatte es nicht verdient, aufzusteigen in die nächste Klasse, wie Isaam transferiert zu werden. Angesichts seiner Undankbarkeit war es nur gerecht, dass er ein *Ladenhüter* war, wie das deutsche Wort hieß. Nicht einer der Prinzen, die ihm immer aus Zahrans Apparat entgegengelächelt hatten und die mit ihrer Heimat den Reichtum teilen konnten, sondern er war einer unter vielen, der es mit Hilfe der Ahnen gerade noch schaffen konnte, sein neues Leben in dem neuen Land zu ihrer Zufriedenheit zu meistern. Und selbst das hatte er nicht vermocht, er hatte zu guter Letzt auch noch seine Kameraden in der Zweitmannschaft in Stich gelassen. Und mit einem Mal vermochte es Talib nicht mehr, Isaam unter die Augen zu treten. Er lief los und lief und lief und lief. Und nachdem er einen Tag und eine Nacht gelaufen war, kehrte er zum Park am Beginn seiner Odyssee zurück. Es war ein Platz, an dem die Sonne ein bisschen weniger hell schien, an dem es keine Mütter und Väter mit kleinen Kindern oder verliebte Pärchen gab, sondern Dreck auf den Wegen und Dreck auf den Bänken, so wie er einer war. Ein wertloses Stück Fleisch. Er setzte sich zu einem der anderen Kadaver. Der fragte in der Sprache von Talibs Heimat (was er als absurd empfand): »Was willst du?« – »Was hast du?« – »Alles.« – »Das Sicherste.« – »Für was?« – »Um mich zu vergessen.« Der Kadaver verlangte Geld. Talib versprach ihm die Hälfte vor, die andere nach Erhalt. Der Kadaver tanzte den peinlichen Tanz des Überlegenen, um dann die Hand auszustrecken. Sie tauschten. Es war ein neuer Heilbringer, und der Kadaver musste Talib erst beibringen, wie dieser zu seiner vollen Entfaltung kam. Dann schoss er sich in die Lüfte. Und plötzlich war alles klar. Er hatte seine Aufgabe erfüllt. Seine Familie war versorgt, Isaam auf dem Weg zum Star. Es gab Erntehelfer und Ernteeinbringer. Er hatte seine eigene Rolle zu lange falsch eingeschätzt. Und er nahm die Hand der Ahnen, die ihn mit einem Lächeln zu sich zogen. Und während er in die Lüfte stieg und die Welt als Gesamtes sah (was er Zahran gönnen wollte, der jedoch im selben Moment an seiner Seite war und mit ihm zufrieden auf das Irdene blickte), beobachtete er, wie der Kadaver ihm Ohrfeigen versetzte, ihn von der Bank stieß, auf ihn eintrat, aus seinem eigenen Mund Blut quoll, sein Körper die Schlaffheit einer erlegten Antilope annahm. Er war endlich am Horizont angekommen.

ENDE

DANKSAGUNG

Es ist ein riesiger Unterschied, Fußballfan zu sein (einen Club zu lieben und sich ständig Matches anzusehen), Fußballfan zu sein (als Liebhaber, Amateur oder Profi das Leben danach auszurichten und sämtliche Ergebnisse von allen großen Turnieren der letzten vierzig Jahre herunterbeten zu können) und Fußballfan zu sein (einen Roman zu der wichtigsten Nebensache der Welt zu schreiben).

Insofern habe ich sehr viel Zeit in die Recherche gesteckt. Auf der Basis der Lektüre von zahlreichen Sachbüchern und vielen, vielen Fachgesprächen mit meinem Mann und leidenschaftlichem Fußballfan Robert Stöger, der mir Quelle, Inspiration, Aufmunterung und strenger Analyst/Korrektor war, wagte ich mich dann an die Gespräche mit weiteren Fußballfans der zweiten Kategorie (Spieler, Trainer, Fans, Journalisten, Analysten etc.). Ich danke von Herzen (in a.o. und ohne Bewertung ihres Beitrages) Sabine Brand, Michael Hatz, Helmut Neundlinger, Johann Periny, Hans Ruef & den Fans Mutscho, Friedl, Baumi, Hondo und Schwede (von Rapid, Austria und Sturm Graz), Alois Schörghuber, Alfred Tartar, Johannes Uhlig und Franz Winkler.

Der afrikanische Erzählstrang basiert ebenfalls auf der Lektüre einiger Sachbücher sowie, im Laufe der Jahre, vieler Gespräche mit afrikanischen Freunden sowie deren Angehörigen, wobei ich Brigitte Obiekwe-Herder besonders erwähnen möchte. Die Geschichte von Talib wurde von Raymon Nya (Kamerun) und Serges Kalimassa (Togo) abgesegnet.

Den niederländischen Satz von Piet Sneijder steuerte Edith Geurtsen bei, Infos zum österreichischen Schulsystem Asta Sebesta-Krejci, Details zur Polizeiarbeit einmal mehr dankenswerterweise Günter Kelz vom Stadtpolizeikommando Favoriten. Und für den richtigen Kölner Ton von Helge Schmitz sorgten meine lieben Kollegen Edgar Franzmann und Andreas Izquierdo.

Weiters danke ich meinen Testleserinnen und Testlesern, die mir eine ungeheure Stütze sind – die da dieses Mal waren (a.o.) Bianca da Luz, Heinz Fromm, Susanne Gebhart-Siebert, Michaela Glanzer, Susanne Schubarsky, Marion Wiesler und Julia Winkler.

Und großer Dank gebührt ein weiteres Mal dem Gmeiner-Verlag mit seinem tollen Team, der erneut sein Vertrauen in mich gesetzt hat – allen voran Claudia Senghaas, die mich geduldig unterstützt und das Buch auch lektoriert hat, sowie meinem Agenten Lars Schultze-Kossack.